Atemschaukel

Herta Müller

息のブランコ

ヘルタ・ミュラー 著

山本浩司 訳

三修社

息のブランコ

装幀　土橋公政

もくじ

ルーマニア略地図（1945年当時）

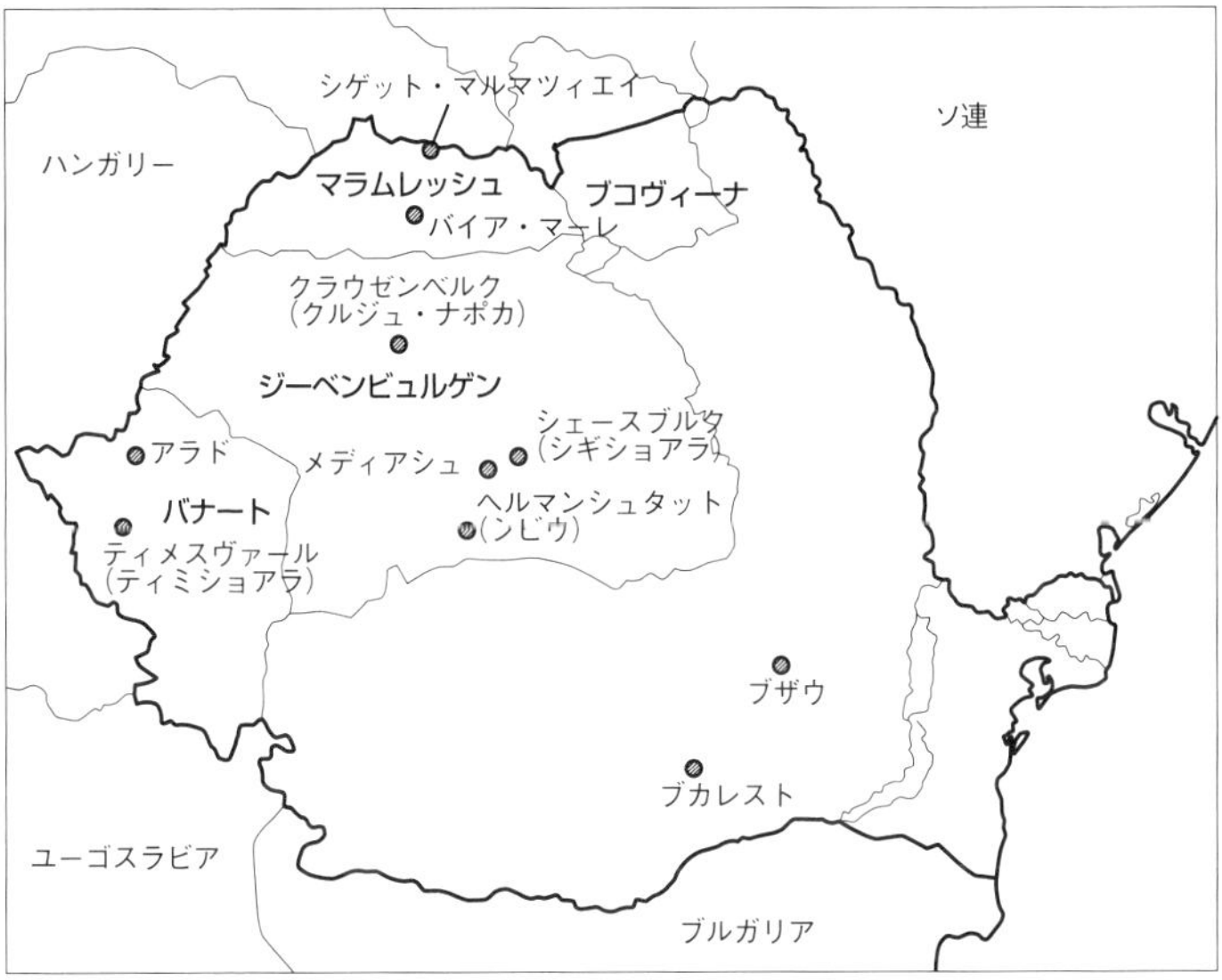

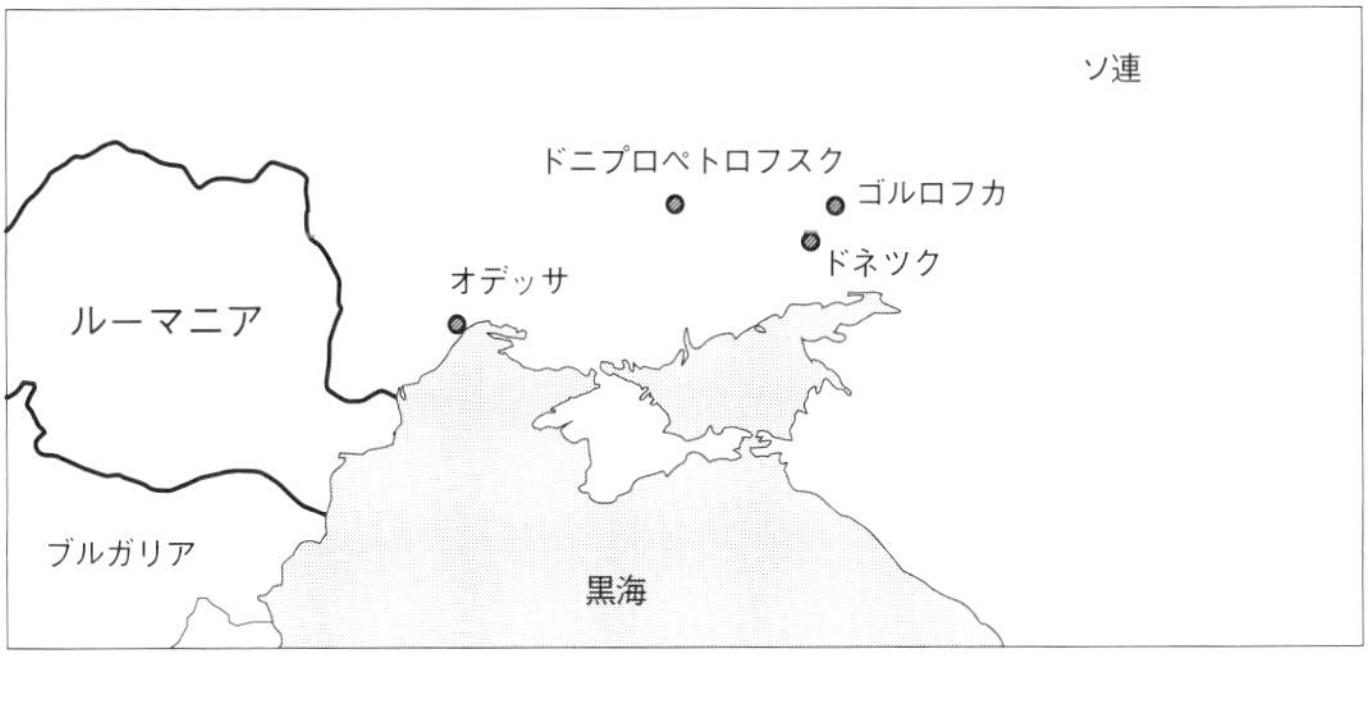

荷造りについて

持っている限りのものを携えていく。

いやそれともこう言うべきだろうか。僕のものと言えそうなものは何もかも携えていく、と。

僕は持っていたものをすべて携行していった。しかしそれは僕のものではなかった。本来の目的から外れているか、あるいは誰か他の人のものだった。豚革のトランクはもともとグラモフォン・レコードを入れる箱だった。ダスターコートは父のものだった。ビロードの襟《えり》飾りのついた都会的なコートは祖父のもの。ニッカーボッカーは叔父エドヴィンのもの。革のゲートルは隣に住むカルプ氏のもの。緑色の毛糸の手袋はフィーニー叔母のもの。ただ深紅のシルクのショールと小物入れだけは僕のもので、去年のクリスマスにもらった贈り物だった。

一九四五年一月はまだ戦争のさなかだった。この真冬にロシアのどことも知れないところへ行かねばならないなんて、その恐怖のあまり誰もが僕に何かをプレゼントしようとした。それは、もう何も助けにならないときに、何かの役に立つかもしれないものだった。世界の何ひとつとして役に立たなかったのだから。僕がロシア軍の徴発者名簿に載ったことは変えようもなかったので、誰もが何かをプレゼントしてくれ、その人なりの思いをあらわそうとしていた。そして僕はそれらを受け取って、いま旅立つのは悪いタイミングじゃない、と十七歳という年なりに考えた。むろんロシア軍の名簿などないに越したことはなかったが、そんなにひどいことにならないのなら、この出立は僕には好都合といってよかった。僕は、どんな石にいたるまで何もかもが監視の目を光らせているような小さな町の、指ぬきみたいに狭苦しい世界から抜け出したかった。不安の代わりに僕が持ち合わせていたのはこのひそかな苛立《いらだ》ちだった。それに良心の呵責も、というのは僕の家族や親戚はみな絶望したというのに、その名簿は、僕にとっては受け入れられるものだったからだ。家族や親戚は僕が外国で何か不幸な目に遭いやしないかと気が気ではなかった。でも僕は自分が知られていない場所に行ってみたいだけだった。

僕にはすでにとんでもないことが降りかかっていた。禁じられたことだった。異常で、汚く、恥知らず、そのくせ美しいことだった。「ニワトコ公園」のずっと奥、芝生の丘の裏で起こったのだった。帰り道、僕は公園の中央にある円い園亭《パビリオン》に寄り道した。祝日にはオーケストラが演奏をする場所だ。しばらくそこに座ったままでいた。丁寧な作りの木彫り装飾の隙間から日光が差し込んだ。空っぽの円や正方形や台形の不安が見えた。それぞれかぎ爪をもった白い蔓《つる》に結びあわされていた。それは僕の心の動揺をあらわす図柄であり、母の顔に浮かぶ驚愕の図柄でもあった。この園亭で僕は、もう二度とこの公園に来るのはよそう、と誓ったのだった。

やめようとすればするほど、ますますそこに出かけていくことになった——早くも二日後に。公園の隠語では、ランデブーに向けて。

最初の男とは二度目のランデブーにも出かけた。男は「ツバメ」というあだ名だった。二人目は新しい男で、「樅《もみ》の木」。三番目は「耳」。その後は「糸」。それから「ウグイス」と「ベレー帽」。さらに「ウサギ」「猫」「カモメ」。そして「真珠」。どのあだ名が誰のことを指すのか知っているのは僕たちだけだった。公園でまぐわい、僕は次つぎに人の手に渡った。夏で、白樺の皮も白かった。ジャスミンやニワトコの茂みには先を見通せないほど葉が生い茂り、まるで緑の壁のようだった。

愛には季節がある。秋が公園を終わらせた。木々は服を脱いで裸になった。ランデブーは僕たちとともにネプチューンプールに移った。鉄扉脇に白鳥をあしらったネプチューンプールのエンブレムが掛かっていた。僕は毎週のように、自分より二倍も年上の男と会った。ルーマニア人だった。結婚していた。何て名前だったかはもう忘れてしまった。自分が何て名乗っていたかも覚えていない。僕たちは時間をずらして出かけた。券売所の鉛ガラスのなかにいる女にも、ピカピカに磨かれた床タイルにも、中央の円柱にも、睡蓮《すいれん》の模様のついた壁タイルにも、木彫り細工の木の階段にも、僕たちが待ち合わせているとは思わせてはならなかった。二人とも他のみんなに混じってプールに泳ぎにいった。サウナでようやく僕たちは落ち合った。

収容所《ラーゲリ》に入れられる前にしろ、帰郷してから僕がこの国を去る覚悟を決めた一九六八年までにしろ、どんなランデブーも刑務所行きを覚悟しなければならなかった。もし見つかれば、少なくとも五年は入れられただろう。捕まった者もいる。彼らは公園か市営プールから直接、乱暴な取り調べを受けて刑務所に入れられた。そこからドナウ運河の懲罰収容所へ。今なら知っていることだが、運河から帰ってくることはできなかった。帰ってこられたとしても、もう生ける屍《しかばね》も同然だった。すっかり老け込み落ちぶれて、もう地上の愛の役には立たなかった。

そして収容所《ラーゲリ》時代には——収容所で見つかれば、それは即、死を意味していただろう。

五年間の収容所生活から帰ると、まいにち僕は大通りの雑踏を歩き回って、頭のなかで、もし逮捕されるようなことがあったらどういう言い方をするのがいちばんいいかを練習していた。犯行現場を押さえられる——この有罪宣告を受けぬよう何千もの言い訳やアリバイを用意していた。僕が抱えるのは物言わぬ荷物だった。その沈黙のなか奥深くにずっと自分自身まで詰め込み、荷物を解いて何か言葉で自分を語りだすようなまねは絶対にしない。僕が何か語るにせよ、それはただ別のやり方で自分を覆い隠しているだけなのだ。

最後のランデブーをした夏に、ハンノキ公園からの帰り道を引き延ばそうとして、僕は大リング広場の聖三位一体教会にたまたま入った。この偶然が運命に変わった。来るべき将来が見えたからだ。柱に支えられた脇祭壇の横に灰色の外套《がいとう》を着た聖人像が立っていて、外套の襟がわりに首回りには羊を担いでいた。この首回りの羊こそ沈黙にほかならなかった。話すわけにいかないことがある。しかし首回りの沈黙は口の沈黙とは別物だと言うとき、僕は自分の言わんとすることが分かっているつもりだ。

僕は、収容所《ラーゲリ》時代の前も、その間も、その後も、二十五年間ずっとびくびくしながら生きていた。国家も家族も怖くてしかたなかった。犯罪者として国家から刑務所送りにされ、末代までの恥として家族から締め出される、そんな二重の転落が怖かった。大通りの雑踏のなかで僕はショーウィンドー、市電や建物の窓、噴水や水たまりといった鏡ばかりをじっと見たものだった。自分が透明になっていて、そこに映し出されないんじゃないか、と疑いながら。

父は図工の教師だった。そして父が「水彩」という言葉を使うたびに、ネプチューンプールを頭に浮かべた僕は、足蹴《あしげ》にでもされたようにびくりとした。その言葉は、僕が行きつくところまで行ったことを知っていた。母が食卓でこう言うこともあった。ジャガイモはフォークで刺すもんじゃないよ、崩れてしまうじゃないか。スプーンを使いなさい。フォークはお肉を食べるときに使うのよ。すると血圧が上ってこめかみがどくんどくんとなった。ジャガイモとフォークが問題なのに、どうして母は肉の話をするんだ。どの肉のことを言っているんだろう。度重なるランデブーで、僕の肉は裏返されていた。僕自身が僕の泥棒だった、言葉は思いがけないタイミングで口にされ、僕は悪事の現場を取り押さえられたのだ。

母、そしてとりわけ父は、小都市のドイツ人がみんなそうであるように、ブロンドのお下げ髪や白いハイソックスの美しさを信じていた。ヒトラーの黒い四角形の口髭も、アーリア人種たるジーベンビュルゲン・ザクセン人の優秀さも信じていた。僕の秘密は、純粋に身体的に見たって、どうしようもなく唾棄すべきことだった。ましてやルーマニア人の男が相手となると、「劣等人種との性交渉」の嫌疑まで加わってしまうのだ。

僕は家族から離れたいと思っていた。たとえ行き先が収容所《ラーゲリ》でもよかった。ただ母のことだけが哀れだった。本当の僕の姿を自分がほとんど知らないのにも母は気づいてなかった。僕がいなくなったら、僕が母を思う以上に母は僕を思うことだろう。

　教会では、首回りに沈黙の羊を担いだ聖人の隣の壁に、「天は時を動かしたまう」という銘のついた白い壁龕《へきがん》が見えた。後でトランクを詰める段になって、壁龕の言う通りになったぞ、天が時を動かしたんだ、と僕は思ったのだった。戦争に召集されずにすんで、雪の前線に行かずにすんでうれしくも思った。向こうみずでありながら従順に僕は荷造りにとりかかった。何ひとつ文句は言わなかった。紐《ひも》の付いた革のゲートル、ニッカーボッカー、ビロードの襟飾りのついたコート――どれも僕には似合わなかったというのに。時が動き出したことが問題なのであって、服は何でもよかった。こんな服であれ、別の服であれ、どうせ体は大きくなっていくんだ。世界は確かに仮装舞踏会ではない、と僕は思った。しかしだからといって真冬にロシアに行かされる者がどんななりをしようと物笑いの種になるものか。

　二人組の警官のパトロールが名簿を手に家から家を回っていた。ルーマニア人とロシア人だった。パトロール隊が「収容所《ラーゲリ》」という言葉を家ではっきりと口にしたかどうかは記憶にない。そうでないとすれば、「ロシア」以外にいったいどんな言葉を言ったのだろうか。たとえ「収容所」と言ったのだとしても、あの時の僕はその言葉に驚きもしなかったことだろう。戦時中にもかかわらず、そして首回りにランデブーの沈黙を抱えていたのに、僕は十七歳にしてあいかわらず明るく無知な子供時代にどっぷりつかっていた。「水彩」や「お肉」といった言葉には敏感に反応した。しかし「収容所」という言葉に頭は無頓着だった。

あのとき、ジャガイモとフォークの話が出た食卓で、母が「お肉」という言葉で僕の悪事の現場を押さえそうになったとき、僕はもっと小さな子供の頃のことを思い出してもいた。僕が階下の中庭で遊んでいると、母がベランダの窓から声を張り上げた。晩ごはんよ、すぐに帰ってきなさい。何度も呼ばないとこないなら、もうおまえなんか帰ってこなくていいんだからね。でも僕がぐずぐずしていつまでも外に残っていたものだから、僕が階上の部屋に戻ってきたとき、母はこう言い放ったのだった。

——さあランドセルにさっさと物を詰めて、出てお行き、好きなことをすればいい。

そう言いながら、母は僕を無理やり部屋に引っ張って行き、小さなリュックサックを手に取ると、僕の毛糸の帽子や上着を詰め込んだ。でもどこに行けばいいの、と僕は尋ねた。ねえ、僕はお母さんの子供なんだよ。

荷造りは練習すればできるようになるものだから、歌やお祈りのように自然と身につけていくものだと考えるのが普通だろう。でも僕たちは練習したこともなかったし、トランクも持っていなかった。父がルーマニア軍に入隊して前線に行かねばならなかったときには、詰めるべき荷物など何もなかった。兵隊になれば、何でも支給される。それは軍服の一部だからだ。だけど僕たちは、汽車旅行のため、そして寒さ対策のためをのぞけば、何のために荷造りするのかも分かっていなかった。ちゃんとしたものがないと、代用品ですまさなければならない。その偽物が必需品になる。そしてその必需品が、ただそれしかないという理由で、唯一の正当な物とされるのだ。

母がリビングからグラモフォンを取ってきて、食卓の上に置いてくれた。僕はドライバーを使って、グラモフォンの箱をトランクに作りかえた。回転装置とターンテーブルをまず取り外した。ハンドルを外した後の穴にはコルクを詰めた。赤茶けたビロードの内張りは残しておいた。ラッパ型のスピーカーの前に犬がおすわりしている「HIS MASTERS VOICE」の三角プレートにも手をつけなかった。トランクの底には四冊の本を並べた。クロース帖の『ファウスト』、『ツァラトゥストラ』、薄っぺらなヴァインヘーバー、過去八世紀の抒情詩集。長編小説はやめておいた。一度読んだきりで二度と読みはしないからだ。本の上には小物入れ。そのなかには、化粧水一瓶、シェーブローション「タル」一瓶、髭剃り石けん一個、カミソリ一個、シェービングブラシ一個、カミソリ負け用の軟膏アラウンシュタイン一個、手洗い石けん一個、爪切り一個。小物入れの隣には、厚手のソックス一足（茶色の、繕いのすんだもの）、ハイソックス一足、赤と白の格子縞のフランネルのシャツ一枚、畝織《うねお》りの短いズボン下二着。真新しいシルクのショールは、くしゃくしゃにならないように、いちばん上に置いた。光沢《つや》出ししたところと光沢消ししたところが交互に組み合わさった深紅の市松模様の柄だった。これでトランクはいっぱいになった。

それから風呂敷包み。寝椅子のベッドカバー一枚（ウール製、水色とベージュの格子縞。大きな作り――だけど保温力はない）。その中に巻き込むようにして、ダスターコート一着（ツィード柄、かなりの着古し）と革のゲートル一足（第一次世界大戦で使った年代物、メロンみたいな黄色。小さなバンド付き）。

それから食料袋。スカンディア印の缶詰ソーセージ一個、バターをぬったパン四個、クリスマスのクッキーの余り二、三個、飲み水を入れたコップ付きの水筒一本。

それから祖母がグラモフォン＝トランク、風呂敷包み、食料袋をドアの側に置いた。二人の警察官は真夜中にまた来ると言い残していた。その時間になったら迎えにくるというのだ。ドアの横の手荷物一式はいつでも出かけられるよう用意万端整っていた。

それから僕は着替えた。長いズボン下一枚、フランネルのシャツ一枚（ベージュとグリーンの格子縞）、ニッカーボッカー一着（グレー、すでに述べたように、エドヴィン叔父のもの）、ニットの袖のついた布地のベスト一枚、ウールのソックス一足、登山靴《ボカンチエン》一足。フィーニー叔母の緑の手袋はいつでも手に取れるようにテーブルに置いておいた。登山靴の紐を締めたが、そうしながら、もうだいぶ前のこと、夏休みに出かけたヴェンヒ高原で母がお手製の水兵服を着ていたのを思い出した。そのとき母は草原を散歩している最中に、伸びた草に倒れ込んで死んだ振りをしたのだった。僕は八歳だった。天が草のなかに倒れたという恐怖といったらなかった。天に自分まで飲み込まれるのは見ないですむよう僕はあわてて目をつむった。母が跳ね起きて、僕を揺すりながら言った。おまえはほんとうに母さんのことが好きなんだね、ほら見てごらん、ちゃんと生きてるでしょう。

登山靴の紐も締め終わった。テーブルについて、真夜中が来るのを待ち構えた。真夜中になったが、パトロール隊は遅刻していてなかなか現れなかった。三時間が漫然と過ぎていった。そんなことには耐えられるものではなかった。それからやっと彼らがやってきた。母が黒いビロードの襟飾りのついたコートをよこしてくれた。そのコートに袖を通した。母は泣いていた。僕は緑の手袋をはめた。木造の廊下のちょうどガスメーターのあるところで、「わしには分かっとる。おまえはきっと戻ってくる」と祖母が言ってくれた。

　僕は祖母のこの言葉をわざわざ覚えておこうと思ったわけではなかった。特に注意を払いもせずに収容所《ラーゲリ》まで持ち込んだのだった。その言葉がずっと付き添ってくれることになるなんて、思いも寄らなかった。けれど、言葉というものはこちらの思惑に関係なく自立しているものだ。それは僕のなかで動きはじめた。持っていった本が寄ってたかっても及ばないほど活発に動きつづけたのだ。「わしには分かっとる。おまえはきっと戻ってくる」は心臓シャベルと手を組み、ひもじさ天使の宿敵になってくれた。生還した僕には、こんな言葉こそが生きる勇気を与えてくれるものなんだと言う資格がある。

　パトロール隊が連行しに来たのは、明ければ一九四五年一月十五日という深夜三時のことだった。ことさら寒さがこたえる夜で、氷点下十五度だった。僕たちは幌のかかったトラックで人通りの絶えた町を見本市展示場まで走っていった。それはザクセン人がよく祝い事に使うホールでもあった。それが今は集結地点になっていた。三〇〇人くらいの人たちがホールには詰め込まれていた。床にはマットレスと藁《わら》布団が並んでいた。一晩中、車が次から次にやってきた。近郊の村からも来ていて、かき集められた人々を降ろしていった。明け方にはだいたい五〇〇人くらいになった。いくら数えてもこの夜は無駄だった。全体を見渡しようがなかった。展示場には一晩中灯りがついていた。人々は駆けずり回っては、知り合いを捜していた。指し物師たちが駅にかき集められ、牛やら豚を運ぶ貨車のなかに寝台を急ごしらえしろと言われて、真新しい材木に釘を打っている、という噂だった。列車に円筒形のストーブを作れと言われて、動員されている職人たちもいる。その他、のこぎりで床に排便用の穴をあけさせられている者もいるとか。みんな目を剥《む》いて声を抑えたくさん語りもすれば、目を閉じ声も抑えてたくさん泣きもした。ホールには古着、汗まみれの不安、脂ぎった焼き肉、バニラキャンデー、そして強い酒のにおいが充満していた。ひとりの女が頭巾《ずきん》を外した。きっと村から連れられてきたのだ。お下げ髪は後頭部で二重に畳み込まれ、牛の角を加工した半円形の櫛《くし》で頭の真ん中にまとめあげられていた。櫛の歯は髪のなかに消えていて、丸みを帯びた上辺にしても、ただ角《かど》が二か所小さな尖った耳のようにのぞくばかりだった。耳と大きな髷《まげ》があるので、後頭部は座っている猫さながらだった。僕は立っている脚の群れと手荷物の山の間に、観客のように座っていた。眠気に意識をなくして、ほんの二、三分ほど僕はこんな夢を見た。

母と一緒に墓地の真新しい墓の前に立っている。墓の中央から、僕の半分くらいの背丈《せたけ》の植物が生え出て、毛皮で覆われた葉を茂らせている。茎の先には、革の把《と》っ手のついた小さなトランク形の実がなっている。その実は指の幅ぐらい開いていて、そこから赤茶けたビロードの内張りが見えている。誰が死んだのか僕たちには分からない。コートのポケットからチョークを取り出すのよ、と母が言う。そんなの持っていないよ、と僕。でもポケットをまさぐってみると、仕立屋が使うチャコが一個入っている。トランクにぱっと分かる名前を書かなくちゃ。そうだ「ルート」と書くことにしよう、知っている人のなかにそんな名前の人はいないから、と母が言う。僕は「ここに安眠す《ルウト》」と書きはじめる。夢のなかでは、死んだのが僕自身だとはっきり分かっていたが、母にはまだ教えたくなかった。思わず僕はぎょっとした、というのは雨傘を持った中年の男が隣の藁《わら》布団にどっかり腰を下ろすと、僕の耳元でこんなことを言ったからだ。義兄《あに》が後から来たがっているんだがね、ホールのまわりはぐるっと警護されている。入れてはもらえんだろう。わしらはでもまだ町にいる。兄貴は入って来れんし、わしは家に帰れん。男の上着の銀ボタンにはどれにも飛んでいる鳥があしらわれていた。野鴨か、あるいはむしろアホウドリか。というのは、胸の記章の上の十字架と見えたものは、僕がもっと前にかがむと、錨に変わってしまったからだ。雨傘は散歩の杖のように僕と彼の間に突き立てられていた。それを持っていくんですか、と僕は尋ねた。あっちではここより大雪が降るらしいからな、と彼は答えた。

いつ、そしてどのようにしてホールを出て駅に行かされるのか、教えてはもらえなかった。いや、行ってかまわないのか、と言う方がいい、というのも僕はついに逃げ出そうとしているからであって、それがたとえトランク代わりのグラモフォンの箱を抱え、ビロード飾りを首に巻きつけて、牛や豚を運ぶ貨車でロシアに運ばれるのであってもそうなのだ。結局どんなふうにして駅に行ったのか、記憶にない。貨車は大きなものだった。乗り込むための手続きがどうだったかも忘れてしまった、というのも昼夜を問わず、まるで生まれてからずっとそこにいたみたいに、貨車に乗せられていたからだ。どのくらい長い間乗っていたかももう覚えていない。僕の考えはこうだった。列車に揺られつづけている限り、どこか遠くに向かっているのは間違いないはずだ。列車に乗っている限り、何も起こるはずはない。乗っている限りは、悪いことはない。

老若男女さまざまな人が寝台の頭の方に荷物を置いていた。話しては黙り込み、食べては寝ていた。酒瓶も回された。列車に乗っていることがもう当たり前のことになったとき、あちこちでいちゃいちゃ、べたべたとやりだした。みんな片方の眼では見ながら、別の眼はそらすのだった。

　僕はトゥルーディー・ペリカンの隣に座って、カルパチア山脈のビュレア小屋へのスキー遠足のときのような気がするよ。あのときは高校のクラスの半分が雪崩《なだれ》に飲み込まれたんだったね、と言った。そんなこと私たちに起きるはずもないわ、と彼女は言った。スキー道具なんか何も持ってきてないじゃない。でも、グラモフォンの箱を馬みたいに乗りこなすことはできるかもね。乗りこなすのよ、昼も夜も昼も、リルケ［「騎手クリストフ・リルケの愛と死の歌」］は知ってるわよね。そんなふうに言うトゥルーディー・ペリカンは、肘まで届く毛皮の袖口がついた釣り鐘形のコートを着ていた。茶色い毛の袖口には、それぞれ半分に分かれた犬の片割れがいるように見える。トゥルーディー・ペリカンがときおり両手を交差させて袖をくっつけるので、二匹の片割れ犬が合体して一匹の子犬になる。その時点ではまだ荒れ野《ステップ》を見たことがなかったけれど、もし目にしていれば、荒れ野の地犬を思い浮かべていたことだろう。トゥルーディー・ペリカンの体からは桃を温めたようなにおいがした、それどころか口からも同じにおいがした。家畜のにおいの染みついた貨車のなかだというのに、三日目にも四日目にも、そのにおいは残っていた。コートを着て座っている様子は、出勤途中に市電に乗る淑女といった趣きだが、彼女によると、隣家の庭の納屋の後ろに穴を掘って四日間ずっと身を隠していたのだという。しかし雪が降ってきて、家と納屋と穴との間を行き来すれば、歩いた跡が残るようになった。彼女の母親はもうひそかに食事を持ってくることができなくなった。庭のいたるところに足跡が読み取れた。雪に密告されて、彼女は自発的に隠れ処から出なければならなかった。自発的と言っても、雪に強いられたものだった。あんなひどいことする雪なんか決して許さないわ、と彼女は言った。降ったばかりの雪を偽造するわけにはいかない、雪は誰も触れていないように見せかけることができないんだもの。土なら細工できるのに、と彼女は言った。がんばれば、砂だって、草だってね。水はそれこそ自分で細工してくれる。というのは何もかも飲み尽くして、飲み終えると、すぐまた蓋《ふた》をしてしまうんだから。空気は、はなから見えないのだから、いつだって最初から細工をしているようなものでしょう。つまり雪以外なら、何であっても黙っていてくれたはずなのよ、とトゥルーディー・ペリカンは言った。だから、どか雪がいちばん悪いの。たしかに雪は、自分のいる場所をわきまえていて、町に降り積もるやり方も、いかにもここが地元という感じだったわ。だけど、ロシア人が来たら、すぐその言いなりになってしまった。雪に裏切られたせいで、私はこんなところにいるのよ、とトゥルーディー・ペリカンは言った。

列車は十二日か十四日間、何時間走ったか数えられないほどえんえん、停まることなく走り続けた。それから何時間か数えられないほどえんえん、停まったまま動かなくなった。どこにいるのか僕たちには分からなかった。上の寝台の誰かが、換気口の隙間から駅の表示板を読み取って「ブザウ」だとでも言ってくれるのでなければ。貨車の中央に置かれた円筒型ストーブがぼこぼこと鳴りつづけた。酒瓶が回し飲みされた。みんな酩酊していた、アルコールでそうなる者もいれば、不安のあまりそうなる者もいた。あるいはその両方でそうなる者も。

「ロシア軍に強制連行される」——この言葉にどんな含みがあるのかが頭の片隅をよぎりはしたが、気が気じゃないというほどではなかった。到着したら壁の前に立たされ銃殺されるかもしれないが、今のところ僕らは列車に乗っているのだから。故郷でナチのプロパガンダから聞かされていたのとは違って、すぐさま壁の前に立たされ銃殺されるなどという憂き目には遭わずにすんでいたので、僕たちはのんきなくらいだった。貨車のなかで、男たちはあてもなく酒を飲むことを覚えた。そして、女たちはあてもなく歌うことを学んだ。

沈丁花《ちんちょうげ》が満開の森
堀に残る雪
あなたから届いた手紙
それを読むたび心が痛む

［ヘルマン・ヘッセ『さすらい』］

同じ調子で同じ歌がえんえん続いた。そのうち女たちが本当に歌っているのか、それともそうでないのか、分からなくなってしまった。というのも、周りの空気までが同じ歌をうたうようになっていたから。歌は頭のなかでがたごとと鳴りつづけ、汽車の旅にぴったりだった——天に動かされた時の歌う貨車ブルースにしてキロメートル・リートだった。それは僕の人生でいちばん長い歌になった。

五年間ずっと女たちはそれを歌って、ついには歌までが僕たちみんなと同じ望郷の念に駆られるほどだったのだ。貨車のドアは外から鉛で封印されていた。四度、それが開けられた。車輪付きの引き戸だ。まだルーマニア領内だった。そのうちの二度、皮を剥《は》いで縦にのこぎりを入れた山羊《やぎ》の半身が外から投げ込まれた。かちんこちんに凍りついていて、床に当たってごとんと大きな音を立てた。最初の山羊肉は誰が見てもストーブの焚き付けにしか見えなかった。小さく切り分けて火にくべた。何の臭いもしないくらいかさかさに乾燥しきっていて、よく燃えた。二個目の山羊肉のときには「パストラマ」という言葉がみんなに広まった。燻製の食用肉のことだ。僕たちは二個目の山羊肉も火にくべては大笑いした。それも最初のと同じくかちんこちんで、青っぽい色をしており、びっくりするぐらい骨しかなかった。でも、僕たちはいささか笑うのが早すぎた。心優しいルーマニアの山羊肉を二かたまりも蔑《さげす》んで捨ててしまうなんて、僕たちは何て不遜だったことだろう。

時間がたつにつれて、貨車のなかはだんだん気やすい仲になってきた。狭い空間では些細なことがあれこれ起きて、退いたり、立ち上がったりしなくてはならなかった。トランクのなかを引っかき回したり、中身を取り出したり、片付けたり。幕のように垂らされた二枚の毛布の陰の排便用の穴に出かけたりだ。些細なことだが、そこからはまた別の些細なことが生まれていった。貨車に集団で閉じ込められていると、どんな個性も消えていく。自分のもとにいるというよりも、他人の間にいるからだ。気を遣う必要なんかまったくなかった、お互い様で自分のうちにいるのと変わらなかった。そんなふうに強がりを僕は言ってみるけれども、もしかするとそれは自分にしか当てはまらないのかもしれない。いや僕自身に関しても、そんなことはないかもしれない。ただ貨車が狭かったせいで、僕はおとなしくしていただけじゃないだろうか。というのも僕はどのみち故郷から逃げ出したかったんだし、トランクにはまだ十分に食べ物があったんだから。ひどいひもじさがまもなく僕ら全員に襲いかかってくるだなんて、誰ひとり予想してなかった。その後の五年間ずっとひもじさ天使に襲われつづけてようやく、このかちんこちんの青みがかった山羊肉がどんなにありがたいものだったかが身にしみて分かった。そしてどんなにこの肉を惜しんだことだろうか。

すでにロシアの夜になっていた。ルーマニアはもう僕らの背後だった。何時間かの停車中に、がたんという強い揺れを感じた。レールの幅の広いロシアの線路と、広大な荒れ野《ステップ》に合わせて、車輪が付け替えられたのだ。豪雪のおかげで夜なのに外は明るかった。何もない荒れ野のただなかで今夜三度目の停車だった。ロシアの警備兵が「ウボルナーヤ」とどなった。貨車のドアがことごとく開けられた。僕たちははるか下の雪原に転げ落ちて、ひかがみまで雪に埋もれた。言葉こそ分からなかったが、「ウボルナーヤ」が揃ってトイレに行けという意味だと僕たちは理解した。はるか頭上に満月が掛かっていた。吐く息は顔の前で雪のように白くきらきら光ったかと思うとすぐ足下に流れ落ちていった。僕らは機関銃を構えた兵士たちに取り囲まれていた。そして今「ズボンを降ろせ」の号令。

みっともないったらなく、世界中の恥ずかしさを一身に集めたようだった。でも僕らと雪景色の他には誰もいないので、ぴったり並んで同じことをするように僕らを強いる雪景色を見とがめる者もいないのが救いだった。僕は別に尿意を催したわけじゃなかったが、とりあえずズボンを降ろしてしゃがみこんだ。この夜景の何と卑劣でおとなしかったことか、用を足す僕らをひどく笑いものにするんだから。トゥルーディー・ペリカンは僕の左隣で釣り鐘型のコートを腋の下までたくし上げ、ズボンを踝《くるぶし》まで引き下げており、靴の間からちょろちょろ尿が流れる音が聞こえてきた。後ろでは弁護士のパウル・ガストが息んでうめき声を上げ、その妻ハイドルン・ガストの腸は下痢のためにぐるぐると鳴った。なま暖かい湯気があたりにたち上り、すぐに空中で凍ってきらきらと光った。雪景色が僕らに施したのは荒療治もいいところだった。尻を剥《む》き出しにしたまま、下半身の立てる恥ずかしい物音と一緒に放置したのだから。こんなふうに寄り集まると、僕たちの内臓は何とみじめったらしいものになってしまうことだろう。

もしかするとこの夜に急に大きくなったのは僕ではなく、僕のなかの恐怖だったのかもしれない。そしてみんなと一緒というのはこんなふうにしか実現しないのかもしれない。というのも、僕たちはみな、例外なくみな自動的に、用を足しながら線路の盛り土の方に顔を向けていたのだから。僕らはみな月を背にしていた、貨車の開いた扉からもう目が離せなくなって、普通の部屋のドアに対するような信頼をそれに寄せてしまっていた。そのドアが僕たちを待たずに閉まり、列車が僕たちを乗せずに走り出しはしないか、という気の狂ったような不安に僕たちは取り憑かれていたのだ。

仲間の一人が広い夜に向かって叫んだ。ここには、大小便するザクセン人の群れが山ほどいるじゃないか。このまま落ちぶれてしまえば《バッハ・ヘルンターゲート》、流れ落ちるのはもう小川《バッハ》だけじゃすまないぜ。そうじゃないか、お前たち、みな生きていたいんじゃないのか。そしてからからとブリキのように空虚な笑い方をした。みんなが少し彼から離れた。すると彼はその場所を奪って、僕らの前で俳優のようにお辞儀して、高い厳かな調子で繰り返した。そうじゃないのかい、お前たち、生きていたいんだろう。

男の声に谺《こだま》が反響した。泣き出した人もいた。空気はガラスのようだった。彼の顔は狂気のなかに沈んでしまった。上着に飛んだ唾がエナメルを塗ったように光った。そのとき僕は彼の胸の記章に気づいた、アホウドリのボタンの男だった。ひとりぼっちで立って、子供じみた声でしゃくり上げていた。男のそばにとどまったのは、ぎっしりと積もった雪だけだった。そして彼の背後には、レントゲン写真のように見える月に照らし出される凍りついた世界があるばかりだった。

機関車が一度だけくぐもったような汽笛を鳴らした。これまで聞いたこともないような低い「ウ、ウー」という音だった。誰もが自分のドアに押しかけた。僕らが乗り込むと、列車の旅がまたはじまった。

あの男だったら胸の記章がなくても見分けられて当然だったのに。収容所《ラーゲリ》ではもう男の姿を見かけることはなかった。

メルデクラウト

　この収容所《ラーゲリ》で受け取った衣類はどれにもボタンなど付いていなかった。シャツや長いズボン下には小さな紐が二本ついていて、ボタン代わりにそれを結んで留めるのだ。同じような小さな紐が枕には二組ついていた。その枕は夜こそ枕になったが、昼には亜麻布《リネン》の袋になって、万一に備えて、つまり盗みや物乞いに備えて、肌身離さず持ち歩くのだった。

　盗みをするのは、作業の前、最中、そして後のことばかりで、僕たちが「行商」と呼んでいた物乞いのときには絶対しなかった。バラックの仲間から盗むこともなかった。それに、作業から帰ってくる途中に、瓦礫《がれき》の山に登り、枕がぱんぱんになるまで、雑草を摘んだけれども、それも盗みではなかった。もう三月のうちに農村育ちの女たちが突きとめたところでは、ぎざぎざの葉っぱをした雑草はロシア語で名を「ロバダー」といい、故郷《くに》でも春には野生のほうれん草のように食べるアカザだった。ドイツ名は「メルデクラウト」だ。羽根みたいな葉っぱの草も摘んだが、それは野生のヒメウイキョウだった。そんな野草を食べるには塩があるのが絶対条件だった。塩はバザールで物々交換をして手に入れなければならなかった。砂利みたいに灰色で粗い塩だから叩いて潰《つぶ》す必要があったが、それでもたいへんな値打ちがあった。メルデクラウトを調理するには二つの方法があった。

　メルデクラウトの葉は、むろん塩を振れば、ノヂシャのように生でも食べられる。そしてヒメウイキョウを細かくちぎって、その上に振りかければいい。さもなければ、茎ごとメルデクラウトを塩ゆでするのだ。スプーンで熱湯から取り出せば、それはうっとりするくらいにほうれん草に似てくる。ゆで汁だって、透明なスープとして、あるいはグリーンティーとして飲むことができるのだ。

春のメルデクラウトは柔らかく、全長が指ぐらいで銀がかった緑色をしている。初夏には膝丈になり、葉っぱが指のようになる。どの葉もそれぞれ様子が違っていて、ばらばらの手袋のようだが、いちばん下に親指がくるのはどれも同じだ。銀がかった緑のメルデクラウトは涼やかな野菜で、春の料理。でも夏には注意しないといけない。またたく間に大きくなり、茎は硬く枝を張るように次々に分かれていく。噛むと粘土のように苦くてたまらない。ついには腰まで伸び、中央の太い茎のまわりに緩やかな茂みができあがる。夏の盛りには葉と茎が色づくようになり、バラ色にはじまって、血のような赤、さらにはどす黒い赤へと変わり、そして秋に入ると、どんどん濃さを増していき、ついには深い藍色になる。どの枝の先端にも、イラクサみたいに、小さな球を並べたような花が咲く。ただしメルデクラウトの花はつり下がるのではなく、斜め上に向かって突き出している。この花もやがてバラ色から藍色へと変色していく。

そんなふうに色づきはじめ、とても食べられなくなってから、メルデクラウトが本当に美しくなるのは何とも奇妙なことだ。そしてその美しさに守られながら、道ばたにいつまでも咲き残っている。メルデクラウトの旬は過ぎた。でもひもじい思いだけは、それを抱える本人よりもぐんぐん背丈が伸びて、少しも消えうせる気配を見せない。

この慢性的なひもじさについては何と言えばいいのだろうか。病的なまでにひもじい思いをさせるひもじさがあるのだ、と言えばいいだろうか。すでにひもじいのにさらにひもじさを募らせていくようなひもじさがあるのだ、と言えばいいか。その次から次に更新されるひもじさは、飽きることなく拡大して、なんとか押さえ込めていた、元からのひもじさのなかに躍り込んでいくのだ。ひもじくてしょうがないという以上のことをもう自分自身については語れないというのに、世界をどう歩き回ればいいのだろう。それ以外には何も考えられないというのに。口蓋《こうがい》がどんどん存在感を増して頭より大きくなり、それこそ建物の円蓋みたいに、天めがけて高く伸び、しかも耳ざとくなりながら、ついには頭蓋を突き破らんばかりになる。ひもじさに耐えきれなければ、まるで仕留めたばかりのウサギの皮が、干すために、顔面の裏にぴんと張りつけられたみたいに、口のなかがひきつってくる。頬はかさつき、青白い産毛《うぶげ》ばかりが目立つようになる。

お前が硬くなって身を守ろうとするせいで食べられないじゃないか、と苦いメルデクラウトを非難すべきかどうか、僕はいつも迷った。もう俺はおまえたちやひもじさにではなく、ひもじさ天使に仕える身なんだ、とどうせメルデクラウトが開き直るだろうから。その小さな赤い花の連なりは、ひもじさ天使の首を飾る装身具だ。最初の寒気が訪れる早秋から、メルデクラウトは凍りつくまで日ごとに派手はでしく身を飾り立てていく。それは目を突き刺すような毒々しくも美しい色だった。その小さな花が、道ばたに無数につづく赤い首飾りが、ひもじさ天使を飾り立てるのだった。それこそ天使が身につけるアクセサリーだった。一方の僕たちが身につけられたのは、巨大化した口蓋ばかりで、歩くたびに足音が谺《こだま》となって口のなかで響きわたるのだった。まるでぎらつく光でも大量に飲み込んでしまった後のように、頭のなかはすっかり透明になった。光は口蓋のなかでまずは様子をうかがい、それから媚びるようにして喉びこに忍び寄り、ついにはそこで大きく膨れあがって、脳のなかに侵入してくるのだ。ついには頭のなかから脳が消え、ただひもじい思いの谺《こだま》ばかりが残る。そんなひもじさの苦しみを表す適切な言葉は見当たらない。今になってもまだ僕は、どうだい、おまえさんの手からうまく逃げおおせたんだ、これ以上つきまとわないでくれ、とひもじさに言ってやらなきゃ気がすまない。もう飢えずにすむようになってからも、僕は文字通りに人生そのものを貪《むさぼ》ることをやめられない。食事を摂るたびに、僕は食事の味という獄につながれ、逃げようもなくなる。六〇年前に収容所《ラーゲリ》から引き揚げてきてから、僕はただ飢え死にしないがために食べているだけなんだ。

僕はもう食べられなくなったメルデクラウトを見て、何か違うことを考えてみようとした。例えば、氷のような冬が来る前の、疲れを見せる晩夏の最後のぬくもりを。しかしその代わりに思い出したのは、どこにも見当たらないジャガイモのことだった。それから、コルホーズに住み込んでいて、たぶんもう新ジャガを日々のキャベツスープのなかに入れてもらっているはずの女たちのことだった。それ以外に彼女たちを嫉妬するいわれはない。彼女たちは地面の穴のなかに住まわされ、毎日たくさんこき使われていた。日の出から日没までずっとそうだったのだから。

収容所《ラーゲリ》の春、とはつまり、瓦礫《がれき》の山じゅうを探し回る報告者《メルデゲンガー》である僕たちにとってはメルデクラウト料理の季節という意味だった。「メルデクラウト」という名前は妙な言い方で、だいたい何の意味もないのだった。その「メルデ」は何の裏の意味もなく、僕たちを悩まさないでいてくれた。「名乗り出よ《メルデ・ディヒ》」という意味にはならなかったし、「点呼草《アペルクラウト》」であったら持つような恐ろしいインパクトもなくて、ただ路傍に生える言葉にすぎなかった。せいぜいが「晩の点呼終了後言葉《ナッハアーベントアペルヴォルト》」あるいは「点呼終了後草《ナッハアペルクラウト》」でしかないのであって、決して「点呼草《アペルクラウト》」にはならなかった。しばしばメルデクラウト料理をいらいらしながら待たせられた。というのは、人数が合わなくて、いつまでもだらだらと点呼がつづいたからだ。

収容所《ラーゲリ》には五つのＲＢすなわち労働大隊《ラボーチ・バタリオン》があった。それぞれの個別大隊《アジェルニイ・ラボーチ・バタリオン》がＯＲＢと呼ばれていて、五〇〇から八〇〇人の囚人からなっていた。僕の大隊は一〇〇九番で、僕の労働番号は七五六番だった。

僕たちは隊列を組んで立っていた——目は異様に飛び出し、鼻ばかりが目立つ一方で、げっそり頬がこけた連中からなる、この無惨な五大隊に対して何て言い草だろう。腹と脚だけは栄養失調のため水がたまって膨れあがっていた。凍てつくような寒さであれ、灼けつくような暑さであれ、日暮れどきはいつも直立不動の姿勢ですぎていった。動いていいのは、僕らにたかったシラミだけだった。無限に続く人数確認の間にシラミは血を吸って満腹し、僕たちのみじめな肉体の上をすみからすみまでパレード行進までした。何時間でも毛のあるところなら頭の上から陰毛まで潜《もぐ》り込んでいられたのだ。シラミがもうすっかり満腹して、綿入れ作業着の返し縫いで、のんびりと眠りについた頃にも、たいてい僕たちはまだ直立不動の姿勢をとらされていた。収容所《ラーゲリ》所長のシシュトヴァニョーノフがいつまでもどなっていた。彼のファーストネームを僕たちは知らない。彼はただ同志《トヴァリシュチュ》シシュトヴァニョーノフとだけ呼ばれていた。口に出して発音しようとすると、とちるのが怖くてどもってしまうほど長ったらしい名前だった。僕自身は同志シシュトヴァニョーノフという名前を聞くと、いつも移送列車の機関車のシュッシュッという音を思い出した。それに故郷《くに》の教会の白い壁龕と「天は時を動かした、ま、う」という銘を思い出した。もしかすると僕たちは白い壁龕の言葉に楯つくために何時間も直立不動でいなければならなかったのかもしれない。骨が鉄のように重く手に負えなくなった。体についていた肉が落ちてしまうと、骨を運ぶのもひと苦労だ。動かそうとすると、地面に引きずり込まれそうになるからだ。

僕は点呼のときには、直立不動の姿勢をとりながら自分を忘れるように努め、息を吸うのと吐くのとを途切れさせないように練習した。そして頭は上げずに、目だけを上に向けるようにした。それから骨ばかりの体をひっ掛けられそうな角ばった雲を空に探した。空のフックが見つかれば、僕は一心不乱にそれにしがみついた。でも、ただ大海原のように一面の青が広がり、雲ひとつないことがしばしばだった。

隙間なく雲の天井に覆われていて、一面灰色ということもしばしばだった。

雲が流れていて、フックがじっとしていないこともしばしばだった。

雨が目に当たって焼けつくように痛み、服が肌にべったりと貼りつくこともしばしばだった。

凍てつくような寒さに内臓が噛《か》みちぎられることもしばしばだった。

そのような日に僕の目玉は、空に上へと回転させられ、点呼に下へと引き降ろされた――そんなとき骨は、よりどころをなくして、僕の体のなかに自力でぶら下がるしかなかった。

カポのトゥール・プリクリッチュが僕たちと所長シシュトヴァニョーノフの間を気取って歩き回る。その指に握られた名簿はずり落ちかけ、枚数が多すぎてくしゃくしゃになっている。番号を一つ読み上げるたびに、彼の胸が鶏のように膨らんでは縮んだ。彼はあいかわらず子供のような手をしていた。僕の手は収容所《ラーゲリ》で大きくなり、一枚の板みたいに、角張って硬く平らになったというのに。

僕たちのうちの一人が点呼の後に勇気を振り絞って、幹部《ナチャルニク》の誰か、あるいはそれこそシシュトヴァニョーノフ所長に直接、いつ帰郷できるのか、と尋ねても、彼らはぶっきらぼうに「スコロ・ドモイ」と答えるだけだった。すぐに帰れる、という意味だった。

ロシア人の「すぐ」は僕たちから世界でいちばん長い時間をだまし取った。床屋のオズヴァルト・エンイエーターのところで、トゥール・プリクリッチュは鼻毛と指の爪も切ってもらっていた。床屋とトゥール・プリクリッチュは同郷で、三国が接するカルパチア＝ウクライナの国境地帯の出身だった。三国境では、床屋で上客の爪を切るのが普通なのかと、僕は尋ねた。すると床屋は、いいや、三国境でもそんなことはないさ、トゥールの思いつきであって、故郷《くに》の習慣であるものかい。故郷では九番手の後に五番手が来るのさ、と答えた。どういうこと、と僕が尋ねた。ちょっとしたバラムクさ、と床屋は答えた。つまり、どういうことだよ。と僕は尋ねた。要するに、ちょっとした混乱さ、と彼は答えた。

トゥール・プリクリッチュはシシュトヴァニョーノフのようなロシア人ではなかった。彼はドイツ語とロシア語を話したが、でもロシア側の人間で、僕たちの仲間ではなかった。彼はたしかに囚人の一人だったが、収容所《ラーゲリ》指導部の補佐役だった。彼は書類で僕たちを大隊に分け、ロシア語の命令を通訳した。そのうえ彼自身の命令をドイツ語で出した。全体を見通せるように、大隊ごとにまとめて書類に囚人の名前と労働番号をつけていた。誰もが昼も夜も自分の番号を覚えておかなくてはならず、自分たちが数字でしかなく、個人ではないんだ、ということを思い知らされた。

トゥール・プリクリッチュは名前欄の隣に、コルホーズ、工場、瓦礫《がれき》処理、砂利運搬、鉄道線路整備、建築現場、石炭運搬、車庫、コークス炉、石炭殻《がら》、地下室などと書き込んでいった。名前の隣に何と書かれるか、それにすべてが掛かっていた。すべてが、つまりただ疲れるだけか、恐ろしく疲れるのか、それとも死ぬほど疲れるか、が。さらに、作業の後で、まだ「行商」に出る時間と体力が残っているかどうかも。食堂裏の調理場のゴミ箱を気づかれずに漁ることができるかどうかも。

トゥール・プリクリッチュは決して作業に出かけないし、労働大隊にも作業班にも交代勤務《シフト》にも加わらない。彼は支配者の側にいて、だから身ごなしも軽く、傲慢なのだ。彼が微笑むときには、かならず裏がある。そうするほかないのだが、その微笑みに応じると、とんだ赤っ恥をかくはめになる。奴が微笑むのは、名前の後ろの欄に何か新しいこと、前よりひどいことを書き入れたからなのだ。バラックに囲まれた収容所中央通り《コルソ》で僕はいつも奴を避け、話しかけられずにすむ距離をとることにしている。二つの小さなエナメルバッグよろしく、ぴかぴかに輝く靴を高く掲げては舗道にたたきつけていく奴の歩き方は、まるで持て余した時間を靴底から体の外に出したがっているかのようだ。奴は何もかも記憶にとどめることができる。たとえ奴が忘れたことでも、いつの間にか命令になってしまう、とみんなが言っている。

　床屋でトゥール・プリクリッチュは僕にいばり散らす。奴は望みを言えばいいだけで、何を言っても許される。それどころか、僕たちを傷つけられれば、それに越したことはない。現状を維持するには、僕たちを押さえつけておくのがいちばんだとよく分かっているのだ。奴は首を伸ばせるだけ伸ばして、いつも上から見下ろすように話す。いい気になるための時間があいつには一日中たっぷりあるのだ。僕も奴のことが気になっている。体操選手のような立派な体格、真鍮のような黄色い目に浮かぶ潤んだ眼差し、二つのブローチのように見える形のよい小さな耳、陶器でできたような白い顎、煙草の花のようなバラ色に染まる鼻翼、透き通るばかりに白い蠟燭《ろうそく》のような首。運よく、奴は汚れ仕事をせずにすんでいる。そしてその幸運が奴を実際に値する以上に美しくしているのだ。ひもじさ天使を知らないからこそ、点呼広場で命令することも、中央通りを気取って歩くことも、床屋でそっと忍び寄ってきてにやつくこともできるのだ。けれども、奴はとても他人の話し相手にはなれやしない。トゥール・プリクリッチュについては、奴に都合の悪いことまで僕は知っている。何しろベア・ツァーケルをよく知っているんだから。彼女は奴の愛人なのだ。

　ロシア語の命令は、収容所《ラーゲリ》所長の同志《トヴァリシュチュ》シシュトヴァニョーノフの名前と同じように聞こえ、チッ、シュッ、チュッ、シュチュッなどの音からなる、カラスが鳴くみたいな軋んだ響きばかりだ。

命令の内容はどのみち分からなかったが、そこに含まれる侮蔑は嫌でも感じ取れた。侮蔑にもだんだんと慣れていける。次第に命令はただもう絶えざる咳払い、咳、くしゃみ、洟《はなみず》かみ、唾《つば》吐き、どころか痰《たん》を吐き出すような響きになっていった。ロシア語ってカゼをひいたみたいな言葉よね、と言ったのはトゥルーディー・ペリカンだ。

　他のみんながまだ晩の点呼で直立不動の姿勢をとらされ苦しい思いをしているというのに、交代勤務《シフト》で働いて、点呼を免除された者たちは早くも収容所《ラーゲリ》の隅にある井戸端で焚き火をはじめていた。メルデクラウトの入った鍋が火に掛けられている。普段見かけない材料が入っているときには、他人に見られないように蓋《ふた》が必要になる。ニンジンにジャガイモ、物々交換がうまくいったときには、加えて黍《きび》や粟《あわ》が入っていることもある——上衣一枚で小さなニンジンが一〇本、セーター一枚で黍やら粟が三升分、羊毛の靴下一足で砂糖か塩が半升分、これが相場だ。

　特別料理のときには、どうしても鍋に蓋がいった。でも本物の蓋などあるわけもなかった。ブリキ板一枚でもあれば、上等だったが、それすらただ頭のなかにしかなかった。どうであれ、鍋蓋はそのつど何かを流用して作られた。蓋がなきゃだめだ、とみな言って譲らなかった。蓋なんかどこにもないというのに、だ。蓋についての決まり文句だけは残っていた。蓋が何でできていたか覚えてもいないし、どこを探しても決して蓋などないのに、それでもどんな素材であれ、ともかく蓋はいつも用意された。それは記憶が自分に蓋をしてくれたおかげだったかもしれない。

　いずれにしろ、日暮れになると収容所《ラーゲリ》の隅にある井戸端で二つのレンガが組まれ、その間で小さな炎が十五から二十もちょろちょろ燃えたのだった。それ以外の連中は、豚の餌みたいな食堂の給食とは別に自炊できるような材料を持ち合わせていなかった。石炭は煙を上げ、鍋の所有者は手にスプーンを持って見張りをしていた。石炭にだけは事欠かなかった。鍋ももともとは食堂のものだったし、地元の工場《こうば》が作ったちゃちな食器類もそうだった。琺瑯《ほうろう》びきされた灰褐色のブリキの器はあちこちにぶつぶつができ、でこぼこにへこんでいた。表の井戸端の火には鍋がかかり、食堂のテーブルには皿がのっていた。誰かの料理ができあがると、別の鍋所有者がそのまま火を引き継げるのを待ち構えた。

自炊の材料がないときには、僕はいいにおいのする煙が口のなかを通り抜けていくにまかせた。奥に舌を引っ込めて、何もないのに噛むまねごとだけした。夕餉《ゆうげ》のにおいの混じった唾をごくりと飲み込んでは、焼きソーセージに思いを馳せた。自炊の材料がないときには、寝にいく前に井戸端で歯を磨くようなふりをして、鍋のそばまで近づいていった。そして歯ブラシを口に含む前に、二度も食べるまねごとをした。まず腹を空かした目は黄色い炎を食べたし、そして腹を空かした口は煙を食べたのだ。そうやって食べている間、あたりは静まり返り、夕闇越しに向こうの工場の敷地からコークス炉のがたがたいう音が響いてきた。井戸端を早く立ち去ろうと思えばおもうほど、体の動きは鈍くなった。力ずくでかまどの火から体を引きはがすほかなかった。コークス炉のがたがたいう音も胃のぐうぐうなる音にしか聞こえなかった。目に映る限りの夕暮れの情景はどこもかしこもひもじがっていた。黒くなった空がゆっくりと大地に降りてきた。僕はバラックの裸電球の黄色い常夜灯に向かってふらふらと歩いていった。

歯磨きするにも歯磨き粉なしだった。家から持ってきたものはとうになくなっていた。塩で磨くなどもったいなさすぎて、磨いた後でぺっと吐き出すわけにいかなかっただろう。塩は大変な貴重品だったのだ。塩の値打ちは今でもよく覚えている。歯ブラシがどうだったかは記憶にない。小物入れに入れて一本は持参した。でもそれが四年も持ったはずがない。もし新しいのを買ったのだったとしても、それは現金をこの手に受け取ったとき、つまり労働の現金報酬が入ってきた五年目の最後の年でしかありえない。しかしその新しい歯ブラシのことも、それが本当に存在したのだとしても、ちっとも思い出せない。もしかすると、その現金では新しい歯ブラシではなく新しい服を買おうとしたのかもしれない。僕が家から持参し、間違いなく存在していた最初の歯磨き粉は「クロロドント」という商品名だった。この名前が僕のことを覚えていてくれる。歯ブラシは、間違いなく存在していた最初のも、もしかしたら存在したのかもしれない二番目のも、どちらも僕のことなど忘れてしまった。同じことが櫛《くし》についても言える。一つ持っていたのは間違いない。「ベークライト」という言葉を思い出すから。戦争の終わり頃、故郷《くに》で櫛と言えばベークライトだった。

家から持参した日用品のことは、収容所《ラーゲリ》で手に入れた物よりも早く忘れてしまったのかもしれない。もしそうだとすれば、それらが僕と一緒にやってきたからだ。僕がそれらを所有して、ぼろぼろになるまで、しかもまるでそれらと一緒に異郷ではなく、故郷にいるかのようにして、使いつづけたせいだ。いちいち貸してもらわなければならなかったから、他人の所有する品々の方をよく覚えているのかもしれない。

収容所《ラーゲリ》で出回ったブリキの櫛はよく覚えている。シラミのわく季節に流行《はや》りだした。旋盤工や組立工が工場で作ってきて、女たちにプレゼントした。それはアルミニウムブリキ製で、何本か歯が抜けていて、当てると手や頭皮にじとっとした感触が残った。というのも、櫛が冷たい息を吐き出していたからだ。手でいじり回してやると、こちらの体のぬくもりが移って、すぐ大根のような苦いにおいが漂った。櫛を手放してからも、手にしばらく残り香がついた。ブリキの櫛を使うと、頭は鳥の巣のようになり、つかんで力を込めて引っ張らないと櫛が通らなかった。櫛にはシラミよりも髪の毛がたくさん残った。

しかしシラミを取るためには、他にも両側に歯がついた四角い角製《つの》の櫛があった。村の娘たちが家から持参した櫛だった。片側は髪の毛を大きく分けて分け目を作るのに適した太い歯、もう片側には、シラミを取るためのとても細い歯がついていた。角製の櫛はしっかりしていて、手に持てばどっしりとした重量感があった。これだと髪はきれいに梳《と》かされて、つやつやになった。そんな角製の櫛は村の娘たちに頼めば、貸してもらえた。

僕は六〇年前からずっと夜になると収容所《ラーゲリ》の品々を思い出そうとしてきた。それらは僕の夜のトランクに詰め込まれていった。収容所《ラーゲリ》から帰ってきて以来、眠れぬ夜がそのまま黒革のトランクになった。トランクは僕の頭のなかに存在している。ただ六〇年前からどうしても判然としないのは、僕が眠れないのが品々を思い出そうとしているからなのか、それともその逆なのか、ということだ。どのみち眠れないからこそ、品々を相手にするのだろうか。どちらであるにせよ、夜は黒いトランクを僕の意に反して詰めていく。これは強調しておかなくてはならない。僕は意に反して思い出さねばならないのだ。たとえ、そうしなければならないのではなく、僕がそうしたいのだとしても、そうしたいと思わずにすむならその方がありがたいのに。

時おり収容所《ラーゲリ》時代の品々がだんだんと順番に出てくるのではなく、群れをなして、いっぺんに躍りかかってくることもある。だから僕には分かるのだけど、襲いかかってくる品々からすれば、僕の記憶がどうかなんて、どうでもいいのだ。あるいはそれ以外にも大事なことがあって、それこそただ僕をいたぶりたがっているだけなのかもしれない。そういえば、小物入れに裁縫道具を入れて持ってきたはずだ、と思い出すと、そのとたんにタオルが記憶によみがえる。でもそれがどんな外見をしていたかは覚えていないのだ。そのうえ、僕がもう持っていたかどうか心もとなくなっている爪ヤスリも顔を出す。さらに、あったかなかったか定かでない手鏡までが登場する。さらに、もしそれを持っていったのだとしたら、いったいどこに消えてしまったのやら所在不明の腕時計もある。もしかしたら僕とは何の関わりもない品々までが僕を捜索し逮捕しようとしているのではないだろうか。それこそ僕が欲しいとなれば、品々は夜の間に僕を強制連行して、収容所《ラーゲリ》に連れ戻すつもりなのだ。あまりにいっぺんに群がって襲いかかってくるものだから、もうそれらの品物は僕の頭のなかだけにとどまってはいない。胃がきゅっとなり、やがて喉元までこみ上げてくる。息のブランコがひっくり返り、僕は息苦しくて犬みたいにはあはあと息をしなくてはならない。このような「櫛針ハサミ鏡ブラシ」は化け物にほかならず、それはひもじさが化け物であるのと何の違いもない。そして、もしひもじさが確固たる物として存在していなかったなら、今ごろになって無数の品々の襲撃を受けることもなかったはずなのだ。

夜分こんなふうに品々に襲われ、首が絞められて呼吸困難になると、僕は窓を開け放って、頭を外の風に当てる。コップに入った冷たい牛乳のような月が空に掛かっており、僕の目をすすいでくれる。息がまたいつものリズムを取り戻していく。もう自分は収容所《ラーゲリ》にいるんじゃないと思えるようになるまで、僕は冷たい外気を深く吸い込む。それから窓を閉めて、またベッドに横になる。シーツは何の事情も分からずに、僕を暖かく包み込んでくれる。室内の空気は僕をじっと見つめて、小麦粉を焼いた温かいにおいをさせている。

セメント

セメントは足りたためしがなかった。石炭はありあまるほどあった。石炭殻《がら》レンガも、砂利も砂もたくさんあった。でもセメントはすぐなくなった。勝手にどんどん消えていった。セメントには注意しなくてはならず、それはまたたく間にとんだ悪夢になりかねなかった。勝手に消えていくばかりか、セメントは消えながらひそかに増えていくこともできた。そうなるとどこもかしこもセメントだらけになって、しかもどこにももうセメントがない、ということが起きた。

作業班長が叫んだ。「セメントには注意しなくてはならんぞ」。

職長が叫んだ。「セメントは大事に使えよ」。

風が吹いたら、「セメントが飛び散らんようにしろ」。

雨が降ったり雪が降ったりしたら、「セメントが濡れないようにしろ」。

セメント袋は紙でできている。その紙はいっぱいに詰まったセメントには薄すぎる。袋を一人か二人で、腹に抱えてか、四隅をつかめば運べたが、すぐに破けてしまうのだ。袋が裂けてしまえば、もうセメントを節約するなんてできない。乾いた袋が破れると、中身の半分は地面に流れ落ちる。湿った袋が破れると、半分は紙袋にくっついたままになる。これにはどうしようもなく、セメントを大事にすればするほど、セメントが無駄に消えていく。セメントとは道路の土埃、霧、煙と同じようにまやかしなのだ――空中をただよい、地面を這《は》い、肌にくっついてくる。そこらじゅうに見えているのに、捕まえることはできないのだ。

セメントは大事にしなければならないが、セメントを相手にするときは、身の安全も気にしなくてはならない。細心の注意を払って袋を運んでも、セメントはどんどん減っていき、経済損失の元凶、ファシスト、サボタージュするチンピラ、セメント泥棒と罵られるからだ。どなりちらされながらよたよた歩き、聞こえないふりをするしかない。モルタルの手押し車を押して、傾《かし》いだ板の上を通って足場を上り左官工のところまで運んでいく。板がわんわん揺れるので、あわてて手押し車を押さえる。その振動で空っぽの胃袋が頭のなかまで跳ね上がるので、体ごと空まで飛んでいけそうになる。

こっちを胡散臭《うさんくさ》そうに見るセメントの監督たちはどういうつもりなのだろう。強制労働させられる僕たちは、フハイカという綿入れしか身につけていないし、バラックにもトランク一つと寝台が一つあるばかりだ。そんな僕たちが何のためにセメントを盗むというんだろう。戦利品として持って帰るはずもなく、落とそうにも落とせないしつこい汚れとして勝手にくっついてくるだけなのに。日々むやみやたらにひもじい思いをしているけれど、セメントばかりは食べるわけにもいかない。凍えたり汗みどろになったりしてはいるけれど、体を温めるにも冷やすにも、セメントは役に立ちやしない。セメントが疑いをかき立ててしまうのは、そいつが宙を飛んだり、這い回ったり、くっついたりするから、それがウサギのように灰色で、ビロードのように滑らかで、形をころころ変えながら理由なく消えてしまうからなのだ。

建築現場は収容所《ラーゲリ》の裏、餌箱が残るばかりで、とうに馬はいなくなった厩舎の横にあった。ロシア人が入る住宅が六棟建てられていた。二世帯が入れる住宅が六棟だ、と僕たちは教えられた。どの棟にも三部屋ついていた。しかし、どの棟にも少なくとも五世帯は住めるだろうに、と僕たちは思った、というのは、「行商」していて、地元の人々の貧しい生活ぶりを見ていたし、がりがりに痩せた小中学生をたくさん見ていたからだ。女の子も男の子もみんな坊主頭で、みんな水色の広袖の女の子が着るような服を着せられていた。いつも二人一組になって隊列を作り、小さな手を掲げ、勇ましい歌を口ずさみながら、建築現場の脇の泥んこ道を行進していた。列のいちばん後ろか前には、まるまるとした寡黙なマダムが地面を踏みしめるように歩き、うんざりした目つきをして、横揺れする船のようにお尻を振っていた。

建築現場には八つの作業班がついていた。基礎を掘り、重たい石炭殻《がら》レンガやセメント袋を運んできて、石灰クリームやコンクリート材料を撹拌して、基礎に流し込んだ。また左官工のためにモルタルを作り、背負子《しょいこ》や手押し車で足場まで運んでいったり、壁の塗装用のプラスターを作ったりした。六棟は同時進行で建てられていたので、あっちに行ったりこっちに行ったりしなければならず、混乱の極みもいいところ、ほとんど何もできあがらないかのようだった。足場の上に左官工とモルタルとレンガの姿は見えていたが、壁が少しずつ高くなっているのには気づかなかった。これが建築の厄介なところで――毎日ずっと眺めていると、壁ができていくのが分からないものだ。三週間後にとつぜん高くそびえていて、いつの間にか成長していたんだ、ということになる。もしかしたら一夜にしてそうなったのかもしれない、満ち欠けする月のように勝手に。セメントがなくなるのが不可解なように、壁が育っていくのも不可解だ。あちこちで小突き回され、何かをはじめると、追っ払われる。平手打ちをくらい、足蹴《あしげ》にもされる。内面的には頑《かたく》なになり鬱屈しもするが、外面的には犬みたいに卑屈でおどおどするようになる。セメントに蝕《むしば》まれた歯肉が傷だらけになる。口を開けば、唇がセメント袋のようにばりっと裂ける。口をつぐんで言いなりになっておくしかない。

壁が大きくなる以上に、不信感が大きくなっていく。この憂鬱な建築現場では誰もが、相棒はセメント袋の軽い方を持っているんじゃないか、こっちを利用するだけして、自分は楽《らく》してるんじゃないか、と他人を信用しなくなる。誰もがどなり散らされて誇りを奪われるし、セメントに付きまとわれ、建築現場に欺かれつづけるのだ。さすがに誰かがくたばれば、職長も「ああ、とても残念なこと《ジャルカ、オーチン・ジャルカ》」と言いはする。でも終わるとすぐ口調を変えて、「気をつけ！《ヴニマーニエ》」と号令をかけるのだ。

あくせく働きながら耳に聞こえてくるのは、胸の心臓の鼓動と「セメントは大事に使えよ、セメントに注意しなくてはならんぞ、セメントが濡れないようにしろ、セメントが飛び散らんようにしろ」ばかりだ。でもセメントは散らばっていき、しかも、その飛び散りかたときたら大盤振る舞いもいいところで、そうやって僕たちにとことん取り憑いて離れないのだ。僕たちはセメントの思い通りになっている。奴こそ泥棒なのだし、盗まれているのは僕たちであって、僕たちがセメントを盗んでるわけじゃないんだ。それだけじゃない、セメントのせいでみんなの意地まで悪くなる。セメントは散らばることで不信感を植えつける。セメントはとんだ策謀家なんだ。

毎晩、帰路につこうと、セメントから必要な距離を取り、建築現場に背を向ける時分には、僕たちが仲間うちで騙《だま》しあってるんじゃなくて、みんなロシア人とそのセメントに欺かれているだけなんだということが明らかになった。しかし、そう頭では分かっていても、翌日になるとまた他の仲間に対する猜疑心が頭をもたげてきた。誰もが同じ疑いを感じていた。そしてみんなが僕を憎んだ。それを僕も感じた。セメントとひもじさ天使は手を組んでいる。ひもじさが僕らの毛穴を開いて潜《もぐ》り込む。ひもじさが潜《ひそ》んだのを確認すると、セメントが毛穴を塞いでしまう。こうしてセメントで固められた僕たちは身動きもままならなくなるのだ。

保管サイロのセメントには、命を取られる恐れまである。サイロは四十メートルの高さで、窓はなく、中はほとんどがらんどうになっている。それなのに、そこで溺《おぼ》れ死にしてもおかしくないのだ。サイロの大きさの割には、あたりに乱雑に積まれたセメントの残量はわずかばかりで、袋に詰められているわけでもない。そんなセメントを素手でかき集めてはバケツに入れなきゃならない。古いセメントだが、卑劣ですばしっこくてかなわない。元気はつらつとして、僕らを待ち伏せし、灰色の目立たぬ姿で、物も言わず僕らめがけて猛スピードで滑り落ちてくる。とっさに反応して逃げる間もない。セメントは流動体で、水よりも速く、しかも大きな濁流となって流れ落ちてくる。そんなセメントに捕まりでもしたら最後、溺れ死ぬしかないのだ。

僕はセメント病にかかった。何週間もずっとどこを向いてもセメントのほかには何も見えなかった。晴れ渡った空は真っ平らに塗られたセメントだったし、曇り空は一面セメントの塊《かたまり》だった。雨は空と地面を結ぶセメントの紐だった。いたるところに灰色のシミが浮くブリキの食器もセメント製に変わった。番犬はセメントの毛皮をつけ、調理場の裏の生ゴミを漁るネズミたちもそうだった。アシナシトカゲはバラックの間をセメントの靴下を履いて這いずり回った。蚕《かいこ》が出す糸の繭《まゆ》に包まれた桑の木は、絹とセメントで合成されたラッパにしか見えなかった。太陽がギラギラ照りつけるなか幻影でも見たかと思って僕は目をこすってみようとした。でもラッパはたちまち、あとかたなく姿を消してしまった。そして夕暮れの点呼広場の井戸端にはセメント製の鳥がとまった。歌がセメントでできているとしか思えないほど、その歌声は耳障りだった。パウル・ガスト弁護士は、その鳥のことを故郷《くに》にいたときから知っていた。ヒバリの一種とのことだった。故郷でもあの鳥はセメントから生まれるのか、と僕は尋ねてみた。彼はしばらくためらってから、故郷では南から飛んでくるんだ、と答えた。

もう一件は尋ねてみもしなかった。というのはそれは事務室の写真で見ることができたし、拡声器から聞くこともできたからだ。そのスターリンは頬骨も声も鋼《はがね》でできているとのことだが、少なくともあの口髭はただのセメントでしかない。収容所《ラーゲリ》ではどんな作業をしても汚くなった。それでもセメントくらいしつこい汚れはなかった。セメントは土埃と同じく避けようがないし、どこから来るのかも分からない、というのも、気がついたときにはもうそこにあるからだ。ひもじい思いを別にすれば、人間の頭のなかでセメントに負けないぐらいに素早く動くのは、望郷の念だけだろう。望郷の念にも僕たちはまたたく間に取り憑かれるし、どっぷり浸かって溺れ死にそうになるのだから。いや、人間の頭のなかでセメントより動きの素早い物が一つだけある。それは不安だ。そうでもなければ、僕が初夏にはもう建築現場で、茶色のセメント袋を破り取った薄っぺらい紙切れにひそかにこんなことを書きとめずにはいられなかった理由が説明できない。

空の上のおひさまがヴェールをかぶって、
黄金色のトウモロコシ、のんびりもしてられない。

それ以上は書けなった。セメントを大事にしなければならないからだ。本当は僕はまったく違ったことを書いておきたかったのだけど。

低く傾ぎ、赤ら顔で待ち構える
半月が空にかかる
はやくも沈みゆきながら

でも、それは自分だけへの贈り物にして、声に出さずに口のなかで言ってみた。たちまちそれは砕け散って、歯の間に絡まったセメントがみしみし鳴るばかりになった。それで、僕も黙っておくことにした。

紙も大切に使わなくてはならない。うまく隠しておかなければならない。何かを書いた紙を持っているところを見つかれば、懲罰房行きが決定だから。それは、地上から十一段下ったところにあるコンクリート打ちっぱなしの地下室で、狭すぎて立っていることしかできない。大小便のにおいがぷんぷんして、気色の悪い虫がうごめいている。おまけに頭上には鉄格子まではめられているのだ。

夕暮れに作業から帰る途中、足を引きずりながら、よくこんなことを独りごちたものだ。セメントはどんどん減っていく。勝手に消えていくことができるんだ。僕だってセメントでできていて、少しずつかき消えていっているんだ。だとすれば、いずれ姿をくらますことだってできるんじゃないだろうか。

石灰女たち

建築現場で働く八つの作業班のうち一つは石灰女たちの班だ。彼女たちは石灰の塊をのせた荷車を馬の代わりに引かされて、まずは厩舎の脇の急坂を上り、それから今度は下り坂を建築現場のはずれに掘られた大きな穴まで降りていく。生石灰を発熱させて消石灰にするための穴だ。荷車は大きな台形の木箱で、轅《ながえ》の左右に五人ずつ配置された女たちは、肩と腰の周りにぐるぐる巻いた革紐で荷車につながれている。監視員が一人ついている。車を引こうと力むたびに、女たちの目は剝《む》かれて大きく涙目になり、口も半分開いたままになる。

トゥルーディー・ペリカンもそんな石灰女の一人になった。

雨が荒れ野《ステップ》のことを何週間も忘れはて、石灰のたまった穴の周囲の泥が毛皮でできた花のようになり、こちこちに干からびてしまうと、泥蝿があつかましくなる。泥蝿の奴は目のなかの塩や口のなかの甘い香りを嗅ぎつけるのよ、とトゥルーディー・ペリカン。体が弱れば弱るほど、目はますます涙もろくなり、唾液はますます甘くなるの。トゥルーディー・ペリカンはいちばん後ろで荷車につながれていた、というのも先頭を務めるほどの力がもうなかったからだ。泥蝿はもう目の縁ではなく、目のなかの瞳にたかるようになり、唇の上にとどまらず、口のなかにまで潜り込むようになっていた。トゥルーディー・ペリカンがよろめいた。転んだ彼女の足の先を車が轢《ひ》いていった。

いかがわしい社会

トゥルーディー・ペリカンと僕、つまりレオポルト・アウベルクは同じヘルマンシュタット［シビウ］から連れてこられた。家畜くさい貨車に乗り込まされるまでは、お互い顔も知らなかった。アルトゥール・プリクリッチュとベアトリーチェ・ツァーケル、つまりトゥールとベアの二人は、幼なじみだった。この二人は、三国が接するカルパチア＝ウクライナの山村ルーギから連れてこられた。同じ地方の町ラーキフ［現ウクライナ領ラホフ］からは床屋のオズヴァルト・エンイエーターも連行されてきた。アコーディオン奏者コンラート・フォンも同じ三国境の小都市ズホロールから来た。トラックで僕の相棒になるカーリー・ハルメンはクラインベチュケレク［ティミショアラの北西］から、僕が後に石炭殻だらけの地下室で一緒に仕事をすることになるアルベルト・ギオンはアラド［ティミショアラの北］から連れてこられた。二人のザラのうち、手に絹のような産毛を生やしたザラ・カウンツはヴルムロッホ［シビウの北東］、もうひとりのザラ、薬指に疣《いぼ》のあるザラ・ヴァントシュナイダーはカステンホルツ［シビウの北東］からきた。二人は収容所《ラーゲリ》に来るまで知り合いではなかったが、姉妹のようにそっくりだった。収容所《ラーゲリ》ではあっさり「二人のツィリ」と愛称で呼ばれていた。イルマ・プファイファーは小都市デタ［ティミショアラの南］、聾者のミッツィ、つまりアンナマリー・ベルクはメディアシュ［シビウの北］から。パウル・ガスト弁護士とその妻ハイドルン・ガストはオーバーヴィッシュアウ［マラムレシュ、ビシェウ・デ・スス］から。太鼓叩きのコヴァッチュ・アントンはバナートの山地にある小都市カランゼベッシュ［ティミショアラの南東］から。僕たちが歩哨《プラントン》カーティとあだ名をつけたカタリーナ・ザイデルはバコヴァ［ティミショアラの東］から。彼女はおつむが弱くて、五年間ずっと、自分がどこにいるのか分かっていなかった。石炭シュナップスのせいで死んでしまった機械工ペーター・シールはボガロッシュ［ティミショアラの北西、ブルガルシュ］から。歌姫ローニことイローナ・ミッヒはルゴッシュ［ティミショアラの東、ルゴジュ］から。仕立屋のロイシュさんはグッテンブルン［ティミショアラの北東］から、などなどだ。みんながみんなドイツ人で、自宅から強制連行された。ただ、エレガントにセットした髪型、毛皮のコート、エナメル靴、そしてシルクのドレスに猫のブローチをつけて収容所《ラーゲリ》にやってきたコリーナ・マルクだけは例外だった。彼女はルーマニア人で、ブザウの駅で夜、僕たちの移送を見張る護送兵たちにとっつかまって、貨車に押し込められたのだ。おそらく彼女は名簿の空欄を埋めるべく、移送中に死んだどこかの女の代わりを務めさせられたのだ。彼女は三年目に線路の除雪作業中に凍死してしまった。そして、チターをかき鳴らすので、チター＝ロンマーとあだ名で呼ばれたダーヴィット・ロンマーはユダヤ人だった。持っていたテーラーを国に取りあげられてしまったので、彼は国中を渡り歩き、腕のいい仕立屋との評判をとって、どんどんよい店に引き抜かれていった。その彼がどうしてドイツ人としてロシア軍の名簿に載るはめになったのか理由は彼にも分からなかった。彼の故郷はブコヴィーナのドロホイだった。両親と妻と四人の子供たちはファシストの手を何とか逃れた。どこに逃れられたのか彼には分からなかったし、家族の方でも、強制連行される以前からもう彼の居所が分からずにいた。連行されたとき、彼はグロースポルト［シビウの西］で、ある将校夫人のためにウール素材のスーツを仕立てているさなかだった。

僕たちのうち誰一人として従軍した者はなかったが、ロシア人からみれば、僕たちはドイツ人としてヒトラーの犯罪の責任を負わねばならなかった。ユダヤ人のチター＝ロンマーも含めて。彼は三年半を収容所《ラーゲリ》で過ごすはめになった。ある朝、黒塗りの車が建築現場の前に停まった。上等なカラクル羊皮の帽子を被った見知らぬ男たちが二人降りてきて、現場監督と言葉を交わした。それから二人はチター＝ロンマーを車に乗せて連れ去った。その日からバラックのチター＝ロンマーのベッドは空いたままになった。彼のトランクとチターはベア・ツァーケルとトゥール・プリクリッチュがたぶんバザールで売り飛ばしたのだろう。

カラクル羊皮の帽子はキエフの党幹部だった、とベア・ツァーケルが言った。チター＝ロンマーをオデッサまで送っていって、そこからルーマニア行きの船に乗せたんだわ。

床屋のオズヴァルト・エンイエーターが思い切って、どうしてオデッサなのか、とトゥール・プリクリッチュに尋ねることができたのは、同郷の心やすさからだった。トゥールが答えた。ロンマーはここでは出る幕がなかった。あそこからならどこにでも行きたいところに行けるからな。トゥールに面と向かって言うかわりに、僕は床屋に言った。家に帰ったってもう誰もいないというのに、あの男はどこに行けばいいというのさ。トゥール・プリクリッチュは、体が揺れないように息を止めていた。ちょうど床屋がさびの浮いたハサミで彼の鼻毛を切っているところだったのだ。二つ目の鼻の穴の手入れが終わったとき、床屋はアリを払うように、トゥールの顎から毛先を払い落とし、鏡に向いていた体を少し回して、自分が目をしばたたかせて合図しているのがプリクリッチュに見咎められないようにした。どうだい、ご満足かい、と床屋が尋ねた。もちろん自分の鼻には満足しているさ、とトゥールが答えた。

外の中央広場では、いつの間にか雨が止んでいた。進入口ではパンの台車ががたがたと音を立てながら水たまりを踏みつけていった。毎日、同じ男が、角型パンを積んだ台車を手で押しながら、収容所《ラーゲリ》の門から入ってきて、食堂の裏手に運んでいった。パンはいつも白い亜麻布《リネン》で覆われていた。まるで死骸の山だった。あのパン屋の階級は何なの、と僕は尋ねてみた。階級などあるものか、制服は誰かのお下がりか、盗んだものに決まっている、と床屋が答えた。たくさんのパンとたくさんのひもじさを自在にあつかうあの男は、尊敬されたいばかりに、制服をどうしても必要としているのさ。

台車には大きな木の車輪が二個と長い木の腕が二本ついていた。それは、故郷《くに》で夏に包丁研ぎが村から村へ渡り歩くときに使っている大型の手押し車にそっくりだった。パン屋は台車から一歩でも離れると、びっこを引いた。あいつの足の一本は、シャベルの柄を釘で継いだだけの木の足なんだよ、と床屋が言った。僕はパン屋がうらやましかった。確かに足は一本少ないが、パンはいくらでも持っていたからだ。床屋もパン屋の後ろ姿を見送った。床屋は本当のひもじさを知らなかった、たぶんパン屋ともときどき取引をしていたんだろう。いつも腹をいっぱいにしているトゥール・プリクリッチュもパン屋の後を見送った。もしかしたら監視するためだったかもしれないし、ただ何の気なしだったのかもしれない。なぜだか分からなかったが、ともかく床屋はトゥール・プリクリッチュの興味をパンの台車から引き離そうとしているようだった。そうでもなければ、僕が腰掛けに座ったちょうどそのときに、彼がこんなふうに言い出した理由の説明がつかなかった。この収容所《ラーゲリ》にいる俺たちは何といういかがわしい《アンテロプ》社会に生きてるんだろう。あらゆるところからあらゆる人々がやってくる。まるで長期滞在のホテルみたいじゃないか。

それは僕が建築現場でこき使われていた頃のことだった。「いかがわしい社会」、「ホテル」、そして「長期滞在」なんて表現が僕たちに何の関係があったろう。床屋は収容所《ラーゲリ》当局とつるんでこそなかったが、特権は受けていた。彼は自分の仕事場で寝起きできた。バラックに住みセメントの相手をさせられている僕たちには、もう冗談ひとつ頭に浮かばないというのにだ。確かに、昼間はオズヴァルト・エンイエーターは仕事場を独占できなかった。僕たちが出入りしていたから。彼はあらゆる悲惨の頭を刈り、その顔を剃《そ》らなければならなかった。鏡に映った自分の顔を見て泣き出す男もいた。僕たちが毎月どんどん荒《すさ》んだなりになってドアから入ってくるのを見なくてはならなかった。まだ床屋に通えるのが、それもほとんど蝋人形のようになりながらも通えるのが誰か、そしてもう二度と来られないのが誰か、床屋は五年の間ずっと正確に把握していた。来られない奴は仕事でくたくたになっているか、望郷の念にかかっているか、あるいはすでに死んでいるか、だった。こんなことには僕が床屋だったらとても耐えられなかっただろう。その一方で、オズヴァルト・エンイエーターは、作業班の肉体労働に耐える必要も、あの忌々しいセメントの日に耐える必要もなかった。地下室での夜勤当番もそうだ。彼は僕たちの荒みように取り囲まれてはいたが、しかし、セメントに際限なく欺かれずともすんだのだった。彼は僕たちを慰めなければならなかったし、僕たちは僕たちで彼をできる限り利用した。というのも、そうするほかなかったからだ。ひもじさに目がくらみ、望郷の念に苛《さいな》まれ、時の流れから降りて、自分たち自身からも降りて、世界と縁を切っているのだから。いやいや、世界から絶縁されてしまったのだから。

でも、あのときの僕は円椅子から飛び上がり、あんたとは違って僕にはセメント袋しかない、ホテルなんてないんだよ、と思わず大声をあげたのだった。それから、ほとんどひっくり返さんばかりに、腰掛けをけとばして言った。あんたはこのホテルのオーナー側の人間なんですよ、エンイエーターさん、でもね、僕は違うんだ。

レオ、まあ座れよ、と彼が言ったので、僕たちはそんな慣れなれしい関係じゃないはずだ、と僕は思った。おまえは勘違いしてる。ホテルのオーナーの名前はトゥール・プリクリッチュというんだよ。すると、トゥールはバラ色の舌先を口角から突き出して肯《うなず》いた。彼はそれくらい馬鹿だった。おだてられたと思い込んで、鏡を見ながら頭に櫛をあて、櫛の歯にフッと息を吹きかけた。そして櫛をテーブルに置き、その櫛の上にハサミを、すぐにハサミを櫛の脇にずらして、今度は櫛をハサミの上に置いた。それから床屋から出て行った。トゥール・プリクリッチュが外に出ると、オズヴァルト・エンイエーターが言った。なあ、見ただろう。奴がオーナーなんだ。俺たちの首根っこを押さえているのは奴で、俺じゃない。さあ、座れよ。セメント袋のそばなら黙ってられるんだろう。だけど俺は誰とでも愛想よく話をしなくちゃならない。まあともかく喜べばいいじゃないか。「ホテル」がどんなものなのかまだ忘れてないんだと思ってな。まだちゃんと覚えてることがあると思っても、何もかもすっかり見違えちまって訳が分からないのがふつうだから。何もかも、ってあんたは言うけど、収容所《ラーゲリ》は例外じゃないか、と僕は答えた。

僕はその日はもう円椅子には戻らなかった。態度を硬化させたまま、外に出て行ったのだ。自分がトゥール・プリクリッチュと同じくらいの自惚《うぬぼ》れだとは、あのときには決して認めなかっただろう。でも僕は、エンイエーターがそんな必要もないのに、頭を下げるような態度をとったので、おだてられたような気分になっていた。彼が頭を下げれば下げるほど、僕はますます傲岸になって、髭も剃ってもらわないまま床屋を後にしたのだ。だけど顔が無精髭だらけだと、セメントはもっとしつこくなった。四日後にようやく僕はまた床屋に出かけていき、何ごともなかったかのように円椅子に座った。建築現場で疲れ果てていたので、彼のホテルのことなんかもうどうでもよかった。床屋も話を蒸し返しはしなかった。

数週間後、パン屋が空っぽの手押し車を収容所《ラーゲリ》の門から外に出すのを見て、また「ホテル」のことを思い出した。でも今度はこの言葉が気に入った。うんざりした気分を追っ払うのに役に立ったのだ。僕はセメント積み降ろしの夜勤当番から、仔牛さながらの重い足取りで朝の空気のなかを歩いて戻ってきたところだった。バラックにはまだ三人が寝ていた。汚いかっこうのままベッドに横になって独りごちた。このホテルでは鍵なんか必要ないんだ。フロントもないし、仕切りもないオープンな住まい、まるでスウェーデンの牛舎さながらじゃないか。僕のバラックと僕のトランクはいつも開いたまま。僕の貴重品は砂糖と塩。枕の下には、食事を切り詰めて残した僕のかちんこちんのパンがある。これは一財産だが、そいつは誰かに番してもらうわけにもいかず、自分の身は自分で守るしかない。僕はスウェーデンの仔牛なんだ。そしてこの仔牛はホテルの部屋に帰ってくる度に同じことをする――いの一番に枕の下をのぞいて、パンがまだあるかを確かめるのだ。

僕は夏の半分をセメントのところで過ごし、スウェーデンの仔牛になった。日勤や夜勤の当番から戻ってくるたびに、頭のなかでホテルごっこをした。一人でくっくっと笑える日もあったが、ホテルが内部で、つまりは僕のなかで、それこそ木っ端みじんに崩れ落ちて、涙が止まらなくなる日もあった。元気に起ち上がろうとしたが、自分が見たこともないよそ者に思えてならなかった。

「ホテル」、ああなんて忌々しい言葉だろう。僕たちはみな五年間ずっとじつはそのすぐ隣に住みついていたのだ――点呼を意味する「アペル」という言葉のなかで。

板と綿

靴には二種類あった。ゴムのガロッシュは贅沢品だった。木靴はまさしく絶望的もいいところで、木靴と言っても、ただ靴底が指一本分くらいの厚みの板切れでできているばかりだった。表面《おもてめん》は、灰色の粗布、それに板を取り囲むように這わせた細い革の帯がついているばかりだった。その帯に沿って布は靴底に釘づけしてあった。でも粗布は釘には弱すぎてかならず裂けた。まず踵《かかと》がやられた。靴は足首を覆うくらいあり、紐を通すための鳩目がついていたが、靴紐はなかった。みんな細い針金を穴に通していた。針金は両端が折り曲げられ、くるくると巻くようにしてまとめられていた。鳩目あたりの粗布も数日もしないうちにぼろぼろに破れてきた。

木靴では足の指を曲げることもままならない。足を地面から上げるのではなくて、両脚を前に押し出すように進むしかないのだ。足を引きずり歩くうちに、膝が硬くなって動かなくなる。だから木靴の底が踵のところで破れると、気が楽にはなるのだった。足の指が少し動かせるようになり、そのぶん楽に膝も曲げられたから。

木靴には左右の違いはなく、大きさも三種類しかなかった。やけに小さいのか、やけに大きいの、中くらいのにはなかなかお目にかかれなかった。みんな備品倉庫のなかで帆布のついた木の山のなかから、同じ大きさの靴のペアを探さねばならなかった。ベア・ツァーケルはトゥール・プリクリッチュの愛人で、僕たちが身につけるものを管理する権限を持っていた。なかには、釘の打ちつけのいい靴を二足探し出すために、あちこち掘り返すのを彼女に手伝ってもらえる人もいた。でもふつう彼女は、身をかがめようともせず、椅子を押して靴の山に近づけ、盗まれないように監視するだけだった。彼女自身は上等な革のローシューズを履いていて、ひどく寒い日には、フェルトの長靴を履いた。ぬかるみを歩かなくてはならなくなると、ゴムのガロッシュをその上から履くのだった。

収容所《ラーゲリ》当局の計画では、木靴は半年は使いつづけられるはずだった。しかし三日か四日もすると、踵のところで布が破れた。誰もが、物々交換でゴムのガロッシュを追加で手に入れようと必死だった。それはよく曲がり軽くて、手のひら分だけ足よりも大きかった。靴下がわりに足に巻いていた布を何枚か重ねてもたっぷり余裕があった。歩きながらガロッシュが脱げ落ちないように、みんな靴底に針金を掛けて足に結わえていた。針金は足の甲で結び合わされていた。針金の結び目に圧迫される甲の部分は頭痛の種だった。いつもそこで足がこすれて傷だらけになったのだ。この傷が凍傷の引き金になることもよくあった。木靴もガロッシュも冬の間は凍りついて、靴下代わりの布にくっついた。しかも、その布も肌にべったりくっついた。ゴムのガロッシュは確かに木靴よりも寒くてしかたなかったが、しかし持ちがよくて何か月も使えたのだった。

仕事着以外の服は存在せず、その収容所服、つまり囚人の制服は半年ごとに支給された。男と女で服装に違いは何もなかった。木靴とゴムのガロッシュのほか、仕事着には、下着、綿入れ、軍手、足に巻く布、シーツ、タオルが入っていた。さらに大きな延べ棒から切り分けられた石けんがあったが、これはナトリウム臭がとてもきつかった。石けんを使うと焼けるように肌にしみたので、傷口に触れないように気をつけなくてはならなかった。

下着は漂白されていない亜麻布《リネン》だった。長いズボン下一着（両足首とお腹の前に紐が付いている）、紐付きの短いズボン下一着、紐付きのシャツ一着。これは下着と上着兼用、昼と夜兼用、夏と冬兼用だった。

綿入れはフハイカという名前で、縦縞にキルティングが入っていた。綿入れ《フハイカ》のズボンは腹が出ている人のためにくさび形のカットで、足首で紐がきつくしまるようにしてあった。お腹の前にだけボタンが一つと左右に二つのポケットがついていた。綿入れの上着は、ルバシュカ襟と呼ばれる立ち襟のついた袋型で、腕にボタンのついたカフスがついていて、前には縦に並んだボタン、両脇には後から付け足された四角のポケットがついていた。頭に被る物としては、男も女も耳あてのついた綿入れ帽子を持っていて、それには紐がついていた。

綿入れの色は、染料の落ち具合に応じて、青みがかった灰色になったり、緑がかった灰色になったりした。一週間も着れば、上着はどのみち作業のために泥でごわごわになり、茶色く汚れた。それでも綿入れはいい物だった。身を切るような寒気がきらめき、吐く息が凍って顔に当たる、そんな乾燥しきった冬に外で過ごすにはいちばん暖かい服装だった。そして灼けつくような夏の暑さにいるときには、綿入れ《フハイカ》はゆったりとしていたので、なかで空気が循環し汗を乾かすことができた。しかしじとじとした天候のときには、綿入れはとんだ厄介者だった。綿が雨や雪を吸い込むと、何週間もずっとしけったままになった。そして夜までずっと、歯をガチガチ鳴らし、いっこうに体が温まらないという目に遭うのだ。バラックには六十八の寝台と六十八の囚人がいて、六十八の綿入れ、六十八の帽子、六十八組の足を巻く布と六十八足の靴とともに、濁った空気がこもっていた。そして僕たちは目を開けたまま横になって、黄色い常夜灯を、まるでそのなかで雪解けでもおこっているかのように見つめていた。そしてその雪解けとともに夜の異臭が漂いはじめ、それが森の土と腐りかけた落ち葉の毛布を僕たちの体に掛けてくれたのだった。

血湧き肉躍る時代

作業が終わると、僕は寝床に戻る代わりにロシア人の村に物乞いに出かけた。雑貨店「ウニヴェルマグ」のドアは開いたままだったが、店に人影はなかった。女店員は傾斜した机に置いた凹面鏡の上にかがみ込んで、頭に潜《ひそ》むシラミを探していた。凹面鏡の隣ではレコード・プレーヤーが回っていた。タータタタター。うちのラジオでよく聞いた曲だった。戦争の臨時ニュースのときにかかるリストだ。

父は早くも一九三六年に、ベルリン・オリンピックの実況を聞こうと、緑のキャッツアイをはめ込んだブラウプンクト社製ラジオを購入した。この血湧き肉躍る時代にはな、と彼は言ったものだった。ブラウプンクトは買ったかいがあったんだよ。それから時代はもっともっと血湧き肉躍るものになったからな。三年後のことだった、九月の初めで、ベランダの日陰で冷たいキュウリサラダを食べる季節がまた来ていた。隅の小さなテーブルにブラウプンクトが置いてあって、その後ろの壁には大きなヨーロッパ地図が掛けてあった。ブラウプンクトからはターータタタターが響きだした。臨時ニュースだった。父は手がラジオのつまみに届くまで椅子を傾け音量を上げた。居合わせたみんなが話をやめ、フォークやナイフを持つ手を止めた。風までがベランダの窓からのぞき込み、聞き耳を立てた。九月一日にはじまったことを父は電撃戦と呼んだ。母はポーランド出征と言った。若い頃、見習い水夫として、クロアチアのプーラから帆船で世界一周の旅に出航した経験のある祖父は、懐疑的な意見を述べた。祖父は、イギリスがこの件に関してどういう発言をするかをいつも気にかけていた。ポーランドに対しては、もうひと匙キュウリサラダを食べて黙っている方が賢明だと祖父は判断したようだった。祖母は、食事は家族団欒《だんらん》の場なんだから、ラジオの政治なんかやめとくれ、と言った。

図工の教師だった父は、色とりどりの頭をした待ち針に赤い三角の勝利の小旗を付けたものを作り、ブラウプンクトの脇に置いた灰皿にためこんでいた。十八日間というもの、父は小旗をどんどん地図の東の方に押し進めた。こうなっては、と祖父が言った、ポーランドもおしまいだな。それに小旗もおしまいになり、ついでに夏もおしまいになった。祖母はヨーロッパ地図と待ち針から小旗をむしり取ると、待ち針だけを裁縫箱に片付けた。そしてブラウプンクトも両親の寝室へと移動していった。三つ壁を隔てていても、僕の耳には早朝からラジオ・ミュンヘンの目覚まし音が聞こえてきた。番組は「朝の体操」という名前で、とたんに床がリズミカルに振動しはじめるのだった。両親はブラウプンクトのなかの体操教師の指揮のもとで体操をしていた。僕が肥満気味だから、兵士のように体を鍛えなきゃならん、というので、両親は僕も、週に一度、虚弱児鍛錬教室の個人レッスンに通わせた。

昨日は、ケーキの皿のように大きな緑のベレー帽を被った将校が、特別に派遣されてきて、点呼広場で演説をぶった。それは平和と「足《フース》文化」についての講演だった。トゥール・プリクリッチュは話の腰を折ることも許されず、ミサの侍者のようにかしこまって脇に控えていたが、やがて後から内容をかいつまんで通訳した。足文化が僕らの心臓を強くしている。そして僕らの心臓にはソビエト社会主義共和国の心が鼓動を打っている。足的《フージシュ》な文化が労働者階級の力を鍛えている。この足的な文化によってソビエト連邦は共産党の力のなかで、民衆と平和の幸福のなかで花開くのだ。トゥール・プリクリッチュと同郷人でもあるアコーディオン弾きのコンラート・フォンが、ロシア語ではYがUになると僕に説明してくれた。だから「足的な」文化というのは「肉体的な《フュージッシュ》」文化とその力、キリルの言葉では「体操文化」を意味するはずさ。どうやら将校はこの言葉をどこかで間違えて覚えてしまったようだな。だけどトゥールはそれを訂正する勇気がないのさ。

「足文化」のことなら僕は虚弱児鍛錬教室でお手のものだったし、学校では「民族的な木曜日」にもつきあわされた。高校生のとき、僕たちは毎週木曜日の晩に集会に出なければならなかった。校庭で僕たちは訓練を受けたのだ。体を伏せては、立ち上がり、柵によじ上り、屈伸をして、また伏せをして、腕立て伏せ、そして立ち上がる。ひだり、みぎ、まえへすすめ、声を合わせて歌をうたえ。ヴォータン、バイキング、ゲルマンのバラード物。土曜日か日曜日には隊列を組んで町の外まで遠征しなくてはならなかった。丘の茂みのなかで僕たちは枝をたっぷり頭にのせてカムフラージュの訓練をした。フクロウや犬の鳴き声を使うオリエンテーリング、そして腕にそれぞれ赤か青の毛糸を巻いての戦争ごっこ。敵の毛糸を引きちぎると、相手を殺したことになった。いちばんたくさん毛糸を集めたら、英雄として血のように赤い野バラで頭を飾られるのだった。

一度だけ「民族的な木曜日」をあっさりさぼれたことがあった。いや、あっさりではなかった。前の夜に大きな地震があった。ブカレストでは賃貸アパートが一棟倒壊してたくさんの人間が生き埋めになった。僕たちの町ではただ煙突が何本か折れただけですんだし、うちではストーブの配管が二本床に落ちただけですんだ。それを僕は口実に使うことにしたのだ。体操の教師は何も尋ねなかったが、僕の頭のなかでは虚弱児鍛錬教室がすでに効果を発揮していた。僕はこの不服従のうちに、自分が本当に虚弱児であるとの証拠を見つけられたのだ。

父はこの血湧き肉躍る時代に、ザクセン人の民族衣装姿の少女や女子体操選手たちの写真をとりまくった。そのためにライカまで購入したのだった。それから彼はアマチュア・ハンターになった。月曜日には、父が撃ち殺したウサギの皮を剥《は》ぐ様子を見ることができた。そんなふうに裸にひんむかれて、青っぽく固くなり、長く伸びきったウサギの様子は、棒に取り付いたザクセン人の女子体操選手たちにそっくりだった。ウサギはみんなの胃袋におさまった。皮は納屋の壁に釘で打ち付けられ、すっかり乾くと屋根裏のブリキの長持ちに仕舞われた。半年ごとにフレンケルさんがそれを引き取りに来た。そのうち彼はもうやってこなくなった。それ以上詳しいことは誰も知らないとのことだった。彼はユダヤ人だった。赤っぽい金髪で、背が高く、ほとんどウサギのように痩せていた。僕らのアパートの下の中庭に住んでいた小さなフェルディ・ライヒとその母親もいつの間にか姿を消していた。それ以上のことは知らないと誰もが言い張っていた。

何も知らないのは楽なことだった。ロシアとの係争地ベッサラビアやトランスニストリアから避難民がやってきて宿を借り、しばらく滞在して、やがて旅立っていった。帝国からドイツ兵がやってきて宿営し、しばらく滞在して、やがて旅立っていった。隣人や親戚、それに学校の先生が、ルーマニアのファシストかヒトラーの軍に動員されていった。前線から一時帰休で戻って来られた人もいれば、来られなかった人もいた。前線からはこっそり逃げ出してきたくせに、戻ってくるとやけに威勢よくみんなを煽《あお》り、軍服を見せびらかしにダンスホールやコーヒーハウスに入りびたる煽動者も一人や二人にとどまらなかった。

博物学の先生も、金色に輝くアッツモリソウは湿地帯植物だと僕たちに説明してくれたときには、長靴《ちょうか》と軍服を着ていた。湿地帯植物といえば、エーデルワイスもそうだ。エーデルワイスは単なる植物以上のものだった。それは流行《モード》だった。誰もがさまざまな型式の戦闘機や戦車、兵種を示すバッジやメダルをつけていたが、それぞれにエーデルワイスかリンドウのデザインがお守りにあしらわれていた。僕はバッジを集めて、友達と交換し、軍の階級を暗記した。いちばん好きなバッジは、一等兵と上等兵《グフライテ》だった。僕は上等兵とは求婚者《ノライア》の意味で、一等の恋人や上等の恋人がいるのだと思っていた。というのも僕の家には帝国からやってきた上等兵ディートリッヒが間借りしていたからだ。母が納屋の屋根の上で日光浴をしていると、ディートリッヒが天窓から望遠鏡でのぞき見した。その様子を父がベランダから見つけて、ディートリッヒを中庭まで引きずり下ろし、納屋の前の中庭の敷石の上に望遠鏡を置いてハンマーでたたき壊したのだった。母は洋服の包みを小脇に抱えて二日ほど叔母のフィーニーのところに身を寄せた。その一週間前の誕生日にも、ディートリッヒはコーヒーカップを母に一組プレゼントしたのだった。僕のせいだった。母がコーヒーカップを集めているのを教えたのは僕だったし、一緒に陶器店まで出かけたのも僕だった。そこで僕はディートリッヒに、母が絶対に気に入りそうなカップセットを薦めたのだ。それは極細の軟骨のように薄いバラ色で、カップの縁には銀があしらわれ、持ち手の上部にも銀が垂らしてあった。

僕の二番目に好きなバッジはベークライト製で、燐を塗ったエーデルワイスだった。それは夜になると目覚まし時計のように発光するのだった。

博物学の先生も戦争に動員されて、そのまま帰ってこなかった。ラテン語の先生は前線から一時帰休してきて、僕らの学校にも顔を出した。教壇に立ってラテン語の授業をした。それはすぐに終わってしまって、彼の考えたのとはまるで違ったものになった。これまでよく野バラの栄冠を受けていた優等生のひとりが授業がはじまってすぐに言ったのだ。先生、前線がどんな様子だかお話しいただけませんか。先生は唇を噛んで言った。君たちの考えているようなものではないよ。それから彼は今まで見たこともないほど顔をこわばらせ手を震わせた。君たちの考えているようなものではない、と彼は繰り返した。それから頭を机に押し当てると、ぼろでできた人形のように腕をだらんと椅子から垂らして、おいおい泣き出したのだった。

ロシア人の村は小さかった。物乞いに出かけるときには、同じように収容所《ラーゲリ》から物乞いに来る人にかち合わねばいいが、と期待しないわけにはいかなかった。みんなが物乞いするのに携えて行くのは石炭ばかり。本物の物乞いは手の内を見せるものじゃない。僕たちも、眠っている幼子でも抱えるように、ぼろに包んだ石炭を抱きかかえた。ドアを叩く、もしドアを開けてもらえれば、包みをちょっと開いて中身を見せた。五月から九月まで石炭では望みは薄い。しかし手持ちには石炭しかなかった。

ある家の庭にペチュニアが見え、それから銀の縁取りがされた薄いバラ色の茶わんでいっぱいなったガラス戸棚が見えた。さらに歩きながら僕は目を閉じて、「コーヒーのお茶わん」と口に出して言ってみて、頭のなかで文字数を数えた。十だった。それから十歩を数えて、さらに茶わん二個分で二十歩を数えた。でも立ち止まったところには家がなかった。母が家のガラス戸棚に仕舞っていた全部で十のコーヒー茶わんのために百まで数え上げて、そうやって三軒先の家までたどりついた。その庭にはペチュニアは植わっていなかった。僕が物乞いのために初めてドアを叩いたのはその家だった。

トラックに乗ることについて

トラックに乗るのはいつだって幸せなことだった。

第一に、乗っている限りは、まだ到着してないから。到着してない限りは、まだ働かなくてもいい。何かに乗っている限りは休めるのだ。

第二に、トラックに乗っていくと、こちらのことなど気にもかけずほっといてくれる場所に行ける。並木ならどなりつけられたり、殴られたりする心配もない。さすがに木の下にさしかかれば、枝葉に当たることもあるけれど、それも木が悪いわけじゃない。

僕たちが収容所《ラーゲリ》に到着したときの唯一の手がかりは、「ノヴォ＝ゴルロフカ」だった。それは収容所《ラーゲリ》か町の名前、あるいはその地域の名前であるようだった。工場の名前ではありえなかった。というのも工場は「コクソーチム＝サヴォード」という名前だったから。収容所《ラーゲリ》の中央広場には水道栓があり、その水が流れ落ちる排水溝に掛けてある鋳鉄製の蓋《ふた》にはキリル文字が彫られていた。学校で習ったギリシア語の知識を駆使して、「DNJEPROPETROWSK《ドニプロペトロフスク》」という言葉が読み取れたが、それは近くの町の名かもしれないし、ロシアの果てにある鋳物工場の名にすぎないのかもしれなかった。収容所《ラーゲリ》の外に出ると、文字の代わりにだだっ広い荒れ野《ステップ》がどこまでもつづいていて、そのなかにぽつりぽつりと人の住む村があった。その意味でもトラックに乗れるのは幸せだった。

輸送人員は毎朝収容所《ラーゲリ》の裏の車庫でトラックに配属された。普通は二人一組だった。カーリー・ハルメンと僕はドイツ製四トントラックの「ランチア」に乗った。三〇年代の旧モデルだった。僕たちは車庫にある五台の車の長所も短所も知り尽くしていた。ランチアはよい部類だった。車高が高すぎず、すべてブリキ製で、木の部品など少しも使ってはいなかった。最悪なのは五トントラックの「マン」で、そのタイヤは人の胸ぐらいの高さがあった。そしてよい部類のランチア組には、ひん曲がった口をした運転手コーベリアンがついてくれた。彼は温厚な男だった。

コーベリアンが「キルピッチュ」と言えば、今日は赤い耐火レンガを取りに、果てしない荒れ野《ステップ》を走って行くんだ、と僕たちは即座に了解できた。前の晩に雨が降っていれば、焼けつくされた車の残骸や戦車のスクラップが、窪地にたまった雨水に映し出された。野良犬の群れがタイヤの前からばっと逃げていった。カーリー・ハルメンは運転席のコーベリアンの隣に座っていた。僕は荷台の上に立って運転席の屋根にしがみついているほうが好きだった。屋根もガラスもなく、ただ窓の穴だけがあいた赤い耐火レンガ造りの八階建て集合住宅が遠くに見えてきた。何もないところにぽつんと立ち、ほとんど廃墟と言ってもいいくらいなのに、この建物は極めてモダンだった。もしかすると、これは新開発の住宅地に建てられた最初の集合住宅で、そのあと一夜にして開発工事そのものが止まってしまったのかもしれない。あるいは、屋根を付ける前に戦争がはじまったのかもしれない。

国道はでこぼこの穴だらけで、ランチアはがたがた揺れながら、散在する農場のそばを通りかかる。農家のなかには、腰の高さまでイラクサが生い茂っているのがあった。あちこちに鉄製の寝台が放置されていて、その上には雲の切れ端のようにガリガリに痩せた白い鶏が並んでいた。イラクサが茂るのは、人間が住んでいるところだけ、と祖母が言っていたっけ。そしてイガを出すゴボウが育つのは羊がいるところだけだとか。

農場に人の姿が見えたためしはない。収容所《ラーゲリ》に住むのではなく、持ち家のある人々を、垣根、中庭、じゅうたんを敷いた部屋、もしかしたらじゅうたん叩きまで持っている人々を僕はこの目で見たかった。じゅうたんが叩かれるところなら、と僕は考えた、平和なところだと当てにしていい。そこなら生活も平穏で、僕らも平和にそっとしておいてもらえるだろう。

コーベリアンの車に初めて同乗したとき、僕はじゅうたん専用の特殊な干し竿を出した農場を見つけた。ローラーがついていて、じゅうたんを引っ張りだしたり引き戻したりしながら叩くことができるのだった。干し竿の隣には、大きくて白い琺瑯《ほうろう》のポットが置いてあった。嘴《くちばし》と細い首と重たそうなお腹をもつポットは白鳥のようだった。その情景があんまり美しかったから、僕はトラックで荒れ野《ステップ》に出かけるたびに、ただ風だけが吹いているようなところでも、この干し竿を探し求めるようになった。でも二度と干し竿も白鳥も目にすることはなかった。

町外れの農場のすぐ向こうから、黄土色の人家が軒を並べる小さな町がはじまっていた。どの家も漆喰はぼろぼろに剥げ落ち、ブリキ屋根はさびだらけだった。アスファルトの残骸の間には市電の線路が隠れていた。時おりパン工場からその線路を伝って馬が二輪の荷車を曳いてきた。パンには白い亜麻布《リネン》が掛けられていて、ちょうど収容所《ラーゲリ》の手押し車と同じだった。しかし飢え死に寸前の馬が曳いているせいで、白い布の下には本当にパンがあるのか、もしや飢え死にした死者が隠されているんじゃないか、と僕は疑わずにはいられなかった。

あの町は「ノヴォ＝ゴルロフカ」って名前だ、とコーベリアンが言った。それなら収容所《ラーゲリ》と同じ名前なんだね、と僕は尋ねた。いやいやちがう、収容所《ラーゲリ》が町と同じなんだ。どこにも地名表示板は出ていなかった。車に乗ることのできる者、つまりコーベリアンとトラックのランチアには土地の名前は自明のことだった。そして、カーリー・ハルメンと僕のようにこの土地に馴染みがなければ、彼に尋ねればいいだけの話だった。そして尋ねる相手がいなければ、誰もこんなところに来やしないし、そもそもこんなところに用のあるわけもないのだった。

町の裏手まで行って、僕らは耐火レンガを引き取った。相棒がいて、ランチアをレンガの山のすぐ傍までつけることができれば、積み込みは一時間半ほどですんだ。一度にレンガを四個手に取り、アコーディオンのように重ね合わせて運ぶのだ。三個は少なすぎるし、五個は多すぎる。五個だって運べなくはないが、どうしても真ん中のレンガがすぐに滑り落ちてしまう。それが落ちないようにするには三本目の手がなければだめだ。レンガは荷台の端から端まで隙間なく順々に並べていく。四個のレンガが三ないし四層重なった高さになるまでそうしていくのだ。ぶつかると耐火レンガは澄んだ音を立てる。一個一個少しずつ違った響きだ。赤い粉の方はどれも同じで、服にたまっていくが、さらりとしてべとつかない。レンガの粉は、セメントの粉とは違って繭《まゆ》みたいにこちらを包《くる》み込んでしまいはしないし、石炭の粉とは違って、べっとりとくっついて離れないということもない。レンガの粉を見ると、何のにおいもしないのに、僕は甘くて赤いパプリカを思い出してしまうのだった。

帰り道には、ランチアは一度もがたがた揺れはしなかった。荷台が重くなったからだ。僕たちはまた田舎町ノヴォ＝ゴルロフカを通りぬけて市電の線路を横切り、また町外れの農場を通り過ぎ、荒れ野《ステップ》の雲の切れ端を頭上に見ながら、街道を収容所《ラーゲリ》まで飛ばした。そして収容所の脇を通り過ぎて建築現場まで行った。

荷降ろしは積み込みより早く片付いた。たしかにレンガを層に重ね合わせなければならなかったが、しかしそれほど厳密でなくともよかった。どのみちもう翌日には、足場の上の左官のところまで運ばれる手はずになっていたからだ。

行っては帰る、積み込んで荷降ろす、そんな運送を一日二回もこなした。終わる頃にはとっぷり日も暮れていた。ときどきコーベリアンが、何も言わずに、もういちど車を出発させることがあった。カーリーと僕は、今度は私的な用件だな、とピンときた。僕たちは荷台の半分ほどに一層だけ耐火レンガを積み込んだ。そして帰りは、八階建ての集合住宅の廃墟の裏手で道を折れて、窪地に入った。家並みを取り囲むようにポプラ並木がつづくところだった。この頃には空の雲も夕陽を浴びてレンガのように赤く染まっていた。垣根と木造の納屋の間を通ってトラックはコーベリアンの自宅の敷地に入った。がくんといって止まると、腰の高さまで僕は、たぶん日照りのせいで葉の落ちた果樹林のなかに埋もれていた。去年の夏かあるいはおととしの夏に実った、しわくちゃの丸い実がいっぱい付いていた。カーリーが荷台の僕のところによじ登ってきた。残り日が僕たちの顔の前に果実をぶらぶらさせ、コーベリアンは荷降ろしの前にそんな果実を摘ませてくれた。

果実は水気がすっかりなくなって、木のように固くなっていた。何とかマハレブ・チェリーの味がしてくるためには、ひたすら舐めたり吸ったりしつづけなければならなかった。よく噛んでいけば、ついには種がすっかり剥《む》けてつるつるになったが、そいつを舌の上で転がすのが何とも言えぬ快感だった。この夜にマハレブ・チェリーにありつけたのは幸運にはちがいなかったが、それは同時にますますひもじさを嵩じさせずにはおかなかった。

収容所に戻る頃あいには、夜は墨汁をぶちまけたようだった。遅くに収容所に戻るのは悪いことじゃなかった。点呼はもう終わっていて、夕食もとうにはじまっていた。鍋の上澄みの薄いスープはもう他の人たちに配られていた。下の方の濃いスープにありつける公算が高かった。

しかし、収容所に戻ってくるのが遅すぎると、ひどい目に遭うのだった。その時分にはスープは尽きてしまっていた。そしてシラミのわく、この大きく空虚な夜のほかには何も残らないということになったからだ。

厳格な人間について

ベア・ツァーケルが井戸で両手を洗ってから、中央通りを歩いてくる。背もたれのあるベンチに座る僕のところに近づいてきて腰を下ろす。彼女の目は滑るように横に流れ、盗み見でもしているように見える。でも盗み見をしているわけじゃない。目玉を動かすのに、こんなふうにゆっくり時間をかければ、自分がどんなに魅力的に映るかを知っているからなのだ。僕だって虜《とりこ》になってしまうくらいに魅力的だ。やがて彼女が前置きもなく話しはじめる。トゥール・プリクリッチュのように早口だけれど、あれほど話があちこち飛んだりはしない。滑るように流れる眼差しを向こうの工場の方へ向けて、冷却塔の煙の流れを追いながら、ウクライナとベッサラビアとスロヴァキアの三国が連なる山岳地帯のことを物語っていくのだ。

故郷《くに》の山を彼女は一つずつゆっくりと数え上げていく。小タトラ、ティサ川の上流で、ヴァルトカルパチア山系に合流していくベスキディ山脈。私の村の名前はルーギと言うの、カシャウ［スロベキアのコシツェ］の近郊の目立たない貧しい村よ、と彼女は言った。あそこでは、死ぬまでずっと周囲の山に見下ろされ、頭の中身まで筒抜けに見られるの。あんなところにずっと残っていると、だんだんふさぎがちになるから、逃げ出す人が後を絶たない。だから私もプラハに出て行ったの、音楽の勉強をしにね。

大きな冷却塔は、貫禄あるマダムよろしく、コルセット代わりの黒っぽい木製のはしごを腰に付けている。そんなふうに体をきつく締め上げられているものだから、マダムは昼も夜も口から白い煙を吐き出さずにはいられないのだろう。そしてこの煙もベア・ツァーケルの山の人々と同じように、どこか遠くに逃げ出していく。

僕の方もジーベンビュルゲンの山についてベアに語る。あそこもまだカルパチア山系なんだよ、と僕は言う。ただし、僕らのところの山は丸くて深い湖をあちこちに抱えている。人が言うには、そいつは海の目らしい。とても深くて、その底は黒海に通じているというんだ。山中の湖を見ていると、足の裏では山を踏みながら、目は海に向けていられるんだよ。うちのじいさんに言わせれば、カルパチア山脈は地下で黒海を腕に抱いているのさ。

それからベアはアルトゥール・プリクリッチュについて、あの人なしには私の子供時代は考えられないくらいなの、と言い出す。同じ村の生まれ、同じ通りに住み、学校でも二人は席を並べていた。トゥールと遊ぶとき彼女は馬をやらされ、トゥールは御者になった。そのうち彼女は倒れて足を骨折したが、しかし骨折したなんて後になってようやく判明したのだった。トゥールは鞭を振るっては、どうせもう馬をやりたくないから嘘をついているんだろう、と言い張った。そして、急な坂を走らされたわ、と彼女は言った。一緒に遊ぶとき、トゥールはいつもサディストだった。それを聞いた僕はムカデゲームの話をはじめた。子供たちは二組に分かれて二匹のムカデになる。どちらかが白線を越えて相手を自分の陣地に引き込まなければならない。むしゃむしゃ相手をむさぼり食うためだ。二匹のムカデのどちらにいても、子供たちは相手のお腹のまわりをつかんで全力で引っ張らなければならない。ほんとに体が引き裂かれるんじゃないかと思うぐらい。僕もお尻をアザだらけにされて、片方の肩を脱臼したことがあった。

私は馬じゃないし、あなたもムカデじゃないでしょう、とベアが言う。もし自分が演《や》っているものになっちゃうんだったら、法律に従って、その罰まで引き受けさせられてしまうわ。そして法律からは誰も逃げられない。たとえプラハに引っ越したとしてもね。収容所《ラーゲリ》に引っ越してきてもそうだよ、と僕。そうよ、だってトゥールが付いてきているんだもの、とベアが答えた。あの人も大学までは行ったのよ、宣教師になりたかったけど、なれなかった。でもプラハに残って商売に乗り換えたの。ねえ、分かるでしょう、小さな村の法律も、プラハの法律も、厳格そのものなのよ、とベアが言う。だから誰もそれから逃げられない。その法律は厳格な人たちによって作られているんだから。

それからベアは流れる視線にまたちょっとした間を与えてから付け加えた。

私は厳格な人たちのことが好きなの。

嘘つけ、そのうちの一人だけじゃないか、と僕は思ったけれど、自制しておかなければならなかった。というのも、彼女はこの厳格さのおかげで生きてられるのであって、彼女のただ一人の厳格な人間から、僕などとは違って、備品倉庫の管理という楽な仕事を割り当ててもらっているのだから。彼女はトゥール・プリクリッチュの悪口を言い、僕たちの仲間に入れてもらいたがっているけれど、実際にはあいつと大して違わない生活をしているんだ。まくしたてるように話すうちに、彼女が僕たちとの違いをほとんど放り出しそうになることもある。しかしそうなる寸前に彼女はまた安全な場所にするりと戻っていく。この安全に身を置くからこそ、彼女の滑るような眼差しはゆっくりと落ち着いていられるのかもしれない。僕と話をしながら、いつも自分の特権が気になって仕方なさそうだ。そして彼女がこんなに饒舌に語るのは、その厳格な人間の目につかないところで、彼が夢にも思わないほど好き勝手に行動する余地を残しておきたいと思うからなのかもしれない。あるいは僕に本音を吐かせようとしているだけで、僕らと話したことを後で彼に洗いざらい報告するつもりなのだろうか。
ベア、と僕は言う。子供の頃にはこんな歌をよく口ずさんだものさ。

空の上のおひさまが、ヴェールをかぶって、
黄金色のトウモロコシ、
のんびりもしてられない。

というのは、僕の子供時代のいちばん強烈なにおいは発芽するトウモロコシの粒が出す異臭だったんだ。僕たちは夏休みにはヴェンヒ高原にまで出かけていって、八週間をそこで過ごした。夏休みから戻ってくると、中庭の砂山のあちこちでトウモロコシが発芽していた。それを砂から引き抜くと、白い糸のような根が出ていて、それにくっついて黄色の古い粒が出てきたんだよ。鼻が曲がりそうなにおいだった。
ベアは僕の言葉を繰り返す。黄金色のトウモロコシ、のんびりもしてられない。それから自分の指

を舐めて言うのだ。大人になるっていうのはいいことだわ。

ベア・ツァーケルは頭半分ほど僕より大きい。お下げ髪は頭を取り巻くようにくるくると丸めてまとめられている。腕くらい太く結わえられていて、絹のロープのようだ。もしかすると彼女の頭部がこんなに誇り高く見えるのは、たんに彼女が備品倉庫にいられるからばかりではなく、この重い髪型を支えなければならないからかもしれない。目立たない貧しい村で、死ぬまでずっと周囲の山に見下ろされ、頭の中身まで筒抜けに見られないですむように、たぶん子供のときからずっと彼女はこの重たい髪型をしていたんだろう。

しかしこの収容所《ラーゲリ》では彼女が死ぬ心配はない。トゥール・プリクリッチュがそうならないように面倒を見てくれているんだから。

イルマ・プファイファーの一滴多すぎてあふれ落ちてしまった幸福

十月の終わりになると、早くも氷の釘混じりの雨が降った。警備兵と副官は私たちにノルマを課すと、すぐ暖かい収容所《ラーゲリ》の事務所に舞い戻った。建築現場では、命令の怒号を恐れないですむ、静かな一日が始まった。

しかし、その静けさを破るようにイルマ・プファイファーの叫び声がとどろいた。それは助けて助けてだったかもしれないし、もうこんなのいやだったかもしれない、はっきりと聞き取れた者はいなかった。私たちはシャベルやスコップを握ったまま、モルタルを捏《こ》ねるための水槽に駆けつけようとした。しかしあまり急ぐわけにもいかなかった。もう現場監督が姿を現していたからだ。みんな手にしたものを下に降ろさなければならなかった。手を後ろに回せ《ルーキ・ナザート》――そして現場監督は、スコップを振り上げると、さあモルタルのなかを見てみろ、と僕たちに命じたのだった。

イルマ・プファイファーは、うつぶせに倒れており、モルタルが泡立っていた。モルタルはまず彼女の腕を飲み込んだ。つづいて灰色の液体が高く盛り上がったかと思うと、膝の裏側を覆いつくした。永遠かと思えるほど長い二、三秒の間、モルタルは待ち受けるように、皺の寄ったフリルを大きく広げた。それから、ばしゃっという音とともに、あっという間に臀部に覆いかぶさっていった。頭と帽子の間で、モルタルが粥《かゆ》のようにぷるぷると揺れた。やがて頭が沈んでいき、帽子が浮かび上がってきた。帽子は耳覆いを開きながら、毛を逆立てた鳩のようになって、水槽のなかをゆっくりと漂っていき、ついには縁に流れついた。シラミに食われて瘡蓋《かさぶた》だらけになっていた丸刈りの後頭部は、半分に切ったスイカの断面のような姿を見せて、まだ水面近くに浮かんでいた。とうとうその頭もすっかり飲み込まれて、かろうじて背中だけが見えるばかりになった。そのとき現場監督が言った。残念、とても残念《ジャルカ・オーチン・ジャルカ》。

そしてスコップで私たちを追い立てて、建築現場の石炭女たちのところに行かせ、みんなが一団になったところでどなった。ヴニマーニエ・リュジェイ。アコーディオン奏者のコンラート・フォンが通訳しなければならなかった。いいか、おまえたち、サボタージュして死にたければ、いくらでも死なせてやる。あの女は自分から飛び込んだ。左官工が上の足場からちゃんと目撃していたんだからな。

僕たちは立ち上がり、収容所《ラーゲリ》の中央広場まで行進させられた。この午前の早い時間は、いつも点呼の時間だった。氷の釘混じりの雨が降りしきっていた。僕たちは、外から見ても内から見ても途方もない落ち着きを保ちながら、茫然自失の態で立ちつくしていた。シシュトヴァニョーノフが事務室から足早にやってきて喚《わめ》きだした。追い立てられた馬のように、口の周りには泡立った唾があふれていた。僕たちに向かって革手袋を投げつけるものだから、落ちた地点の近くにいる者は、そのたびにしゃがんで手袋をひろい上げ、前まで持っていかねばならなかった。何度も同じことが繰り返された。あげくの果てに僕たちはトゥール・プリクリッチュの手に委ねられた。彼は防水加工した外套にゴムのブーツを履いていた。点呼、一歩前へ、一歩下がれ、点呼、一歩前に、一歩下がれ、が繰り返された、日暮れまでずっとつづいた。

イルマ・プファイファーが、いつモルタル槽から引き上げられ、どこに埋められたのか、誰にも分からない。翌朝になると、太陽が冷ややかに明るい光を輝かせていた。水槽には、できたてのモルタルがもう用意されていた、いつもと何の変わりもなかった。誰も前日の一件には触れなかった。イルマ・プファイファーと、彼女の上質な帽子と防寒着に思いを馳せる人も何人かきっといたことだろう。おそらくイルマ・プファイファーは服を着たまま埋められただろうが、生きている者が凍え死にそうだというのに、死者に服など与えて何の役に立つと思ったのだろうか。

イルマ・プファイファーは近道しようとしていて、腹に抱えたセメント袋のせいで足下がよく見えていなかったのだ。セメント袋は氷雨でずぶ濡れになっていて、まっ先に沈んでしまった。だから、私たちがモルタルの水槽に駆けつけたときには、もうあとかたもなく消えていたのだ。アコーディオン奏者のコンラートはこう言った。ただしゃべるだけなら誰にでもできるんだよ、でもね、真相を知ることのできる奴はどこにもいないんだ。

黒いポプラ

十二月三十一日から一月一日にかけての夜、二年目の新年を迎える夜のことだった。僕たちは宵の口に、拡声器で点呼広場に集まるように命じられた。犬を連れ武装した八人の監視兵に両脇を固められながら、僕たちは収容所《ラーゲリ》中央通りをせき立てられた。後ろからトラックがついてきた。工場の裏手の休閑地が広がる雪深いところまで来ると、みんな石垣の前に整列して待機させられた。今夜、銃殺されるんだな、とみんなが思った。

僕は人波をかき分け最前列に出た。最初に撃たれる組に入れてもらい、自分の番が来るまで死体を積み込む作業などにつかずにすませたい、と思ったのだ。——というのも道路脇にトラックが待ち構えていたから。シシュトヴァニョーノフとトゥール・プリクリッチュが運転席にいて、凍えないようにエンジンをふかしていた。監視兵たちは行ったり来たりしていた。犬たちまで体を寄せ合い、身を切るような寒さにその目も押しつぶされたようになっていた。凍りつかないために、時おり前足を上げ下げまでしていた。

そんなところに、僕らは顔じゅう皺だらけにして立たせられた。眉毛から樹氷が垂れ下がるほどだった。女たちが何人か唇を震わせているのは、寒さのせいばかりではなかった。祈りを唱えているのだ。これでとうとう一巻の終わりだ、と僕は覚悟を決めた。祖母の別れの言葉はこうだった。わしには分かっとる。おまえはきっと戻ってくる。そう言ってくれたのも、確かに同じ真夜中のことだったが、しかしそれは遠く世界の中心でのことだった。今頃、家族のみんなは家で大晦日を祝っているんだろうな。そして十二時になれば、僕が死なないよう健康を祈って乾杯してくれるかもしれない。どうかみんなが暖かいベッドに横になる前に、新年の最初の数時間は僕のことを思ってくれますように。おばあさんのナイトテーブルの上には、きついからといって毎晩はずす結婚指輪がもう置いてあるんだろうな。こんなことを思いながら僕は立ったまま銃殺されるのを待ち構えていた。そのとき悟ったのだけど、僕たちはみな巨大な箱に閉じ込められているのだった。箱の丸天井には夜の手で黒いラッカーが塗られ、念入りに磨き上げられた星が飾り付けられていた。そして箱の床には、倒れても痛くないように、膝まで沈むくらいたっぷりと白い綿が敷き詰められていた。そして箱の壁は、これでもかというくらい、固い氷の金襴、細かい細工のシルクの総《ふさ》飾りやレースなど壁飾りで賑やかにされていた。監視塔に挟まれた収容所《ラーゲリ》の壁の上では、雪が葬儀用の巨大な棺台を作りあげていた。その上には、寝台が何層にもずっと塔ぐらいの高さまで天めがけて積み上げられていた。それは積み重ね式の棺であって、僕たちの誰もが、ちょうどバラックの二段寝台のどこかに自分の寝場所が見つけられるのと同じように、その棺のどこかの段に必ず納棺される場所が見つけられるようになっているのだった。最上段の棺の上には黒くラッカーを塗った丸天井が迫っていた。棺台の頭と足を挟むように立つ二つの監視塔では、二人の黒ずくめの儀仗兵が通夜のために寝ずの番をしていた。収容所の正門の方向を向いた棺台の上端では、収容所のなかの常夜灯が蠟燭の火のようにほのかに光っていた。薄暗い下端では、雪に覆われた桑の木の樹冠が、豪華な花環の代役を務めていた。みんなの名前を書きこんである紙テープが蝶結びにしていくつもあしらっているようなやつだ。雪が音を消してしまうんだ、と僕は思った。銃を撃つ音はほとんど聞こえないにちがいない。僕たちの家族や親類は今頃ほろ酔い機嫌で、屈託なく、大晦日の騒ぎに疲れて、世界の中心ですやすや寝ていることだろう。もしかしたら新年になれば、魔法のような僕らの葬儀の夢まで見ることになるかもしれない。

僕は棺が何段も重なった箱の外には、もう何があっても出て行きたくなかった。死の不安というものは、抑えつけようとしてはみても、本当に逃れられないことが分かると、いつの間にか甘美な誘惑にすり替わってしまうものなのだ。凍える寒さも、そのなかに身動き一つ許されないで立ち尽くしていると、やがて身の毛もよだつような恐怖を穏やかに包み込んでいってくれる。凍死すれすれの昏睡状態のなかで、僕は進んで銃殺刑に身を委ねるつもりになっていた。

しかし、それから二人の覆面をしたロシア兵がトラックに連結したトレーラーから僕たちの足もとめがけて、スコップを次々に投げ降ろしてきた。トゥール・プリクリッチュが覆面をした男の一人に指図しながら、つなぎ合わせた四本のロープを、暗闇と雪明かりの間に、工場の壁と平行に並べていった。シシュトヴァニョーノフ司令官は運転席の座席で居眠りしていた。もしかしたら一杯機嫌だったのかもしれない。彼は、終着駅でコンパートメントに取り残された旅行者のように、胸に顎をうずめて眠っていた。僕らがシャベルで雪をすくっている間じゅうずっと寝ていた。いや逆だ。僕らが、彼が寝ている間ずっと雪をすくわされていたのだ。というのもトゥール・プリクリッチュは司令官の命令を待つほかなかったからだ。僕たちがロープの間に自分が銃殺されるように二本の通路を掘っている間ずっと、司令官は眠りこけていた。どれくらいの時間だったかは覚えていないが、ともかく空がしらじらと明けてくるまで、そうだった。そして、作業する間じゅうスコップの揺れる拍子が、僕に繰り返し同じ言葉を語りかけてくれた。おまえはきっと戻ってくる、わしには分かっとる。僕は穴掘りをしているうちに冷静さを取り戻して、撃ち殺されるよりは、これからもロシア人のために餓え凍え馬車馬のように働くほうがましだ、と思えるようになっていた。祖母の言っていた通りだと思った。ああ、きっと戻るよ。しかし同時にそれに抗議する声もあがった。だけど、どんなにそれが大変なことか分かってるの、ねえ、おばあちゃん。

それからシシュトヴァニョーノフが運転席から降りてきて、顎をなでこすり、脚がまだ寝ていたからかもしれないが、両脚をぶるぶると揺さぶった。それから覆面の男たちに向かって合図を送った。すると彼らはトレーラーのあおりをぱちんと開けて、ツルハシとバールを投げ降ろしはじめた。シシュトヴァニョーノフは人差し指をさかんに動かしながら、いつになく短く小さな声で何やらつぶやきかけていた。それからまた運転席に乗り込んだ。やがて荷を降ろしたトラックは彼とともに走り去っていった。

トゥールはさっきのつぶやきに命令の調子を与えなければならず、声を張り上げた。さあおまえたち、若木を植え付ける穴を掘るんだ。

まるで思いがけない贈り物でも授かったかのように、僕たちは雪の中の道具を拾い集めた。地面は、骨みたいに硬く凍てついていた。ツルハシを当ててもはじき返されたし、バールも鉄に鉄がぶつかるような悲鳴をあげた。クルミ大の塊が顔に飛びかかってきて危なくてしかたなかった。身を切るような寒さなのに、僕は汗だくになり、汗をかきながら凍えた。火照《ほて》った半身と冷え切った半身に分裂したようだった。上半身はかっかとし、機械的にお辞儀をくり返して、ノルマへの不安から燃えるように熱くなった。下半身は冷え切っており、その脚がずり上がってきて死体のような冷たさで腸を圧迫した。

午後には、手のマメが破れて血だらけになったのに、植え付けの穴が片手より深くなることはなかった。どんなに時間をかけても一向に変化はなかった。

ようやく春も遅くになって穴が掘り終わり、若木が植えられて二列の長い並木道ができあがった。並木はまたたく間に大きくなった。こんな木は他にはどこにも植わってなかった。荒れ野《ステップ》にも、ロシア人の村にも、周辺のどの場所にも。ずっと収容所《ラーゲリ》では誰もこの木の名前が何なのか知らないままだった。木は大きくなればなるほど、枝も幹も白くなっていった。けれども、線条の模様もなければ、蠟みたいに透けるほど白いわけでもないので、白樺とは違っていた。育ち方は堂々たるもので、ギプスの石膏のように、光沢のない表皮をしていた。

収容所《ラーゲリ》を出て故郷《くに》に帰った最初の夏に、僕はこのギプスのように白い収容所の木をハンノキ公園で見かけた。巨大な古木だった。エドヴィン叔父の樹木図鑑にはこう書いてあった。ニセポプラ（別名「黒いポプラ」）は生長が早く、三十五メートルの高さまで銃弾のように勢いよく伸びていく。幹が二メートルの太さになり、樹齢二〇〇年に達することもあるこの木はたいへん丈夫なものである。

エドヴィン叔父は、「銃弾のように勢いよく」という言葉を僕に読んで聞かせたとき、この記述がどんなに正しく、もっと正確な言い方をすれば、どんなに当を得たものなのか、ちっとも分かっていなかった。彼は言った。この木は手入れが簡単だし、とてもきれいだな。しかし平気で人を欺いてる。どうして白い幹をしているというのに、「黒いポプラ」などと呼ばれるんだろう。

僕は口答えしなかった。ただ口には出さずに考えた。もし黒いラッカーを塗られた空の下で夜の半分ずっと銃殺されるのを待ち構えた経験があったら、この名前が嘘くさいなんて口が裂けても言えないんだよ。

ハンカチとネズミ

収容所《ラーゲリ》にはいろんな種類の布があった。生きるとはその布を次から次に取り替えていくことにほかならなかった。足に巻く布にはじまって、タオル、パンを包む布、メルデクラウトを包む枕の袋、さらに行商という名目で物乞いをするために使う布まで。それどころか、もし手にすることができるなら、ハンカチまで。

収容所《ラーゲリ》のロシア人たちには、ハンカチなど必要なかった。彼らは片方の鼻の穴を人差し指で押さえつけて、別の鼻の穴から鼻汁をパン生地のように地面へ吹き出していたから。それから、きれいになったほうの鼻の穴を塞ぐと、今度は別の穴から鼻汁が飛び出した。練習してみたが、僕の場合にはどうやっても鼻汁がきれいに飛んでいってくれなかった。もっとも、収容所《ラーゲリ》では鼻をかむのにハンカチを使う者などいなかった。ハンカチを持っている者は、それを砂糖や塩を入れる袋として使ったからだ。すっかり擦り切れてどうしようもなくなったら、トイレットペーパー代わりにした。あるとき僕は、ロシア人の女からハンカチをプレゼントしてもらったことがあった。とても寒い日のことだった。ひもじくて、いてもたってもいられなかった。当番の作業が終わると、僕はまたロシア人の村へ、こんな日こそ暖房に必要なはずの無煙炭一個を抱えて「行商」に出かけた。とある家のドアを叩いた。ロシア人の老婆が開けてくれ、石炭を買い取ってくれたばかりか、家のなかに招じ入れてくれさえした。

部屋は天井が低くて、壁をくりぬいた窓にしても、僕の膝丈くらいしかなかった。腰掛けには、やせこけた、灰色と白のまだらの鶏《おんどり》が二羽のっていた。一羽のとさかは目の上に被さっており、前髪が顔にかかってきたのに手を出せない人間のように、頭をさかんに揺すっていた。

老婆はしばらく前からずっと話をしていた。単語の切れ端だけがたまに分かる程度だったが、それでも何が問題になっているのか、おぼろげにつかむことはできた。老婆は隣人たちが怖くて、もうずっと前から二羽の鶏しか話し相手がいない。それでも隣人たちと話すよりはいくらかましだというのだ。僕と同じぐらいの齢の息子がいて、その息子はボリスという名前で、僕と同じく家から遠く離れた東の果てにいる。シベリアの収容所《ラーゲリ》の懲罰部隊で働かされているのだ。隣人に密告されたからだ。あんたや息子のボリスにツキがあって、まもなく家に帰れるといいんだがねえ、と彼女は言った。彼女が円椅子を指さしたので、僕はテーブルの角に向かって座った。すると彼女は僕の頭から帽子を取って、テーブルの上に置いた。その帽子の横に木の匙《さじ》を置くと、竈《かまど》に近づいて鍋からジャガイモスープをすくってブリキの深皿に入れてくれた。スープはきっと一リットルはあった。僕はひたすら匙ですくって飲んだが、老婆は僕の肩に並ぶように立ったまま、様子をじっと眺めていた。スープは熱くて、僕は啜《すす》りながら横目で彼女を見た。すると彼女がこくりと肯いてくれた。スープの腹もちをよくしたいので、できるだけゆっくりと飲み込んでいきたかった。しかし、僕のひもじさが、皿の前に陣取る犬のように、貪り飲み込んでいった。二羽の鶏は足を引っ込め、腹を直《じか》に腰掛けにつけて眠り込んでいた。スープのおかげで、僕の体は足の先までぬくもった。とたんに、鼻水が垂れてきた。待って《アバジディ》、とロシア女が言い、隣の部屋から雪のように真っ白なハンカチを持ってきてくれた。持って行ってかまわないという徴《しるし》に、僕の指を折り曲げてハンカチを握りしめさせた。僕にプレゼントしてくれたのだ。それで鼻をかむなんてとんでもなかった。行商の儲けがどうのとか、僕とか彼女とかハンカチとかもうどうでもよくなるようなことが起こったのだった。彼女の息子のおかげだった。うれしかったが、うれしさ半分といったところだった。彼女か僕が、あるいは二人とも少しばかりやり過ぎてしまったのだ。僕がここにいて、自分の息子が家から遠く離れたところで僕と同じ不遇をかこっているので、彼女は息子のために何かしてやらずにはいられなかった。ここにいるのはあくまでも僕で、その僕が彼じゃないと思うと、やりきれなかった。しかも、彼女もそのことに気づいていて、でも、息子の心配ばかりするのにもう耐えきれなかったので、二人の違いを無視するほかなかったのだ。一人で同時に二人の人間であること、しかも強制連行された二人の人間であることは僕にも耐えがたかった。その負担は大きすぎて、腰掛けに並んでいる二羽の鶏みたいに単純な話ではなかった。自分ひとりだけでも僕には抱えきれないぐらいの重荷だったというのに。

石炭を包んでいた布は目が粗くて汚かったが、表に出てからそれをハンカチ代わりに使った。鼻をかみ終わると、首回りに掛けた、つまりはこれが僕のネッカチーフだった。そのネッカチーフの先端で僕は歩きながら目もこすったが、人目につかないように何度も素早くそうした。僕のことを気にかける人など周囲にいるはずもなかったが、僕はそのしぐさを自分にも見られたくなかったのだ。心の掟に従わなければならないのは確かだった。泣きたい理由がありすぎるときには、泣き出してはならないのだ。涙は寒さのせいだと自分に言い聞かせた、そしてその自分の言葉にすがったのだった。
繊細を極めるバチスト織りの、雪のように白いハンカチは年代物で、ツァーリ時代の逸品だった。縁には、手縫いの透かし織り《アジュール》が施されており、絹の撚り糸を引き締めて小さな格子模様ができている。格子模様の間の隙間は実に丁寧にかがられていて、四隅には小さなシルクのバラ模様《ロゼット》が縫い込まれていた。これほど美しいものを僕はもう長らく見ていなかった。ごく普通の日用品の美しさなど故郷にいたときには話題にもならなかった。収容所《ラーゲリ》では、そんな美しさなどさっさと忘れるのがいいのだ。ハンカチの形をとって日用品の美が僕をとらえた。その美しさが僕にはつらかった。あのロシア人の老婆が僕に重ね合わせて見ていた息子は、いつかそのうち家に帰って来られるのだろうか。そんなふうに思い煩ってもいられないので、僕は歌を口ずさむことにした。そして、僕たち二人のために貨車ブルースを歌った。

沈丁花が満開の森
堀に残る雪
あなたから届いた手紙
それを読むたび心が痛む

空が走り去り、中身の詰まった枕を抱えて雲も去っていった。早くも出た月が僕の母の顔になって見下ろしてきた。雲が彼女の顎の下に枕を一個、もう一個を右の頬の後ろに押し込んだ。やがて左の頬から枕がまた出てきた。そこで僕は月に尋ねた。母の体はそんなに弱っているのかい。病気なの。僕らの家はまだ残っているの。母はまだそこに住んでいるのかい、それとも母も収容所《ラーゲリ》に連れてこられたの。そもそもまだ生きているの。そして、僕がまだ生きているのを知っているのかい。それとも、僕のことを思い出すたびに、母は死んだ子を悼んで泣きはらしているのかい。

収容所《ラーゲリ》に来てすでに二年目の冬になっていたが、僕たちは生きている証の郵便を故郷《くに》に書き送ることも許されなかった。ロシア人の村には丸裸の白樺並木が立っていて、その下には、巨大なバラック小屋のなかのひしゃげたベッドでもあるかのように、雪の屋根がずらりと並んでいた。夕暮れがはじまったばかりの時分には、白樺の表皮は昼日中《ひるひなか》とはまた違った青ざめ方になり、雪の白さとはまた違った白さになっていた。風が枝の間をしなやかに泳ぎ回るのが見えた。柳を編んだ垣根のわきには、踏みならされて自然にできた道があった。そこを歩いていると、木の幹のように茶色い犬が近づいてきた。逆三角形の顔、長い肢、その肢はまるで太鼓のバチでも並んだようにがりがりだった。白い息がその口から立ち上《のぼ》るさまときたら、まるで僕のハンカチを口にくわえながら、肢で太鼓を叩いているかのようだった。僕など垣根の影でしかないとでも言わんばかりに、犬はさっさと通り過ぎていった。犬の考える通りで間違いない。収容所への帰り道の僕は、夕暮れのなかにある、ごく普通のロシアの事物と何の違いもなくなってしまうのだから。

バチスト織りの白いハンカチは、まだ使われたことのないものだった。僕も一度も使わなかった。

まるである母と息子が残した聖遺物のように、最後の日までトランクに大事に仕舞い込んでおいたのだ。そして結局は、郷里《くに》まで持ち帰ることになった。

こんなにきれいなハンカチは、収容所のなかでは何の使い途もなかった。その気になれば、バザールに出かけて何か食べられる物と交換することだってできただろう。引き換えに砂糖や塩、もしかしたら黍《きび》まで手に入れられたかもしれない。誘惑は強かったし、ひもじさには見境がなかった。でも、僕がそうしなかったのは、ハンカチが僕の運命にほかならないのでは、という思いからだった。自分の運命を手放すような奴は負けるに決まっている。僕が信じて疑わなかったのは、祖母の別れの言葉「わしには分かっとる。おまえはきっと戻ってくる」が、姿を変えてハンカチになったということだった。ハンカチが収容所で僕のことを気遣ってくれる唯一の人間だった、と言っても、僕はちっとも恥だとは思わない。いまだにその確信が揺らぐことはない。

ときおり事物は優しさを見せてくれる。それは予想もできないほどの途方もない優しさなのだ。枕の後ろのベッドの上端に、トランクは寄せてあり、枕の下には、食わずに残した、計り知れない価値をもつパンが布に包んで隠してある。ある朝のこと枕に置いた耳元で、ぴーぴーと鳴く声が聞こえてきた。びっくりして頭を上げ、パンの包みと枕の間を見ると、薄いバラ色の群れがもがいていた。僕の耳ぐらいの小さいのが群れている。目もあかない六匹のネズミ、どいつも子供の指一本より小さいくらい。シルクのソックスのような肌触りだけど、肉でできているから、触るとぴくりと動く。降って湧いたようなネズミたち、理由なき贈り物だった。彼らも僕に誇りを覚えてくれているんじゃないかと思えて、急にネズミたちのことが誇らしくなった。誇りに思うというのは、子供たちが僕の耳に授けられたからだし、その子たちが、バラックには六十八ものベッドがあるのに、わざわざ僕のところを選んで生まれたからだし、よりによって僕を父親にしたがったからだ。彼らだけがそこにいて、母ネズミの姿は一度も見なかった。このネズミたちにはぞっとしてしまう。というのも手放しで僕を信用してくれているからだ。僕は自分が彼らを愛していることに、それでいて彼らを振り捨てなければならないことに、しかも、彼らがパンを食べる前に、他の人たちが起きて、何かを嗅ぎつける前に、直ちにそうしなければならないことに、すぐに思いいたったのだった。

そこで僕はパンを包んでいた布の上に、群がるネズミをのせて、彼らに痛い思いをさせないように、指を丸めて巣のような形にした。忍び足でバラックから出ると、中央広場の向こうまで巣を運んでいった。警備兵に見とがめられないように、番犬に嗅ぎつけられないように、と気がせくあまり、足の震えがぶるぶる止まらなくなった。それでも、歩くときにネズミが地面に落ちないよう、目だけは布からそらさなかった。それから簡易便所に入り、穴の上で布を振った。ネズミたちは穴の底にぽしゃんと落ちた。ぴーぴー鳴く声も聞こえなかった。僕はやっと大きく息をついた。よしっ、やり遂げたぞ。

九歳のときだった。洗濯場のいちばん奥の隅にある古いじゅうたんの上に、生まれたばかりで目もあいていない灰緑色の子猫を見つけたことがあった。手につかんで腹をさすってやった。すると、猫はふーっと怒って、僕の小指に噛みついたかと思うと、そのままもう離そうとしなかった。血が垂れるのが見えた。思わず僕は親指と人差し指で押さえつけた――それも、覚えている限りでは、首筋を力いっぱいぎゅっと絞めつけたのだった。決闘でもした後みたいに、僕の心臓は激しく高鳴った。その子猫は、まさに死んでいるがために、僕の殺害の現場を押さえたのだ。殺す意図などなかったことが事態をもっと悪くした。残虐行為を意図したときとはまるで違った形で、とてつもない繊細さが、この罪のなかには潜んでいたのだ。はるかに深く、そしてはるかに長く尾を引くように。

子猫とネズミの共通点は何かと言えば、どちらもぴーぴー鳴かなかったことだ。

子猫をネズミと区別するものは何かと言えば、ネズミの場合には意図と同情だった。子猫の場合には、撫でてあげようとして、噛まれたという苦い思いだった。これが一つ目。そしてもう一つの違いは、せっぱ詰まっていたということ。ひとたび首を絞めはじめてしまったら、もう後戻りはないのだ。

心臓シャベル

シャベルの種類はいくらでもある。そのなかで僕がいちばん好きなのは、心臓型のシャベルだ。僕がわざわざ名前を与えた唯一のシャベルだ。「心臓シャベル」では、石炭しか、それもぼろぼろの石炭しか積み降ろしできない。

心臓シャベルには平たい刃がついているが、それは頭を二つ並べたぐらいの大きさだ。心臓の形をしていて深いくぼみがついている。だいたい五キロ分の石炭がすくえるが、これなら、ひもじさ天使のお尻もすっぽりおさめることができそうだ。平たい刃からは、溶接のつなぎ目の残る長い首が伸びている。大きな刃に比べたら、心臓シャベルの柄の方はずいぶん短い。その柄の先端には横木がつけてある。

片手で首を持ち、もう片手で柄の先端の横木を握ればいいようになっている。でも僕は柄の下の横木と呼びたい。というのは、僕に言わせれば、心臓シャベルの刃のついている方が上であって、柄はどうでもよく、脇か下に位置するものだから。要するに、僕は心臓シャベルの上の首と柄の下の横木をつかむのだ。そうやってバランスを保って作業していくと、そのうち心臓シャベル《シャウフェル》は、胸のなかの息のブランコ《シャウケル》みたく、手のなかのブランコに変わっていく。

そんなふうに心臓シャベルを扱うには熟練を要するが、そうして初めてシャベルの刃が輝きを増してくるのだし、溶接のつなぎ目も傷痕のように手にしっくりなじんでくる――シャベルそのものが外側にある第二の体みたいになって、本物の体と釣り合いが取れるようになるのだ。

つまり僕が言いたいのは、心臓シャベルで石炭の荷降ろしをするのは、耐火レンガの積み込みとはまるで次元の違う作業だということだ。レンガの積み込みは手しか使えないし、ただの物資の運搬でしかない。けれど、石炭の荷降ろしでは、心臓シャベルという道具が退屈な運搬業務を芸事《げいごと》に変えてしまうのだ。石炭の荷降ろし、それは粋《すい》を集めたスポーツであって、それに比べれば、乗馬も、飛び板飛び込みも、優雅なテニスさえも物の数ではない。喩えれば、フィギュアスケートのようなものだ。僕とシャベルは男女のペアに負けずとも劣らない。一度でも心臓シャベルを手にすれば、それに身も心も夢中になるのは避けられないことなのだ。

石炭の荷降ろしはこんなあんばいだ。トラックの後ろあおりががたんと音を立てて下にはずれたら、左手の石炭の山の上に登り、荷台の底が見えてくるまでずっと稜線を斜めに掘り崩していく。この段階では鋤《すき》を使うときのように、足で心臓型の刃の背に強く踏み込む。やがてトラックの荷台の縁に足二つ置けるぐらいのスペースができて、板張りの床に直に立てるようになったら、いよいよシャベルを思う存分振るうことができる。リズムを取って揺するように石炭を放り投げるときには、全身の筋肉がくまなく動き出す。左手で柄の横木を、右手で長い首をつかみ、指はそれぞれ溶接のつなぎ目の小さな突起に置かれる。つづいて、左手の山の上から石炭を崩し、弧を描くようにして、縁まで引き寄せると、その同じひと振りで、荷台のあおり越しに穴の底へと石炭を投げ落としていくのだ。つまりはこういうことだ。横木の取っ手に届きそうになるまで、右手は木の柄を滑るにまかせる――同時に、重心は右のふくらはぎに移行し、そのまま足の先にまで流れていく。それから空になったシャベルが戻ってきて、そのまま左手の方に向かう。それからまたひと振り、するとシャベルはまた石炭をいっぱいに積んでから、右の下へと流れていく。

石炭の大部分の荷降ろしがすんで、山から荷台のあおりまでの距離が大きくなりすぎたら、弧を描くような振りではもう仕事にならない。今度はフェンシングの型が必要になる。すなわち、右足を優美に前に突き出し、左足は軸足としてしっかりと後ろに引き、足の指は軽く曲げてつま先立ちになる。それから左手を横木に、右手は今度は首の低いところではなく、ほんの軽く柄に添えて絶え間なく前後に滑らせて、重心のバランスを取っていくのだ。いよいよシャベルを突き立て、まず右膝で後押しして、それからその膝を引き、石炭が一個たりとも心臓型の刃から滑り落ちないように注意しながら、巧みに体の向きを変えて、荷重を左の足に引き受けさせ、そしてさらに一回転して、つまり右足を一歩後ろに退き、そうしながら上半身と顔を一緒に回転させるのだ。つづいて重心を右手後方の第三の新しい足場に移して、今度は左足を、ダンスのときのように踵を軽くあげて優美に立たせ、ついには親指のいちばん外側だけがかろうじて地面についた状態にもっていく――そして今や、さらにひと振りして、心臓型の刃の上の石炭を空の雲めがけて放り投げると、シャベルは空中に水平に浮かび、つまり、横木を持つ左手だけで支えられることになる。まるでタンゴを踊るような美しい姿で、拍子は変わらないのに、ぱっぱっと次々に姿勢が入れ替わっていくのだ。そして、石炭をもっと遠くまで飛ばさなければならなくなると、フェンシングの型からいつの間にか、ワルツの所作に取って代わられている。このとき重心の移動は大きな三角形をえがくようになされる。体は四十五度まで折り曲げられ、石炭は鳥の群れさながらに、投げられる距離を飛んでいく。このときには、ひもじさ天使まで一緒に飛んでいく。ふだん天使は石炭のなかや、心臓シャベルのなかや、手足の関節のなかに隠れている。そして、体をすみずみまで酷使するシャベルを使った作業ほど全身を暖めるのにいいものはない、とよく心得ている。そればかりか、これらの曲芸がどれもひもじさにむしばまれていることまで天使はお見通しなのだ。

荷降ろしはいつも二人か三人で行った。ひもじさ天使は数に入れない。というのも、一人のひもじさ天使が僕たちみんなのためにいるのか、それとも一人ひとりが自分だけの天使をもっているのか、誰にも分からないからだ。誰にだって取り入ろうとする天使の態度は尋常じゃない。天使は、荷が降ろされるなら、荷の積み込みもあるものだと承知していた。それにしても、計算してみると、結果は恐ろしいことになる。誰にでも自分自身のひもじさ天使がついているとするなら、誰かが死ぬたびに、ひもじさ天使がひとり自由の身になるはずだ。そうだとすると、先立たれたひもじさ天使ばかりが集まって、取り残された心臓シャベルと取り残された石炭の相手をするということにいずれなるかもしれない。

ひもじさ天使について

ひもじさは決して消えてしまわない。

消えてしまわないから、ひもじさは、いつでも好きなときに、好きなふうにやってくることができるのだ。

因果律というのは、ひもじさ天使の拵《こしら》えものだ。そして、やってくるとなると、天使は有無を言わさない。

「一すくい分のシャベルは一グラムのパンに等しい」——この等式は明瞭すぎて文句のつけようもない。

僕だけなら心臓シャベルがなくてもだいじょうぶかもしれない。でも、僕のひもじさがそれを頼りにしてしまっている。その心臓シャベルが僕の道具だったらいいのに、と僕は願わずにはいられなかった。でも、道具であるシャベルの方が僕の主人で、僕はその道具にすぎなかった。シャベルが威張っていて、僕がその言いなりになっていたのだ。それでも、僕にとっていちばん好きなシャベルであることに変わりはない。それを好きになるように努力したのだ。僕が言いなりになるのは、僕が言うことをきいて憎んだりしなければ、シャベルが僕には気のいい主人になってくれるからだ。僕はシャベルに感謝しなくてはならない。というのも、もしパンのためだと思ってシャベルを振るっていられれば、ひもじさから気をそらせられるのだから。ひもじさがちっとも消えてなくならないので、シャベルが一計を案じ、振るう動作を間に割って入らせることで、ひもじさの姿が見えないようにしてくれる。シャベルを振るうには、それこそシャベルを振るうことに全力を注がなくてはならない。さもないと肉体はそんな重労働をとてもこなせるはずがないのだから。

シャベルを振るえば石炭が片づくはずなのに、石炭の量は一向に減ったようには見えない。幸いにも、石炭は毎日ヤジノヴァタヤ〔ウクライナ東部ドネツク近郊。ウクライナ名はヤシヌヴァタ〕から届けられる。そうトラックの横腹に書いてあるのだった。毎日ひたすら頭はシャベルを振るうことに没頭している。その頭に指示された全身はシャベルの道具になりきるのだ。それ以外の余地は何もないのだから。

シャベルを振るうのはつらい。シャベルを振るわないといけないのに振るえない場合もある。しかし、シャベルを振るいたいのに振るえなければ、絶望はそれこそ倍増した。だから、ちょうど少女が膝をかがめてお辞儀をするように、石炭の前で体を折り曲げつづけるしかない。僕は、シャベルを振るうことに対してではなく、自分自身が心もとなくてつねに心配になる。つまり、いま自分はシャベルを振るっているぞということ以外に、何か別のことを考えたりはしないか、と不安でならないのだ。それは特にこの作業についたばかりの頃によく起きた。考えごとをしてしまうと、シャベルを振るうのに必要な力がなくなっていく。少しでもよそごとを考えれば、心臓シャベルにすぐ感づかれるのだ。すると、パニックが細い紐の形をとって僕の首を絞めあげてくる。車のエンジンが耳元でうなりをあげているみたいに、こめかみがずきずきとうずきだすのだ。クラクションが一斉に鳴り出したかのような剣幕で、そのうずきが血管をわしづかみにしていく。僕はあやうく卒倒しそうになり、甘い口蓋の奥では喉びこが膨れあがる。すると、ひもじさ天使がひょいと僕の口のなかに潜り込み、垂れ下がった口蓋の帆にしがみついて離れなくなる。それを天秤にしようというのだ。そのうえ、天使が僕の目を奪って眼鏡みたいに自分にかけてしまうので、心臓シャベルはめまいを起こすし、石炭もぼやけて見えなくなる。さらに天使は僕の頬を奪って自分の顎にのせている。そして僕の息をブランコのように揺さぶる。息のブランコは錯乱を、とんでもない錯乱を起こしたようになる。僕が視線を上に向けると、上空には静かな夏の白い綿が、雲の刺繍のようにぷかぷか浮かんでいる。その空には、僕の脳みそが針の先で刺し貫かれ固定されて、ぴくぴく震えており、この一点以外にはもうよりどころを持てなくなっている。そしてひたすら食べ物の空想ばかりをしている。でも、白い布の掛かった食卓が空中に浮かぶのが見えたとたんに、僕の足の下で砕けた石炭がきゅっきゅっと鳴り出す。僕の松果体の真ん中を突き抜けた太陽がすっかり僕を照らし出していく。そのとき、ひもじさ天使が天秤をじっと見ながら、こんなふうに口を開くのだ。

——おまえは俺から見ればまだまだ重すぎだぞ。どうしていつまでも諦めずにいられるんだ。

——僕の肉を使って僕をごまかそうって魂胆なんだな。僕の肉はすっかりおまえの虜だからね。だけど僕は僕の肉とは違うんだよ。僕はそれとは別の何かであって、決して諦めやしないんだ。「僕が何者か」なんてもう問題じゃないさ、でも「僕が何か」、それはおまえには教えてやらないよ。その「何か」である僕が、おまえの天秤を欺いてやっているんだよ。

収容所《ラーゲリ》二年目の冬は、しばしばこんなふうに過ぎていった。早朝、僕は疲れきり死んだみたいになって、夜勤当番から戻ってくる。さあやっと自由の身だ、早く寝なくては、と思って横になるが、眠れない。バラックの六十八のベッドは、どれももぬけの殻、他のみんなは肉体労働に出かけたのだ。人影のない午後に表へとふらふらと出ていく。小雪混じりの風が吹きつけてきて、うなじに当たってうなりを上げる。ひどく腹を空かせた天使も、食堂裏の残飯を漁りにいく僕についてくる。僕は彼の少しばかり後をふらふら歩き、自分の口蓋帆に引きずられるようにして前に進む。一歩一歩、それが彼の足でないのなら、たぶん僕のものと思われる足について行く。ひもじさが、天使のではないなら、たぶん僕の進むべき方向を勝手に決めているんだ。急に天使が前を譲ってくれる。はにかんでいるからではなく、ただ僕と一緒にいるところを見咎められたくないだけだ。それから、彼のでないとすれば、たぶん僕のものと思われる背を前屈みにする。僕の欲望は荒っぽく、両手も獣じみた動きをする。それでも僕の手には違いない。天使の方は残飯には手を出そうともしない。僕はジャガイモの皮を口に押し込むと目を閉じ、甘くてガラスのようなジャガイモの凍りついた皮をそれだけいっそうよく味わおうとする。

ひもじさ天使は、消しようのない痕跡を探し、保ちようのない痕跡を消していく。ジャガイモ畑、ヴェンヒ高原の上の牧草地の間の傾斜した畑が、そして故郷《くに》の山ジャガイモが僕の頭のなかをよぎる。丸くて色の薄い新ジャガ、収穫が遅れ、ガラスのように青く、いびつに歪んだジャガイモ、革のように硬い皮をした、こぶし大の黄色く甘い粉ジャガイモ《メールカルトッフェル》、細長くて皮のつるつるした楕円形のゆであがりにくいバラ色ジャガイモ《ローゼンカルトッフェル》。そして夏になるとジャガイモが、角張った茎から伸びた苦そうな緑色の葉の上に、黄色がかった白、少し暗めのバラ色、そして紫の蠟をぬったような花を咲き誇らせる様子も思い出されてくるのだ。

それにしても、どんなにすばやく僕は唇をすぼめて、凍りついたジャガイモの皮を平らげてしまったことだろう。ひもじさそのもののように一瞬の隙も見せることなく、次から次に皮を口に押し込んでいった。それこそ間断なく、ぜんぶいっぺんにそうしたものだから、口に入れたジャガイモの皮がつながって、長い一本の帯になったかのようだった。

どれも、これも、すべてが。

日が暮れる。そしてみんなが肉体労働から帰ってくる。そしてみんながひもじさのなかに這い込んでいく。自分がひもじいときに別のひもじい人を見ていると、ひもじさが寝台に見えてくるのだ。でも、そんなのうそっぱち。自分のことを振り返れば、ひもじさが僕たちのなかに這い込んでくるというのが本当なのだから。僕たちこそ、ひもじさにとってのベッドなんだ。みんな目を閉じて食事をとっている。そうやって一晩中ひもじさに餌をやるばかりなのだ。僕たちはシャベルで高くすくい上げてやりながら、ひもじさをまるまると太らせているのだ。

僕は短い眠りを貪ったかと思うと、起き上がって、また次の短い眠りを貪りはじめる。どの夢も似たようなもので、ひたすら食べてばかり。いつまでも食べつづけられるというのが夢の与えてくれる恩寵だけれど、それは同時に拷問の苦しみでもある。夢のなかで、僕は結婚式のスープとパンを食べ、肉詰めピーマンとパン、バウムトルテを食べている。とたんに目が覚め、近眼でごく近くしか照らせない黄色い常夜灯に目をやり、それからまた眠り込んで、コールラビスープとパン、ザウアーハーゼンとパン、銀のカップに入ったイチゴアイスを食べつづける。その後は、ヌスヌードルとオフィツィアースキプフェル。それからクラウゼンブルガー・クラウトとパン、それにラムトルテ。それから豚の頭の煮込み西洋わさび添えとパン。そして最後に骨付き鹿肉ソテーにパンとアプリコットのコンポート添えを片付けるはずだったけれど、拡声器がその最中に喚《わめ》きだして、おじゃんになってしまった。夜が明けたのだった。それにしても、どんなに僕が食べつづけても、眠りはいっこうに太らないし、ひもじさもいっこうに眠たくならないのはなぜなんだろう。

仲間内で餓死した最初の三人については、僕はそれが誰だったか、そしてどういう順番で死んでいったのかちゃんと覚えている。たっぷり二、三日は三人それぞれに弔意を表した。しかし、この三という数は決して最初で最後の数「三」にはならなかった。そこからいくらでも新しい数が派生していったのだ。そしてどんな数にも慣れっこになっていった。自分自身も骨と皮だけになっていて、もうちゃんと体を触れ合うこともないのだったら、死者のことはできる限り遠ざけておこうとするのが人情だ。なぜなら、ちょっと計算すれば誰にでも分かることなのだが、四年目の三月には、すでに三三〇人の死者がいたことになるのだから。そうなると、もうはっきりとした感情など持てるわけもない。せいぜいほんの一瞬しか死者に気持ちを向けることはできなくなった。

沈んだ気分は払い落とした。打ちひしがれた悲しみも芽が出るか出ないうちに摘んでしまった。何しろ死は成長が早くてすぐ色気づき、誰にだって恋いこがれるようになる。そんなのいちいち相手をしてられない。しつこい犬を追っ払うように、死は追い払わなければならないのだ。

収容所《ラーゲリ》生活のこの五年間ほど僕が毅然として死に抵抗したことはなかった。死に抗するためには、守るべきしっかりした人生がなきゃいけないというわけではない。まだ完全に終わったわけではない人生さえあればいいのだ。

ところで、収容所《ラーゲリ》の最初の三人の死者はこうだった。

二台の車に轢き殺された聾者のミッチィ。

セメントのサイロに生き埋めになったカーティ・マイヤー。

モルタル槽で溺れ死んだイルマ・プファイファー。

そして僕のバラックで最初に死んだのは、機械工のペーター・シールで、石炭シュナップス中毒だった。

死因こそそれぞれ違った名前がついているが、でもどの死因にもひもじさがつきまとっていることに変わりはなかった。

誰にでもできる簡単な計算をしてから、いちど床屋のオズヴァルト・エンイエーターのところで鏡に向かってこんなことを口にしてみた。

――計算結果だけをとれば、これほど単純なこともないさ。口蓋帆は誰もがもっている。そしてひもじさ天使は一人ひとりの体重を量って、諦めた連中を見つけたら、心臓シャベルから飛び降りるわけさ。これこそが天使の因果律であって、天使の梃子《てこ》の法則ってわけなんだ。

——確かに両方とも馬鹿にはできんがね、しかし手の付けようのないものでもないな。こいつもまた一つの法則なんだ。

僕は鏡に向かって沈黙を守っていた。

——あんたの頭皮はおできの花でいっぱいだな、これでは〇ミリの刃を使うしかないよ。

——どんな花だって言うんだい。

頭が丸坊主に刈られはじめると、ずいぶん気持ちよかった。

一つだけ確かなことがある、と僕は考えた。ひもじさ天使は手を組む相手のことがよく分かっている。最初のうちこそ彼らを甘やかすだけ甘やかしておくけれど、後でばっさり切り捨てるんだ。すると手を組んでた奴らはたちまちおだぶつさ。だけど天使も彼らと同じ運命になる。天使は自らが欺いている相手と同じ肉でできているから。これもまた天使の梃子の原理なんだ。

これに対しては、今の僕が過去を振り返って何を言えるだろう。確かに、生じる結果は何であれつねに単純なものだ。それが長続きするならば、できごとの連鎖には一定の法則が生まれてくる。だけどそれが五年もつづくなら、もう見通せないし注意を払ってもいられない。そして、後になって物語るときには、うまく物語にはめ込めないものは存在しなかったことになるものなんだ。つまりこういうことだ。ひもじさ天使はつねに正しい判断をして、決していなくならず、ぷいと立ち去るわけでもない、それなのにすぐ戻ってきて、進むべき方向が分かっており、僕の限界にも通じているし、僕の出発点も知っていて、僕にはどうすれば効果があるかも分かっており、目を開けたまま一方的なやり方をし、自分の生き方は間違いないと威張り、虫酸《むしず》が走るほど身勝手で、無色透明な安眠に恵まれ、メルデクラウト、砂糖と塩、シラミと望郷の念のエキスパートだし、腹と脚には水がたまっている。天使についてはこんなふうに並べ立てることしか僕らにはできないのだ。

自分さえ諦めなければ、そんなにひどいわけじゃない、とおまえは言うかもしれない。だけど、おまえが話しているつもりでいても、実は今日までずっとおまえの代わりにひもじさ天使が話しているだけなんだ。そして彼が何と言おうが、「一すくい分のシャベルは一グラムのバターに等しい」という等式は明瞭すぎて文句のつけようもない。

ただし本当にひもじいときに、ひもじさの話を持ち出してはならない。ひもじさが寝台に見えてくるなんてうそだ、でなければ、ひもじさに寸法があることになってしまう。だけど、ひもじさはものさしで測れるような代物ではないのだから。

石炭シュナップス

眠るなんてとても考えられないくらい、心が落ち着かない夜、さんざんシラミに悩まされたせいで、ともかく何かを腹いっぱい食べられるという夢の恩寵も訪れそうにない夜のこと。僕も寝ていないことをペーター・シールに気づかれた。僕は自分の寝台に起き直っていたが、その斜め向かいで彼もまた寝台に座り込んでいたのだ。そして、こんなふうに問いかけてきた。

——おい、与えつつ、奪うものってなんだか知ってるか？

——眠り。

そう答えると、僕はまたごろんと寝ころがった。彼は座ったままでいたが、やがて、ごくんごくんと液体の流れる音が耳に聞こえてきた。

バザールでベア・ツァーケルが彼の毛糸のセーターと引き換えに、石炭シュナップスを手に入れてやっていたのだ。その酒をペーターは飲んだのだった。そしてそれ以上は何も尋ねてこなかった。

翌朝になってカーリー・ハルメンに言われた。与えつつ、奪うものは何か、って、あれから何度かあいつは尋ねていたんだぜ。だけど、おまえは正体なく眠り込んでしまって起きやしなかったんだ。

ツェッペリン

コークス炉も、排気装置も、蒸気を上げる排気管も姿を消し、ただ冷却塔からたなびく白い雲だけが荒れ野《ステップ》まで流れ出ていき、やがて空の高みからこちらを見下ろすようになるところ、最後の線路も尽きて、石炭の荷降ろし作業のときに「坑《ヤーマ》」から見晴らしても、建物の瓦礫《がれき》の上にはびこって花を咲かせる雑草しか見えないところ、つまり工場の裏手の、木も生えず、収容所《ラーゲリ》の敷地がそのまま荒れ野に移行する直前で、このどこよりも見栄えのしないところで、踏みならされた二本の道が交差していた。どちらを通っても赤さびだらけの巨大な水道管に行きつくのだった。戦前のマンネスマン社製で、廃棄され野ざらしにされたものだ。長さは七、八メートル、高さは二メートルはあった。「坑《ヤーマ》」の方を向いた頭の側は溶接して蓋がされていて、貯水槽みたいになっていた。一方の休耕地の方を向いた足の側は、口が開いたままだった。こんな巨大な水道管がどうしてここに運ばれてきたのか事情は誰も知らない。でも少なくともそれが何の役に立つのかは、僕たちがここにやって来てからというもの、自明のことになった。みんなはそれを「ツェッペリン」と名づけていた。

このツェッペリンは空に銀色の体を見せてぷかぷか浮かぶわけではないが、でも理性をぷかぷかと漂わせることができた。そこは収容所《ラーゲリ》当局もナチャルニクも目をつぶって許している一種のラブホテルなのだった。ツェッペリンで収容所の女たちは、この近くの休耕地や、爆撃を受けた工場で瓦礫の片付けをさせられているドイツ人捕虜たちと密会していたのだ。僕らの女たちを相手に猫みたいにサカってやがるんだぜ、とコヴァッチュ・アントンは言った。石炭をシャベルですくうときに、いちど目を大きく開けて見てみればいい。

スターリングラードがいよいよという夏、家のベランダで過ごせた最後の夏もまだラジオからは、男の愛に餓えたような帝国本国の女性の声がこんなふうに言うのが聞こえてきたものだった。

——ドイツ女子たるもの総統に御子を一人プレゼントしなくてはなりません。

フィーニー叔母が母に尋ねた。私たちはどうすればいいの、総統がジーベンビュルゲンくんだりまでやってきて、私たちのうちの誰かのベッドを毎夜訪ねてくれるというのかしら。それとも私たちが順番に本国に出かけていって総統のもとを訪れないといけないのかしら。

料理はザウアーハーゼンだった。母は月桂樹の葉についたソースを舐めようと、その葉をゆっくりと口のなかで動かしていた。すっかり舐めきると、彼女は葉をボタン穴に挿した。叔母と母はヒトラーのことをからかっているようだけど、それはそう見えるだけのことだ、と僕はひそかに思った。キラキラ光る二人の目を見れば、母たちが、ほんの少しどころか、本気でそれを望んでいることがまる分かりじゃないか。父もその様子を見てとって、眉間に皺を寄せ、しばらく口を動かすのを忘れるほどだった。すると、祖母が口を開いた。お前たちは口髭のある男は嫌いじゃなかったのかい。あらかじめ髭を剃っておくように、総統に電報を送ったらどうだい。

作業を終えた後、「坑《ヤーマ》」には誰も残っていなかったので、そして太陽はいっそうぎらぎらと荒れ野《ステップ》一帯に照りつけていたので、僕は踏みならされた道の一つを選んで、ツェッペリンまで行き、水道管の内部をのぞき込んだ。入り口付近は影になり、中程は薄ぼんやりとして、奥ともなるとすっかり真っ暗闇だった。翌日、僕は石炭にシャベルを振るうときも、目をしっかりと開けるようにしていた。午後遅くなって、男たちが三、四人連れだって雑草をかき分けるようにやってくるのが見えた。彼らは僕たちとは別の綿入れ《フハイカ》をはおっていた。横縞入りだった。ツェッペリンのすぐ手前まで来て、彼らは深い草むらに首まで沈めて座り込んだ。やがて水道管の入り口には、すり切れた枕カバーが竿につけて掲げられた。「使用中」のサインだ。しばらくして小旗が外された。ほどなく新しく掲げられて、また外された。最初の男たちがいなくなると、次の男たちが三人か四人でやって来て、草むらにどっかり腰を下ろした。

女の作業班がみんな協力しあって、サカリのついた猫の婚礼をひた隠しにしているのも分かった。三人か四人の女が草むらに出かけていくと、他の女たちがナチャルニクを雑談に巻き込んだのだ。やがて姿を消した女たちのことを彼が尋ねようとすると、女たちは胃けいれんや下痢を起こしたので雑草ぼうぼうの原に行かなきゃならなかったの、と説明するのだった。確かに本当にそういう目にあっていた女もなかにはいただろうが、何人が実際そうだったのかは、ナチャルニクには確かめようもなかった。彼は唇を噛んで、しばらく耳をそばだて、それからやたらとツェッペリンの方角に頭を向けるようになった。こうなったら最後、女たちも手を打つしかないと覚悟を決めるのが僕にも分かった。彼女たちは僕らの歌手ローニ・ミッヒにこそこそ何ごとか話しかけ、ローニがガラスを鳴らすような声でハミングをはじめた。その声はシャベルで作業するときの騒音を全部ひっくるめたよりも大きかった。

どこを見回せども暮れ方の静けさ。
ただ谷底で小夜啼鳥が鳴くばかり。

［オットー・ラウプ曲、フリッツ・ヨーデ詞の民謡調流行歌］

ほどなく姿を消していた女たちが戻ってきた。彼女たちは僕らの間に割り込んで、まるで何ごともなかったかのように、シャベルを動かしはじめるのだった。

「ツェッペリン」という名前が僕には気に入った。その名前は僕たちの悲惨の銀色の忘却にも、サカリのついた猫のようにあわただしい性交にもぴったり合っていた。よそのドイツ人たちが、僕たちルーマニアの男たちに欠けているものをすべて備えているのが分かった。彼らは総統によって兵士として生み出されたのであり、ちょうどいい年頃で、僕たちルーマニアの男みたいに右や左も分からぬ若造でも、歳を取りすぎたじいさんでもなかった。彼らも惨めななりで、落ちぶれてはいたが、しかし戦場に立った経験があった。女たちにすれば彼らは英雄であり、暗くなってからバラックのベッドの毛布の陰で、強制労働させられる男と愛を交わすのとは比べ物にならなかった。もっとも、そんな夕べの愛だっていつまでもなしですませられるわけではなかった。しかし、その愛は女たちには、自分自身と同じ労苦のにおい、同じ石炭と同じ望郷の念のにおいがした。それにその愛は日々のギブ・アンド・テイクの関係にかならず立ちいたった。男が食べ物を調達してきたら、女は洗濯と慰安の面倒をみなければならない。ツェッペリンのなかでの愛は、白い小旗を掲げたり外したりするほかには、何の気遣いもいらなかった。

まさか僕が女たちのツェッペリン通いを気前よく許すほどさばけているとは、コヴァッチュ・アントンは想像もしていなかった。僕が頭のなかに同じように獲物の足跡を追った経験を抱えていて、その道に通じた者として、服を乱しながらの興奮を知り、ハンノキ公園やネプチューンプールをうろつき回る快楽と獲物が捕まえられたときの幸福をよく知っているなんて思いもよらなかったのだ。僕が今までどれほどのランデブーを体験ずみであるかなど、誰も夢にも思わなかった。「ツバメ」「樅の木」「耳」「糸」「ウグイス」「ベレー帽」「ウサギ」「猫」「カモメ」、それに「真珠」——そんな偽名が、沈黙と同じくらいたくさん、僕の頭のあちこちに抱えられていたというのに。

ツェッペリンでの愛にもシーズンというものがあった。二年目には冬がツェッペリンを終わらせた。その後は、ひもじさがとどめを刺した。ひもじさ天使が僕らと一緒にヒステリックにあちこち駆け回り、骨と皮だけの時代が来て、オスとメスの区別ができなくなったときにも、「坑《ヤーマ》」ではあいかわらず石炭の荷降ろしがあった。でも荒れ野のなかの踏みならされた小道の方は草の勢いにすっかりふさがれてしまっていた。そして白いノコギリソウと赤いメルデクラウトの間では、紫の花を咲かせたクサフジが高く伸び、青い花のゴボウも花咲き、アザミも咲き誇った。ツェッペリンはすっかり眠り込み、赤さびの手に落ちていた。それはちょうど石炭が収容所《ラーゲリ》の手に、雑草が荒れ野《ステップ》の手に、そして僕たちがひもじさの手に落ちているのと同じだった。

勘違いして泣き叫ぶカッコウ時計について

二年目の夏のある晩のこと、飲み水の入ったブリキのバケツの真上、ドアのすぐ隣の壁に、いつの間にかカッコウ時計が掛けられていた。いったいいつ誰がやったのか皆目見当もつかなかった。だから時計はそれが掛けられている釘とバラックの所有物で、他の誰のものでもなかった。それなのに僕たちみんなをうるさがらせ、誰もかれもが困り果てていた。人気《ひとけ》の少ない午後にはチクタク鳴る音が耳をそばだてていて、帰ってきた者、出かけた者、ベッドで寝ている者を見張っていた。あるいは、ただじっと横になっているだけの不届き者に目をつけていた。その不届き者は、何か考えごとにふけっていることもあれば、ひもじさが募って眠れず、かといって立ち上がろうにも、くたくたで体が動かず、やむを得ずそうしているだけのこともあった。もっとも、待ちつづけたところで、時計のチクタクに合奏するように揺れる喉びこのぶらんぶらんと鳴る音のほかには、何も起きるわけではなかった。

こんなところにカッコウ時計がある必要がどこにあるのだろう。時間を計るのにそんなものは必要なかった。わざわざ計るまでもなかったのだ。中央広場の拡声器から流れるソ連国歌が朝は僕らをたたき起こしたたし、夜にはベッドに追い払った。必要とあらばいつでも、僕たちは中央広場や食堂から呼び出しをくらって、眠っていてもたたき起こされるのだ。工場のサイレンも時計だったたし、冷却塔の白い煙も、コークス炉の小さなベルも、時計にほかならなかった。

カッコウ時計を運んできたのは、たぶん太鼓叩きのコヴァッチュ・アントンだったのだろう。時計と自分は何の関係もないと彼は誓いこそしたけれど、毎日欠かさず時計を巻いたのは彼だったから。せっかく掛かっているんだから、動いてもらわなきゃ、と言うのだった。

ごく当たり前のカッコウ時計だったが、カッコウが普通ではなかった。それは毎時四十五分になると出てきて、三十分と叫び、十五分になると正時と叫ぶのだった。正時には何もかも忘れてじっとしているか、間違った時刻を叫んだ。倍の時刻だったり、半分の時刻だったりを告げ知らせたのだ。世界の別の地域の時計だとすれば、このカッコウも正しい時刻を叫んでるはずだ、とコヴァッチュ・アントンは主張した。コヴァッチュ・アントンはこの時計のすべてに夢中で、カッコウにも、樅かさの形をした二つの重い鉄のおもりにも、そしてすばしこい振り子にもすっかり惚れ込んでいたのだ。だから、できるなら一晩中カッコウに世界の別の地域の時刻を告げ知らせさせたかったことだろう。しかし、バラックの他のみんなは、カッコウが身を置く地域で横になったまま目を覚ましたり、眠ったりするのを嫌がった。

コヴァッチュ・アントンは工場の旋盤工だった。そして収容所《ラーゲリ》のオーケストラでは、ドレスアップして踊る「ラ・パロマ」の打楽器奏者で太鼓叩きだった。楽器はどれも修理工場の旋盤を使った手作りだった。彼はこつこつと仕事をするタイプだったのだ。世界の方を向いたカッコウ時計を矯正して、ロシアの昼と夜の規律に従わせようとした。カッコウ装置の声門を狭めて、短くくぐもった一オクターブ低い夜の声とともに、長めの甲高い昼の歌をカッコウに取り付けようとしたのだ。しかし、彼がカッコウの習慣を思いのままにしようとする前に、誰かがカッコウを時計から引き抜いてしまった。カッコウのいるケースの小さな扉が傾いで蝶番に引っかかっていた。そして時計装置が鳥を励まして歌わせようとするたびに、小さな扉は確かに半分ぐらいは開くのだが、しかしケースのなかからはカッコウの代わりに、ミミズのような小さなゴムのかたまりが顔を出すだけになった。ゴムは小刻みに震えて、かたかたとみじめったらしく鳴る音が聞こえたが、それは眠っているときの咳や咳払い、いびき、おなら、吐息などにそっくりだった。そんなふうにして、ゴムのミミズが僕たちの夜の静寂を守ってくれるようになったのだ。

コヴァッチュ・アントンはカッコウと同じくらいミミズにも魅せられてしまった。彼はこつこつと仕事をするばかりではなく、収容所《ラーゲリ》のオーケストラに、かつての自分のビッグ・バンド「カランゼベッシュ」のときのような、スイングパートナーが見つからなくて困っていた。日が暮れて、拡声器から流れるソ連国歌に急きたてられるようにしてバラックに帰りつくと、コヴァッチュ・アントンは曲がった針金についたゴム片を調整し直して、夜かたかた鳴るようにした。毎回そのまましばらく時計につききりになり、バケツの水に映った自分の顔をじっと見ながら、催眠術にかかったように、最初のかたかた鳴る音を待ち構えるのだった。小さな扉が開くたびに、彼は少しばかり背をかがめ、右目よりもいくらか小さい左の目を実に几帳面にきらきら輝かせた。あるとき彼は、かたかたを聞いた後に、僕にというよりもむしろ自分に確かめるようにこう言った。おいおい、ミミズはカッコウから勘違いしたすばらしい泣き叫び方を引き継いだようじゃないか。

僕も時計は好きだった。

狂ったカッコウは好きじゃなかったし、ミミズも、すばしこい振り子も大嫌いだった。でも、樅かさの形をした二つのおもりは好きだった。それはどうってことないただの重い鉄のかたまりだったが、それでも故郷《くに》の山にある樅の森を思い出すきっかけにはなったのだ。森には、頭上高くに濃い緑色をした針葉の外套が隙間なく並んでいた。その下には、樅の幹からなる脚がしっかりと一直線に並び、目の届く限り、ずっとどこまでもつづいていた。そんな脚の群れは、こちらが立ち止まっている限りは、じっと動かず、こちらが歩き出せば、合わせて歩き、こちらが走れば、走り出すのだった。ただし、その様子はこちらとはまるで違って、まるで軍隊の行進のようだった。急に怖くなって心臓が舌の下でどきどき鳴りだした。そしてふと気がついて、足もとを見ると、ぴかぴか光る針葉だらけの毛皮が、あちこちに樅かさを散らばらせた明るい静けさが、敷きつめられていた。かがみ込んで、樅かさを二個つかみ、一個をズボンのポケットにしまう。もう一個は手に握ったままだ。それだけで、もうひとりぼっちとは思えなくなる。そして、その樅かさが頭を冷やしてくれて、軍隊に見えたものはただの森でしかないし、道に迷ったのではなく、ただふつうに散歩をしていただけだ、と納得して胸を撫で下ろすのだった。

父はさんざん苦労しなくてはならなかった。僕に口笛を教え、森で迷った誰かが口笛を鳴らすと、その谺《こだま》で、どうみんなに方角の見当がつくようになるかを伝えようとしたのだった。それから口笛でうまく応答すれば、迷った人を見つけられるんだぞ、と教えてくれた。口笛の効用は分かったものの、どんなふうに尖った口から空気を吹き出せばいいのかがいつまでも分からなかった。間違って空気を深く吸い込んでしまい、空気を唇に触れさせて音を大きく鳴らす代わりに、ただ胸を大きく膨れあがらせるばかりだった。僕は口笛の吹き方を学びとることは決してなかった。父が口笛の見本を見せてくれるたびに、僕は自分がこの目で見たものだけを信じることにした。口笛を吹こうとすると、男たちの唇は内側が輝く、それも石英のようにバラ色に輝くのだ。それができればどんなに役に立つか、いずれ分かるだろう、と父は言った。口笛のことだぞ、と父は言った。けれども、僕はガラスのように光る唇の裏側のことばかり考えていた。

本来、カッコウ時計はひもじさ天使のものだった。何しろこの収容所《ラーゲリ》では僕らの時間などどうでもいいことで、ただ次の問いだけが問題だったのだから。ねえ、カッコウよ、教えてくれないか、あとどのくらい僕は生きられるんだろう。

歩哨のカーティ

カタリーナ・ザイデル、通称「歩哨《プラントン》のカーティ」は、バナート地方のバコヴァ村の出身だった。同じ村の誰かが金を払って名簿から自分の名前を消してもらったので、その代役として彼女を連れてきた悪党がいるのだ。あるいは、その悪党はもともとサディストで、彼女の名前は最初から名簿に載っていたのかもしれない。彼女は生まれながらに頭《おつむ》が弱くて、ここにいる五年間ずっと自分がどこにいるのかも分かっていなかった。小さくて太った女だったが、半分子供みたいで、もう上には伸びず、ただ横に伸びるばかりだった。長い茶色のお下げ髪をして、編んだ縮れ毛を額の周りや後頭部に巻きつけていた。最初のうちは女たちが毎日彼女の髪を梳《と》かしてやっていたが、シラミの災難があってからは、二、三日に一度になった。

歩哨《プラントン》のカーティはどんな仕事にも使えなかった。ノルマが何か、命令や罰が何か、ちっとも理解できていなかったから。彼女がいると、交替勤務《シフト》の進行がめちゃくちゃになった。彼女に何かさせるために、二年目の冬には「歩哨業務」が編み出された。夜間にあちこちのバラックを交代で見張るだけの仕事だった。

しばらく彼女は僕らのバラックにもやってきて、小さなテーブルにつき、両腕を組んで、目を細め、眩しい常夜灯の裸電球をじっと見つめていた。椅子は高すぎて、彼女の足は地面に届かなかった。退屈してくると、手でテーブルの縁にしがみつき、椅子を前や後ろに揺すってがたがた鳴らした。彼女はほとんど一時間もじっとしていられなかった。ほどなく別のバラックに行ってしまうのだった。

夏になると、僕らのバラックにしか姿を見せなくなり、一晩中ずっと居残るようになった。というのも、カッコウ時計が気に入ったからだ。でも時計の時間は読めなかった。常夜灯の下に座って両腕を組み、小さな扉からゴムのミミズが出てくるのを待ち受けた。ミミズがぶんぶんうなると、彼女も口を開けて、かたかたと鳴る音に声を合わせようとするかのようだったが、結局は黙りこくったままだった。ゴムのミミズが二度目に現れるときには、彼女はとっくに顔をテーブルにごろんとのせて眠りこけていた。眠り込む前に、彼女は背中からテーブルの上にお下げ髪を持ってきて、眠りながら一晩中それを手でつかんでいた。そうすれば、それほど寂しい思いをしなかったのかもしれない。この六十八もの男用ベッドが並ぶ森のなかにいるのが怖かったのかもしれない。ちょうど僕にとっての森のなかの樅かさのように、彼女にとってはお下げ髪が助けになったのかもしれない。あるいは、お下げ髪を手に握ることで、この髪は誰にも盗めない、と確信しておきたかったただけかもしれない。

それでもお下げ髪は盗まれた。ただし僕らが盗んだわけではなかった。居眠りした罰に、トゥール・プリクリッチュが歩哨《プラントン》のカーティを病棟バラックに入れたのだ。女医が彼女を丸坊主にしなければならなかった。その晩歩哨のカーティは切り落とされたお下げ髪を首にかけて食堂に現れ、ヘビでも置くようにその髪をテーブルの上に置いた。そして真新しいお下げ髪の切り口をスープにつけ、それがまたくっつくようにと、坊主頭に当てたのだった。彼女はお下げ髪の先端にもスープを飲ませると、泣きじゃくった。ハイドルン・ガストが彼女から髪を取りあげて、忘れなきゃだめ、と言った。そして食事がすむと、中央広場に燃えている松明の一つに投げ込んだのだ。歩哨のカーティは、髪が燃えて灰になっていく様子を何も言わずに眺めていた。

歩哨のカーティは、坊主頭になっても、カッコウ時計のことが好きで、坊主頭になっても、ゴムのミミズが最初にぶんぶんうなるのを聞くと眠り込んでしまい、まるでお下げ髪がまだ生えていて、それを握りしめているかのように、手を丸めた形にしていた。髪の毛が少し生えてきてからも、彼女は居眠りの習慣を改めず、その髪がまだ指の長さくらいしか伸びていないのに、やはり眠りながら手を丸めた形にした。何か月もずっとそんなふうに歩哨のカーティは居眠りをつづけ、とうとうまた丸坊主にされた。そしてそのうち髪よりもシラミの噛んだ跡の方が目立つ程度までは髪の毛が伸びてきた。彼女がいつまでたっても居眠りをやめないものだから、とうとうトゥール・プリクリッチュも、どんなろくでもない人間でも鍛え上げればまともになるはずだが、ただうすら馬鹿だけは言いなりにできない、と悟ったのだった。こうして「歩哨業務」は解除された。

丸坊主にされる前のこと、歩哨のカーティが点呼のときに列のまんなかで雪の上に綿入れ帽を敷き、その上に座り込んだことがあった。こら、ファシストめ、立たんか、とシシュトヴァニョーノフがどなった。トゥール・プリクリッチュがお下げ髪をつかんで立ち上がらせたが、彼が離れると、また腰を下ろすのだった。彼は彼女の腰を蹴りつづけて、ついに彼女は体を丸めて転がった。お下げ髪は手でぎゅっと握りしめ、その拳を口に入れていた。お下げの先端が拳から飛び出していたので、まるで彼女が茶色の小鳥の半身を口にくわえているかのようだった。点呼が終わり僕たちのうちの誰かが彼女を立ち上がらせ、食堂に連れて行くまで、いつまでも彼女は雪の上に転がったままでいた。

トゥール・プリクリッチュは僕たちのことはアメと鞭でいくらでも思いのままにできたが、こと歩哨《プラントン》のカーティに関しては、ひたすら乱暴に脅しをかけるしか能がなく、そしてそれもうまくいかなくなると、ただ同情を見せびらかすことしかできなかった。何も学習せず途方にくれているだけなので、歩哨のカーティは彼の支配から意味を奪い去ってしまったのだ。恥をかかされたくなくて、トゥール・プリクリッチュはうるさく言わなくなった。点呼のとき、歩哨のカーティは前に出て彼のすぐ隣の地面に座らなければならなくなった。何時間も綿入れ帽の上に座って、手足の動く人形でも見るように、目を丸くして彼の様子を見ていた。点呼が終わる頃には、彼女の帽子は雪で凍りついており、それを地面から力ずくで引き剥がさなければならなかった。

歩哨のカーティは夏の夕暮れ時の点呼を三日連続で妨害することになった。しばらくはおとなしくプリクリッチュのそばにいたが、やがて彼の足に近づいていって、帽子で靴を磨きはじめたのだ。彼にその手を踏みつけられると、彼女は手を引き抜いて、もう一方の靴を磨きだした。このもう一方の靴にも手は踏みつけられた。彼が足をあげると、彼女はぱっと跳ね起きて、腕を振り回しながら、点呼に整列した人々の間を駆け回り、鳩のようにくっくっと声を上げた。全員が息をのみ、トゥールは陰にこもったような笑い方をした。まるで大きな七面鳥が何羽か鳴き声を上げたかのようだった。歩哨のカーティは三度まで靴を磨いて鳩になることができた。しかしその後はもう点呼の場に姿を見せるのも禁じられた。点呼の時間にはバラックで床の拭き掃除をしなければならなくなったのだ。井戸水をバケツにくみ、ぼろ布を絞って、箒《ほうき》のまわりに巻き付け、バラック一棟が終わるごとに、井戸で汚い水を取り替えた。彼女の頭にはこの一連の仕事を邪魔だてするような不安は起きなかった。これまでになく床はきれいになった。彼女は慌てることなく徹底的な拭き掃除をした。もしかすると家でもそんなふうにする習慣だったのかもしれない。

彼女はそんなに狂っているわけでは決してなかった。「点呼《アペル》」のことは「リンゴ《アプフェル》」と呼んだ。コークス炉でベルが鳴ると、ほら、教会のミサがはじまるわよ、と言った。どれもわざとらしく考え出された錯覚などではなかった。というのも、彼女の頭はこの場所にちっともいなかったからだ。彼女の振る舞いは収容所《ラーゲリ》の秩序にはふさわしくなかったが、ここの状態にはぴったり合っていた。彼女のなかには汚れなきピュアなものが住み着いていて、そのことで僕たちは彼女を羨《うらや》んだ。そして、彼女の本能となると、ひもじさ天使でさえ勝手が分からなかった。天使は僕たちみんなを襲うのとまったく同様に、彼女にも襲いかかったが、その脳を占拠するまでにはいたらなかった。彼女はさして思い悩むことなく、いちばん簡単なことに手を出し、偶然に自分を委ねるばかりだったのだ。「行商」することもなく、収容所を生き延びたのだった。食堂の裏の残飯を漁る姿が目撃されたこともなかった。彼女は収容所《ラーゲリ》や工場の敷地で見つかるものを食べた。雑草の花や葉っぱや種だった。それからあらゆる種類の虫けら、ミミズや毛虫、蛆《うじ》やテントウムシ、カタツムリや蜘蛛《くも》を貪《むさぼ》った。収容所一面に雪が積もると、凍りついた番犬の糞まで食べた。不思議なことに、番犬たちは、この耳覆いつきの帽子を被った足もとのおぼつかない人間が自分たちの仲間であるかのように、すっかり気を許しているのだった。

歩哨《プラントン》のカーティの狂気の沙汰はいつも許される範囲にとどまっていた。彼女はなつきこそしなかったが、すげない態度をとるわけでもなかった。五年間ずっとごく自然に彼女はペットのようにして収容所に居着いていた。彼女には何ら変なところはなかった。僕たちはみんな彼女のことが好きだった。

ある九月の午後のこと、当番が終わると、ぎらつく太陽がまだ熱く照りつけていた。僕は「坑《ヤーマ》」の裏手の踏み固められた道に忍び込んだ。もうとても食べられそうにない、火のように赤いメルデクラウトに混じって、じりじりと夏に焼かれるように野生のカラスムギが揺れていた。その骨組みが魚の骨のように輝いていた。硬い莢《さや》のなかの粒からはまだ乳がしたたっていた。僕はそれを口に入れた。帰り道はもう泳ぐように雑草をかき分けていくのが嫌だったので、何も生えていない道を歩いた。ツェッペリンの横に歩哨のカーティが座っていた。両手がアリ塚の上に置かれて、その上をアリが黒くうごめいていた。彼女はそれを舐め取っては食べていた。カーティ、何をしているんだい、と僕は尋ねた。

――手袋を作ってるのよ。でもひりひりして痛いわ。

――寒いのかい。

――今日はそうでもないわ。でも明日は寒くなる。かあさんが罌粟《けし》の実をまぶした細長いパンを焼いてくれたの。まだあったかい。足で踏みつけないでよ、待っていられるでしょう。だってあんたはハンターじゃないんでしょう。パンを食べ終わったら、兵隊さんたちは「リンゴ《アプフェル》」のところで数え上げられるの。そのあとやっとおうちに帰れるのよ。

　そのとき、彼女の手の上をまた黒くアリがうごめきだした。そのアリを舐め取る前に、いつになったら戦争は終わるの、と彼女は尋ねた。戦争はもう二年も前に終わったんだよ、と僕は答えた。さあ、おいで、あっちの収容所《ラーゲリ》に戻らなきゃ。

　あんた、見て分かんないの、ほっといて、いまあたしとってもいそがしいんだから、というのが彼女の答えだった。

パン泥棒事件

　フェーニャは防寒のための綿入れなど着ないで、作業用の白衣とその上に毛糸をざっくり編んだ上着をはおっていた。上着は毎日着替えていた。一着は栗色、もう一着は皮を剥《む》く前の赤カブのようなくすんだ紫色、一着は粘土のような黄色、もう一着は白とグレーのまだら模様だった。どれも袖が広すぎるくせに、お腹回りはきつそうだった。どの上着がどの日と決められているのか、そもそもフェーニャがどうしてそんなものを着て、しかも白衣の上にはおっているのかは不明だった。保温の効果はあるはずもなかった。あちこち穴だらけだったし、毛糸もすり切れていたからだ。戦前のもので、何度も編んではほどかれたものだが、ざっくり編めばそれでも何とかなった。もしかすると、どこかの大家族みんなの使い古した上着を集めてほどいた毛糸かもしれないし、家族の死んだ者たちが残していった上着の毛糸かもしれなかった。フェーニャの家族のことは誰も知らなかったし、戦争の前なり後なりに彼女が家族を持っていたかどうかも分からなかった。フェーニャその人には僕たちの誰も関心がなかった。しかし彼女がパンを配分していたので、誰もが彼女の言いなりだった。彼女はパンそのものだったし、僕たちが日々のパンをその手から授かる女帝だった。

　彼女が僕たちのためにパンを作り出してくれるのだと言わんばかりに、僕たちの目は彼女の一挙手一投足に釘づけだった。僕たちのひもじさが、フェーニャのことをすみずみまで細かく観察した。二本の歯ブラシが並んだような彼女の眉毛、しゃくれた顎、馬みたいにすぐ歯ぐきを剥き出しにする薄すぎる唇、一人前を微調整して切り分けるために大きな包丁をもつ灰色の指の爪、そして二個の嘴《くちばし》がついている料理秤《ばかり》。なかでも、彼女がほとんど使われないそろばんの珠のように、生気をなくした重たげな目。フェーニャは醜くて、ぞっとするようなご面相だったが、それをそっと心のうちで告白することさえ誰もできなかった。内心考えていることまで、彼女には見通せるのではないかと思えて怖かったのだ。

秤の嘴が上下に動きはじめると、すぐに僕はその動きを目で追った。嘴にならって、僕の口のなかでも舌が上下にぴくぴく動きだすものだから、急いで歯をかみ合わせて隠さなくてはならなかった。フェーニャに僕の歯が微笑むのを見てもらえるように、口は開いたままだった。必要に迫られると、たいがいは微笑むことができた。フェーニャのご愛顧を失わないためなら、本気であると同時に嘘くさく、無防備でありながら同時に狡賢く微笑むのも苦ではなかった。そうすれば、フェーニャの正義を二、三グラム分だけ高めることができ、それでいて彼女の正義を危うくすることなく、むしろ勇気づけられるはずだった。

何の役にも立たなかった。いくらやってもフェーニャは不機嫌なままだった。彼女の脚は片ちんばで、右脚が短すぎた。パン棚まで行くのにもひどくびっこをひいた。僕たちは、ありゃ足萎えだ、と言い合った。脚がどうにも短すぎるせいで、彼女の口角まで下がってしまっていた。左の口角はもともと下がっていたが、右の口角もことあるごとに下がってしまうのだ。そのくせいつも彼女は、不機嫌になるのは黒パンのせいで、短い脚のせいではないという素振りを見せていた。口をぴくつかせてばかりいるものだから、とりわけ彼女の顔の右半分が何やら苦渋の表情を浮かべるようにしか見えなかった。

そしてみんなが彼女からパンを分けてもらうので、彼女の足萎えにしろ、顔の苦渋の表情にせよ、僕たちには、歴史の足取りのおぼつかない歩みと同じくらい、運命めいたものに思えてきた。フェーニャには、どこか共産党の聖女みたいなところがあった。きっと収容所《ラーゲリ》当局からは絶大な信頼が寄せられているに違いなかった。いわばパン担当の将校みたいな扱いであって、さもなければ、ひもじさ天使と手を組んだパン女帝という階級まで昇りつめられなかったことだろう。

彼女はただひとり白い漆喰の塗られた部屋にいて、秤とそろばんに挟まれるようにして配膳口の向こうに立ち、大きな包丁を手にしていた。名簿が頭に入っているに違いなかった。誰が六〇〇グラム、誰が八〇〇グラム、誰が一〇〇〇グラムの割り当てを受けるのか、実に正確に把握していたのだ。

僕はフェーニャの醜さに圧倒されていた。そのうち彼女のなかに裏返しの美しさまで覚えるようになって、それはとうとう崇拝に行きついた。嫌悪など抱いてしまえば、彼女に対して強硬な態度をとらざるをえず、それは秤の嘴の前では危険きわまりなかったことだろう。卑屈にぺこぺこしては、そんな自分に虫酸《むしず》が走ることもしょっちゅうだったが、しかしそんな気になるのは、彼女のパンを食べ終えて、ほんのしばらくとはいえ、お腹が少し満たされてからのことだった。

思い返せば、フェーニャは当時僕の知っていた三種類のパンすべてを配給していた。第一の種類は、ジーベンビュルゲンで普段食べるプロテスタントの神さまのパンで、こいつはずっと前から神さまの顔の汗にまみれて酸味がついていた。二番目のパンは、ドイツ帝国産の、ヒトラーの黄金のライ麦で作られた黒パン。三番目はロシアの秤で量られた配給分のフレープだった。ひもじさ天使はパンの形をとったこの三位一体をよく知っていて、それを利用したのだと思う。パン工場から最初の搬送がくるのは夜も明けないうちだった。僕たちが六時と七時の間に食堂にやってくるときには、フェーニャが一人前の分量を人数分すでに量り終えていた。それぞれの配給分のパンを彼女はもういちど僕たちの目の前で秤にのせて、錘と釣り合わせ、切れ端を追加したり、角を切り落としたりした。そんなとき彼女は、包丁の先で秤の嘴を指して、もう四〇〇日前からずっと変わりはないのに、毎日まるで初めて顔を合わせるかのように、馬みたいな顎を歪ませたまま、よそよそしい目つきでこっちを睨みつけてくるのだった。

すでに半年前に、パン事件が起こったとき、ひもじいからといって僕たちには人殺しはできない、と思ったものだった。フェーニャの冷たい聖性がパンに住みついているからだ。

パンを正確に量り直すことでフェーニャは、自分の公正さを見せびらかそうとしていた。量り終えた割り当て分は、白い布で覆って棚に並べられていた。どの割り当てについても、彼女はほんの少し布を上げてパンを見せ、すぐにまた覆いをかぶせたが、それはちょうど手練《しだ》れの物乞いが「行商」で石炭のかけらを見せるやり口とそっくりだった。白い漆喰を塗った食料貯蔵室で、白衣を着て、白い亜麻布《リネン》を使うフェーニャは、パンの衛生学を収容所《ラーゲリ》の文化として、ことさらに見せびらかそうとしていた。いや、世界に誇れる文化としてそうしていた。蝿はパンの上ではなく、亜麻布の上にとまるほかなかった。僕らが手に取ると、ようやく蝿もパンにたかれるようになった。蝿が手遅れにならないうちに飛び立たなければ、僕たちはパンと一緒に彼らのひもじさまでも食べてしまった。蝿のひもじさなんてことを僕はこれまで考えたこともなかったし、白い亜麻布という、これみよがしの衛生学すら想像したことはなかった。

秤を見下ろして歪む口元と正確無比という組み合わせをもつフェーニャの公平さが、僕を本当に彼女の言いなりにした。フェーニャの嫌なところは、仕事を完璧にこなすところだった。フェーニャは善人でも悪人でもなく、そもそも人格ではなくて、ざっくり編んだ上着をはおった法律そのものだった。フェーニャを他の女たちと比較するなんて考えられなかった。というのも、他のどの女もここまで無理して規律を守りはしないし、ここまで非の打ち所なく醜くはないからだ。彼女はまるで、羨望の的の、恐ろしく水分が多くて、べとべとするが、べらぼうに栄養価の高い配給の食パンに似ていた。

パンの配給は毎朝一日分を受け取ることになっていた。たいがいの人と同じく、僕は八〇〇グラム組に属していて、これは普通の割り当て量だった。六〇〇グラムは収容所《ラーゲリ》の敷地内の軽作業者向けだった。例えば簡易便所の便を貯水槽にぶちまける、雪かきをする、秋と春の大掃除、中央通りの縁石を白く塗る、といった仕事だ。一〇〇〇グラムもらえる者はほとんどおらず、これは重労働のための例外措置だった。六〇〇グラムでも悪くないように思えるかもしれない。しかし、パンはとても重量があって、八〇〇グラムでさえ、パンの中ほどから切り分けられたとしたら、スライスの厚みは親指の厚さしかなかった。幸運に恵まれて、四角い皮がついたパンの堅い端が回ってくれば、スライスの厚みは親指二本分になった。

一日の最初に決定すべきなのはこういうことだった。今日は朝食のキャベツスープに合わせて、一日分の配給を食べ切ってしまわずに辛抱できるかどうか。ひもじくてしかたないのに、夕食のために少しでも残しておけるかどうか。昼食は最初から存在しなかった。作業に出ているのだし、その最中には何か自分で決定を下す必要などなかった。作業の終わった晩には、もし朝食のときに辛抱ができていたなら、二番目に決定すべきことがやってきた。枕の下に手を伸ばし、そこに残しておいたパンがまだあるかどうか確かめるだけで辛抱できるかどうか。夕べの点呼が終わるまで、そしてパンを食堂で食べることになるまで、待っていられるかどうか。それまでまだたっぷり二時間はかかる。点呼が長引けば、もっとかかるはずだった。

朝に辛抱できなかったときには、夕方にはパンは少しも残っておらず、だから何かを決定するまでもなかった。スプーンに半分だけスープを入れて、ずーっと深く啜るのだった。僕は、スープをゆっくりと時間をかけて飲むため、一匙すすむごとに唾を飲み込んでいく方法を身につけていた。唾を使えば、スープは長持ちするし、早くにベッドに入ってしまえば、ひもじさも縮んでいく。そう教えてくれたのはひもじさ天使だった。

僕は早くにベッドに入ったが、喉びこが膨れあがって、ずきずきと痛むものだから、何度も目が覚めてしまった。目を閉じていようと、開けていようと、のたうち回ろうと、じっと常夜灯を眺めていようと、誰かが溺れ死にしそうないびきをかこうと、カッコウ時計のゴムのミミズがぶんぶんうなろうと――夜は計りがたいまでに大きく、その夜のなかでフェーニャの亜麻布《リネン》が限りなく白く輝き、その下には高嶺の花の無数のパンが隠されているのだった。

朝の国歌が流れると、ひもじさは僕と一緒に朝食を受け取りにフェーニャのもとに急いだ。そして例の超人的な最初の決定を迫られるのだ。今日は辛抱できるか、少しでもパンを晩のため、あるいはそれ以降のために残しておけるか、などなど。

どこまでこの調子でなどなどがつづくことやら。

毎日、ひもじさ天使が僕の脳を蝕んでいった。そしてある日のこと、天使が僕に手をあげさせた。その手で僕はあやうくカーリー・ハルメンを殴り殺すところだった――パン泥棒事件が起こったせいだった。

カーリー・ハルメンは一日中お休みで、朝食のときに自分のパンを全部食べてしまっていた。他のみんなは作業に出かけていた。カーリー・ハルメンは夕方までずっとバラックを独り占めできた。晩になってアルベルト・ギオンの残しておいたパンがなくなっているのが判明した。アルベルト・ギオンは五日間辛抱しつづけて、パンのかけらを五個、つまりほぼ一日の配給分を残しておいたのだった。彼は一日中僕らと一緒に日勤についていて、パンを残しておいた者なら誰でもそうであるように、一日中、パン付きの夕食のスープに思い焦がれていた。日勤から帰ってきて、みんなと同じように、まずは枕の下をのぞいた。しかしパンはあとかたもなくなっていた。

パンは影もかたちもなかった、そしてカーリー・ハルメンは下着姿でベッドに座っていた。その前まで行って戦う態勢をとったアルベルト・ギオンは、一言も言わずに、拳を三発、口に食らわせたのだった。そしてカーリー・ハルメンは、一言も言わずに、歯を二本ベッドの上に吐き出した。アコーディオン弾きはカーリーの首根っこを鷲づかみにすると、水の入ったバケツまで連れて行き、頭を水のなかに押し込んだ。口と鼻からあぶくが上がり、それから喉がごろごろ鳴る音がして、そしてやっと静かになった。太鼓叩きが頭を引きあげ、カーリーの口がフェーニャの口のように醜くぴくつくまで、首を締め上げた。僕は太鼓叩きを押しのけ、木靴を脱いだ。そして何かが僕の手をあげさせ、危うくパン泥棒を殴り殺しかねないところだった。パウル・ガスト弁護士は、それまでベッドの上から眺めているだけだったが、僕の背に飛びかかると、靴をもぎ取って壁に投げつけた。カーリー・ハルメンは小便を漏らしてバケツの横に転がり、粥《かゆ》みたいにドロドロのパンを吐き出した。

ぶち殺したいという欲望が僕の理性を飲み込んでしまっていた。僕だけじゃなかった。僕たちみんなが野犬の群れみたいになっていた。僕たちは血と小便にまみれた下着一枚のカーリーを、バラックの横から外の夜のなかに引きずり出した。二月のことだった。みんなでバラックの壁に立たせたが、彼はふらふらしてすぐにひっくり返った。相談したわけでもないのに、太鼓叩きと僕は同時にズボンの前を開けた。それからアルベルト・ギオンと他のみんなもそれにならった。どのみちベッドに入る前だったから、僕たちは次々とカーリー・ハルメンの顔に小便をかけていった。パウル・ガスト弁護士も一緒になってやった。二匹の番犬が吠え、その後から警備兵が走ってきた。犬どもは血のにおいを嗅いでうなり、警備兵は悪態をついた。弁護士と警備兵が二人してカーリーを病棟バラックに運んでいった。僕たちは三人の後ろ姿を見送り、手についた血を雪でぬぐい落とした。そろって黙ったままバラックに戻り、ベッドにもぐり込んだ。僕の手首には血痕が残っていて、僕は手を灯りの方に向けて、カーリーの血はなんて鮮やかな赤なんだろう、封蠟《ふうろう》のようだ、ありがたいことに、静脈からではなく、動脈から流れたものなんだ、と思った。バラックのなかは静まりかえっていて、カッコウ時計のゴムのミミズがぶんぶん鳴る音が聞こえてくるばかりだった、しかもまるで僕の頭のなかから聞こえてくるみたいに間近で聞こえた。僕はもうカーリー・ハルメンのことは考えなかったし、フェーニャの限りなく白い亜麻布《リネン》ことも、高嶺の花のパンのことさえ考えなかった。そのまま深い静かな眠りに落ちた。

翌朝、カーリー・ハルメンのベッドはもぬけの殻だった。僕らはいつもどおり食堂に出かけた。雪の上はきれいさっぱりとして、もう赤に染まってはいなかった。新雪が積もったばかりだったのだ。カーリー・ハルメンは二日間を病棟バラックで寝て過ごした。その後は、化膿した傷をし、膨れあがってふさがった目、青い唇をして、再び食堂の僕らの間に座るようになった。パン泥棒の一件はけりがついた。みんながいつもどおりに振る舞った。僕たちは盗みのことでカーリー・ハルメンを責めたてはしなかった。彼も僕らをリンチのことで非難しはしなかった。やられて当然だと分かっていたのだ。パン法廷は審理などしない、ただ罰するだけだ。ゼロの極限は条文など知らないし、法律など必要としない。ひもじさ天使も他人の脳を乗っ取る泥棒なのだから、このゼロの極限それ自体が法なのだ。

パンの正義には前段もなければ後段もなく、ただ現在があるのみだ。徹底的に透明か、徹底的に秘密のヴェールに隠されている。いずれにしても、パンの正義は、ひもじさを知らぬ暴力とは違った意味でやはり暴力的なのだ。パン法廷には一般に通用しているモラルを持ち出してもどうにもならない。

パン法廷の時は二月だった。四月にカーリー・ハルメンはオズヴァルト・エンイエーターの床屋の椅子に座っていた。傷は治っていて、踏みつぶされた草のような髭が伸びていた。僕の順番は彼の次で、鏡に映りながら、ちょうどいつもならトゥール・プリクリッチュが僕の後ろに立つように、彼の後ろで待っていた。床屋はその毛だらけの手をカーリーの肩に置いて、いつから前歯が二本抜けたんだい、と尋ねた。僕にでもなく、床屋にでもなく、ただ毛むくじゃらの手に向かってカーリー・ハルメンが答えた。パン泥棒事件のときからだよ。

彼の髭がきれいに剃られると、僕が椅子に座った。オズヴァルト・エンイエーターが髭を剃りながら一種のセレナーデを口笛で吹くのも、泡から血のしみがわき出てくるのも、これが初めてのことだった。それは、封蠟のように鮮やかな色ではなく、雪のなかのラズベリーのようにどす黒い赤色だった。

三日月のマドンナ

ひもじさが最高潮に達すると、僕たちは子供の頃や食べ物の話をした。女の方が男より食べ物については詳しく話ができた。農村出の女たちの話がいちばん詳しかった。彼女たちの手にかかると、どんなレシピも少なくとも三幕物の劇になった。食材や調味料についての見解の相違から緊張が生まれてくることもあった。その緊張が猛烈に高まるのは、ベーコン、パン、卵の詰め物のなかには、タマネギが半分しか入れられないのか、まるまる一個が入るのか、そしてニンニクが四かけだけか、六かけ入るのか、そしてタマネギとニンニクは刻むだけでいいのか、それともすり下ろされるのかが、やりとりされるときだった。そしてゼンメルパンがパンよりもよいとか、キャラウェーの実が胡椒やマヨラナよりよいのか、それこそ最高であって、それどころかエストラゴン——これはアヒルではなく、魚に合うものだから——よりも優れた調味料といえるのか、が問われるときもそうだった。詰め物が、皮の脂が焼いたときにしみこむように、皮と肉の間に押し込まれなければならないのか、それとも焼いたときに皮の脂を吸わないように、どうしてもお腹の穴に押し込まなければならないのか、と揉《も》めだすと、芝居はクライマックスに達するのだった。プロテスタントのやり方で詰められたアヒルが正しいとなるときもあれば、カトリックのやり方で詰められたアヒルが正しいとされるときもあった。

村の女たちが言葉だけでスープヌードルを作るときには、まずは卵の数がいくつか、スプーンで混ぜるか、手でこねるかが話し合われた。つづいて麺の生地が薄く透明にこね上げられ、それでも破れずに、製麺台で乾かされた。ここまでで間違いなく半時間はかかった。それから生地は巻かれて包丁で細く切られていき、そのヌードルは製麺台からスープに入れられ、スープがゆっくりと静かに温められ、あるいは短く沸騰させられ、皿に盛られて、刻みたてのパセリが片手いっぱい、あるいは一つまみだけ上に振りまかれるまでに、さらに十五分間はかかるのだった。

都会の女たちは、麺の生地に何個の卵がいるかなどで言い争わず、どれだけ卵を節約できるかをやりとりした。彼女たちは何でも節約しようとするものだから、そのレシピはお芝居の序幕にさえなりようはなかった。

レシピを物語るのは、ただの冗談を物語るより高級な芸術だ。愉快なというわけではないが、オチがかならずひそんでいなければならないからだ。収容所《ラーゲリ》では、冗談はすでにレシピの常套句「……をご用意ください」にはじまった。そんなもの誰も持っているわけないじゃない、それがオチだった。でもそのオチを口にする者はいなかった。レシピとはひもじさ天使の冗談にほかならないからだ。

女子バラックに出かけると、腰を落ちつけるまでは、恥ずかしめの拷問を受けるようなものだった。トゥルーディーはいるかい、と自分から尋ねてしまうのがいちばん楽だった。そしてそう尋ねながら、すぐに左に折れて、三列目のトゥルーディー・ペリカンの寝台に向かうのがいちばんよかった。寝台は、男子バラックと同じく、鉄のフレームの二段ベッドだった。夕べの逢い引きのために毛布を吊るして中が見えなくなっているベッドがいくつかあった。僕はそんな毛布の裏に潜《もぐ》り込みたいとは思わない。ただレシピを聞かせてもらいたいだけだから。前に本を持っていたことがあったので、女たちは僕のことをひどい恥ずかしがり屋だと思っていた。読書なんかする男はヤワに決まっている、と言うのだった。

家から持参してきた本を僕は収容所《ラーゲリ》では一度も読んだことがなかった。紙は厳しく禁止されていて、一年目の夏が半分ほど過ぎる間に、僕は本をバラックの裏手のレンガの山のなかに隠した。それから高く売りつけることにした。『ツァラトゥストラ』五〇〇頁分の煙草巻き紙で、僕は一キロの塩を手に入れたし、七〇〇頁分だと、一キロの砂糖まで手に入った。クロース装の一巻本『ファウスト』と引き替えに、ペーター・シールがブリキを材料にしてシラミ取り用の櫛を僕のために特別に作ってくれた。過去八世紀にわたる抒情詩集はトウモロコシ粉とラードという形にして食べてしまったし、薄い紙に印刷されたヴァインヘーバーは黍《きび》に姿を変えた。ヤワになるというより、ただ慎重《ディスクレート》になるばかりだった。

作業の後でシャワーを浴びる若い下働きのロシア人たちを眺めるときには、特に慎重に振る舞うようにした。あんまり慎重にするものだから、自分でもどうしてそうするのか理由が分からなくなるくらい。もしその理由が分かってそうしていたなら、僕は彼らに殴り殺されたことだろう。

また辛抱できなかった。朝食のときに、早くも一日分のパンを食べてしまったのだ。僕はまた女子バラックのベッドの縁にトゥルーディー・ペリカンと並んで座っている。二人のツィリが加わって、真向かいのコリーナ・マルクのベッドに腰を下ろす。彼女は数週間前からコルホーズに出て留守だった。僕は二人のツィリの細い指に金色の産毛が生え、黒っぽい疣《いぼ》ができているのを眺めながら、いきなり食べ物の話をするのは避けて、子供の頃の話からはじめることにした。

僕たちは毎年夏には長期休暇を過ごしに町を離れて田舎へ出かけた。僕たちというのは、母と僕と女中のロドのことだ。僕たちの別荘はヴェンヒ高原にあって、真向かいの山はシュニュルライブル山だった。八週間は滞在した。この八週間の間に、僕たちは毎度、隣町のシェースブルク［シギショアラ］へ日帰り遠足にでかけた。汽車に乗るには谷まで降りていかねばならなかった。駅の名前はハンガリー語ではヘートゥル、ドイツ語ではジーベンメンナーといった。小さな駅舎の屋根で鐘がりんりんと鳴った。汽車がいま隣駅ダネッシュを発車した合図だった。五分すれば汽車がここにやってくる。プラットホームはなかった。汽車が到着すると、乗車口のステップは僕の胸まであった。僕は乗り込む前に、車両を下から見上げた――ぴかぴか光る連結棒をつけた黒い車輪、鎖、鉤、緩衝器。それから僕たちは川遊びの場所をすぎ、トーマの家を、ツァハリアス老人の畑を走りすぎていった。老人は僕たちから毎月、煙草二箱を通行料としてせしめていた。というのは、川遊びに行こうとすると、彼の大麦畑を通り抜けるほかなかったからだ。それから鉄橋にさしかかり、下を見ると黄色い水がどっと流れていた。その向こうには、頂上にヴィラ・フランカをいただいた、かなり浸食された砂の岩山が見えた。そうしたらもうシェースブルクだった。毎度すぐにマルクト広場の瀟洒なカフェ・マルティーニに行った。客のなかで僕たちはちょっと目立った。あまりに軽い服装をしていたからだ――母はキュロットスカート、僕は、汚れがすぐには目立たない灰色のハイソックスに半ズボンだった。ただロドだけが村の晴れ着、つまり白い農民ブラウスを着て、バラ模様の縁取りに、緑のシルクの総《ふさ》がついた黒い頭巾《ずきん》を被っていた。赤い色合いのバラばかりで、大きさはリンゴと変わらず、本物のバラよりも大きかった。この日には好きな物を何でも食べてよかったし、食べられるだけ食べてよかった。マルチパンのトリュフ、モーレンコプフとサバラン、クリームシュニット、ヌスルラーデ、ファウムロレンとイシュラー・トルテ、ヘーゼルナッツのクロケット、ラムトルテ、ナポレオンシュニット、ヌガーとドボッシュ・トルテのなかから自由に選んでよかったのだ。それから、さらにアイス、銀杯に入ったイチゴアイスか、ガラスの杯に入ったバニラアイスか、陶器の小皿に入ったチョコアイスか、どれにも生クリームが添えてあった。そして締めには、もしまだお腹に入るなら、ゼリーを添えたチェリーケーキがあった。僕は腕にはテーブルの冷たい大理石を感じ、膝の裏には椅子の軟らかな毛長ビロードを感じていた。そして黒いカウンターの上を見上げると、扇風機の風を受けて、とても細くなった月につま先立ちしながら、赤いロングドレスを着た三日月のマドンナがゆらゆらと揺れていた。この話を僕がし終えると、僕たちみんなの胃もベッドの縁にのったままゆらゆらと揺れはじめた。トゥルーディー・ペリカンは僕の後ろで腕を枕の下に伸ばして、残しておいたパンをつかんだ。みんながみんなブリキの鉢に手を伸ばして、スプーンを上着のポケットにつっこんだ。僕もあらかじめ食事道具を持ってきていた。僕たちは一緒に晩ごはんを食べに行った。そろってスープの鍋の前の行列に並んだ。それからみんなして同じ長いテーブルについた。誰もが、スープを長持ちさせるために、自分なりのやり方でスプーンを使っていた。みんな口を利かなかった。テーブルの端からトゥルーディー・ペリカンが、ブリキのがちゃがちゃ鳴る雑音をものともせずに尋ねた。ねえレオ、カフェの名前は何ていったかしら。

カフェ・マルティーニだよ、と僕は大きな声で答えた。

二杯か三杯すくったのちに彼女がまた尋ねた。それでつま先立ちしていた女は何て名前だったかしら。三日月のマドンナだよ、と僕は声を張りあげた。

自分のパンからほっぺパンまで

パンの罠には誰もが簡単にひっかかってしまうものだ。

朝食ではまだ辛抱できるという罠、夕食ではパン交換の罠、残しておいたパンを頭の下に敷いておく夜の罠。ひもじさ天使が仕掛ける最悪の罠は、辛抱の罠だ。ひもじい思いをして、配給されたパンを食べずに残しておくというのだから。固くてびくともしない凍土よりも、もっと辛《つら》く自分にあたるわけだ。おい、夜のことを考えてみろよ、とひもじさ天使が毎朝そっと囁きかけてくる。

そして夕食のキャベツスープを前にして、パンの交換がはじまる。というのも、他人のパンと比べると、自分の持っているパンがどんどん小さくなっていくからだ。しかもそう思うのは自分だけではなく、他の人もみんながみんなそう思っている。

交換の前には、よし売りだという思いが、交換の後には、あれっ、失敗したという思いが一瞬頭をよぎる。手放したばかりのパンは、交換して他人の手に渡ると、さっき手のなかにあったときよりもぐんと大きくなる。そして代わりに受け取ったものは、自分の手のなかでは縮んでいくのだ。商談が成立すると、相手はさっさとそっぽを向いてしまう。あいつの方が僕より目端が利いて、あいつの方が得をしたんだ。だからまた交換せずにはいられなくなる。しかし実は相手にしてもまったく同じ思いなのだ。こちらの方が得したと思うもんだから、やはり次の交換にとりかかっている。そしてこちらの手のなかでは、パンがまたもや縮んでいく。三人目の相手を探して、また交換する。他の連中はもうパンにかじりついている。ひもじさがもうしばらく耐えられるなら、第四の、第五の交換になる。そしてもはや何も助けにならなければ、交換のやり直しだ。そうやって最後には最初のパンが手元に戻ってくる、というわけだった。

パンの交換なしにはすまない。交換はあっという間に進み、かならず手ひどい失敗に終わる。パンがセメントのようにひとを欺くせいだ。セメントで病気になるのと同じように、パンのせいで次から次に交換せずにはいられなくなる病気にかかってしまう。パンの交換は夕べのどたばた騒ぎであり、目がきらりと光り指がわなわな震えるような仕事なのだ。朝にパンの重さを探るのは秤の嘴の仕事だが、夕べにそうするのは目の役目だ。パン交換のためには、ただきちんとしたパンを探すばかりではなく、きちんとした顔も探さなくてはならない。相手をじろじろ観察してみて、唇が薄く筋みたいになっていないかをよく見極める。一番いいのは大鎌の刃ように細くて長い唇だ。落ちくぼんだ頬に、ひもじさの繊毛が生え放題になっているのをよく見て、その細くて白い毛が長く伸びすぎ濃くなりすぎてはいないか、確かめるのだ。ひもじさのあまり餓死する前には、顔にはウサギが生え出てくる。そんな顔が見つかると、こいつにはもうパンはもったいない、まもなく白いウサギが生まれ出てくるのだから、食べ物をやってももう元は取れはしない、と思うのだ。だから、白いウサギが顔に出てきた人たちと交換して得たパンは、ほっぺパンと呼ばれている。

朝は時間もないし、そもそも交換する材料がない。スライスしたばかりのパンはみんな同じに見える。夜までにそれぞれのスライスがそれぞれの乾き方で縮んでいく。まっすぐのままの角《かど》だったり、くるりと曲がっていく腹の部分だったり。乾燥していく外観から、パンに欺かれたという思いが生まれてくるのだ。交換こそしなくても、誰もが同じ思いを抱えている。交換のときには、この思いがいっそう嵩じてくる。見た目に騙されて次から次に目移りしていくばかり。ひたすら欺かれていると、だんだんどうでもよくなってくる。自分のパンからほっぺパンへの交換は、はじまったときと同様に、あっけなく終わる。夕べのどたばた騒ぎがやみ、スープに視線が向けられる。みんな片手にはパン、もう片手にはスプーンを握りしめている。

群れにいながら、ひとりぼっちで、誰もができるだけ時間をかけてスープを飲もうとしはじめる。スプーンも群れているし、ブリキの皿も、啜る音も、テーブルの下で足がずれる音も、どれもこれも群れているものばかり。スープは体を温めてくれるし、喉元を過ぎるときには生き物のようになる。僕は大きな音を立てて啜り、スープのつぶやきに耳を傾けなければならない。スプーンに何杯すくったかは敢えて数えないようにする。十六か十九以上は数えられない。数など忘れなければならない。

ある晩、アコーディオン弾きのコンラート・フォンが歩哨《プラントン》のカーティと一緒に現れた。彼女は自分のパンを彼に与えたのに、彼は四角い板きれを彼女の手に渡した。彼女は板きれを噛んで目を丸くした。飲み込もうにも、何も入らなかった。アコーディオン弾き以外は誰も笑わなかった。すぐにカーリー・ハルメンが歩哨のカーティから板きれを奪い取って、アコーディオン弾きのキャベツスープに沈めた。すると、彼はあわてて歩哨のカーティにパンを返したのだった。

誰もがパンの罠にはまる。でも誰も歩哨のカーティのほっぺパンを自分のパンにすることは許されない。この掟もパン法廷のものだ。僕たちは、顔色ひとつ変えずに死者たちを片付けることを収容所《ラーゲリ》で学んだ。死後硬直がはじまる前に、死者たちの服を脱がせる。自分が凍えないためには、彼らの服が必要なのだ。それから死者の残しておいたパンも失敬する。息を引き取ったなら、死は僕らに利益をもたらしてくれるのだ。しかし歩哨のカーティは、たとえ自分がどこにいるのか分かっていなくとも、ともかく生きている。それを知っているからこそ、僕たちは自分たちの財産のように彼女をあつかっているのだ。僕たちはひどい仕打ちをしあっているけれど、彼女がいてくれるおかげで、その償いができるのだ。彼女が僕たちの間に生きている限り、何でもやりかねない僕たちも、決して落ちるところまでは落ちていきやしない、と保証してもらえるのだ。おそらくはこれが歩哨のカーティ本人以上に、僕たちには重要なことなんだろう。

石炭について

石炭は土と同じくらいふんだんにあった。十分すぎるくらいだった。「瀝青炭《れきせい》」はペトロフカ産。たくさん灰色の岩石が混じっており、重く、じっとりと湿っていた。饐《す》えたような火事のにおいがして、黒鉛のように薄い層が積み重なってできていた。粉砕機《モリーナ》で挽かれ、洗鉱場《モーイカ》で洗われると、たくさんの屑石が残った。

「硫黄炭」はクラマトルスクから届いた。たいていはお昼時のことだった。「坑《ヤーマ》」の底は石炭サイロになっていた。巨大な穴が地面に掘られ、その上には格子がかけてあった。トラックはかならず格子のすぐ傍まで寄せられた。どのトラックもプルマン型の六〇トンで、腹の部分の五か所にあおりがついていた。ハンマーで開けるのだが、いっぺんにパタンと開くと、映画館のゴングのような音が五回した。あおりが開くと、荷台に乗り込むまでもなく、石炭がざーっと音を立てて滑り落ちてきた。巻き上がる埃のせいで目の前が真っ暗になり、空に浮かぶ太陽も灰色のブリキの食器のようになった。空気を吸おうにも、空気より埃をいっぱいに吸い込んでしまい、歯がじゃりじゃりした。十五分ほどで六〇トンの荷降ろしが終わった。「坑《ヤーマ》」の格子には、せいぜい二、三個の大きすぎる塊だけが残った。硫黄炭は軽くて、かさかさしていて砕けやすかった。雲母のような結晶となってきらきら輝き、すぐにかけらや粉になってしまった。粒は混じっていない。その名前は硫黄から来ているが、しかし何のにおいもしない。硫黄成分は、ずいぶん後で、工場の中庭の水たまりに沈殿する黄色い物質として目にすることになった。あるいは、夜に石炭殻置き場で、ボタ山が黄色い目をして、まるで切り刻まれた月がなかに浮かぶように光ると、やはり硫黄だったのかと改めて気づくのだった。

「等級K《マルカ・カー》の高品位炭」はすぐ近くにある立坑《ルードニャ》から運ばれてきた。それはじっとりも、かさかさもしていないし、ごつごつした石のようでも、さらさらした砂粒のようでも、穀粒のようでもなかった。同時にそれらすべてでありながら、それ自体がそのどれかであるということはなく、ともかくずるい奴だった。確かなのは、それがたくさんの無煙炭を含むが、これといった性格をもたないということだった。こいつがいちばん貴重な石炭だ、という話ではあった。しかし無煙炭は決して僕の友達ではなかった。わずらわしい友達でさえなかった。ひどく陰険な奴で、シャベルを使おうにも、もつれたぼろ切れの塊か、こんがらがった木の根っこにでも突き刺すようなもので、荷降ろすのにひどく苦労させられたのだ。

「坑《ヤーマ》」は駅みたいな造りで、半分だけ屋根がかかるだけで、ほとんど吹きさらしだった。切りつけるような風、凍てつき噛みつくような寒さ、日が短いと昼間からともる電灯。混じりあう石炭の粉と雪の粉。あるいは顔に当たる横殴りの風と雨、屋根から大きな雨漏り。あるいは、炎暑と長い昼の太陽と石炭、ついには気を失ってひっくり返ることもあった。この石炭は、荷降ろしと同じくらいに名前を言うのも難しかった。「等級Kの高品位炭《マルカ・カー・コーレ》」と言おうとするといつもつっかえてしまったのだ。「ハー・ゾー・ヴェー」というガス用炭とは違って、思いを込めてその名を囁くこともできなかった。

その「ガス用炭」はすばしこかった。それはヤジノヴァタヤ産だった。ナチャルニクはガス用炭をほとんど囁くように「ああ悲しくてたまらない《ハーゾーヴェー》」と呼んでいた。まるで怪我をして痛がるウサギ《ヴェーハーゼ》のような響きだ。だから僕はガス用炭が好きなのだった。どのトラックにもクルミ、ヘーゼルナッツ、トウモロコシの粒、エンドウ豆の大きさのが混じっていた。五つあるあおりは実に簡単に開き、言うなれば手袋をつけて慎重に開けようとしただけで、ぱかっと開いたのだ。脆《もろ》くて、スレートのように灰色のハーゾーヴェーは五回ざーっと流れ落ちた。ガス用炭ばかりで、屑石が混じっていることはなかった。その様子をじっと眺めながら、ハーゾーヴェーはなんて気だてが優しいんだろう、と思ってしまうのだった。ハーゾーヴェーが荷降ろされるときには、何も通り抜けなかったみたいに、格子には何も引っかからなかった。僕たちはその格子の上に立った。真下の「坑《ヤーマ》」のお腹には、石炭でできた山脈や渓谷ができているに違いない。ここはハーゾーヴェーの倉庫でもあるんだ。

　頭のなかにも倉庫がある。「坑《ヤーマ》」から頭上を見上げると、夏の空気が故郷《くに》と同じように震えていて、空は故郷と同じくシルクの布が張られたように見える。しかし故郷の誰も、僕がまだ生きているとは知らないのだ。家ではいま祖父がベランダで冷たいキュウリサラダを食べていて、僕は死んだものと思っていることだろう。祖母はコッコッコと言いながら鶏どもを納屋の脇に伸びた一部屋くらいの大きさの影のなかに誘いこみ、餌を撒いてやりながら、僕は死んだものだと思っていることだろう。そして母と父はヴェンヒ高原へ避暑に出かけてるかもしれない。母はお手製の水兵服を着て、山の牧場のまったただなかで草深い地面に寝転がって、僕はとうに天に召されたと思っていることだろう。それなのに、彼女の体を揺さぶって、僕のこと好きじゃないの、僕はまだ生きているんだよ、と言ってやることもできない。そして、父は台所の食卓について、薬莢に散弾を詰めている。目前に迫った秋のウサギ狩り《ハーゼ》のために使う殺傷能力を高めた鉛玉だ。ハーゾーヴェー。

どこまでも引き延ばされる一瞬

初めての狩りをした。

コーベリアンが持ち場を離れた。二年目の初秋のことだ。僕は荒れ野《ステップ》でシャベルを振り下ろして地犬を殴り殺した。犬は汽車が汽笛を鳴らすように短く鳴いた。鼻面の真上で額が斜めに割れたとき、一瞬がどこまでも引き延ばされた。ああ悲しくてたまらない《ハー・ゾー・ヴェー》。

僕は犬を食べるつもりだったのだ。

あたり一面、草しか生えてない。草では何もつなぎ止めておけない。シャベルでは皮を剥ぐのも無理だ。僕には必要な道具がなかったし、覚悟もできていなかった。

それに時間もなかった。コーベリアンがまた戻ってきて、僕がしでかしたことを見た。鼻面の真上で額が斜めに割れたとき、一瞬がどこまでも引き延ばされたが、それとまったく同じように、今の彼にとっても、瞬間はどこまでも引き延ばされていくようだった。ああ悲しくてたまらない《ハー・ゾー・ヴェー》。

父さん、誰かが道を踏み誤ったときに、口笛を鳴らして呼び戻すやり方を教えてくれようとしたことがあったよね。

黄色い砂について

黄色い砂は、過酸化水素で染めた髪のブロンド色からカナリアの黄色まであらゆる色合いを備えていて、時にはロゼに限りなく近くなりもする。肌触りも柔らかく、そんな砂が灰色のセメントのなかに混ぜ合わされると、見ていて心が痛むくらいだ。

晩も遅くに、コーベリアンに連れ出され、カーリー・ハルメンと一緒にまた黄色い砂の自家用輸送をやらされた。これから俺の家に行くぞ、と今日の彼は言った。何か建てようっていうんじゃない。でも祝日も近いしな、何といっても文化は必要なもんだからな。

黄色い砂とは文化なんだ、とカーリー・ハルメンと僕は理解した。春と秋の大掃除の後には収容所《ラーゲリ》や工場の敷地でも、黄色い砂が飾りつけのため通路に撒かれた。春には終戦の飾りとなり、秋には十月革命の飾りとなった。五月九日には平和が一年目の記念日を迎えた。しかし平和は今度も僕らの役には立たなかった。ただ収容所《ラーゲリ》生活二年目が来ただけだった。そして十月がやってきた。黄色い砂を撒いた春の飾りつけもとうに、からからに乾燥した時期の風に吹き飛ばされ、土砂降りの雨に洗い流されていた。今は真新しい黄色の砂が、秋の飾りつけとしてザラメ糖のように、収容所《ラーゲリ》の通路に撒かれていた。偉大なる十月のための美しい砂、だけど、それは僕たちが家に帰れるという徴ではなかった。

僕たちがやらされた運送はとても美のためのものではなかった。黄色い砂を何トンも取ってきては、工事現場につぎ込むだけだった。砂を取ってくる坑は「カリエール」と呼ばれていた。それは無尽蔵で、少なくとも奥行きが三〇〇メートル、深さが二〇から三〇メートルあって、見渡す限り砂また砂だった。砂でできた露天掘りに、砂を敷き詰めたアリーナがあるようなものだった。この地域一帯がこれを利用することができた。そして砂が運び出されれば出されるほど、アリーナは高くなり、そのぶんだけ深く地面に切り込んでいくのだった。

ヒートルイ、すなわち狡賢《ずるがしこ》ければ、トラックの荷台を砂の斜面にめり込ませた。そうすれば、シャベルを上に向かってすくい上げるまでもなく、同じ平面で造作なく横に流すか、それこそ上から楽々と投げ降ろせた。

「カリエール」は、巨大な足の親指が押しつけられた跡みたいで、とても魅惑的だった。砂ばかりで、土くれなどかけらも混じっていなかった。まっすぐで水平な地層、蠟のような白、柔肌のように透き通った白、うすい黄色、どぎつい黄色、黄土色、ロゼ色の層が積み重なっていた。ひんやりとした潤いがあった。砂はシャベルで放り投げると、綿くずのようにふわふわして、空中を飛ぶうちにさらさらになった。シャベルはまるで勝手に動くようだった。車はすぐに満杯になりそうだった。自力で荷降ろしができるダンプカーだった。カーリー・ハルメンと僕はこの砂穴でコーベリアンが戻ってくるまで待つつもりでいた。

そのコーベリアンは砂にごろんと横になり、僕たちが砂を積み込む間は、ずっと寝そべったままでいた。目もつむっていて、もしかしたら本当に眠っていたのかもしれない。車が満杯になると、僕たちはシャベルの先端で軽く彼の靴をつついた。すると、彼は飛び起きて、あやつり人形みたいにどしんどしんと地面を踏んで運転席によじ上った。彼の体に押された跡が砂には残り、まるでコーベリアンが二人そこにいるかのようだった。一人はへこみに寝そべったまま、もう一人はズボンの後ろを湿らせて、運転席に乗り込もうと立ち上がっているのだった。乗り込む前に、彼は二度唾を砂に吐き捨ててから、片手でハンドルをつかみ、もう片手で目をこすった。それから車を出発させていったのだ。

今度はカーリーと僕が砂にごろんと横になる番だった。砂が流れ落ちて、僕らの体にしがみついてくるのをうかがっていた。もうそれ以外は何もしなかった。頭上高くでは天が丸く体を曲げていた。天と砂の間では草地の表土がゼロ点を表す線として伸びていた。時は静かに滑らかに流れ、身のまわりでは極微細な粒がきらめいていた。まるで、こんな僻地の強制労働の手に落ちたのではなく、まんまと遠くに逃げおおせ、世界中のありとあらゆる砂にひろってもらえたかのように、はるか彼方の世界が頭のなかに流れ込んできた。寝そべりながらの逃亡そのものだった。僕は目をきょろきょろさせ、危険もなければひどい目にあうこともなく、地平線の下に無事に逃げきった。砂が僕の背を下から支えてくれ、天が僕の顔をつかんで上に引き上げてくれた。まもなく天の目が見えなくなってしまったので、僕の目の方が天を下に引きずり降ろした。たちまち眼球と前頭洞［副鼻腔の一つ］は空に満たされてしまった。そしてじっと動かない青いものがどこまでも果てしなく広がった。すっかり天に覆い隠されたので、僕の所在はもう誰にも分からなかった。望郷の念にさえ見破れなかった。砂のなかに降りた天は時を動かしたまいはしなかった。しかし時を反転させることもできなかった。ちょうど黄色い砂が平和に変化を与えられなかったのと同じだった。三年目も四年目の平和にも砂は影響を及ぼせなかった。四年目の平和を迎えた後も、僕たちはあいかわらず収容所《ラーゲリ》から出してもらえなかったのだ。

カーリー・ハルメンは砂のくぼみに顔をつけて俯《うつぶ》せになっていた。パン泥棒のときに受けた傷痕が、彼の短い髪のなかから、ほのかに輝いた。まるで蠟でできているかのようだった。彼の耳たぶには、絹糸のような毛細血管が浮かんで赤く輝いていた。僕はハンノキ公園とネプチューンプールで、二倍も年の離れた既婚のルーマニア人男性とした僕の最後のランデブーに思いを馳せた。僕が約束の時間に約束の場所に行けなくなったとき、彼はどのくらい長く僕を待っていてくれたことだろう。そして、その次のときも、いやもう決して僕は会いに来ないんだと理解するまで、彼はどれほど待ちぼうけを食わされたんだろう。コーベリアンはまだ半時間は戻らないはずだった。

僕の手がまたもやひとりでに上がり、カーリー・ハルメンの体を愛撫しようとしていた。しかし、幸いにも彼が僕を肉の誘惑から助け出してくれた。砂から顔を上げて分かったが、彼はそれまでずっと砂に噛みついていたのだ。もぐもぐと口を動かして、じゃりじゃりという音を響かせ、やがて砂をごくりと飲み込んでしまった。僕は凍りついたように動けなくなった。彼がまた砂をほおばった。噛むときに、頬から砂粒が流れ落ちた。砂粒の跡が頬にも鼻にも額にも篩《ふるい》のように残った。両頬に残る涙の跡は、明るい茶色の紐に変わっていた。

——子供の頃、桃にかじりついていて、食べかけを地面に落としたことがあったんだ。それを拾い上げて、砂だらけの箇所を食べては、また落とした。種だけになるまでずっとそうしていた。俺が普通じゃないから、俺が砂をうまいと思うからっていうんで、おやじに連れられて医者にも行かされた。なのに、今じゃ砂だけ飽きるほどある。そのくせ桃の外見がどんなだったかはもう思い出せもしないんだ。

——黄色くて、細かな産毛が生えていて、種のまわりが少し赤い絹みたいになっているんじゃないか。

トラックが近づいてくる音がしたので、僕たちは立ち上がった。

カーリー・ハルメンがシャベルを振るいはじめた。彼がシャベルに砂をすくおうとすると、目から涙が流れ落ちた。そして砂を放り投げようとすると、涙は左に流れて口に入ったり、右に流れて耳に入ったりしたのだった。

ロシア人にはロシア人のやり方があるんだ

カーリー・ハルメンと一緒にランチアでまた荒れ野《ステップ》を突っ切っていった。地犬が散り散りに逃げていった。轍《わだち》には、赤茶色の塗装でもしたように、干からびた血がこびりついており、草むらは押しつぶされていた。轢きつぶされ内臓のあふれ出た毛皮があちこちに転がっていて、どれにも蝿が群がっていた。内臓はまだ真新しく輝いていて、真珠のネックレスが積み重なったように、とぐろを巻いて青白く光っていた。その一方で、青と赤の混じったような色で、ほとんど腐りかけのもあったし、ドライフラワーのように干からびたものもあった。そして轍を越えた先では、車にはね飛ばされた地犬どもが、車輪など痛くも痒《かゆ》くもなかったのか、転がって昼寝しているようだった。死んだらアイロンみたいになるもんだな、とカーリー・ハルメンが言った。地犬どもがアイロンみたいだなんて僕には絶対に思いつかなかった。僕はそんな言葉をとうに忘れていたというのに、彼がアイロンを思い出すなんて。

時には、地犬が車輪をまるで怖がらないこともあった。そのような日には、車の騒音に劣らず、強風が犬の注意力を奪い去り、その本能までかき乱すのかもしれなかった。車輪が近づいてくると駆け出しはするが、ぼうっとしていて自分の命を気にかける様子がまるでなかったのだ。確信を持って言えるが、コーベリアンが地犬を避けようと気を遣ったためしはない。でも、彼がまだ一度も犬を轢き殺していないのも確かだ。まだ車輪に巻き込まれて、きゃいーんという絶叫が上がったことはない。ランチアの音がうるさすぎるから、どんなに甲高い笛のような絶叫も実際には聞こえなかっただろうが。

それでも、車の下敷きになった地犬がどんなに甲高い悲鳴を上げるかを僕は知っている。というのも、車に乗るたびに頭の内側からそれが聞こえてくるから。短く、心を引き裂くように、「ハー・ゾー・ヴェー」と三つの音節を続けた甲高い悲鳴が上がるのだ。犬の頭をシャベルでかち割ったときとまったく同じだ。というのも、同じくらいあっという間の出来事なのだから。そして、現場に居合わせた大地がどんなに怖じ気をふるい、ちょうどぶ厚い石が水面に落ちるときのように、身を震わせて丸い波紋を広げていくものかも、僕はよく知っている。さらに、全力を込めた一撃で犬をぶちのめしたら、思わず唇を強く噛んでしまうから、後から唇が火のついたように痛みだすってことも、すでに経験ずみだ。

犬の死体を放置してからというもの、地犬は食べられないと思い込むことにしている。生きている犬にはいかなる同情も覚えないし、死んだ犬を気色悪いとは少しも思わないのに、そうすることにした。万が一そんな同情や嫌悪を持ち合わせなどしたら、地犬よりも、僕に具合の悪いことになるだろう。それは同情から二の足を踏む僕への嫌悪でしかなく、決して地犬に対するものではないのだから。

しかし、カーリーと僕が次に空き時間をもらえれば、つまりコーベリアンが三枚か四枚の袋に山羊の飼料にする若草を詰め込んでしまうまで、僕たちがトラックから降りていられて、たっぷり時間をもらえれば、もしかしたら事態が変わるかもしれない。でも、僕がいるからといって、カーリー・ハルメンが手を貸してくれるかどうかは分からない。僕は時間をたっぷりかけて何とか説得するほかなく、たとえ次に時間があったとしても、そんなことをしているうちに、どうせ時間が足りなくなってしまうことだろう。地犬に悪く思う必要はないし、荒れ野《ステップ》に恥じることもないんだ、と僕は言うにちがいない。彼は自分自身に対して後ろめたく思うだろう、いずれにせよ僕が僕に後ろめたく思う以上に、そう思うことだろう。そして、コーベリアンに対して後ろめたいと僕以上に思うことだろう。どうしてコーベリアンを基準にしようとするんだい、と僕はおそらく彼に尋ねるはめになる。確信を持って言えるが、コーベリアンが僕たちと同じように故郷から遠く離れたところにいたら、彼だってきっと地犬を食べるよ、とでも僕は言うにちがいない。

踏みつぶされ、茶色の塗料を塗られたような草むらが荒れ野《ステップ》一面に広がる日もあった。それも一夜にしてそうなっていた。前日の雲も一夜にして溶けて消えてしまうのだ。空には、やせ細った鶴が何羽か残っているだけ、地上には、がさつでぶくぶく太った黒蝿がいるだけだった。でも死んだ地犬は一匹も草の上に転がってはいないのだ。

犬どもはどこに行ったんだと思う、と僕はカーリーに尋ねるだろう。見てごらんよ、ロシア人たちだよ、どうしてあんなにたくさん徒歩で荒れ野《ステップ》を歩き回って、屈み込んだりしてるんだい。しばらくうずくまったままでいるだろう。連中がそろって体を休めているとでも、いっせいに疲れが出るとでも思うのかい。彼らも僕らと同じように頭を鳥の巣のようにこんがらがらせているし、僕らと同じように腹を空かせているんだよ。ロシア人にはロシア人のやり方があるんだ。それに僕らより時間はたっぷりあるし、彼らにはこの荒れ野《ステップ》が勝手知ったる我が家なんだから。コーベリアンだって特に反対しているわけじゃない。どうして運転台のブレーキの横にいつも柄の短いシャベルが置いてあるんだい。草ならいつも素手でむしっているじゃないか。もし僕らが同乗していなければ、彼が車から降りるのは山羊の餌にする草のためばかりじゃなくなるさ、と僕はカーリーに言うだろう。そして、真相をまるで知らないのだから、わざと嘘をつくまでもないだろう。仮に僕が真相を知っていたとしても、それはただ真実の半面にすぎず、まるで正反対が真実のもう一つの半面となるだろう。だいたい君と僕にしてからが、コーベリアンがいるといないでは態度が違ってくるじゃないか、と僕は言うだろう。君がいなければ、僕も今とは違った態度を取ることだろう。自分は決して変わらないと思い込んでいるのは君だけなんだよ。パン泥棒のときは君だっていつもの君ではなかったし、僕もそうだし、他のみんなも正気じゃなかったじゃないか——でもそんなことを言えば、相手を非難することになるから、僕は決して口には出さない。

毛皮を燃やしたりすれば、臭くてたまらなくなる。カーリー・ハルメンがなんだかんだと言って最後には手伝ってくれるのなら、僕が皮を剥ぐから、君はすぐに火をおこしてくれないか、と頼むことだろう。

その日は、カーリー・ハルメンと一緒に何度もコーベリアンのトラックで荒れ野《ステップ》を突っ切った。一週間後にも僕たちはランチアの荷台に立っていた。空気は色あせ、草はえんじ色、太陽が荒れ野をくるくる回して晩秋に向かわせていた。轢《ひ》き殺された地犬には夜の間に霜がまぶされていた。僕たちは一人の老人が歩く脇を走りすぎた。彼は土煙に巻かれながら、シャベルで僕らに合図を送ってきた。柄の短いシャベルだった。肩にはずだ袋を背負っていて、それは四分の一ぐらい詰まっているだけだったが、ずいぶん重そうだった。あいつ草を取ってきたんじゃないな、とカーリーが言った。そのうち時間があって下に降りられればいいのになあ。きっとコーベリアンは文句を言わないよ、でも君はやはり繊細な感覚の持ち主でいたいんだろうな、手を貸してはくれないんだろう。

ひもじさは目が見えないと言うが、その通りだ。カーリー・ハルメンと僕はお互いのことをそれほどよく知らなかった。二人はあまりに長く一緒にいすぎた。そしてコーベリアンにしても僕たちのことを何も知らなかったし、僕たちも彼のことを何も知らなかった。あの頃の僕たちはみな、今の僕たちとはまるで別人だった。

樅の木について

クリスマスの直前のこと、僕は運転席のコーベリアンの横に座っていた。あたりがちょうど暗くなる時分だったが、僕たちはまだ彼の弟の家までヤミの輸送をしていた。今回の積み荷は石炭だった。駅の廃墟が見えてきて、道路が敷石に変わりトラックががたがた揺れ出したので、小さな町に入ったことが分かった。それから、でこぼこだらけの湾曲した町外れの通りに折れた。地平線にはまだ明るい光の帯が残っていた。鉄格子がつづき、その向こうは樅の林になっていた――夜のように真っ黒で、すらりとして先端が尖り、周囲の何よりも高くそびえているのがよく見えた。三軒先でコーベリアンがトラックを停めた。

さっそく僕が荷降ろしをはじめようとすると、彼は軽く手を振った。そう急ぐな、時間はある、ということらしかった。そして、本当は白いのだろうが、ヘッドライトを浴びて黄色く見える家のなかに入っていった。

僕は、コートを運転台の屋根にのせると、できる限りゆっくりシャベルを振るっていった。しかし、シャベルが僕の主人になり、守るべき時間を命じられてしまったので、僕は従うよりほかなかった。すると、シャベルは僕のことをうい奴と誇らしげに思ってくれるのだった。ここ数年でかすかにでも誇るべきものが僕にまだ残っているとすれば、それはシャベルを振るうことだけだったのだ。やがて荷台はすっかり空っぽになったが、コーベリアンはあいかわらず弟の家から出てこなかった。

　何かやろうという計画はゆっくりと熟してくるのが大方だ。でも即座にある決断をして、自分にそれができるかどうかは二の次に、その唐突さに駆り立てられるようになることもある。まるで電気が走るようなものだ。このときの僕もあっという間にコートをはおっていた。盗みをしたら出入り禁止になるぞ、と自分に言い聞かせる間もあらばこそ、またたく間に両脚が樅の木の方に駆けだしていた。鉄格子の門には鍵は掛かっていなかった。荒れ放題の公園か墓地だったに違いない。低いところの枝を片っぱしから折って、コートを脱ぐとそれに枝を包み込んだ。門は開けたままにして、大急ぎでコーベリアンの弟の家に駆け戻った。その家はいまや真っ暗闇のなかに待ち伏せするように白く浮かんでいた。ヘッドライトはもうついておらず、コーベリアンはすでに荷台のあおりも閉めていた。僕の包みは、それを頭越しに荷台の上に投げ込んだとき、樹脂の強いにおいと不安のきついにおいをさせていた。コーベリアンは運転台に座って、ウォッカの強烈なにおいをぷんぷんさせていた。そう今日なら言うことができるが、あのときはただウォッカのにおいがするな、と思っただけだった。彼は酒飲みではないし、ウォッカを飲むのは脂っこい料理を食べるときだけのはず、と考えたのだった。どうせなら、僕のことも少しは考えてくれてもよかっただろうに。

　こんなに遅くなると、収容所《ラーゲリ》の門で何が起きるやら想像もつかなかった。三匹の番犬が吠えたてた。歩哨が銃身で小突いて、僕の腕から包みを落とした。枝が地面に散らばり、その下敷きになって襟にビロード飾りのついた都会的なコートが広がった。犬の群れは枝をくんくんと嗅ぎまわると、後はひたすらコートばかりに気を向けた。それからリーダー格と思われるいちばん強い犬が死体でもくわえるようにコートを口にくわえて、敷地を半分ほど横切り点呼広場まで運んでいった。僕は後を追いかけて、コートを救い出せたが、それは犬が吐き捨ててくれたおかげにすぎなかった。

二日後、パン屋が荷車を引いて僕のそばを通り過ぎた。白い亜麻布《リネン》の上には新しい箒がのっていた。シャベルの柄と僕の樅の枝を材料にして作ったものだった。

三日するとクリスマスだ——常緑の樅の木を部屋に飾るための合図となる言葉だった。フィーニー叔母にもらった擦り切れた緑の毛糸の手袋しか、僕のトランクには入っていなかった。パウル・ガスト弁護士は二週間前から工場の機械工として働いていた。僕は針金を注文した。彼は手の長さに切った針金の束を持ってきてくれた。片方の端が総《ふさ》飾りのように一つにくくられていた。僕は針金でツリーを作って、その上に手袋をかぶせ、束ねて針葉みたいにした緑の毛糸を枝に結びつけていった。

クリスマスツリーはカッコウ時計の真下の小さなテーブルに置いた。パウル・ガスト弁護士は茶色いパンの球《クーゲル》を二個それにひっかけた。どうして彼が飾り付けに使えるようなパンを残しておけたんだろうなんて特に気にもかけなかった。というのも、彼が翌日にはパンの玉を食べるのは確実だったし、玉を捏ねながら、故郷の話もしてくれたからだった。

——僕らが通っていたオーバーヴィッシュアウのギムナジウムじゃあ、クリスマス前の四週間は毎朝一時間目の前に、リース飾りに火が灯されたんだ。そのリースは教壇の真上に飾りつけられていた。地理学の教師はレオニーダという名前で、すっかりハゲ頭だった。蠟燭が燃えて、「もみのき、もみのき、おいやしげれる」と僕たちは歌った。でもすぐに止めるはめになった。というのもレオニーダが「あちっ」と叫んだからだ。ハゲ頭にバラ色の蠟が垂れ落ちていた。蠟燭を吹き消してくれ、とレオニーダがどなった。そして背もたれまで跳ねていき、ブリキの折りたたみナイフを上着から取り出したんだ。ジルバーフィッシュだった。ちょっと来てくれ、とレオニーダがどなった。そして折りたたみナイフを開くと屈み込んだんだ。僕がナイフで蠟をハゲ頭からこそげ落とす役目を引き受けた。頭皮には、かすり傷ひとつ負わせなかった。でも長椅子の自分の席に戻って腰を下ろすと、ハゲが一直線に僕のところにやってきて、平手打ちを食らわせたんだ。僕が涙を目から拭おうと手を動かしたら、「手は背中に合わせとけ」とどなりつけられたんだ。

一〇ルーブル

ベア・ツァーケルがバザールに出かけるための通行許可証《プロプスク》をトゥール・プリクリッチュから手に入れてくれた。外出できそうだという見込みはひもじくしている仲間の誰にも話してはならない。僕は誰にも言わなかった。カルプさんの革のゲートルと自分の枕を手に取った。例によって滋養のあるものと交換するための遠征だった。十一時に僕は出発した、いや僕たちは出発した。僕たちというのは、僕のひもじさも道連れになっていたからだ。

あたりは雨に煙っていた。泥んこのなかに、さびついたネジや歯車を手にした商人、ブリキの食器や外壁塗装の青ペンキを並べ立てた婆さんが何人も立っていた。ペンキのまわりは水たまりまで青かった。その隣には砂糖と塩、ドライプラム、トウモロコシ粉、黍《きび》、精白大麦、エンドウ豆が山のように積んであった。わさび大根の緑の葉の上には、どろどろに溶かした甜菜《テンサイ》をかけたトウモロコシケーキまであった。ブリキ缶に濃厚な凝乳を入れて売る歯抜けの女たちもいれば、松葉杖で体を支える片脚の若者が、バケツいっぱいの赤いラズベリー水を商ってもいた。すばしこい行商人がひん曲がったナイフやフォーク、釣り竿などを持って駆けずり回っていた。アメリカ製の缶詰の空き缶に入れられて、安全ピンに命が吹き込まれたみたいな銀の小魚が泳ぎ回っていた。

革のゲートルを腕に抱えて、僕は人混みをくぐり抜けた。髪の毛のところどころに穴のあいたようなハゲをのぞかせ、胸に十個以上も勲章をつけた軍服姿の老人の前には、本が二冊並べられていた。一冊はメキシコのポポカテペトル山についてのもの、もう一冊の表紙には二匹の大きな蚤《のみ》が出ていた。僕は、絵がたくさんのっているので、蚤本をぱらぱらめくってみた。ブランコにのる二匹の蚤、その横にはちっぽけな鞭をもった猛獣使いの手が見える。ブランコの椅子の背もたれの上にもう一匹、クルミの殻でできた結婚式の馬車の前につながれたのがさらに一匹。乳首と乳首の間に二匹の蚤を飼っている若い男の胸、二本の同じ長さの噛み跡が鎖のようにつながって左右対称に臍《へそ》までつづいていた。

軍服の男は僕の腕から革のゲートルを引ったくると、胸に、それから肩に当ててみた。それは脚に使うものだ、と僕は身振り手振りで教えてやった。男は急に声を上げて笑い出したが、それは点呼のときにトゥール・プリクリッチュがときどきするのと同じような笑い方で、大きな七面鳥が声を張り上げて鳴くのにそっくりだった。彼の上唇は欠けた歯の根に何度も引っかかった。隣の出店《でみせ》の男がこちらに加わって、ゲートルの短い革紐を指にはさんでしごいた。それからナイフを何本も手にした男がやってきて、自分の商品を上着のポケットにしまうと、ゲートルを腰の右に当てたり左に当てたりし、ついには尻にあてがいながら、道化のようにぴょんぴょんと飛び跳ねた。それに合わせて、欠けた歯をした軍服の男が口でおならの音をぷうぷう鳴らした。それから、首に布を巻き松葉杖をついた男がやってきた。肘をのせる杖の部分は、折れた刃先にぼろ切れをぐるぐるに巻いた大鎌だった。男は松葉杖の先にゲートルの一方をひっかけて、空中に投げ上げた。僕は走って追いかけ、拾い上げた。男はその少し先に二個目のゲートルが飛んできた。二個目を拾おうとしてしゃがんだとたん、泥のなかにゲートルばかりか、くしゃくしゃのお札まで落ちているのを見つけたのだった。

誰かが落としたものだな。落とし主がまだなくしたことに気づいてなきゃいいけれど、と僕は思った。もしかすると今ちょうど血眼になってお札を探している最中かもしれないし、集まってきた連中のうちの誰かが、すでに僕が笑いものにされている最中に、あるいはまさに僕が腰をかがめたこの瞬間に、お札を見つけて、僕が何をしているか様子をうかがっているかもしれない。連中は僕と僕のゲートルを笑いものにしつづけていたので、その隙に僕はぎゅっとお札を手に握りしめた。

僕は急いで姿を隠さねばならないので、身をかがめるようにして、ごったがえす人混みに紛れ込んだ。そして、ゲートルを大事に小脇に抱えて、お札を平らにのばした。一〇ルーブル札だった。

一〇ルーブル、これはひと財産だった。計算は後回しだ、とにかく食べよう、と思った。食べられない分は枕に隠せばいい。もう革のゲートルのことなど気にしている場合じゃなかった。この別の惑星から届いた、ばつの悪い商品など僕を人目につかせるだけだった。腋にはさんだゲートルをそのまま地面に落とすと、一〇ルーブルをぎゅっと握りしめて、銀の小魚のように、すばしこく別の方向に歩き出した。

喉の奥がばくばくして、僕は冷や汗をびっしょりかいた。二ルーブル出して赤いラズベリー水を二杯買い、一息に飲み干した。それからどろどろに溶かした甜菜をかけたトウモロコシケーキを二個買って、わさび大根の葉もろとも食べてしまった。苦かったけれども、胃薬みたいに胃にはきっときくに違いなかった。それからチーズがたっぷり入ったロシア風パンケーキを四個買った。二個は後で食べるため枕にしまい、残りの二個はさっそくその場で平らげた。それから、濃厚な凝乳を小さな缶で飲んだ。さらにヒマワリケーキを二個買って、両方ともすぐ平らげた。それから片脚の少年のところに戻って、もう一杯赤いラズベリー水を飲んだ。その後で、残金を数えた。一ルーブル六コペイカだった。もう砂糖を買うには足りないし、塩も買えなかった。ドライプラムの女は茶色い片方の目と、瞳孔がなく豆みたいに真っ白なもう片方の目で、僕が金勘定する様子を見ていた。僕は彼女に手のなかのお金を見せた。彼女はお金を押しやって、だめだと言うと、蝿を追い払うときのように、腕を振り回した。でも僕は根が生えたように動かず、さらにお金を見せつづけた。そして体をぶるぶる震わせ十字を切って、お祈りのときのようにつぶやいた。われらが主よ、このぞっとするほど神に呪われた「亀」から我を救いたまえ。「亀」を誘惑したまえ、主よ、そして我を悪から救いたまえ、とつぶやき、フェーニャの冷ややかな聖性を思って、つぶやきの最後に、この代願をもっともらしくするために、強くはっきりと「アーメン」と付け加えたのだった。女は感動して、豆みたいに真っ白な目で僕をじっと見つめた。それから僕のお金を受け取ると、緑の古いコサック帽に詰めてドライプラムの量を測った。その半分を僕は枕にしまって、残りはすぐに食べられるよう綿入り帽に入れた。帽子のプラムがなくなると、僕は枕に入れておいた残りの二つのパンケーキを取り出して食べた。残りのドライプラムのほかにはもう何も枕には残っていなかった。

暖かい風がアカシア並木を抜け、泥も渇いて水たまりのなかで脱皮して、灰色のコーヒーカップのようになった。収容所《ラーゲリ》に行く道路脇の踏みならされた道では、山羊がくるくると同じところを回っていた。首がすれて傷だらけだったが、それは山羊が紐を引っ張りつづけているせいだった。紐はしょっちゅう杭に巻きついてしまって、山羊が草を食べようとしても届かなくなった。山羊はベア・ツァーケルのように、やぶにらみで切れ長な緑色の目つきをして、フェーニャのように全身で苦しみを表していた。山羊は僕の後についてこようとした。ここに連れてこられたときの貨車でみんなが暖を取るために燃やした、凍って干からびて青くなった、縦に真っ二つに割られた山羊肉を僕は思い出していた。収容所《ラーゲリ》まで道のりがやっと半分のところまで来た。もう遅くなりすぎた上に、ドライプラムを持って収容所《ラーゲリ》の門を越さなければならない。歩哨に見つからないように、僕は枕に手を伸ばして食べた。ロシア人村の奥にあるポプラ並木ごしに、工場の冷却塔が見えてきた。塔から吐き出される白い雲の頭上で、太陽が四角形になったかと思うと、するりと僕の口のなかに潜《もぐ》り込んできた。口のなかが壁でふさがれたようになって、僕は息苦しさのあまりあっぷあっぷの状態になった。胃がきりきりし、腸がごろごろ鳴って、三日月刀のように、お腹のなかでくるくる回転した。目からは涙があふれ、冷却塔もくるくる回転しはじめた。僕は桑の木にもたれたが、その木の下の地面までがくるくる回転しはじめた。道路を走るトラックもぐらつきはじめた。歩道をうろつく三匹の野犬が溶けあい出して区別がつかなくなった。僕は立ち木に向かって嘔吐した。せっかくの高価な食事が惜しくて、僕は吐きながら、おいおい泣くことしかできなかった。

そうして何もかもが、桑の木の根元に吐き出され、てかてかと光った。

何もかも、何もかも、何もかもがそうだった。

僕は頭を幹にもたせかけて、あたかも目からならまた食べられるとでもいうかのように、小さく噛み砕かれ、てかてかと光る食べ物の残骸を眺めた。それから、最初の監視塔の下を、空っ風に吹かれて、空っぽの枕と空っぽの胃を抱えて歩くことになった。ここを出て行ったときとまるで同じ、ただし革のゲートルがない。生きるためのゲートルが。歩哨がヒマワリの種の殻を塔の上から吐き捨てていた。ばらばらになった殻は空中を蝿のように飛びかかった。僕のなかの空虚は胆汁のように苦くて、気分は最悪だった。しかし収容所《ラーゲリ》のなかをちょっと歩きはじめると、食堂の雑草スープがまだ残っているだろうか、と早くも気になりはじめた。でも食堂はとうにしまっていた。木靴がかたかたと鳴る拍子に合わせて、僕はいつの間にか独り言をしゃべっていた。

白い雲を吐き出す「マトローネ」。僕のシャベルもあるし、バラックには寝る場所もある。その上きっと、ひもじいのとくたばるのを区別する隙間もどこかにあるに違いない。ともかくそいつを見つけなくては、というのも、食うことに僕はとても太刀打ちできないんだから。冷ややかな聖性を備えた、足萎えのフェーニャの考え方は間違っていない。彼女は公平だし、僕に食べ物を分けてくれる。どうして外のバザールなどに行く必要がある。収容所《ラーゲリ》は僕のためを思って閉じ込めてくれているんだ。僕が仲間に入れてもらえないところに出かけていったところで、笑いものにされるのがオチだ。収容所《ラーゲリ》こそが僕の家なんだ。午前中の歩哨は、僕が誰であるかすぐに認めて、門から出て行っていいと合図してくれた。その番犬にしても暖かい敷石に寝そべったままだった。犬にも僕は顔見知りなんだ。点呼広場も僕を知っているし、自分のバラックまでの道は目をつぶっていてもたどっていける。自由な外出なんか必要ない。僕には収容所《ラーゲリ》があるし、収容所《ラーゲリ》には僕がいる。僕には寝台とフェーニャのパンと僕のブリキの食器さえあれば十分だ。レオ・アウベルクでさえ今の僕は必要としないんだ。

ひもじさ天使について

ひもじさとは手で触れられるような具体的な物なのだ。

天使は這い上がってきて、頭を占拠してしまう。

ひもじさ天使はただ考えるのではない。つねに正しい判断をするのだ。

彼がいなくなることはない。

彼は僕の限界に通じていて、どうすればいいかが分かっている。

彼は僕の出発点を知っていて、僕にはどうすれば効果があるか分かっている。

彼は、僕に会う前から僕に会うと分かっていて、僕の未来もお見通しだ。

彼は水銀のようにすべての毛細血管のなかに紛れ込んでいる。口のなかが甘くなる。空気圧に胃と胸郭が圧迫されたのだ。数えきれないほどの不安。

何もかもが軽くなった。

ひもじさ天使は目を開けたまま一方の側を行く。小さな輪を描きながら、よろめき歩き、息のブランコの上でバランスをとるのだ。彼は脳のなかの望郷の念を知り、空中の袋小路をすみからすみまで知っている。

大気の天使はひもじさを開けたまま別の側を行く。

彼は自分にも僕の耳にも囁きかける。積み込みがあるのなら、荷降ろしもあると思うぞ。彼は自分が欺いている相手と同じ肉でできている。いや、たぶん欺いたことのあった相手とだ。

彼は自分のパンのこともほっぺパンのことも知っているし、白いウサギをあらかじめ送り込むこともできる。

彼は、また来るよ、と言うものの、いつまでも動かずに残っている。

そして、やってくるとなると、天使は有無を言わせない。

「一すくい分のシャベルは一グラムのパンに等しい」――この等式は明瞭すぎて文句のつけようもない。

ひもじさは具体的な物なのだ。

ラテン語の隠語

　貧しい夕食を食べ終えると、食堂の木のテーブルと長椅子をみんなで壁に寄せた。土曜日の夜はたまに、十一時四十五分までならダンスをしてかまわないことになっていた。それが終わると、全部を元に戻すのだった。十二時ちょうどに中央広場の拡声器からソ連国歌が流れ出すから、その時にはみんな自分のバラックに戻っていなくてはならないのだ。土曜日だと歩哨たちも甜菜《てんさい》シュナップスのせいで一杯きげんだから、いつ銃弾が飛んできてもおかしくない。日曜日の朝に誰かの死体が敷地に転がっていれば、脱走を図ったんだ、と言われるだけだ。その「脱走者」が、すっかり洗いざらしの腸ではキャベツスープをもう消化できなくて、パンツ一丁のまま敷地を横切り便所に急ぐほかなかったのだとしても、それが言い訳になるはずもなかった。それでもときどき食堂の土曜日にはタンゴが流れた。ダンスをすれば、僕たちのもといた世界で、カフェ・マルティーニの三日月のマドンナがそうだったように、つま先立ちで生きていられる。花づなと提灯、夜会服、ブローチ、ネクタイ、胸ポケットに挿したハンカチ、そしてカフスボタン、そんなものが揃ったダンスホールだ。僕の母なら、くるくる巻いた髪を頬までたらし、小さな柳細工の籠のような髷《まげ》を結い、剥《む》いた梨の皮のような細い紐が踵についた、うす茶色のハイヒールのサンダルを履いて踊ることだろう。アトラス繻子の緑のワンピースに、四つ葉のクローバーの形にデザインされた四個のエメラルドをあしらったブローチがちょうど胸のところに付いているはずだ。そして父なら、胸ポケットに白いハンカチと白いカーネーションを挿した、砂のように灰色のスーツを着るだろう。

しかし僕は強制労働者として踊るのだから、綿入れ《フハイカ》にはシラミがわき、ゴムのガロッシュのなかには靴下もなく、臭くてたまらない布を巻いただけ。故郷のダンスホールを思い出すだけで、そして空っぽの胃のせいで、目が回りそうになる。僕は二人のツィリの片割れ、絹のような産毛が手に生えたツィリ・カウンツと踊る。薬指の下にオリーブ大の疣《いぼ》があるもう一人の方はツィリ・ヴァントシュナイダーという名前だ。ツィリ・カウンツは踊りながら、自分はカステンホルツ［「ダンス」の意］の出で、もう一人のツィリみたいなヴルムロッホ［「虫けらの穴」の意］の生まれなんかじゃないわ、と胸を張った。母親はアグネテルンで、父親はヴォルケンドルフで育った。両親は、彼女が生まれる前に、カステンホルツに引っ越した、父がそこに大きな葡萄畑を買ったから、と言うのだった。こんな村もあるんだよ、リープリング［ティミショアラ南の村。「恋人」の意］って名前なんだ、と僕は言う。それにこんな町も、グロースシャーム［「大恥」の意］というんだ。だけど、どっちもジーベンビュルゲンじゃない、バナートなのさ。バナートのことはちっとも知らないわ、とツィリが言う。さっぱり見当もつかない。僕もそうだよ、と答えて、汗だくの綿入れ《フハイカ》を着たままツィリのまわりを回る、すると彼女の汗だくの綿入れも僕のまわりを回る。食堂全体がくるくる回り出す。何もかもが回転しているときは、理解できるものは何もない。収容所《ラーゲリ》の向こうの木造家屋も無理に理解する必要はないんだ、と僕は言う。あれはフィンランド人家屋と呼ばれているけど、しかし実際にはロシア系ウクライナ人ばかりが住んでいるんだから。

いったん休憩した後は、タンゴがはじまる。今度はもう一人のツィリと踊る。歌手のローニ・ミッヒが楽隊よりも半歩前に出ている。「ラ・パロマ」のときには、その歌を独り占めしたくて、さらにもう半歩前に出る。腕も脚もこわばらせ、目はくるくる回り、頭は揺れる。甲状腺腫のきざしが震え、深い水に吸い込まれるように、声もしわがれる。

そしてあっという間に船は沈む
遅かろうが早かろうがいずれ
僕らみんなの命運が尽きる
立て　水兵たち　オーエ
いつかは終わらなければ
いつかは海が僕らをさらっていく
そして海原は僕らの誰も
返してはくれない

［ヘルムート・コイトナー訳詞『ラ・パロマ』、ハンス・アルバース歌でヒット］

ドレスアップして踊られる「ラ・パロマ」がかかると、みんな黙りこまずにいられない。言葉が出なくなると、たとえそうしたくなくとも、考えなければならないことを考えてしまう。そして誰もが望郷の念を重い箱のように引きずるようになる。ツィリの足が止まり、僕は彼女が曲のリズムに乗れるようになるまで、腰に手を当てて励ましてあげる。少し前から、僕に見られまいとして、彼女は顔をそっぽに向けていた。背中が震えていて、彼女が泣いているのが僕にも分かった。すすり泣きがはっきりと聞こえてくるが、僕には何も言えない。泣かないでというほかに何が言えるというんだろう。

つま先立ちができなければ踊れないので、トゥルーディー・ペリカンは隅のベンチに座っている。その彼女の隣に僕は腰を下ろす。彼女の足の指は最初の冬に凍傷にかかった。そして夏には石灰を積んだ車に踏みつぶされた。秋には、包帯の下に蛆がわいたせいで切開手術をしなければならなかった。以来、トゥルーディー・ペリカンは踵立ちで歩くようになり、肩を前に出し、体はふんぞり返るように後ろに傾けているのだ。おかげで彼女の背中のこぶは目立たなくなり、腕はシャベルの柄のようにこわばっている。建築現場でも工場でも、あるいは車庫の手伝いとしても役に立たないから、彼女は二年目の冬に病棟バラックの看護助手になったのだ。

病棟については、あれはただくたばるためにあるんだ、とみんな噂している。病人を助けるようなものは何もないの、あるのは塗り薬の鎮痛剤イヒチオールだけ、とトゥルーディー・ペリカンが言う。ロシア人の女医によると、ドイツ人が波状的に死んでいくらしい。いちばん大きいのは冬の波。次に大きいのが夏の流行病の波。秋にタバコの葉が収穫を迎えると、秋の波が来るわ。みなタバコの煮出し汁で服毒自殺をはかるから。それは石炭シュナップスをあおるよりも安上がりだから。そしてガラスの破片で手首を切るならまったくお金がかからないし、手や足を切り落とすのも同じ。同じくお金はいらないけれど、ずっと難しいのは、とトゥルーディー・ペリカンが言う。全速力で頭からレンガの壁に突っ込んでひっくり返ることだわ。

ほとんどの死者はただ顔見知りというだけ、点呼や食堂で見知っているだけだ。ずいぶんたくさんの仲間がいなくなっているのは知っていた。しかし、僕の目の前でひっくり返ったのでなければ、死んだのだとはとても思えなかった。でも、彼らがどこに行ったのかひとに尋ねるのはためらわれた。さっさと見切りをつけて姿を消す連中の実例をこんなに目の当たりにすると、不安がどんどん頭をもたげてくる。そのうち手に負えなくなってくると、不安は無関心と区別できないくらい似てくる。そうでもしなければ、もし死体の第一発見者となったとき、どうしてすばやく動けるだろうか。死体の身ぐるみは、その手足がまだ動かせる間に、そして他の誰かに抜け駆けされる前に、大急ぎで剥《は》いでしまわなければならない。他の誰かがやってくる前に、残されたパンの蓄えを枕から取り出さなければならない。身ぐるみ剥ぐのは僕たちなりの哀悼の意の表し方だ。担架がバラックに到着するときには、収容所《ラーゲリ》当局が引き取れるような物が死体以外に何かあってはならないのだ。

もし死んだ人が個人的な知り合いでなければ、ただ自分の利益しか考えられなくなる。身ぐるみ剥ぐのは何も悪いことではない。状況がさかさまだったら、死体の方だってこちらを相手に同じことをするだろうし、こちらだっていくらでもくれてやるだろう。収容所《ラーゲリ》は本音しかない世界なのだ。恥ずかしいとかぞっとするとか言ってはいられない。死体のものに手を出すときには、断固として動じないこと。しょげかえってもいいが、喜色満面にしてなきゃだめだ。それはざまあみろと思う気持ちとはまったくの別物だ。僕は思うのだが、死体に怖じ気を覚えなければ覚えないほど、それだけますます人生にしがみついていられるのだ。そしてそのぶんだけ簡単に騙されやすくもなる。いなくなった人たちは別の収容所《ラーゲリ》に移されただけだ、と思い込もうとするから。すでに知っていることなど二の次になり、事実に反することまで信じてしまいたがるのだ。パン泥棒裁判と同じで、身ぐるみを剥ぐのも、今さえよければいいという立場でしかないが、ただその剥ぎようそのものは暴力的なわけではなく、ただおずおずと事務的に行われるだけなのだ。

父の家の前には菩提樹が立っている
父の家の前にはベンチがある
いつかまたそれを見つけられたら
そしたら僕は一生ずっとそこから動くまい

［ローベルト・シュトルツ曲、ブルーノ・ハルト＝ヴァルデン詞の流行歌］

僕らの歌手ローニ・ミッヒが、額に玉のような汗を浮かべながら歌っている。そしてチター＝ロンマーが膝にのせた楽器に、金属の指輪をつけた親指をあてている。歌詞が一行終わるごとに、彼は柔らかいエコーを爪弾いては声を合わせて歌う。コヴァッチュ・アントンは、太鼓を二度か三度も前にずらしていって、太鼓のバチの間からローニの顔がうかがえるようにした。男女のペアが何組か歌声を過《よぎ》るよう踊っており、強い風が吹いているときに着陸する鳥たちのように、ぴょんぴょん跳ね回っている。私たちはどのみちもう歩いていられず、踊ることしかできない、とトゥルーディー・ペリカンが言う。私たちの体は重たい水、かたかた鳴る骨、そして太鼓のバチよりももろくなった骨をくるみ込むだけの綿のかたまりになってしまったんだわ。その理由として彼女は病棟で仕入れてきたちんぷんかんぷんのラテン語の隠語を列挙していくのだ。

多発性関節炎《ポリュアルトリーティス》。心筋炎《ミョカルディーティス》。皮膚炎《デルマティーティス》。肝炎《ヘパティーティス》。脳炎《エンツェファリーティス》。皮膚病《ペラグラ》。横一文字の口になる栄養失調症《ジストロフィー》（通称「死んだ子猿みたいな顔」）。こわばった冷たい手をした栄養失調症《ジストロフィー》（通称「鶏のかぎづめ」）。後天性痴呆《デメンティア》。破傷風《テタヌス》。チフス。湿疹《エクツェーメ》。座骨神経痛《イシアス》。結核《トゥバクローゼ》。さらに、排便に鮮血のまじる赤痢、ねぶと、潰瘍、筋萎縮症、疥癬《かいせん》だらけの乾燥肌、歯の抜ける歯槽膿漏、虫歯などが加わる。トゥルーディー・ペリカンは自分もかかった凍傷には一切触れない。レンガのように赤い肌の上に、四角い白いシミが浮かぶ顔の凍傷も無視した。その白いシミは春の暖かい日が来ると、いま踊っている人たちの顔が紅潮しているのと同じように、ようやく焦げ茶に変わっていくのだった。僕が何も言わないし、本当に何一つ尋ねないので、トゥルーディー・ペリカンは僕をしっかりと抱きしめ、そしてこう言うのだった。

——レオ、まじめに言っておくけど、冬に死んじゃダメだよ。

太鼓叩きがローニと声を合わせて歌いはじめた。

海の男よ、夢など諦めろ
故郷のことなど思うな
［ヴェルナー・シャルフェンベルガー作の流行歌］

この歌にかぶせるようにトゥルーディーがつづけた。死者たちは冬じゅう裏庭に積み重ねられ、シャベルで雪をかけられる。二晩か三晩も放置されると、すっかり凍りついてしまう。墓掘り人たちは怠慢なやくざ者ばかりで、小さな穴ですませたがり、大きな墓穴を掘らずにすむように、死体を小さく切り刻んでしまうのよ。

僕はトゥルーディー・ペリカンの話をよく聞いて、これらすべてのラテン語の隠語に自分のなかで何かが少しだけ反応しているのを感じた。音楽に元気づけられて、死が小刻みに体を揺すりさえしている。

僕は音楽を逃れて、自分のバラックに戻ることにした。収容所《ラーゲリ》中央通り沿いに並ぶ二つの監視塔の上には、歩哨がまるで月から降りてきたように縦長にすらりと身じろぎもせずに立っていた。監視用のライトからは乳が流れ出し、収容所《ラーゲリ》入り口脇の警手室からは、笑い声が収容所じゅうに流れ出ていた。また甜菜シュナップスでいい気分になっているんだ。中央通りの先に番犬が一匹座っている。緑の燃え上がる炎を目に浮かべ、前足の間に骨を抱えている。鶏の骨だと思って、僕は犬がうらやましくなる。それを感じ取ったのか、犬がうなり声をあげる。襲いかかられないように、何かしなくてはと思って、僕は「ワーニャ」と声をかける。

　犬はきっとそんな名前じゃないだろう。それでも、その気にさえなれば、いつでも僕の名前を言い返せるぞといった風情で、こちらをじっとうかがっている。そんな目にあう前に逃げ出さなくちゃ、と思って、僕は大股になり、犬が追ってこないかどうか何度か振り返って確かめてみる。バラックの入り口にたどりついて振りむくと、犬はあいかわらず骨に屈《かが》み込まずにいる。まだ僕の、あるいは僕の声とワーニャという名前の後を追うようにじっと目を上げているのだ。番犬の記憶も立ち去っては、また戻ってくるものなのかもしれない。ひもじさだってあっさり立ち去らずに、すぐに戻ってくる。孤独だって、ひもじさと同じであっさり消えてはなくならない。もしかするとロシア語で孤独はワーニャと言うんじゃないだろうか。

　着の身着のままのかっこうで僕は、寝台に潜《もぐ》り込んだ。いつもと同じように木の小さな机を見下ろすように常夜灯がともっている。眠れないときにいつもそうするように、僕は折れた膝の部分に黒い皺が寄るストーブの排気管、そしてカッコウ時計についた二個の鉄の樅かさをじっと見つめることにする。しかし、やがて思いは子供の頃に向かっていく。

　家のベランダの戸口に立つ僕。黒いカールした髪をして、背はドアのノブにも届かなかった。腕にはぬいぐるみ《クッシェルティーア》を抱いていた。茶色の犬だ。名前はモピー。さえぎるものがないので、町から帰ってきた両親が外の木の階段を上ってくるのが見えた。母は、階段を上るときにがちゃがちゃ音がしないよう、エナメルの赤いハンドバッグの鎖を手に巻き付けていた。父は白い麦わら帽を脱いで手に持ち、そのまま部屋に入っていった。母は立ち止まり、額にかかった僕の髪をかき上げ、犬のぬいぐるみを取りあげた。そしてベランダのテーブルにのせたが、そのときエナメルのハンドバッグの鎖ががちゃがちゃ鳴った。僕が口を開いた。

ねえ、モピーを返して、そうじゃないとひとりぼっちになっちゃうよ。

ママがいるじゃないの、と母が笑った。

でも、ママは死んじゃうじゃない、モピーはそんなことないもの、と僕。

もうダンスにも出かけられないほど衰弱しきった連中のかすかないびきのなかから、自分の子供のときの声が聞こえてくる。その声はぞっとするぐらいに柔らかい。「クッシェルティーア」とは、おがくずを詰め込んだ犬のぬいぐるみに使うにしてはずいぶんな言葉だ。今この収容所《ラーゲリ》には「クッシェン」しかない。それとも不安のあまり黙り込むのを他にどう呼べばいいのだろうか。そのうえ「クシェット」はロシア語で「食べ物」の意味になる。今は食べ物のことまで考えたくはない。ともかく眠りのなかに沈んで、夢に身を委ねてしまいたい。

白い豚の背に乗って、大空を横切り家に帰っていく夢。空の高みから見下ろすと、国土の姿がよく分かる。輪郭がしっかりしていて、それどころか垣根で囲われてさえいる。しかし国のなかでは持ち主のいないトランクがあちこちに転がり、その間で主を失った羊たちが草をむしゃむしゃ食べている。その首には樅かさが掛けられていて、小さな鐘のように鳴っている。そこで僕はひとりごとを言う。

――これはトランクだらけの巨大な羊小屋なのか、それとも羊のいる巨大な駅なのか。もう誰も住んではいないじゃないか。いったい僕はどこに行けばいいんだ。

空から僕を見つけたひもじさ天使が、また白豚に乗って元の場所に戻るしかないぞ、と言う。

――そんなことをしたら僕は死んじゃうじゃないか。

――おまえが死んだら、何もかもオレンジ色に染め上げてやるよ、そうすればつらくはないだろう。

僕は白豚に乗って戻る決心をする。彼は約束を守ってくれるだろう。僕が死ぬ間に、あらゆる監視塔の上の空がオレンジに染まるなら、つらい思いをしないですむ。

目を覚ました僕は、枕で口の角《すみ》を拭う。夜の間に南京虫にたかられてはたまらないから。

石炭殻レンガ

石炭殻レンガは、燃え殻、セメント、漆喰塗料を混ぜて固めた角石で、壁の建材となる。セメント用のドラムで混ぜ合わせ、ハンドレバーでぎゅうぎゅう押して圧搾《プレス》するのだった。このレンガの製造所はコークス炉の裏、「坑《ヤーマ》」の反対側、ボタ山のそばにあった。そこには成形した角石を何千も乾かすのに十分なスペースがあった。石は間隔を詰めて地面に並べられており、ちょうど英霊墓地の墓石の列のようだった。地面が膨らんだりへこんだりしているところでは、石の列も波打っていた。そのうえ、作業をする人それぞれが他人とはちょっとずつ違ったように石を並べた。石は板きれにのせて手で運んでくるのだった。たくさんの濡れた石をのせたせいで、板きれも膨れあがり、ひびが入ったり、あちこちに穴があいたりしていた。

石運びはひたすらバランスを保つ作業だった。プレスする場所から日干しの場所まで四〇メートルもあるのだ。バランスの取り方が人それぞれなので、日干しの列はすぐ傾いでしまうのだった。石の置かれるたびに運ぶルートが変わるせいでもあった。もっと前まで持って行くこともあれば、後ろに下がることもある。失敗した石を交換しなければならなくなったり、前日干した列のなかに場所が無駄にあいていたりすると、列の真ん中まで逆戻りすることもあるのだった。

プレスしたばかりの石は一〇キロの重さで、濡れた砂のかたまりのように、ぼろぼろ崩れやすかった。板きれを腹の前に置いて踊るようにして運ばなければならず、足の指を曲げながら、舌、肩、肘、尻、膝をうまく協調させなくてはならなかった。その一〇キロの重みはまだ石というにはほど遠く、運ばれているのを気取《けど》らせないように細心の注意が必要だった。うまく欺いて、ぐらつかないように同じ調子で揺すりつづけ、日干しの場所につくと、板きれからそっといちどに降ろさなければならなかった。力を一様にして素早く降ろしてやると、多少はびっくりするにしても、ひどい衝撃を受けたりせずに、するりと滑るように地面に降りてくれるのだった。ゆっくりと腰をおとして、板きれが顎の下にくるまでスプリングが付いたように膝を柔らかくたもち、それから肘を翼のように広げて、石を正確にすべり降ろさなければならなかった。そうしなければ、隣の石とすれすれのところに、この石の角も隣の石の角も傷つけずに、石を置くことは不可能だった。このダンスの手順に少しでも間違いが起きれば、とたんに石はぐしゃりと壊れて、ただの泥のかたまりになってしまうのだった。

バランスを取っての運搬に、とりわけそっと降ろすことに注意を集中して、顔までがこわばってしまった。舌をまっすぐに、目もじっとしておかなければならず、うまくいかなくても、怒って悪態をつくわけにもいかなかった。石炭殻《がら》レンガを運搬する当番になった後はいつも、動きを止めていたせいで、目や唇も石と同じぐらい角ばった。にもかかわらず、ここでもセメントが悪さを働いた。広がりを求めて宙を飛びかかっていたのだ。レンガよりも、僕たちの体に、そしてセメントドラムやプレス機にたくさんくっついて離れなかった。レンガをプレスするときには、まずプレスする形に木枠を置いた。それからシャベルで混ぜ合わせた材料を詰め込み、石が木枠とともにプレスされて上に押し出されてくるまで、ハンドレバーでぎゅうぎゅう押しつづけるのだった。それから木枠の両側の板をつかんで外し、日干し場まで踊るようにバランスを取って運ばなければならなかった。

石炭殻レンガのプレスは昼も夜もつづけられた。朝のうちにはプレスの型枠はまだ冷たく曇っており、足取りもまだ軽かったし、日干し場にも日光は差し込んではいなかった。太陽はボタ山のてっぺんに燃えるような顔を見せるだけだった。昼になると、暑さが手に負えなくなった。足取りは抑制がきかなくなり、ふくらはぎでは神経という神経がじんじんと痛み、膝もがくがくした。指の感覚もなくなった。石を地面に降ろすときに、じっと舌をまっすぐにしておくのも難しくなった。背中一面が銃弾を浴びたか殴られたかのように痛んだ。日が暮れるとサーチライトがこの場面に円錐状の光を投げかけた。ドラムとプレス機はどぎつい光を浴びて、機械なのに全身が毛羽だったように見えたし、蛾の群れがくるくると渦を巻くように飛び回った。ただ光を探してそうしているだけではなかった。ミキサーが混ぜ合わす材料のもわっとしたにおいに、夜咲く花に吸い寄せられるように、引き寄せられているのだった。日干し場はかなり暗くなっているというのに、蛾どもは降りたって、長い口吻と撚り糸のような足で角石をつついた。運んでいる最中の石にもとまって、せっかくバランスをとっている僕たちの気をそらしてしまうのだった。頭の繊毛、胴体まわりの縞模様が見え、羽音がうるさかった。まるで運んでいる石に命が吹き込まれたようだった。ときには、石のなかから湧いて出てきたみたいに、いちどきに一羽とか二羽がとまることもあった。まるで、板の上のどろどろした混合物が、燃え殻、セメント、漆喰塗料を混ぜ合わせたものなどではなくて、四角い形に圧縮されたさなぎそのものであって、であれば、そこから蛾が這い出てきてもおかしくはないかのようだった。そんなふうに蛾はプレス機から日干し場まで、つまりサーチライトの光から、何層にも積み重なる影のなかへと運ばれていった。これらの影は傾いで危険きわまりないものであって、石の輪郭はゆがめるし、列の間隔も狂わせてしまうのだった。板きれのレンガからして、自分の外見がどんなかもう覚えていなかった。運搬しながら何もかも定かではなくなってくるものの、自分の体の輪郭と影の輪郭を取り違えるわけにはいかなかった。遠くボタ山のあちこちで光がまたたくのが見えた。数え切れないほど火が燃えていて、夜行性動物のように、黄色い目を輝かせていた。そいつは自力で発光しては、眠れない自分を照らしだしたり、あるいは不眠を焼きつくそうとしていた。ボタ山の炎のような目からは硫黄の強烈なにおいがあたりに漂い出していた。

明け方はしんしんと冷え、空には磨りガラスが張りわたされた。足取りは軽くなった。少なくとも頭のなかではそうだった。というのも、当番《シフト》の入れ替えが近づいて、自分がどんなにくたくただったかを忘れてしまえたからだ。サーチライトも疲れ果てたのか、日の光に覆い隠されて色あせていった。現実のものではない僕たちの英霊墓地のはるか頭上には、青い空気が横たわっていた。どの列にも均等に、すべての石の上に。静かな公平性が広がっていた。収容所《ラーゲリ》に存在していた唯一の公平性だった。

石炭殻レンガはまだしも恵まれていた。僕たちの死者には列もなければ墓石もなかった。だけど、そんなことを考えてはならなかった。さもないと、それから数日は昼も夜も踊ってバランスを取ることなどできなくなっただろう。少しでもそんなことを考えてしまえば、銃弾を浴びたか殴られたかしたような背中一面の痛みが募《つの》ったことだろう。

人のいい小瓶と疑り深い小瓶

骨と皮だけになった頃の話だ。キャベツスープがえんえんとつづいた。起き抜けの朝めしもカプスタ、点呼の後の晩めしもカプスタ。「カプスタ」とはロシア語でキャベツのことだ。そしてロシアのキャベツスープには、そのなかに葉っぱのかけらも入ってないことがよくある。カプスタは、ロシア語やスープが存在しなければ、この言葉のほかに、いかなる共通点もない二つの事物からなる言葉だ。「カプ」はルーマニア語の「頭」、「プスタ」はハンガリー語の「平地」だから。しかも、そのことをドイツ語で考えるのだけれど、この収容所《ラーゲリ》からして、このキャベツスープのように、ロシア語なのだ。そんな益体《やくたい》もないことを考えて、少しでも頭をクリアにしておこうと思う。しかし解体されて「カプ＝スタ」になると、その言葉はもうひもじさ言葉ではない。ひもじさ言葉が集まって地図を作り上げる。ただし、土地の名前の代わりに食べ物の名前を頭のなかであげていく。結婚式のスープ、挽肉、骨付きバラ肉、アイスバイン、ウサギの焼き肉、レーバークネーデル、ノロジカのもも肉、ザウアーハーゼ……。

どのひもじさ言葉も食べ物言葉で、食べるイメージが目の前に浮かんでくるし、いろんな味覚が口にもよみがえってくる。ひもじさ言葉、あるいは食べ物言葉は空想に餌をまく。どの言葉も我が身をうまそうに自分ひとりで食べるばかりで、他人には一口もよこさない。だから、僕らがそれで腹いっぱいになることはないが、少なくとも食べているような気分にはなれる。慢性的にひもじい思いをしている人は誰でも自分自身の切り札を持っている。珍品やご馳走から定番料理までが揃った食べ物言葉だ。誰もが他人とは別の言葉の方がうまいと思っている。カプスタと同じく、メルデクラウトも食べ物言葉としては役に立たない。というのもそれは本当に食べられるものだからだ。いや、食べるほかなかったからだ。

　ひもじさのなかにあっては、見える見えないの違いはないと思う。食べ物をいちばんよく見ることができるのは、盲目のひもじさなのだから。ひもじさ言葉には、寡黙なものもあれば、声高なものもある。それはひもじさ自身に、密やかなものとあからさまなものがあるのと違わない。みんなで話をしていて、同じようなひもじさ言葉、同じような食べ物言葉がやたらに出てくるというのに、それでもみんな孤独なままだ。誰もが自分の言葉をひとりで貪るばかりだからだ。一緒に食べているように見える他人たちも、やはり自分自身のために食べているにすぎない。他人のひもじさへの関心はゼロでしかない、そもそも一緒になって飢えるわけにもいかないのだから。主食《グルントエッセン》としてのキャベツスープは、体の肉を、頭の理性を失わせる原因《グルント》になっていた。ひもじさ天使がヒステリックにあちこち駆けずり回っていた。天使は適当ということを知らず、ひと夏かかって草が伸びるよりも、ひと冬かかって雪が積もるよりもずっと大きな図体に、一日にして成長してしまうからだ。先の尖った背の高い木が一生かかって生長する分ぐらいと言ってもいい。ひもじさ天使はただ大きくなるばかりではなく、数まで増やせるようだ。天使は僕たちそれぞれに、一人だけに当てはまる個人的な苦悩を分配していた。そのくせ、傍目には僕たちはほとんど違いがなかった。というのも、皮と骨、それに栄養失調で腹にたまった水という三位一体にあっては、男と女の区別もつかず、愛の営みに励むわけにもいかなかったのだから。確かに、あいかわらず「あの男《デア》」とか「あの女《ディー》」とか言っているけれど、それは男性名詞の「櫛《くし》」に定冠詞の「デア」を、女性名詞の「バラック」に定冠詞の「ディー」をつけるのと何の変わりもない。そして、そんな単語と同じように、飢え死にしかけている者たちにしても、もう男性的でも女性的でもなく、事物と同じように客観的で中性的なものでしかない――おそらくは物的と言うしかないものになっているのだ。

僕がどこにいようが、寝台にいようが、バラックの間にいようが、「坑《ヤーマ》」の日勤当番だろうが夜勤当番だろうが、あるいはコーベリアンと荒れ野《ステップ》に行こうが、冷却塔にいようが、当番の後に浴場《バーニャ》にいようが、「行商」に出ていようが、僕のやることなすことはどれもひもじさと切っても切れない関係にあった。どんな物を見ても、そいつは、奥行きと幅、高さと色にいたるまで、僕のひもじさの大きさにそっくりだった。大空と塵つもる大地の間にあるどの場所も、それぞれ別の食べ物のにおいをさせていた。収容所《ラーゲリ》中央通りはキャラメルのにおい、収容所の入り口は焼きたてのパン、収容所から工場まで行く途中で横切る道路は暖かいアンズ、工場の板囲いは砂糖漬けのナッツ、工場の入り口はスクランブルド・エッグ、「坑《ヤーマ》」は蒸したパプリカ、ボタ山の石炭殻はトマトスープ、冷却塔は焼いたナス、迷宮のような配管から吹き上げる蒸気はバニラ・シュトルーデルのにおいだった。草むらのなかに捨て置かれたタールの塊からは、マルメロのコンポート、コークス炉からはスイカのにおいがした。それは魔法みたいであると同時に地獄の責め苦でもあった。風までがひもじさに餌をばらまき、目に見える食べ物を空中にどんどん織りなしていくのだった。そうした食べ物は決してたんに抽象的なものではなかった。

僕たちが骨だらけの男もどき、骨だらけの女もどきとなってお互いに相手の性を意識しなくなってからは、代わりにひもじさ天使が誰かれかまわず捕まえてはまぐわうようになった。そうやって僕らの肉体を奪っておきながら、その肉体まで裏切ってベッドに次から次にシラミや南京虫を持ち込んだのだ。骨と皮だけの時代には、作業のあと収容所《ラーゲリ》の中央広場を舞台にした、シラミ駆除の閲兵式が毎週の恒例行事となった。バラック中のものがそれこそ例外なくシラミ駆除のために持ち出されなければならなかった――トランク、衣類、寝台、そして僕たちも。

三年目の夏のことだった。アカシアが満開に咲き誇り、夕暮れの風も温かいミルクコーヒーのにおいをさせていた。僕はすでに一切合財を外に持ち出していた。するとトゥール・プリクリッチュに連れられて、緑の歯をした同志シシュトヴァニョーノフが現れた。その手には皮を剥《は》いだばかりの柳の枝が握られていたが、それは長さがフルートの二倍くらいあった。よくしなり、人を叩くのに適していたし、物を引っかき回せるように先端を尖らせてあった。僕たちの惨めな姿に吐き気を催しながら、彼はトランクの中身に枝を突き刺しては、地面に放り出していった。

シラミ駆除の閲兵式のときには、僕はできる限り中央に立つようにしていた。というのも検査は初めと終わりの方で厳しかったからだ。しかし今日のシシュトヴァニョーノフは閲兵式の真んなかで急に徹底的にやりたくなったのだった。柳の枝が僕のグラモフォン＝トランクのなかを探って、衣類の下にあった小物入れを突き刺した。そして手から枝を下ろすと、小物入れを開けて、僕の秘密にしていたキャベツスープを発見したのだ。三週間前から僕は、中身がなくなったからといって捨てるに忍びなかった二本のきれいな小瓶に、スープを入れていた。空っぽだったので、キャベツスープを詰めておいたのだ。一本は、丸い腹に縞模様の入ったガラスの小瓶で、キャップがついていた。もう一本は、平らな腹で広口だったが、わざわざ自分で木っ端を削って、それにぴったり合う栓を作っておいたのだった。キャベツスープが悪くなっては困るので、果物のコンポートを実家で保存していたやり方をまねて、空気が入らないように気をつけながら栓をしていた。栓のまわりには蠟を垂らして封印した。トゥルーディー・ペリカンが病棟バラックで手に入れた蠟燭を貸してくれたのだった。

これは何だ《シュトー・エトー》、とシシュトヴァニョーノフが尋ねた。

——キャベツスープです。

——どういう目的だ。

彼が小瓶を振ったので、スープが泡立った。

パムヤート、と僕は答えた。

僕はコーベリアンから聞いて知っていたのだが、「思い出」はロシア人にはよく響く言葉なのだ。だからそう口にしたのだった。しかしおそらくシシュトヴァニョーノフは、誰のために僕がこの思い出を必要とするのか、と疑問に思ったのだろう。日に二度もキャベツスープが出されるこの収容所《ラーゲリ》で、そのキャベツスープを思い出さんがために、キャベツスープを小瓶に保存する必要があるような愚か者がいるものだろうか。

故郷に持って帰ろうというんだな、と彼は尋ねた。

僕はうなずいた。キャベツスープを小瓶に入れて故郷に持ち帰りたがるなんて最悪のことだった。殴られたって僕にはたいしたことじゃなかったろうが、彼はまだ閲兵式の真んなかあたりに差し掛かったところで、僕を殴って式をとどこおらせるつもりはなかった。小瓶を没収すると、後で出頭するようにと命じた。

翌朝、トゥール・プリクリッチュが食堂にいる僕を呼び出しにきて、所長室に連れていった。彼は漂流するように中央通りを横切っていき、僕は死刑囚のようにとぼとぼとつき従った。何と答えればいいだろう、と彼に尋ねてみた。彼は振り向きもせずに、投げやりなジェスチャーをした。まるでこの件にはかかわりたくないんだ、と言いたいようだった。シシュトヴァニョーノフのどなり声はいっこうにおさまらなかった。トゥールがいちいち通訳するまでもなかった。僕はとうにそらで覚えていることを延々《えんえん》聞かされたのだ。曰く、おまえはファシストだ、スパイだ、サボタージュして病原菌をまき散らす不穏分子もいいところだ、おまえには文化のかけらもなく、盗んだキャベツスープで収容所を、ソビエト権力を、そしてソビエト人民を裏切ろうとしておるんだ。

収容所のキャベツスープはただでさえ薄くてしかたないのに、このとても細い首をした小瓶のなかに入っていると、まるで透き通って見えた。小瓶のなかに浮かぶわずかばかりの葉っぱのかすは、シシュトヴァニョーノフからすれば明白な密告にほかならなかった。僕の置かれた状況はやっかいきわまりなかった。しかしそのときトゥールが短い指を広げて名案を思いついた。「薬」だった。「薬」という言葉はそれこそロシア人にとってはあまりいい印象の言葉ではなかった。トゥールは絶妙のタイミングでそれを思いつき、穴でも掘ろうとするかのように、人差し指をくるくる額の上で回しながら、「迷信《オブスクランティズム》」と意地悪そうに言ったのだ。

いかにも納得のいくような説明だった。というのも、この僕は収容所《ラーゲリ》に来て三年目になったばかりで、まだ再教育を受けておらず、いまだに病気に効く魔法の飲み物があると信じているからだった。僕はキャップ付きの小瓶は下痢に、木の栓のある小瓶は便秘に効くと信じているのだ、とトゥールは説明したのだ。シシュトヴァニョーノフは考え込み、ついにはトゥールが彼に言ったことばかか、「迷信《オブスクランティズム》」は確かに収容所《ラーゲリ》では好ましいものではないが、しかし人生にあってはそれほど悪いことではない、と信じるにいたった。彼は両方の瓶をもう一度じっと眺め、首のところに泡が立つまで振った。それからキャップ付きの瓶を少し右に、木の栓をはめた瓶を同じくらい左に動かしたので、二本がぴったりと寄り添い接触しそうになった。シシュトヴァニョーノフは小瓶のために、ほとんど柔和とも言える笑みを口元に浮かべて、優しい目つきになった。トゥールはまたもや勘のいいところを見せて言った。

——もういい、さっさと失せろ。

おそらくシシュトヴァニョーノフは、説明しようのない理由から、あるいはむしろ簡単に説明のつく理由から、二本の瓶をもう投げ捨てることができなかったことだろう。

だいたい理由とは何だろう。どうして自分が小瓶にキャベツスープを詰めたのか、今日にいたるまで自分でも分からない。わしには分かっとる。おまえはきっと戻ってくる、という祖母の言葉と関係があったのだろうか。そのうち家に戻れて、二本の小瓶に詰めて持ち帰ったキャベツスープを収容所生活のよすがとして家族に見せられると、たわいもなく本気で僕は信じていたのだろうか。それとも、ひもじさ天使をものともせず、旅行に行ったらお土産を持ち帰るのが当然だ、という思いが頭のなかには残っていたのだろうか。祖母が一度きりの船旅をしたときに、空色のトルコ風スリッパの親指ぐらいの模型をコンスタンティノープルからお土産に持ち帰ってきてくれたことがあった。ただしそれはもう一人の祖母の方で、彼女は「きっと戻ってくる」などとは一言も言わなかったし、別の家に住んでいて、別離の場にも居合わせなかった。それでは、家に帰ったときに小瓶に証人になってもらいたかったのだろうか。それとも、もともと僕は人のいい小瓶と疑り深い小瓶を一本ずつ持ち合わせていたのだろうか。もしかしたらキャップの下には、間もなくの帰郷が、真空になるよう封をした木の栓の下には、永遠の抑留が詰まっていたのかもしれない。それはたぶん下痢と便秘が対立するみたいなものだったろう。だとすれば、トゥール・プリクリッチュは僕のことを何もかもお見通しだったというわけなのか。僕がベア・ツァーケルとおしゃべりした成果だったのだろうか。

しかし、帰郷と抑留はそもそも本当にそんなに対立しあうものだろうか。もしそうなら、たぶん僕はどちらのケースにも対応できるようにしたかったのだろう。たぶん、このときから僕は、日々思いを募《つの》らせながら、でも決して実現できずにいる、故郷に帰りたいというむなしい希望に、ここの人生が、いや人生そのものが左右されるのはまずいと思いはじめたのだ。家に帰りたいという思いが募ればつのるほど、帰郷がどうしてもかなわなければ、自分は壊れるんじゃないかと怖くなった。そして、もうあまり強く望むのはやめようと思ったのだ。帰郷への思いは決して捨てるわけではなかったが、しかしそれ以外にも何か縋《すが》れるものを持てるようにして、もしも永久にここに抑留されるのだったら、そのときはそれが僕の人生なんだ、と自分に言い聞かせることにしたのだ。ロシア人たちだってここで生活しているじゃないか。ここに住み着くことにじたばた抵抗するのはやめよう、あの小瓶を真空になるよう封印したとき、すでに半分は覚悟していたように、いざとなればここにとどまるほかないのだ。再教育を受けたっていいじゃないか。今はどうやればいいのか分からないが、荒れ野《ステップ》がきっとなるようにしてくれるだろう。ひもじさ天使に骨の髄まで取り憑かれてしまっているので、僕の頭皮は翼を得たようにぱたぱたと羽ばたくこともできそうだった。当時の僕はシラミのせいで丸坊主にされたばかりだったというのに。

去年の夏のこと、コーベリアンが広大な空の下でシャツのボタンを外して、シャツを風にはためかせながら、荒れ野の草の霊魂について、ウラルの土地に寄せる彼の思いについて少し語ってくれたことがあった。同じ思いが僕の胸の奥にもすでに熱く燃えているんだ、そう僕は思えるようになっていた。

日光中毒

早朝から太陽が赤い風船のように昇り、とても大きく膨らんだものだから、コークス工場の上の空が平板すぎるように見えるくらいだった。

夜勤当番がはじまったときには、もうすっかり夜になっていた。僕たちは投光器が円錐形の光を投げかけるなか、二メートルの深さのピッチ《ペク》槽に立っていた。バラックを二つ合わせたような奥行きと幅があった。ピッチ槽には、いつのものとも知れぬ石化したピッチが一メートルくらいの層になってたまっていた。僕たちはそれを金梃《かなとこ》とつるはしを使って、剥《は》がしていかなければならないのだった。ピッチを叩いて剥がし、手押し車に積んでいくのだ。それから、ぐらぐら揺れる板の橋を越えて、線路まで運び出し、それからまた板を渡して貨車に運び入れ、そこでピッチの荷降ろしをしなければならなかった。

黒いガラスのようなピッチを叩き割るたびに、波形やアーチ形の塊、あるいはぎざぎざに尖った塊が、僕たちの頭のまわりを飛びかった。粉塵はまだ目には見えなかった。僕が、空になった車を押しながら揺れる橋を渡り、漏斗形に射す電灯の白い光のなかに漆黒の夜から戻ってくるとようやく、ガラスの粉塵が、薄手の肩掛けのようになって、宙にちらちら輝き出すのだった。投光器が風で横揺れすると、たちまち肩掛けはあとかたもなくなるが、すぐ次の瞬間には同じ場所に、今度はクローム鍍金された鶏小屋みたいな姿になって、漂い出すのだった。

　朝の六時に夜勤の当番は終わったが、その一時間前から明るくなっていた。太陽は縮んで小さかったけれども、日差しはかなり強かった。コンパクトに空に浮かぶ太陽はまるでカボチャだった。強い光を浴びて僕の目はくらくらして、頭の継ぎ目のいたるところで血がどくどく脈打った。収容所《ラーゲリ》に帰る途中に出会うものがどれも目に突き刺さってきた。首を走る血管がばくばくして破裂しそうだったし、顔のなかでは眼球がぐつぐつ煮えたぎり、胸のなかでは心臓がどきどき早鐘を打ち、耳もきーんと鳴った。首は熱したパン生地のように膨れあがって硬くなった。もう頭と首の区別もつかないくらいだった。腫れは肩まで広がり、首と胴体の区別もできなくなった。太陽光線に体が刺し貫かれたみたいで、僕はあわててバラックの暗がりに逃げ込まなければならなかった。でも本当にまっくら闇でないとだめだった。窓から差し込む光線にも命が奪われかねなかったのだ。頭から枕をかぶるしかなかった。日も暮れる頃にやっと気分はましになってきたが、その頃にはまた夜勤当番もはじまるのだった。暗くなると、僕はまた投光器の光を浴びながらピッチ槽に行かねばならなかった。二回目の夜勤のときに、ナチャルニクが、薄汚れたバラ色の泥膏《でいこう》の団子が入ったバケツを持ってやってきた。ピッチ槽に降りる前に、僕たちは顔や首にそれを塗りたくった。しかしすぐに乾いてしまって、ぽろぽろ剥《は》がれ落ちるだけだった。

　太陽が昇る朝になると、タールが頭のなかで一段とひどく荒れ狂った。僕はくたばりかけた猫のようにふらつきながら収容所《ラーゲリ》に戻っていったが、今回はそのまま病棟バラックに直行だった。トゥルーディー・ペリカンが額をなでさすってくれた。女医が手を動かして、ひどくぶくぶくした頭を宙に描き、「ソンツェ」や「スヴェーット」や「バリド」などと言った。たちまちトゥルーディー・ペリカンが泣き出して、光化学的粘液反応についてなにやら説明をはじめた。

——何だい、それは。

——日光中毒よ。

彼女は、キンセンカと豚のラードを煮詰めて作った自家製の軟膏の塊を、わさびダイコンの葉に包んで持たせてくれた。傷ついた肌がぱっくり割れないように塗り込むためだ。女医は、僕はピッチ槽の作業につくには体が弱りすぎている、三日間は安静にするように診断書を書いてあげる、そしてトゥール・プリクリッチュにも話をつけてあげる、と言ってくれた。

僕は三日間ずっとベッドから動けなかった。半睡状態の僕は高熱の波に押し流されるようにして故郷へと、ヴェンヒ高原の避暑地へと運ばれていった。太陽が朝早くに樅の森の背後から赤い風船のように昇ってくる。僕がドアの隙間からのぞくと、両親はまだ寝ている。台所に行くと、食卓の上には手鏡が牛乳缶に立てかけて置いてある。くるみ割り人形みたいにやせぎすなフィーニー叔母がガスコンロと鏡の間を行き来しており、その手にはヘアアイロンが握られている。白いオーガンツァ織りの服を着た叔母は、髪にヘアアイロンをあてているところなのだ。それから指で僕の髪を梳かしつけてくれ、どうしても跳ねたままの髪には唾までつけて整えてくれた。そして僕の手をとると、朝食のテーブルに飾りつけるフランス菊を摘みに一緒に出かけるのだ。

朝露に濡れた草むらは僕の肩まで届き、あちこちでがさがさと音がしたり、ブーンと蜂の羽音がしたりしている。そして草原には白い花びらのフランス菊と青いツリガネソウが咲き誇っている。僕はヘラオオバコばかり摘むけれど、これは別名「鉄砲草」とも呼ばれているものだ。というのも、茎から輪っかを作れて、種子のつまった莢《さや》を遠くにはじき飛ばすことができるからだ。僕はまばゆいばかりに白いオーガンツァ織りの服めがけて莢を飛ばそうとする。でもいつの間にかバッタが、オーガンツァ織りのワンピースと、フィーニー叔母の下半身を包むやはり真っ白なスリップの間に群がり、しっかりと爪をたてて、茶色のホースみたいにつながってしまう。びっくりした叔母はフランス菊の束を落とし、腕を伸ばしたまま身動きできなくなる。あわてて彼女の服の下に潜り込んだ僕は、バッタの群れを手で追い払う。ぱっぱっと手の動きをどんどん速くしていく。バッタは濡れた釘のように冷たくて重い。バッタにどんどんつかみかかられ、僕はすっかり怖じ気づいてしまう。アイロンをきれいに当てた髪の毛のフィーニー叔母の姿は、いつの間にか僕の頭上からかき消え、すらりとした二本の脚の上には、群がるバッタしか見えなくなる。

　僕が絶望的にシャベルを振るような動きを初めてするはめになったのは、このオーガンツァ織りのワンピースの下でのことだった。そして今はバラックに寝そべり、三日間ずっとキンセンカの軟膏をすり込んでばかりいる。他の仲間はあいかわらずピッチ槽に入って作業していた。ただ僕だけが、というのも僕の抵抗力がとても弱いせいなのだが、そのときからトゥール・プリクリッチュの指示で石炭殻のつまった地下室に送り込まれることになった。

そしてそこからはもう抜け出すことができなかった。

どの当番も芸術作品みたいなものさ

僕たちは――というのはアルベルト・ギオンと僕のことだけど――、二人一組で、もうもうと煙を上げる工場の炉の真下にひそむ地下人間になった。バラックにいるときのアルベルト・ギオンはいつも苛立ってばかりいる。暗い地下では落ち着き払っているが、何があっても反応がとぼしい憂鬱症の患者のようだ。いつもそうとは限らないが、地下室に入るとまさに地下室がそうであるように落ち着いた態度になってしまうのだ。彼はここで働くようになってからもう長い。僕たちはあまり口をきかない。どうしても話さなくてはならない最小限のことしかしゃべらない。

おれが台車三台の中身を開けるから、そしたらお前も三台分を頼む、とアルベルト・ギオンが言う。

――そのあと、山をさらえばいいのか。

――そうだ、そしたら、台車の押し上げに行ってくれ。

台車の中身を開けたり、押し上げたりするうちに、当番の時間が過ぎていって、ついに半分が終わる。するとアルベルト・ギオンがこう言いはじめる。

――半時間ばかり七番の板の下で横になろうじゃないか。あそこなら静かだ。

それからまた後半戦がはじまった。

――三台は俺がぶちまけるから、おまえも三台は頼む。

——そのあと、山をさらえばいいのか。

——そうだ、そしたら、台車の押し上げに行ってくれ。

——九番がいっぱいになったら、あっちまで押し上げに行く。

——いや、ここで中身を開けててくれ、俺が押し上げに行く。倉ももういっぱいだ。当番が終わると、彼かもしくは僕が言う。よし、掃除しよう。地下室はきれいにして引き継ぎたいからな。

地下の仕事を一週間やったら、トゥール・プリクリッチュがまた床屋の鏡のなかで僕のま後ろに立っていた。僕は半分ばかり髭をそってもらったところだった。彼は潤んだ瞳ときれいな指を上げて尋ねた。

——地下のぐあいはどうだい。

——快適だよ、どの当番も芸術作品みたいなものさ。

彼は床屋の肩越しに微笑みかけたが、僕が本音を言っているとは思いもよらないようだった。声のトーンにはかすかな憎しみが混じるのが聞き取れ、鼻翼はバラ色にほのかに輝き、こめかみにはマーブル模様のような青筋が立った。

昨日のお前の顔はどんなに汚かったことか、と彼は言った。お前の帽子の穴という穴からは腸がはみ出ているようだったぜ。

そんなことたいしたことない、と僕は言った。石炭の埃は毛皮のようで指くらいの厚さがあるんだ。だけど、当番が終わるたびに地下室はきれいになるんだよ。なぜって、どの当番も芸術作品みたいなものなんだから。

白鳥が歌うと

初めて地下室の作業をした後のこと、トゥルーディーに食堂で言われた。あんたにも運が向いてきたのよ、地下ほどすてきなところはないもの。

それから彼女は、収容所《ラーゲリ》に来て最初の一、二年は建築現場で石灰を積んだ荷車を引かされながら、どんなによく目を閉じて夢を見たか話してくれた。最近の彼女は死人の出た部屋から裸の死体を運び出して、裏庭の地面の上に、まるで皮を剥《は》いだばかりの丸太のように、降ろしていく仕事をやらされているらしい。そして、死体をドアから運び出す今でも、目をよく閉じては、あの頃、石灰を積んだ荷車を馬の代わりに引かされながら見たのと同じ夢を見るのよ、と言った。

——どんな夢なんだい。

——金持ちで、男前で、若くて、まあ金持ちなら、男前で若くなくたっていいんだけど、ともかくアメリカ人の豚肉缶詰工場主が私に首ったけになるの。別に首ったけじゃなくたっていいの、でも、お金を払って私を自由にしてくれて、ここから連れ出し結婚してくれるくらいには金持ちなのよ。もしそうだったら本当に運が向いてきたと言えるのに。後はあんた向きの妹までいてくれれば、文句ないわね。

美人で若くなくたっていいさ、恋してくれなくてもいい、と僕もまねてみた。すると、トゥルーディー・ペリカンはぱっと笑顔になった。彼女の右の口角がぱたぱたと羽ばたきだして、顔から離れていった。まるで皮膚に笑いをつなぎ止めていた糸が、ぷちんとちぎれてしまったかのようだった。

だから、僕はトゥルーディー・ペリカンに、白い豚の背に乗って郷里《くに》に帰るという、何度も見る僕の夢については、ちょっとしか話さなかった。たった一行にまとめて、白い豚のことは省いてしまった。

——想像してみてくれる。よくこんな夢を見るんだ。灰色の犬の背に乗って大空を郷里《くに》まで駆けていくんだよ。

——番犬の一匹に乗せてもらうつもりなの。

——いいや、村の犬さ。

——どうして背に乗って駆け回んなきゃいけないの。空を飛んでいく方がてっとり早いじゃない。私は目を覚ましているときにしか、夢は見ないわ。死体を裏庭に置かされるたびに、すぐにここから飛んで逃げ出したくなる。ちょうど白鳥がアメリカまで飛んでいくみたいにね。

もしかしたら彼女もネプチューンプールの楕円形の盾に描かれた白鳥のことを知っていたのだろうか。僕は尋ねる代わりにこう言った。白鳥が歌うときには、声がどんどんかれていくんだよ。喉びこが腫れあがっていくのが聞いてて分かるくらいなんだ。

石炭殻について

夏に僕は荒れ野《ステップ》のまんなかに白い石炭殻の積まれたダムを見て、カルパチア山脈の雪をかぶった山頂の連なりを思い出した。このダムは道路になるはずだったんだ、とコーベリアンが言った。白い石炭殻はしっかりと焼かれていて、粒状の構造をしており、気泡だらけのコンクリートか貝殻を砕いた砂のようだった。シミでもできたように、あちこちに白からバラ色に変色したところがあり、変色の度合いが激しいと、縁から灰色になっているところもあった。バラ色が灰色に変色すると、なぜかしら、見る者の心をうっとりさせるものがある。所有欲をかき立てんばかりに美しくて、もはや鉱物というよりも、度重なる悲しみに倦んだ人間のような風情を見せるのだった。はたして望郷の念にもこんな色がついているのだろうか。

別の白い石炭殻は、人間の背丈くらいの高さの土手となって、「坑《ヤーマ》」の脇に積み上げられていた。こちらの焼きは甘くて、縁からはところどころ雑草も生えだしていた。シャベルで石炭を掘っているさなかに雨が強く降り出すと、僕たちはそのなかに潜り込んで雨宿りした。白い石炭殻の土手に自分で穴を掘ったのだ。石炭殻が後から流れ落ちてきて、僕たちを包み込んだ。冬にはその上で雪が湯気を上げ、僕たちは穴に潜り込んで体を暖めた。積もった雪のなかに、石炭殻のなかに、そして綿入れ《フハイカ》のなかに、いわば三重に身を隠した。硫黄のにおいが居心地よく漂い、湯気がいたるところから沸き上がっていた。僕たちは首の上まで穴に埋もれて、気が早く芽を出した花の球根のように、鼻だけ地上に突き出した。口元では積もった雪が溶け出した。もっとも、石炭殻から這い出すときには、僕たちの服は火花でも浴びたように穴だらけになり、そこらじゅうから中綿が飛び出すはめになった。

積み降ろしたことがあるので、高炉のどす黒い赤色の石炭殻が粉砕機で挽かれたもののことなら僕もよく知っていた。それは白い石炭殻とはまるで違っていて、シャベルを振るうごとに空中に飛び散っては、服の襞《ひだ》飾りがふんわりと降りるように、ゆっくりと降り落ちてくる赤茶けた粉だった。この高炉のどす黒い赤色の石炭殻は、暑い夏のように乾ききっていて、無菌もいいところなので、こちらの望郷の念に訴えかけてこようもなかった。

緑がかった茶色の石炭殻もあって、工場の裏手にある休閑地の伸び放題の草むらでじっくりと焼かれたものだった。牛に舐め回された塩の塊のように雑草の根元に落ちていた。こいつとはお互いに何の関係もなくて、石炭殻は僕を素通りさせるばかりだったし、僕がおかげで何かを思い出すことも決してなかった。

僕のすべて、僕の「毎日石炭殻」にして「日勤ならびに夜勤当番石炭殻」と呼べるのは、石炭炉の蒸気ボイラーが排出する石炭殻、熱い地下石炭殻と冷たい地下石炭殻だけだった。地上の世界で炉は前後に五つ並んでいたが、それは建物にして何階建てかの高さがあった。炉は五つのボイラーを熱して、工場全体のために蒸気を、地下の僕らのために熱い石炭殻や冷たい石炭殻を作り出していた。おかげで山ほどの仕事があった。日勤当番でも夜勤当番でもどちらにしても、熱い段階と冷たい段階の二段階があるのだった。

冷たい石炭殻は熱い石炭殻から生じるだけで、それは熱い石炭殻の冷たい粉でしかなかった。冷たい石炭殻は一度の当番につき一回だけ片付ければいいのに、熱い石炭殻になると、働きづめに働かされた。炉が吐き出すタイミングに合わせて、シャベルを振るってレールに並ぶ無数の小さな台車に次々と乗せてから、山の上まで押し上げ、レールが尽きるところで台車を傾けてぶちまけねばならなかったのだ。

熱い石炭殻は日々見た目が変わる可能性があった。石炭のブレンドによって様子が一変したのだ。それこそブレンドの好意だとか悪意だとかを語ることができるのだった。石炭のブレンドがいいと、排出口の火格子の上に四センチから五センチの厚さの灼熱のプレートがたまっていく。やがて熱を放出すると、もろくなり、乾いてばらばらに砕ける。そうした破片はトーストしたパンのようにはね蓋から落ちてきてくれるのだ。ひもじさ天使も仰天するほどだった。よたよたとシャベルを振るっても、台車はまたたく間にいっぱいになるのだから。ところが、ブレンドがまずいと、石炭殻は溶岩のように粘度を持ってしまい、白く発熱したまま粘りついてしまうのだった。こうなると、火格子から勝手に落ちてきてはくれず、炉のはね蓋の間につかえてしまう。それではと、火っかき棒でそいつを引き剥がそうとすると、塊はパン生地のようにどこまでも伸びていく。炉はいつまでも空っぽにならないし、台車もいつまでも満杯にならない。本当にくたびれるばかりで、時間ばかりくう仕事になってしまうのだった。

しかし、ブレンドがどうしようもなくなると、炉はそれこそ下痢を起こすのだった。下痢の石炭殻はもう、はね蓋が開くまで待っていられず、垂れ流されるトウモロコシの粒のように、開けかけた蓋からざーっと流れ落ちてくるのだ。それは赤くあるいは白く燃えさかっており、もう目も当てられないことになる。危険なことときわまりなくて、いつ僕たちの服に穴をあけて中に流れ込んできてもおかしくなかった。押しとどめようがなくて、台車からも溢れ出し、すぐに台車が石炭殻の下に埋もれてしまう。ともかく炉のはね蓋を閉めるほかないのだけど、どうすればいいのか見当もつかない。かっかと燃えながら怒濤《どとう》のように押し寄せる石炭殻の波から脚を、ゴムのガロッシュを、足に巻いた布を守らねばならず、燃えさかる火をホースの水で消して、埋もれた台車をシャベルで掘り出し、それを山の上まで引き上げ、傷んだ箇所をきれいにしなければならない——それも、何から何までいちどきにやらなければならない。もしそんな事態が当番の終わり頃に起こったりすれば、それこそ惨劇というしかない。時間がいくらあっても足りなかった。しかも、他の四台の炉も待っていてはくれず、それらの排出する石炭殻もとうに片付けておかねばならないものなのだ。排出のサイクルがおそろしく速くなり、こちらの目はかすむし、手はぶるぶる震え、足はよろよろしてくる。下痢の石炭殻のことを思い出すと今日でも腹が立ってきて仕方ない。

でも、「一度の当番につき一回の石炭殻」、すなわち冷たい石炭殻は今でも大好きだ。礼儀をわきまえていて、気長だし、行動の予想が簡単についた。アルベルト・ギオンと僕が二人で手を組まないとどうしようもなかったのは、熱い石炭殻の場合だけだった。冷たい石炭殻なら二人とも自分ひとりで処理するほうがよかった。冷たい石炭殻は従順で人なつっこく、ほとんど甘えん坊といってもいいくらいだった——この紫色の砂の粉末となら誰にも邪魔されずに二人きりでいたかった。それは地下室にならぶ炉の排出口のなかで、いちばん奥にあって、専用のはね蓋が付いていた。また、鉄格子の付いてない、ブリキの腹をした専用の台車を一台備えてもいた。

ひもじさ天使は、僕が冷たい石炭殻と一緒にいるのがどんなに好きかを知っていた。冷たい石炭殻は決して冷たいのではなく、なま暖かくて、少しライラックや産毛の生えた野生の桃と晩熟の夏のアンズのにおいまで漂わせているということもお見通しだった。しかし、冷たい石炭殻がいちばん強く漂わせているのは、これからの十五分が過ぎれば当番が終わり、もう惨劇が起きる心配もないから、仕事じまいだというにおいだった。おまけに、地下室から帰る道の、食堂のスープと休息のにおいまで漂わせてくれた。それどころか、収容所《ラーゲリ》の外の平服の世界のにおいまでして、僕を勇気づけてくれたのだ。自分が綿入れなんか着て地下室からバラックに帰るのではなく、ボルサリーノのフェルト帽をかぶり、キャメルの毛皮のコートと深紅のシルクのショールでダンディーに決めて、ブカレストかウィーンのカフェに行き、大理石の小さなテーブルにつくのだと想像してみた。冷たい石炭殻がそれほど自由きままなものだから、こっそり人生に立ち戻るのにどうしても必要な自己欺瞞を恵んでもらえたのだった。毒気にでも当てられたように、冷たい石炭殻のおかげで幸せな気分になれた。絶対確実な幸せを味わうことができたのだ。

僕が不平を言うのをトゥール・プリクリッチュが期待するのにはわけがあった。ただそのためだけに彼は二、三日おきに床屋で尋ねたのだ。

――で、地下室のおまえたちの調子はどうなんだい。

――地下室ではどうなんだい。

――地下室はどうなんだ。

――地下室ではうまくいってるのかい。

――（あるいはそっけなく）で、地下室は。

僕は奴の鼻をあかしてやりたかったので、あくまでも同じ回答しかしなかった。

――どの当番も芸術作品みたいなものさ。

もし、石炭ガスとひもじさがどう混じるものなのか、ほんの少しでも知っていれば、彼だって、僕が地下室のどこをうろついているのかと尋ねたはずだった。そうしたら、浮遊する灰のところだ、と僕は答えてやっただろうに。というのも灰もまた冷たい石炭殻の一種で、あたり中に漂い、地下室のいたるところを毛皮のように覆っていたからだ。こんな浮遊する灰でも幸福な気分になれる。それには毒はないし、ただひらひら舞うばかりだから。ネズミのような灰色で、ビロードのようで、何のにおいもせず、本当に細かい鱗《うろこ》のような小さな薄片《プレート》でできている。せわしなく動き回り、霧氷の結晶のようにあらゆるものにくっついて垂れ下がるのだ。表面にあるものは何もかも毛皮が張られたようになる。電灯の光を浴びながら浮遊する灰は、裸電球を囲う金網だって魔法にかけて、シラミ、南京虫、ノミ、シロアリを閉じ込めたサーカスの檻に変えてしまう。シロアリには交尾の婚姻飛行をするための翼があると、そのむかし学校で教わったことがある。それどころか、シロアリは収容所暮らしだとまで習ったおぼえがある。王と女王と兵隊アリがいる。大きな頭のが兵隊だ。上あごが発達したアゴ兵隊、外敵に粘液を浴びせる鼻兵隊や腺兵隊がいる。そしてどの兵隊も働きアリに養ってもらっている。女王は働きアリの三〇倍も大きい。その違いはたぶん僕とひもじさ天使との、あるいはベア・ツァーケルとの差でもあるんだな、と僕は思う。あるいはトゥール・プリクリッチュと僕との差でもあるんだ。

灰が水と結びつくと、もう流れるのは水ではなく、水を飲み込んだ灰になる。灰は膨れあがって鍾乳石の食器セットになるか、あるいはもっと大きく灰色のリンゴを食べるコンクリート製の子供たちになるのだ。水と結びついたら、浮遊する灰は魔法がかかったように姿を変えていける。

光も水もなければ、灰も死んだようにおとなしくしているばかりだ。地下室の壁では本物の毛皮のように、綿入り帽の上では模造毛皮のように、鼻の穴のなかではゴム栓のようになる。地下室と同じくらい真っ黒なアルベルト・ギオンの顔は見えなかった。ただ白目と歯だけが空中を泳ぎ回っていた。アルベルト・ギオンの場合、彼が心を閉ざしているのか、それとも悲しみにとらわれているのか、僕には判断がつかなかった。僕が尋ねてみても、そんなことは考えたこともない、という答えしか返ってこなかった。僕たちは地下に棲む二匹のフナムシなんだ、そう僕は本気で思っていた。

当番が終わったら、僕たちは工場の門のわきにある浴場《バーニャ》にシャワーを浴びに行く。頭、首、手は三度石けんで洗うけれど、浮遊する灰は灰色のまま、冷たい石炭殻は紫色のまま残ってしまう。地下の色が肌のなかまで染み込んでしまっていた。でも、僕はそんなことは気にしなかった。それどころか少し誇りにさえ思っていた。だってそれは自己欺瞞《ぎまん》の幸福の色でもあったのだから。

ベア・ツァーケルは僕を哀れみ、どう言えば、傷つけないですむかしばらく考えて、しかし、どうあがいても僕は気を悪くするだろうと開き直って、とうとうこう言った。

――あんたまるで無声映画から出てきたみたいね。ヴァレンティーノに似てるわよ。

彼女は髪を洗ったばかりで、両脇にまとめたお下げ髪はきれいに編まれ、まだ少し濡れていた。彼女の頬は丸くふっくらとして、イチゴのように赤かった。

子供の頃、母とフィーニー叔母がコーヒーを飲んでいる間に、庭を駆けずり回ったことがあった。生まれて初めて熟した大きなイチゴを見た僕は大声で叫んだのだった。

――ねえ母さんたち、こっちに来てごらん、カエルが燃え上がってきれいだよ。

僕は燃え上がる熱い地下石炭殻を一個だけ収容所《ラーゲリ》から家に持ち帰ることができた。右の脛《すね》の外側のところにつけて持ち出したのだ。そいつは僕のなかで冷えていき、冷たい石炭殻に変わった。そしてその姿は今でもまるで入れ墨のように肌の上からはっきりと見えている。

深紅のシルクのショール

僕の地下室仲間フランツ・ギオンが夜勤当番の帰り道にこう言ったことがあった。こんなふうにぽかぽか暖かくなっていく朝には、何も食べるものがなくたって、ひもじさを少なくとも日の光に当てて温めることはできるな。僕は何も食べるものがなかったので、僕のひもじさを温めに収容所《ラーゲリ》の中央広場にまで出て行った。草はまだ茶色で、押し倒されて霜に焼かれたようだった。三月の太陽のまわりには青白い総飾りができていた。ロシア人村の上空は波立つ海のようになり、太陽がその波間を漂っていたのだ。ひもじさ天使にそそのかされて僕は食堂裏のゴミ箱を漁りに行った。そこには、僕より前に誰かが手を出していなければ、ジャガイモの皮が落ちているはずだった。他の連中はたいてい作業の最中だった。食堂の脇でベア・ツァーケルとおしゃべりしているフェーニャを目にしたとき、僕はポケットから手を出し、歩調を変えて散歩をしているふりをした。ゴミ箱に行くわけにはもういかなかった。このときのフェーニャはざっくり編んだ紫の毛糸の上着を着ていて、そのおかげで僕は深紅のシルクのショールを思い出した。ゲートルで失敗した一件があってから僕はもうバザールには出かけるつもりはなかった。ベア・ツァーケルみたいに話がうまければ、うまく商談をまとめて、僕のショールも砂糖や塩と交換できただろうに。フェーニャはつらそうに足を引きずりながら、食堂のパンのところへ戻っていった。ベアの前に立つと、次にバザールに行くのはいつ、と僕は前置きなしに尋ねた。明日行くかも、というのが彼女の返事だった。

ベアはその気になればいつでも外に出られた。通行許可証が必要になれば、いつでも愛人のトゥールからもらえたからだ。彼女は収容所《ラーゲリ》中央通り脇のベンチで待っていてくれて、僕はショールを取りに戻った。それはトランクのいちばん底にバチスト織りの白いハンカチと並ぶように入れてあった。もう何か月も手に取っていなかったが、人肌のように柔らかな手触りだった。すごいショックだった。その流れるような市松模様に対しては恥じらいさえ覚えた。というのも僕はすっかり惨めななりをしているのに、ショールはあいかわらず、光沢《つや》を出したり消したりした四角い柄の組み合わせで甘えかかってきたからだ。ショールは収容所《ラーゲリ》でも何ひとつ変わることなく、市松模様のなかに以前と同じ静かな秩序を保っていたのだ。それはもはや僕のためのものではなかった。つまり僕はもうショールにとっては何ものでもなくなっていたのだった。

それをベアに手渡したとき、彼女の目は横滑りし、ためらいがちにくるくる回った、そのためまるでやぶにらみのようになった。彼女の目は神秘的で、それが彼女の唯一美しい点だった。彼女はショールを首に巻くと、早くもすっかり虜になって、腕組みした両手でショールを撫《な》で回した。彼女の肩は細くて、腕は細い棒のようだった。しかし腰とお尻の肉付きはよく、骨格の基盤はしっかりしていた。華奢な胴体とがっしりとした下半身のために、ベア・ツァアーケルは二つの体格から組み立てられているように見えた。

ベアは深紅のショールを物々交換に持って行ったはずだった。しかし翌日の点呼のときに見ると、トゥール・プリクリッチュがそのショールを首に巻いていたのだ。その翌週もずっとそうだった。彼は僕の深紅のシルクのショールを点呼のぼろ着れに変えてしまったのだ。それ以来、いつの点呼も僕のショールが主役のパントマイムショーになった。そのうえ、ショールは彼によく似合っていた。僕は体中の骨が鉛のように重くなり、ふーっといちどきに息を吸っては吐き出し、目だけを動かして空を見上げ、雲の縁にフックを見つけようとしたが、もううまくいかなかった。トゥール・プリクリッチュの首にかかった僕のショールがそれを許してくれなかったのだ。

じっとこらえて、どこでそのショールを手に入れたのか、と点呼の後でトゥール・プリクリッチュに尋ねてみた。すると、何のためらいも見せずに彼は答えた。

——家からさ、ずっと前から持っていたんだ。

彼はベアの名前は出さなかった。そうして二週間が過ぎた。僕はベア・ツァーケルからまだひとかけらの砂糖も塩も受け取っていなかった。たらふく食べてるあの二人はまさか、僕のひもじさを騙すのがどんなに難しいか分かっていなかったのだろうか。僕のショールがもう僕に似合わなくなるぐらいに、僕を悲惨きわまりない姿にしたのはあの二人じゃなかったのか。代償をまだ何も受け取っていない以上は、あのショールは僕の財産なのに。まるひと月が過ぎて、太陽はいつまでもひ弱なままではいなかった。メルデクラウトが再び銀色混じりの緑に育ち、野生のヒメウイキョウが羽根のような葉をつけた。僕は地下室から戻ってくると、草を摘んでは枕に隠した。屈《かが》み込もうとするたびに光がぱっと消えて、ただ真っ黒な太陽しか見えなくなった。僕はメルデクラウトを煮炊きしてみたが、泥の味しかしなかった。あいかわらず塩がなかった。そしてトゥール・プリクリッチュはあいかわらず僕のショールを身につけ、僕はあいかわらず夜勤当番で地下室に行き、それが終わると、人気《ひとけ》のない午後を通り抜けるようにして食堂裏に残飯を漁りに行った。そいつは塩をつけないニセほうれん草や、塩を入れないメルデクラウトスープよりもよほどうまかった。

残飯漁りの途中で僕はベア・ツァーケルにまた会って、彼女は今回もただ、ヴァルトカルパチア山系に合流するベスキディ山脈について話しはじめるばかりだった。そして話が彼女が小さな村ルーギからプラハに出て行き、トゥールが宣教師から商売人に鞍替えしたところに差しかかったときに、僕は口を挟んで尋ねたのだ。

——ベア、君はトゥールに僕のショールをプレゼントしたんだね。

——あいつが取っちゃったのよ、そういう奴なの。

——どうしてくれるんだよ。

——まあ、まあ。きっと代わりに何かくれるわよ。もしかしたら自由な一日がもらえるかもよ。

彼女の目のなかできらきら輝いているのは日光ではなく、不安だった。ただし僕に対するものではなく、トゥールに対するものだった。

ベア、一日ぐらい自由になったところでどうすりゃいいんだい、と僕は言った。僕に必要なのは砂糖と塩だというのにさ。

化学物質について

化学物質の相手をするのも石炭殻の場合と同じだった。ボタ山、腐った材木、鉄さび、瓦礫《がれき》がどんな有害物質を放出するやら知れたものではなかった。臭気だけが問題ではなかった。収容所《ラーゲリ》に到着したとき、僕たちは目をみはるほかなかった。コークス製造工場は廃墟同然だった。戦争のせいだけでそうなったとはとても思えなかった。腐り、さびつき、黴《かび》が生え、ぼろぼろに崩れているところはどう見ても、戦争より古くからこうだったとしか思えない。人間の無関心や化学物質の猛毒と同じくらい古くからそうなのだ。一目見て分かったが、ここで力を結集して工場を無理やり廃墟に変えてしまったのはまさに化学物質にほかならなかった。鉄の配管や機械に損傷や爆発が起こったに違いなかった。工場はかつては極めて近代的で、二〇年代か三〇年代の最新技術の粋を集めたドイツ工業の成果だった。あちこちの鉄の残骸の上にはまだ「フェルスター」や「マンネスマン」という一流企業の社名が読み取れた。

残骸に残る名前を探しながら、頭を巡らして、毒に対抗できるような心地よい言葉を何としても見つけなければならなかった。というのも、化学物質が攻撃を継続させていて、僕たち抑留者に対しても陰謀の限りをつくしてくるのがはっきり分かったからだ。僕たちの強制労働に対してもそうだ。強制労働を表すためにもロシア人とルーマニア人はすでに郷里で心地よい言葉を目録から探し出していた。それが「再建設」だ。この言葉からは毒気が抜かれていた。どうせ「建設」というのなら、本当は「強制建設」と呼ぶほかなかったはずなのに。

化学物質は避けられなかったし、それにさらされつづけていたので――それらは僕たちの靴、服、手、粘膜を蝕《むしば》んでいった――、僕は覚悟を決めて、工場の悪臭を自分に役に立つように解釈し直すことにした。ここはにおいたつ香りの通り道なんだと思い込み、敷地内のどんな道にも何らかの魅力的なにおいを嗅ぎとっていく習慣を身につけた。例えばナフタリン、靴クリーム、家具のニス、菊、グリセリン石けん、樟脳、樅の樹脂、ミョウバン、レモンの花などのにおいだ。化学物質が毒で僕をほしいままにするのは許せなかったので、僕の方から心地よい中毒状態になることにまんまと成功した。心地よい中毒状態とは、僕が化学物質と和解したという意味ではない。心地よかったのは、ひもじさ言葉や食べ物言葉があるように、化学物質から逃げ出せる逃避言葉があったことだった。しかも僕自身には本当に必要不可欠な言葉だったのだ。必要不可欠であると同時にそれらは一種の拷問でもあった。というのも、そんな言葉はただ方便として必要なだけだと承知していたくせに、そのうち僕はそれらに信を置くようになっていったからだ。

「坑《ヤーマ》」へ行く途中、角張った冷却塔の外壁を伝って水が流れ落ちているのを見つけた。まるで散水塔のようだった。僕は「仏塔《パゴダ》」という名前をつけてやった。そのまわりの地面は水浸しの池になっていて、それは夏でも冬物コートのナフタリン臭いにおいがした。実家の衣装ダンスのなかにあった防虫剤《モスボール》のように丸くて白いにおいだった。この仏塔のすぐそばまでくると、ナフタリンのにおいは四角くて黒くなった。でも仏塔を通り過ぎると、再び丸く白くなるのだった。子供の頃のことがまた目に浮かんできた。夏休みに汽車でヴェンヒ高原に出かけるところだった。クラインコーピッシュにさしかかると汽車の窓から炎をつけた天然ガス採掘装置《ゾンデ》が見えた。キツネのように赤い炎で、僕はその炎があまりに小さいことに、そしてそれでも谷一帯のトウモロコシ畑をすっかり枯れさせ、晩秋のような灰色に染め上げているのを見て、びっくりしてしまった。夏の盛りなのに白髪の畑がどこまでもつづいていた。新聞を読んで、それが「ゾンデ」と呼ばれることを知った。ひどい言葉だった。ゾンデにまた火がついて、誰ももう消せない、という話だった。屠畜場から水牛の血をかき集めて五〇〇〇リットルも取ってくるっていうんだよ、と母が言った。血がすぐに凝固するから栓ができるとみんな期待してるんだ。ゾンデはタンスのなかの冬物コートと同じにおいがするんだね、と僕は答えた。すると、そうほんとね、ナフタリンのにそっくり、と母が応じたのだった。

「大地の脂」、ロシア人たちはそれを「ネフト」と呼んでいる。タンクを搭載した貨車にそう書いてあるのがときどき見受けられた。それは石油のことで、すると即座にナフタリンを思い出してしまった。モーイカの一角、廃墟となった九階建ての洗鉱場の一角ほど太陽がぎらぎらと照りつけるところはなかった。太陽がアスファルトから石油を吸い上げるので、ぎとぎとして苦く塩辛いにおいが鼻をついた。まるで巨大な箱いっぱいの靴クリームでも嗅いでいるようだった。こんなうだるような暑さの昼さがりには、父は昼寝のために寝椅子に横になり、母はその間に父の靴を磨いたものだった。モーイカの九階建ての廃墟のそばを僕が通り過ぎるのがいつであっても、郷里ではつねに昼さがりというわけだった。

五十八基のコークス炉はそれぞれ番号を振られて、こじ開けられた棺のように垂直にずらっと一列に並べられている。外側はレンガ、内側はぼろぼろ崩れ落ちやすい耐火レンガ《シャーモット》で内張り《ゲフュッテルト》されている。その響きから、僕は「餌付けされた恥ずかしい蛾《ゲフュッテルテ・シャームハフテ・モッテン》」を思わずにいられなかった。床には油溜まりが輝いていて、ぼろぼろに崩れた耐火レンガには、黄色いかさぶたみたいな結晶があちこちに付いていた。ちょうどカルプさんの農場にある黄色の菊の茂みと同じにおいだった。ただしここに生えるのは毒をもつ、どぎつい色の草ばかりだ。真昼にはもわっとした熱風が吹き、少しばかり生えている草は僕らと同じく栄養失調気味で、自分自身の重みに耐えられず揺れ動き、くねくねと茎を波うたせていた。

アルベルト・ギオンと一緒にこれから夜勤当番があった。日が暮れてから、地下室に降りて、配管をいちいち巡回しなければならなかった。ガラス繊維でくるまれているものもあれば、剥き出しでさびついているものもあった。膝の高さのものも、背の届かない高さにあるものもあった。一本の配管につき少なくとも一度は見回らなければならないのだった。それも両方向に向かってだ。少なくとも一度はそれぞれの配管の起点と終点まで行かなければならないのだった。そのくせ、その管が何を輸送しているのか、いや、そもそも何かを輸送しているのかどうかさえ見当がつかないままだった。さらに、白い煙を吹き上げている配管も少なくとも一度は歩いて見て回らなければならなかった。というのも、それは少なくとも白い煙を、ナフタリンの煙を輸送しているからだ。誰か少なくとも一度はコークス製造工場の全体像を説明してくれればいいのに。ここで何が起きているのかをぜひ知りたいという気持ちがないわけではなかった。その一方で、それはそれで独白な言葉を駆使する技術的工程が、僕の逃避言葉の邪魔にならないか気がかりだった。この錯綜した森のなかの小道や広場に並ぶ骨組みの名前をいちいち覚えられるものだろうか。

弁からは白い蒸気がしゅーしゅーと吹き出し、冥界もかくやとばかりに振動していた。あちらでは一番炉のベルが十五分ごとにりんりんと鳴り、やがて二番炉のも鳴り出した。排気装置は階段とはしごからなる鉄の肋骨を見せていた。そして排気装置の先では月が荒れ野《ステップ》に向けて歩き出していた。そのような夜には、郷里《くに》の田舎町らしい切妻屋根の甍《いらか》の波、リューゲン橋、フィンガーリング階段、そしてその脇にたたずむ質屋「小さな宝石箱」が瞼の裏に浮かんできた。おまけに、化学のムースピリ先生の姿までが見えてきた。

配管のジャングルのなかにあるバルブは「ナフタリンの泉」であって、そこからは滴が漏れ出していた。夜に見ると、バルブの蛇口の白さがよく分かった。雪とはまた違った白さで、流動体の白さだった。そしてあちこちの塔も夜の黒とはまた違った黒さをしていて、棘《とげ》だらけの黒さだった。そして月はここに生きているばかりではなく、郷里の田舎町にある切妻屋根の甍の波の上にも生きているのだった。そしてここだろうが、郷里だろうが、月には自分の屋敷があって、そこには一晩中明かりがともり、大昔からある家具類——フラシ天の椅子やミシンが照らし出されるのだった。フラシ天の椅子からはレモンの花のにおいが、ミシンからはニスのにおいが漂い出していた。

「恰幅のいい淑女《マトローネ》」と呼ばれるパラボラ塔、間違いなく一〇〇メートルはある巨大な冷却塔に、僕は手放しの賛美を捧げていた。その防水加工された黒いコルセットからは樅の樹脂のにおいがした。そこからいつもたなびいている白い「冷却塔雲」は水蒸気の塊だった。水蒸気そのものはにおわないが、鼻の粘膜を活性化し、あたりのにおいを強め、逃避言葉の発明に加勢してくれたのだった。この「マトローネ」ほど欺くのがうまいのは、あとはひもじさ天使ぐらいのものだった。パラボラ塔の横には人工堆肥、戦前の人工堆肥の山が積まれていた。コーベリアンが言っていたことだが、人工堆肥も石炭を原料にした化学製品だった。「原料にした《デリヴァート》」という言葉には心を慰めるような響きがあった。戦前の人工堆肥は遠くから見ても、セロファンに包まれたグリセリン石けんのように輝いていた。僕は、一九三八年夏のブカレスト、ヴィクトリア通り《カレア》で生まれて初めて近代的な百貨店に入り、道路みたいに長いボンボン売り場を見た十一歳の頃を思い出した。鼻には甘い空気、指先ではセロファンがかさかさ鳴った。体の内も外もぞわっと寒気《さむけ》が走ったが、同時にかーっと熱くほてりもした。そのとき僕は初めて勃起したのだった。そのうえ、百貨店はソラ、つまり「妹」という名前だったのだ。戦前の堆肥は積み重ねるようにして一緒に焼かれ、透き通った黄色、辛子菜のような緑色、それに灰色の層をなしていた。目の前まで近づいていくと、ミョウバンみたいに苦いにおいがした。ミョウバン石は信頼しないわけにはいかなかった。何といっても止血に役立つものだったから。植物のなかにはここで育つものもあって、ただミョウバンだけを食べて、うっ血したような紫色の花を咲かせ、やがて茶色のエナメルを塗ったような実をつけたが、それは荒れ野《ステップ》の草むらに斃れた地犬の干からびた血の色にそっくりだった。

アントラセンも化学物質の一種である。それはどの道にも落ちていて、ゴム製の作業靴を蝕むのだった。アントラセンとは油だらけの砂、あるいは結晶化して砂になった油のことだ。その上に足を置いただけで、またたく間に油に戻り、踏みつぶされたキノコのように群青色や銀がかった緑色に変わってしまう。アントラセンからは樟脳のきついにおいがした。

いいにおいのする道や逃避言葉をいくら揃えても、石炭タールを溜めたピッチ槽のにおいがときおり漂ってくるのは避けられなかった。日光中毒になって以来、僕はそいつが怖くて、地下室があるということを喜んだ。

けれどもその地下室にも、目には見えず、においを嗅ぐことも舌で味わうこともできないような化学物質が潜んでいるに違いなかった。そういうのが化学物質のなかでもいちばんたちが悪いのだ。そもそも気づくこともままならないので、この手の物質には逃避言葉を与えるわけにもいかなかった。見えないように身を隠しておいて、新鮮な牛乳を先遣隊として送ってくるのだった。月に一度当番の後に、アルベルト・ギオンと僕は、目に見えない化学物質にやられないように、新鮮な牛乳を飲ませてもらえた。そうやってアルベルト・ギオンは、日光中毒にかかった僕が連れてこられるまで地下で同僚として一緒に働いていたロシア人ユーリィみたいにすぐに化学物質中毒にならないよう注意していた。ユーリィよりは長続きするよう、僕たちは月に一度、工場の守衛室のところで半リットルの新鮮な牛乳をブリキの食器に入れて飲ませてもらうのだった。まるで別世界からの贈り物だった。その牛乳は、もしひもじさ天使にこんなふうに付きまとわれるのでなければ、いつまでも変わらずにそうありたいと願うようなありのままの自分自身の味がした。牛乳のおかげで肺が助かるのだと僕は思い込むことにした。一口飲めば、毒が消し去られるのだと思い込むことにした。ちょうど比較を絶した混じりけのない雪に包まれるように。

どんなものも歯牙にもかけない雪に。

そして、この牛乳が一か月ずっと効果を発揮して、僕を守ってくれればいいのに、と毎日思っていた。はっきりとそう言う勇気はないが、それでもやっぱり口にしてしまいたくなる。新鮮な牛乳が僕の白いハンカチの知られざる姉妹であればいいのに。そして液体のように流れる祖母の望みもそうであればいい。わしには分かっとる。おまえはきっと戻ってくる。

誰が国を取り替えたのか

三晩つづけて同じ夢に襲われた。僕は白い豚の背に乗ってまた故郷めがけて雲のなかを滑走していた。しかし上空から見下ろすと、今回は国の形がすっかり変わっていた。国と境を接していた海までなくなっていた。中央にあった山脈はあとかたもなく消えていた。ただ平坦なばかりの土地が広がり、そのなかに集落と呼べるようなものは何も残ってなかった。ただひたすら野生のカラスムギの海が波うつばかり、一面秋の黄金色に色づいていた。

誰が国を取り替えたんだ、と僕は尋ねた。

ひもじさ天使が空から僕をじっと見て、「アメリカだよ」と言った。

――じゃあジーベンビュルゲンはどこに行ったんだい。

――アメリカのなかさ。

――人々はどこに消えてしまったというんだ。

もう答えはなかった。

二晩目も、人々がどこに行ったのか教えてくれなかった。三晩目もだめだった。おかげで翌日はずっと心がざわついた。アルベルト・ギオンに言われて、シフトが終わってから別の男子バラックにいるチター＝ロンマーを訪ねてみることにした。夢占いで有名だったのだ。彼は十三個の大きな白い豆を僕の綿入り帽に入れて振り、トランクの蓋の上にあけると、十三個の間の距離を調べあげた。それからそれぞれの豆の虫食い穴やへこみ、掻き傷などを調べた。三番目と九番目の豆の間に大きな道が走り、七番目が僕の母だ、と言うのだった。そして二、四、六、八番が車輪に当たるが、かなり小さなものだ。車はおそらく乳母車なんだろう。白い乳母車だ。実家にはもう乳母車などあるはずない、と僕は反論した、なぜといって父が、僕が歩けるようになってすぐに、買い物車に改造してしまったのだから。チターー＝ロンマーは、改造した乳母車が白いかどうか尋ねて、九番目の豆を根拠に、それどころか車には青い頭巾をかぶった頭が、おそらくは男の子が寝ている、と言うのだった。僕は帽子をかぶり直すと、他に何が見えるのかと尋ねた。他には何も、というのが返事だった。食べずに残しておいたパンを僕は上着に入れて持ってきていた。お代はいらないよ、これが初回だからな、と彼は言った。でも、僕が相当に打ちのめされていたせいでそう言ったんだと思う。

それから僕は自分のバラックに戻っていった。ジーベンビュルゲンとアメリカについて、そして人々がどこに消えたのかについては、何の情報も得られなかった。僕自身についてもそうだった。かわいそうな豆たち、と僕は思った。もしかしたら、この収容所《ラーゲリ》じゅうが見るたくさんの夢にこきつかわれたあげくの果てに、すっかり役立たずになっているのかもしれない。それを使えば滋養のあるスープを作ることだってできるはずなのに。

自分は感情に乏しい人間だと僕はもうずっと思い込んできた。何か真剣に受け止めなければならないことがあっても、それが僕の心を鷲づかみにするまではいたらない。僕はほとんど泣いたことがない。だけど涙もろい人たちよりも僕の方が強いというわけじゃなく、むしろ弱い人間だと言った方がいい。あの人たちには勇気がある。骨と皮しかないと、感情だけは威勢よくなるものなのだから。でも、僕はむしろ臆病でいたい。両者の違いはわずかなもので、僕はどうせ自分の力を使うのなら、泣かないために使いたいのだ。もし僕が不用意に感情を表に出したりすれば、望郷の念なんか自分には関係ないとドライに言い張りたがっている僕の物語のまわりに、とんだ弱みを巡らすことになってしまう。僕の語りたい物語とは、例えば、とことん焼き栗のにおいにこだわるような物語だ。ああ、やっぱりこれも郷愁の一種かもしれない。ただしこの場合には、かつて祖父が語ってくれた、なめしたばかりの革のにおいのするオーストリア＝ハンガリー二重帝国の栗でなければならない。プーラの港の水夫だった祖父は、帆船「ドナウ」で世界周航に出発する前に、焼き栗の皮を剥《む》いて食べたのだった。だとすれば、いくら望郷の思いなんか関係ないと僕が言い立てても、いまその思いを丸め込もうとして持ち出した祖父の昔語りから、やはり郷愁を引き出してしまうことに変わりはないんだ。要するに、僕が何らかの感情を抱くとき、それはかならずにおいとなって立ち上ってくるということだ。焼き栗か水夫のにおいが言葉となって漂い出してくる。そしてそんな言葉のにおいも、いずれはチター＝ロンマーの豆粒のように、鈍感な役立たずになってしまうのだろう。もう涙も出ないような奴は、モンスターと言われても仕方ないのかもしれない。僕がモンスターにならずにすんでいるとすれば、その理由は多くはなく、せいぜい祖母が口にしたたった一つの文のおかげでしかない。わしには分かっとる。おまえはきっと戻ってくる。

自分の望郷の思いに対しては、涙もろくなるな、とずっと厳しく指導してきたつもりだ。そのうえ今では、いっそのこと僕という主人を見限ってくれればいいのにとまで思っている。そうすれば、思いの方はもうこの収容所《ラーゲリ》での僕の惨状を気にせずにすむわけだし、郷里の状態を気にかける必要もないのだから。そうすれば、僕の頭のなかに住みついて離れなかった人々だって消えてなくなり、残るのはただ事物だけということになる。そうすれば、ちょうど「ラ・パロマ」で踊りのステップを前後に繰り出すのと同じ要領で、ただ事物たちを例の弱みの上にのせてやってあちこちに動き回らせてやればいいだけなんだ。事物というのは小さいか大きいだけ、確かに時にはあまりに重すぎるということもあるかもしれないが、しかしどれもあくまで節度ある範囲内にとどまっているのだから。

それが僕にうまくできれば、望郷の念が憧憬に弱味を見せることもなくなるだろう。そうすれば、望郷の念と言ってもただ、かつて腹いっぱいに食べることのできた場所を飢えたように求めるだけのことでしかなくなるはずだ。

ジャガイモ人間

二か月間ずっと僕は食堂のあてがいぶちとは別にジャガイモを食べることができた。二か月間ずっとゆでジャガイモを、一回あたりここまでと分量を厳密に決めて食べた。前菜にしたり、メインディッシュにしたり、さらにはデザートにしたりして。

前菜は、塩ゆでして皮を剥いたジャガイモに野生のヒメウイキョウを散らしたものだった。剥いた皮は残しておいた。というのは翌日には、賽《さい》の目にしたゆでジャガイモのヌードルというメインディッシュが出たからだ。前日のジャガイモの皮が、剥いたばかりの皮と合わせて僕のヌードルとなった。三日目には、デザートとして皮のついたジャガイモが出たが、これは輪切りにして直火《じかび》であぶるのだった。野生のカラスムギの種をあぶったのをその上にのせ、仕上げに砂糖を少々振りかけた。

僕はトゥルーディー・ペリカンから半キロの砂糖と半キロの塩を借り受けていた。僕たちみんなと同じように、トゥルーディー・ペリカンも三番目の平和が来たら、じきに帰れるんだと信じていた。だから、袖口に美しい毛皮のついた釣り鐘形のコートをベア・ツァーケルに持たせて、バザールで五キロの砂糖と五キロの塩に交換してきてもらったのだった。この婦人用コートの商売は、僕のシルクのショールの交換よりもうまくいった。僕のショールの方はあいかわらずトゥール・プリクリッチュが点呼のときに首に巻いていたが、最近ではいつものことではなかった。夏の暑いさなかには、決して巻かなかったけれど、秋以降になるとまた二日か三日に一度は身につけるようになった。僕はその二、三日に一度は、いつになったら彼女から、あるいはトゥールから代償がもらえるのかとベア・ツァーケルを問いただしつづけた。

シルクのショールなしに現れた夜の点呼の後で、トゥール・プリクリッチュが、僕の地下室仲間アルベルト・ギオンとパウル・ガスト弁護士と一緒に、僕を執務室に呼び出した。トゥールは甜菜シュナップスの臭いをぷんぷんさせていた。彼の目ばかりか、口のまわりまでがぎとぎとと脂ぎっていた。彼は名簿のある欄に線を引いて消して、別の欄に僕たちの名前を書き込み、アルベルト・ギオンは明日から地下室に行かなくていいし、僕も地下室に行かなくてよく、弁護士も工場に行かなくてよい、と説明した。そしてその欄にはたったいま何か別のことを書き込んだところだった。僕たちはわけが分からなくなって顔を見合わせた。トゥール・プリクリッチュはまた最初から説明し直して、いや、アルベルト・ギオンにはいつものように明日も地下室に行ってもらうが、でも僕とではなくて、弁護士と行かなければならないと言うのだった。なぜ僕と一緒ではないのかと尋ねると、彼は瞼を落としぎみにして答えた。おまえには明日の朝六時ちょうどに、コルホーズに行ってもらう。運ぶ荷物はなし、夕方には戻ってくる。どうやって、と尋ねると、なにがどうやってだ、徒歩に決まってるじゃないか、と答えるのだった。右手にボタ山が三つ見えてくるから、それを頼りにしろ。そのうち左手にコルホーズが見えてくる。

これは一日限りの話じゃないとぴんときた。コルホーズでは、みんなここより早死にしていた。みんな地面に掘った穴に住まわされて、五段か六段も下りたところで、屋根は柴や草をかけただけ。上からは雨がだだ漏りになり、下からは地下水が溢れてきた。飲んだり体を洗ったりするための水は日に一リットルだけ。飢え死にこそしなかったが、炎天下のなかで渇き死にしたし、泥と毒虫のせいで傷が化膿しやすく、すぐ破傷風にかかるのだった。収容所《ラーゲリ》の誰もがコルホーズを恐れていた。僕にショールの代価を払う代わりに、トゥール・プリクリッチュが僕をコルホーズでくたばらせる魂胆なのは確かだった。そうすれば彼は僕のショールを労せずして遺産相続できるというわけだった。

　僕は六時ちょうどに、コルホーズで何か盗めるものが見つかる場合に備えて、枕をコートに入れて出発した。風がキャベツとニンジンが植わる畑の上をざわざわと吹き抜け、朝日を浴びた葉っぱがオレンジ色に揺れ、朝露が波うつように輝いた。炎のようなメルデクラウトもあった。風がさーっと前方から吹いてきたかと思うと、見渡す限りの荒れ野《ステップ》が僕の体のなかに駆け込んできて、僕を押し倒そうとした。やせっぽちの僕に荒れ野が欲情したからだった。キャベツ畑とまばらなアカシア林の先に最初のボタ山が見えてきて、それから草原、その向こうにトウモロコシ畑が見えた。やがて二番目のボタ山が見えてきた。草原の向こうからは地犬の群れがこっちをうかがうように見ていた。指ぐらいの長さの尻尾に血色の悪い腹をして、茶色い毛皮に覆われた背が後ろ脚に支えられていた。頭がこくりと前のめりになり、前脚は祈るときの人間の手のように一つに合わさっていた。耳も人間のように頭の横から突き出していた。最後の瞬間にまた頭がこくりと落ちた。すると、風もないのに、穴ぼこだらけの地面を覆う無愛想な草がいっせいになびいた。

僕が護衛もなくたった一人で荒れ野《ステップ》を歩いていると地犬どもは気がついているのだ。それに今ようやく思い当たった。きっと根は心優しくて、僕の逃亡のために祈りを捧げてくれているのだ、と僕は思った。確かに今なら逃げ出すことも可能だったが、しかしどこに逃げればいいというのだろう。それとも群れは僕に何か警告しようとしているのかもしれない。たぶん僕はいつの間にか逃亡の身の上になっているのだ。誰かにつけられていないかと振り返ってみた。かなり後方に二つの人影が見えたが、子連れの男のようで、柄の短いシャベルを二つ持っていたが、武器ではなさそうだった。空は青い網のように荒れ野の端から端まで張り渡され、くぐり抜けられそうな逃げ穴を作ってもくれずに、彼方で地面にしっかりと食い込んでいた。

収容所《ラーゲリ》ではすでに三度の逃亡未遂事件が起きていた。三回が三回ともカルパチア＝ウクライナ人、つまりトゥール・プリクリッチュの同郷人たちだった。彼らはロシア語をうまく操れたが、それでも三人とも捕まえられて、さんざん殴られたあげく、点呼のときに見るも無惨な姿でさらし者にされたのだった。それからは二度と見かけない。特別収容所《ラーゲリ》に送られたか、あるいは墓穴に放り込まれたのだろう。

ようやく左手に板囲いの小屋が、そしてベルトに拳銃をつけた歩哨が見えてきた。僕より頭半分くらい背の低い痩せぎすの若い男だった。僕を待ち構えていて手で差し招いた。立ち止まる暇《いとま》もなかった。急かされるように、僕たちはキャベツ畑沿いを歩いていった。男はヒマワリの種をぽりぽり噛んでいて、いちどきに二粒を口に放り込み一瞬ぴくりとしてから、片側の口角から殻を吐き出すと同時に、反対側の口角で次の種にぱくついたが、それもすぐに殻になって吐き出されるのだった。僕たちは彼が種をぱくつくのと同じくらいの速度で歩いていった。もしかしたらこの男はおしなのかもしれない、と僕は思った。何もしゃべらず、汗も流さず、アクロバティックな動きをする口だけがひたすら同じリズムを刻んでいた。まるで風が車に乗せて引いてくれているように、彼はすたすたと前に進んだ。そして黙ったまま脱穀機のように食べつづけたのだ。やがて彼に腕をとられて僕は立ち止まった。だいたい二〇人くらいの女たちが野良に散っていた。彼女たちは農具も持たずに、素手でジャガイモを地面から掘り出していた。歩哨がある列につくように僕に命じた。燃え上がる炎のような太陽が中天にかかっていた。僕は両手をシャベルのように動かしたが、地面はひどく固かった。すぐ手の皮が剥《む》けて、泥が傷口にじんじんとしみてきた。頭を上げると、ちかちかと点滅する無数の点が群がるように目の前に現れた。頭のなかで血が凍りつくようだった。拳銃を持った若い男は、畑では歩哨のほかにも、ナチャルニク、作業班長、職長、検査員までを一身に兼ねているのだった。女たちがおしゃべりしているのを見つけるたびに、彼は鞭を振るうようにジャガイモの葉を女たちの顔にぶつけるか、腐ったジャガイモを口に押し込んだ。そんなとき彼はおしではなかった。だけど何と叫んでいるのか僕には分からなかった。それは「石炭悪態」とも、「建築現場命令」とも、「地下室言葉」とも違っていたのだ。

それとは別のことなら僕はだんだんと理解できるようになった。きっとトゥール・プリクリッチュは、僕を一日中働かせ、日が暮れたら、逃亡しようとしたとの理由で射殺するように若者と話をつけたに違いなかった。さもなければ、日が暮れたら地面の穴に、このコルホーズに男は一人しかいないのだから、ひとりぼっちの穴に押し込んでしまえ。今晩ばかりではなく、今日から毎晩そうやって、もう二度と収容所《ラーゲリ》には戻れなくしてしまえ、と言ったに違いないんだ。

日が暮れると若者は、歩哨、ナチャルニク、作業班長、職長、検査員のほかに、収容所《ラーゲリ》の司令官にまでなった。点呼のために整列した女たちは自分の名前と番号を言い、綿入れ《フハイカ》のポケットを裏返しにしたうえで、片手に二個ずつ自分のジャガイモを握りしめることができた。中くらいの大きさのもの四個までなら自分のものにしてよかったのだ。大きすぎるものがあると、交換させせられた。僕は列の最後についいて枕を見せた。それには二十七個のジャガイモが詰まっていた。中くらいが七個、大きいのが二〇個だった。僕も中くらいのを四個だけ自分の物にしてよかったが、他のものはすべて外にぶちまけさせられた。拳銃を手にした若者が僕の名前を尋ねた。「レオポルト・アウベルク」と僕は答えた。まるでそれが僕の名前に関係あるかのように、若者は中くらいのジャガイモをひろい上げると、僕の肩の上めがけて靴で蹴飛ばしたのだった。僕は頭をひっこめた。次の一個は脚で蹴らずに、僕の頭に向けて投げつけ、飛んでいるイモのあとめがけて拳銃で撃つんじゃないか、と僕は思った。そうしたら、ジャガイモは僕の脳みそと一緒にぐしゃりと潰れて飛び散るんだ。そんなことを考えながら枕をズボンのポケットにしまい込む僕の様子を若者はじっと見ていた。それから僕の腕をつかむと列から引っ張り出し、またおしにもどったかのように、夕闇を、僕が今朝そこからやってきた荒れ野《ステップ》の方を指さした。そしてそのまま僕はほったらかしにされたのだった。男は女たちには行進命令を与え、作業班の後について別方向に去っていった。僕は畑の縁に立って、男が女たちと一緒に行進して去っていくのを見送ったが、どうせすぐ作業班を残して戻ってくるはずだと思っていた。そして証人もないまま銃声が一発とどろき、後でこう説明されるんだ。逃亡を図ったので射殺するほかなかった。

しかし作業班は茶色いヘビのように行進してどんどん小さくなり、とうとう遠くに姿を消してしまった。僕は大きなジャガイモの山の前に根が生えたように立って、こんなふうに考えはじめていた。取り決めがあるのは、トゥール・プリクリッチュと歩哨の間ではなく、トゥール・プリクリッチュと僕の間なんだ。ジャガイモの山も取り決めたことなんだ。トゥールは僕のシルクのショールの代金をジャガイモで支払うつもりなんだ。

僕は帽子の下にいたるまで、ありとあらゆるところにありとあらゆる大きさのジャガイモを詰め込んでいった。二七三個になるまで数えていった。ひもじさ天使が僕を助けてくれた。何しろ彼は札付きの泥棒なんだから。でも、さんざん手伝っておきながら、天使はまた札付きのいじめっ子ぶりを発揮して、長い帰り道をひとりぼっちで歩かせるのだった。

僕は歩きはじめた。たちまち体中がかゆくてたまらなくなった。アタマジラミ、首とうなじシラミ、腋の下シラミ、胸シラミ、陰毛にはフェルトシラミ。ガロッシュのなかの布に包まれた足の指の間も、ともかくかゆくてしかたなかった。ひっかくには腕を上げなければならなかったが、袖にジャガイモを詰め込んでいるから、それはできない相談だった。歩くときには膝を曲げなければならなかったが、それもズボンの脚に詰め込むだけ詰め込んだので、とてもできない相談だった。僕は重い足を引きずりながら最初のボタ山を通り過ぎた。二番目の山は近づいてくるように見えて、実際にはいっこうに近づいてこなかった。いやただ僕の目にとまらなかっただけかもしれない。ジャガイモは僕の体重よりも重くなっていた。あたりがとうに暗くなって三番目の山は見ようにも見えなかった。数珠つなぎの星が満天に輝いていた。天の川は南から北へと流れるものさ、これは床屋のオズヴァルト・エンイエーターが、彼の同郷人が二人目も逃亡に失敗して収容所《ラーゲリ》の中央広場でさらし者にされたときに言った言葉だった。西へ逃げるには、と彼は言ったのだった、天の川を渡ってから、右に折れ、それからはひたすらまっすぐ行かなきゃだめだ、つまり大熊座をつねに左手に見ながら進むんだよ。でも僕は、この帰り道で左手に現れるに違いない二番目と三番目のボタ山さえ見つけられなかった。ずっと途方にくれているくらいなら、四六時中監視されているほうがまだましだ。アカシア林も、トウモロコシも、僕の歩みもどれもこれも黒い巨大なケープにすっぽり包まれていた。キャベツの頭は人間の頭のように僕の後を目で追い、それぞれ個性的な髪型や帽子をしていた。ただ月だけが白い頭巾をかぶり、看護婦のように僕の顔を触診してきた。それで思ったのだけれど、もしかしたらジャガイモなどもういらないのかもしれない、もしかしたら地下室で中毒になり命にかかわる病気にかかっているのに、まだ自覚できずにいるだけかもしれない。林のなかからはどもりがちの鳥の鳴き声がいくつか重なって届き、遠い彼方からは呂律《ろれつ》の回らない嘆きの声も聞こえてきた。夜のシルエットはどれもたちまちぼやけて消えていきそうだった。怖がってちゃいけない、と僕は思った。さもないと溺れてしまうぞ。祈らずともすむように、僕はひたすら独り言をしゃべりつづけることにした。

——変わることのない事物は無駄な努力などしないんだ。ただ世界との、永遠に変わらぬ唯一無二のつながりがありさえすれば十分なんだから。世界との荒れ野《ステップ》のつながりは待ち伏せすることに、月の場合は照り輝くことに、地犬の場合は逃亡をはかることに、雑草の場合は揺れ動くことにある。そしてこの僕だって、食べることで世界とのつながりを残しているんだ。

風がざわざわと鳴るうちに、母の声が聞こえてきた。郷里で過ごした最後の夏の食事のときに、「ジャガイモはフォークで刺すもんじゃないよ、崩れてしまうじゃないか。フォークはお肉を食べるときに使うのよ」などと母は言うべきじゃなかったんだ。母には想像もつかなかっただろうが、荒れ野《ステップ》はそんな母の声を知っているのだし、荒れ野《ステップ》の夜にはジャガイモの山が僕を地面のなかに引きずり込もうとするのだし、頭上では満天の星が僕を突き刺そうと手ぐすねひいているんだ。まさか僕が畑と草原をつっきって収容所《ラーゲリ》の門までタンスのように重い体を引きずっていくはめになるなんて、あのときの食卓では誰ひとり予感もしていなかった。まさか僕がそのたった三年後に、真夜中にひとりぼっちのジャガイモ人間に身をやつし、収容所へ戻る道を家路と呼ぶまでになろうとは。

収容所《ラーゲリ》の門を通過するときには、番犬が、いつもの夜と同じく、人の泣き声にそっくりな高いソプラノの声で吠え立てた。もしかするとトゥール・プリクリッチュはここの歩哨たちとも話をつけていたのかもしれない。というのも彼らは通っていいと手で合図だけして、持ち物検査もしなかったからだ。後ろで彼らが笑い声を立てるのが聞こえ、靴が地面をおぼつかなく動く音がした。ジャガイモを満載していたから、僕は振り向くこともできなかったが、たぶんなかの一人が僕のしゃちこばった足取りをまねたのだろう。

翌日の夜勤当番のときに僕は、アルベルト・ギオンのために中くらいのジャガイモを三個持っていってやった。地下室の奥でくつろぎながら、蓋のない鉄の籠に入れて火にかければ、焼きイモができると思ったのだ。しかし彼はそうはしなかった。一個一個をじっと見て、帽子に仕舞いこんだ。そしてどうしてまた二七三個なんだい、と尋ねたのだった。

――というのは摂氏マイナス二七三度が絶対零度だからだよ。それ以上冷たくなることは決してないんだ。

――今日はずいぶん難しい話を持ち出すんだな。だけど、きっと数え間違えじゃないのか。

――数え間違えなんてありえない。二七三という数はおのずから決まってくるんだ、数学の公理みたいなものなんだよ。

――何が公理だ。おまえはもっと違うことを考えるべきだったんだよ。おいレオ、逃げ出すことだってできたんじゃないのか。

トゥルーディー・ペリカンにはジャガイモを二〇個あげ、それで借りていた塩と砂糖のお礼にした。二か月後、クリスマス直前には、二七三個のジャガイモはあとかたもなくなっていた。最後の何個かには、やぶにらみのベア・ツァアーケルのように、てんで勝手な方向を向いた青緑色の目ができていた。そのことを彼女にいつの日か伝えるべきだろうか、と僕は考えていた。

ひっくり返った天地

ヴェンヒ高原の別荘には、果樹園の奥深くに背もたれのない木のベンチがあった。それは「ヘルマンおじさん」と呼ばれていた。そんな名前になったのは、僕たちがそんな名前の人を誰も知らなかったからだった。「ヘルマンおじさん」の切り株でできた丸い脚は二本とも地面のなかにほとんど埋まっていた。腰掛けは表面にはカンナをかけてつるつるにしてあったが、下側には樹皮がついたままになっていた。はち切れんばかりの太陽の光を浴びて、「ヘルマンおじさん」は汗をかき、樹脂の滴をあちこちに浮かべていた。どんなに拭きとっても、翌日にはもう新しいのができていた。

草ぼうぼうの丘の上に上ると、「ルイーアおばさん」が置いてあった。彼女には背もたれと四つの脚がついていて、「ヘルマンおじさん」よりも小さく華奢で年も取っていた。「ヘルマンおじさん」は彼女より後に生まれたのだ。僕は「ルイーアおばさん」の見ている前で丘を転げ落ちる遊びをさせてもらった。すると天地がひっくり返り、その間にはぼうぼうの草しか見えなくなった。いつも雑草が僕の足をしっかりとつかむから、僕が空に落ちていくことはなかった。「ルイーアおばさん」の灰色の下半身がいつも丸見えだった。

ある晩のこと、母が「ルイーアおばさん」に座って、僕は彼女の足もとの草むらに仰向けになっていたことがあった。二人して空を見上げていた。満天の星空だった。母がニットの上着の襟を顎の上まで引っ張り上げたので、ニットの襟に唇ができてしまった。そしてついには母ではなく、襟がこんな話をはじめたのだった。

――お空と地上が世界を作っているの。お空がこんなに大きいのは、地上にいる一人ひとりのために一着ずつコートが掛けられているからなの。そして地上がこんなに大きいのは、世界の足の先がずっとずっと遠いところにあるからなのよ。だけどそこまで行こうにも遠すぎるから、考えるのを止めなきゃいけないくらい。というのはね、そのはるかな隔たりを体で感じようとすると、まるで胃が空っぽすぎて気持ち悪い時みたいになるからなのよ。

――世界でいちばん遠く離れたところはどこなの。

――世界の果てだわ。

――足の指があるところだね。

――そうよ。

――それはやっぱり十本あるの。

――そうだと思うわ。

――どのコートが自分のものかは分かるの。

――お空の上に昇っていくときにやっと分かるのよ。

――でもそこにいるのは死んだ人だけなんでしょう。

――そうよ。

――どうやってその人たちはそこに昇っていくの。

――魂がさまよっていくのよ。

――それじゃあ魂にも足の指があるんだね。

――違うわ、大きな翼がついているのよ。

――コートには袖もついているのかなあ。

――ええ。

――じゃあ、その袖が翼ってこと。

――ええ、そうよ。

――ところでヘルマンおじさんとルイーアおばさんは夫婦なの。

――もし材木同士で結婚ができるのなら、そうね。

それから母は立ち上がって、母屋に入っていった。僕は「ルイーアおばさん」の上に腰を下ろした。さっきまで母が座っていたところだ。体のぬくもりが残っていた。そして果樹園のなかでは黒い風が震えていた。

退屈について

今日は早番も午後番も夜勤当番もない日だ。最後の夜勤を終えるといつも水曜の長い一日がやってくる。それが僕の日曜日で、木曜日の午後二時までつづく。身のまわりにはありあまるほど自由な空気。爪でも切るほかないところだが、最後にそうしたときには、自分の指先なのに他人の爪を切っているような気がしたものだった。それが誰の爪かは分からなかったけれど。

バラックの窓からは中央通りが食堂まで見渡せる。二人のツィリたちがやってくる。二人してバケツを持ち、それには石炭が入っているのだろう、とても重そうだ。最初のベンチは通り過ぎ、二番目のベンチに腰を下ろす。というのはそっちには背もたれがついているからだ。窓を開けて合図しようか、それとも外に出て行って声をかけようか。急いでガロッシュに足を滑り込ませるものの、そのまま靴を履いてベッドに寝そべり、動く気をすっかりなくしてしまう。

カッコウ時計にはゴムのミミズという退屈な誇大妄想がつまり、ストーブの排気管には黒い膝がついている。使い古された木製の小さなテーブルの影が床に落ちている。太陽が軌道を少し進むたびに、その影は更新されていく。ブリキのバケツのなかには水鏡の退屈、僕のぱんぱんに張った脚のなかにも水。破れて裂けたシャツの縫い目の退屈、借りてきた縫い針の退屈。やっているうちに頭が目の上にずり落ちてきそうになる針仕事の震えるような退屈。さらには歯で切られた糸の退屈。

男たちの場合は、誰もが判で押したようにつまらなそうな顔をして、熱意のかけらもなく陰気くさくやっているトランプの退屈。いいカードがあれば勝とうとするはずだが、男たちは勝敗が決まる前に、ぱたりと勝負を止してしまうのだ。女たちの場合は、歌の退屈。角《つの》とベークライトでできた硬い櫛《くし》の退屈を手にシラミを取りながら歌われるのは望郷の歌ばかり。そして歯こぼれだらけで、何の役にも立たないブリキの櫛の退屈。丸刈りにするときの退屈、噛まれたばかりや治りかけのシラミの噛み傷が、かわいい花模様やレリーフとなって飾りつけているように見える陶器の花瓶みたいな坊主頭の退屈。歩哨《プラントン》のカーティの押し黙った退屈。歩哨のカーティは決して歌わない。僕は尋ねてみたことがある。カーティ、君は歌の節《ふし》は知らないの。すると彼女は答えたのだった。櫛《くし》ならもうあてたわよ。髪の毛がなければ、櫛にはひっかくことしかできないのよ、そんなことも分かんないの。

収容所《ラーゲリ》のなかは夕陽を浴びてがらんとした村みたいで、たなびく雲の先端が赤く燃え上がっている。そう言えば、フィーニー叔母が山の牧草地で夕陽を指さしたことがあった。一陣の風が鳥の巣みたいな彼女の髪をあおって、中央に白いつむじの見える彼女の後頭部を二つに分けた。そのとき叔母が、幼子キリストがもうケーキを焼いているわ、と言ったのだ。こんなに早く、と僕が尋ねた。そうもう今からよ、と彼女が答えた。

無駄にした機会の、とまでは言わないにしても、無駄にした対話の退屈もある。ささやかな希望のためにたくさんの言葉を費やすが、その言葉のどれも後には残らないだろう。僕は人と話をするのを避けることが多く、人恋しくなっても、そんな会話を交わすのが怖くてしかたない。何よりもベア・

ツァーケルとの会話が恐ろしい。彼女と話をしていても、ベア・ツァーケルのことは何も知りたくないのかもしれない。格段の配慮をするようトゥールに掛け合ってもらうつもりでいたがために、いつの間にか彼女の横に流れる目にすっかり気を取られてしまうのかもしれない。本当のところ僕は、できるだけひとりぼっちでいたくないばかりに、自分で望む以上にみんなの話し相手になっているだけなのだ。だけどこう言うと、収容所《ラーゲリ》のなかでもひとりぼっちになることができると本気で信じているみたいだ。そんなはずがない。収容所が夕陽を浴びてがらんとした村になるような時でさえも、ひとりぼっちにはなれないのだから。

いつも同じことの繰り返しだ。ともかくごろんと横になる。というのは遅くなると、他の人たちが作業から帰ってきて、あたりが今ほど静かではなくなるからだ。夜勤当番に慣れてしまうと、長くまとまって寝ることができなくなる。四時間の最低限の睡眠をとると、もう目が覚めてしまうのだ。次の無意味な平和と、間もなく帰郷できるという根も葉もない噂とともに、また退屈な春が収容所にやってくるまで、あとどのくらい日数がかかるか計算してみてもいい。いま僕は、新しい平和のなかで真新しい草むらに寝そべっている。まるごと運びだそうと背中に大地をしっかりくくりつけたところだ。ところが、僕たちはここから別の収容所に、さらに東に向かった木こり収容所に移されるというのだ。僕は地下室で使っていた物をグラモフォン＝トランクに詰め込むが、詰めてもつめてもいっこうに終わりそうにない。他の人たちをみな待たせてしまっている。汽車がぼぉーと汽笛を鳴らしている。ぎりぎり最後の瞬間に僕はステップに飛び乗る。汽車は樅の森をひたすら走りつづける。樅の木は脇に飛び退いて線路に道を譲り、列車が通過するとまた元の場所に跳ね戻る。やがて目的地に到着して、みんな汽車から降りる。最初はシシュトヴァニョーノフ司令官だ。僕はもたもたしている。グラモフォン＝トランクにはノコギリや斧は一本も入っておらず、ただ地下室備品と僕の白いハンカチ以外に何もない。それがばれなきゃいいとびくびくしている。司令官は下車するとすぐに着替えた。新しい制服には角製のボタンと、ここは樅の森のなかなのに、なぜか樫の葉模様の肩章がついていた。司令官の堪忍袋の緒がついに切れて、ダバイ、急げ、と僕はどなりつけられた。ノコギリと斧はいくらでもあるんだぞ。下に降りると、司令官から茶色の大きな紙袋が手渡される。またセメントか、と僕はがっかりするけれど、袋の隅が一か所破れていて、そこから白い小麦粉が漏れ出ている。この贈り物に感謝して、左脇に袋を抱きかかえ、右腕を掲げて敬礼する。シシュトヴァニョーノフが言う。脚を休め、この山にも発破をかけねばならんのだ。白い粉がダイナマイトであることがやっと判明する。

そんな益体《やくたい》もない絵空事など考える代わりに、何か読むものがあればいいのに。恐ろしい『ツァラトゥストラ』も、分厚い『ファウスト』も、薄い紙に印刷されたヴァインヘーバーも、どれも少しでもひもじさを鎮めるために、とうにタバコの巻き紙として売り払ってしまっていた。先週の仕事のない水曜日に想像したのはこうだった。僕たちは列車に乗り込むまでもない。車輪もないのにバラックが僕たちもろとも東に動き出し、動きながらアコーディオンのように伸びるのだ。ガタガタ揺れることはなく、外をアカシアの林が駆け過ぎていき、枝先で窓をひっかいている。どうして走れるんだ、車輪も付いてないのに、と僕は隣に座るコーベリアンに尋ねる。だって僕らはボールベアリングの上を走っているからさ、とコーベリアンが応じる。

ひたすら何かにあこがれるのに僕はつくづくうんざりして、もうすっかりその気をなくしてしまった。ただ退屈ばかりはいくらでもそろっていて、猛スピードで先に行くものもあれば、えっちらおっちら後から追いかけるものもある。僕がうまく扱いさえすれば、退屈どもも悪さをせず、日々の糧になってくれるはずだ。年がら年中ロシア人村の上空には細い月の退屈が掛かり、その鎌首はキュウリの花か灰色のキーのついたトランペットにそっくりだ。二、三日もすると半月まで育ち、ひさしの広い帽子が空に掛かったようになる。それから数日もすれば、すっかり丸くなった満月の退屈が空から見下ろすことになるが、その満ち方といったらほとんど溢れ出さんばかりだ。収容所《ラーゲリ》の壁の鉄条網の退屈、塔の上に立つ歩哨の退屈、トゥール・プリクリッチュの磨き上げられた靴先に対して僕のずたずたになったガロッシュの退屈、冷却塔からたなびく白い雲の退屈、パンを包む白い亜麻布《リネン》の退屈、波形になったアスベスト板の退屈、タールの塊の退屈、古い油だまりの退屈。

木々が枯れ細り、大地が頭のなかの理性よりもやせ衰え、番犬が吠えもせずにうとうとと惰眠を貪るようになると、太陽の退屈が生まれてくる。そして地面の草が完全に枯死する前に、空が雲いっぱいになり、やがて雨が降り出すけれども、その雨が垂らす紐のいちばん下の端では早くも退屈が生まれている。ついには木々が膨れあがり、靴は泥のなかに埋まり、服は肌にべったりくっつくようになる。夏はその葉を苦しめ、秋はその色を苦しめ、冬は僕らを苦しめるのだ。

積もったばかりで石炭の粉まみれになる新雪と、やはり石炭の粉にとうにまみれた古い雪の退屈。

ジャガイモの皮がくっついた古い雪と、ジャガイモの皮など無縁な積もったばかりの新雪の退屈。セメントの皺とタールの染みのついた雪の退屈、番犬の体に積もる粉っぽいウール、そしてブリキのように低かったり、ソプラノのように甲高かったりする吠え声。水漏れする配管の退屈、そこから伸びるガラス製の大根のような氷柱《つらら》、そして地下室の階段に吹きだまるフラシ天張りの家具のような雪の退屈。撚り糸のような氷がコークス炉のボロボロの耐火レンガの上でヘアネットのように溶けていく。人にのぼせ上がって、べたべたしてくる雪の退屈もあり、そんな雪は僕らの目をガラスに変え、僕らの頬を灼いてひりひりさせるのだ。

　広大なロシアの鉄路の横木に積もる雪、そしてそこには二つ、三つ、それどころか五つも、階級の違う肩章みたいに身を寄せ合う、さびだらけのネジの王冠が並んでいる。盛り土の上で誰かがひっくり返れば、死体とそのシャベルを前にした雪の退屈。片付けがすんだとたんにみんな死体のことは忘れてしまう。というのも、雪にたっぷり覆われると、痩せこけた死体の輪郭など見えなくなってしまうからだ。後に残るのは放り出されたシャベルの退屈だけ。そんなシャベルのそばは避けたほうがいい。風が少し起これば、羽根で飾られた魂が飛び立ちはじめる。風が強くなると、魂も波に乗るように運ばれていく。死人が出れば、魂だけではなく、ひもじさ天使までも自由の身になり、新しい主人を探しはじめる。けれども、二人もひもじさ天使を養うことのできる者など僕らのなかにいるはずもない。

　トゥルーディー・ペリカンからこんな話を聞いた。ロシア人の女医と一緒にコーベリアンの運転で鉄路の盛り土まで行き、凍りついたコリーナ・マルクをトラックに乗せたのだそうだ。トゥルーディーは、死体を墓に入れる前に身ぐるみ剥《は》いで裸にしようと、荷台に上がった。でも、そんなの後で、と女医にしかられた。女医とコーベリアンは運転席に、トゥルーディー・ペリカンは死体と一緒に荷台に乗った。コーベリアンは墓地ではなく収容所《ラーゲリ》へ車を走らせ、病棟バラックではベア・ツァーケルが待ち構えていて、車のエンジン音が聞こえてくると、子供を腕に抱いてドアの外に出てきた。コーベリアンは死んだコリーナ・マルクを肩に背負い、女医の指示に従って、霊安室でも手術室でもなく、女医の私室に運んでいった。女医が待つように言ったものだから、彼は死体をどこに置けばいいのか分からなかった。肩の死体が重すぎたので、下ろして床に立てた。女医が缶詰の山をさっさとバケツに放り込んで、テーブルの上にスペースを作るまで、彼はずっと死体を自分の体にもたせかけていた。コーベリアンは余計なことは何も言わずに、女の死体をテーブルにのせた。トゥルーディー・ペリカンは死者のジャケットのボタンを外しはじめた。ベア・ツァーケルが服を待ちかねていると思ったからだった。髪の毛が先、と女医が言った。ベア・ツァーケルは自分の子供を他の子供たちのいる板囲いのなかに閉じ込めた。その子が囲いの板を蹴っては泣き叫ぶものだから、ついには他の子供たちまで輪をかけてうるさく泣き叫びだした。犬の群れで一匹が吠え出すと、他の犬までどんどんやかましく吠え立てるのにそっくりだった。ベア・ツァーケルが死体の頭をつかんで引っ張りテーブルの外にはみ出させたので、髪の毛が下に垂れ落ちた。コリーナ・マルクは何の奇跡か一度も丸刈りにされたことがなかったのに、女医がいまバリカンで髪を丸刈りにしはじめた。そしてベア・ツァーケルが落ちた髪の毛をきちんと小さな木箱にしまっていった。どうしてこんなことをするのか、とトゥルーディーが知りたがると、窓の隙間風を防ぐクッションを作るためだ、と女医が答えた。それで誰か得するの、とトゥルーディーが重ねて尋ねると、縫い物にいるのよ、ロイシュさんが私たちのためにクッションを縫ってくれていて、隙間風を防ぐのには髪の毛がいいのよ、とベア・ツァーケルが答えた。女医は両手を石けんで洗って、死んでしまったら退屈してしかたないんじゃないかしら、と言った。まったくその通りだわ、と珍しく高い声でベアがそれに応じた。それからベア・ツァーケルは患者名簿から白紙を二枚破りとって木箱に蓋をした。木箱を小脇に抱える姿は、ロシア人村の店で傷みやすい食品でも買ってきたかのようだった。彼女は服まで待っていられず、死者の身ぐるみが完全に剥《は》がれる前に、小箱を抱えてさっさと姿を消した。コーベリアンも自分のトラックに戻っていった。状態のよい綿入れ《フハイカ》を破るようなドジは踏みたがらなかったので、トゥルーディーが死者を裸にひん剥《む》くまでにずいぶんと時間がかかった。一生懸命に引っ張っているうちに死者の上着のポケットから猫のブローチが床に落ちてバケツの横にころがっていった。トゥルーディー・ペリカンは、ブローチを探してしゃがみ込み、バケツのなかのぴかぴか光る缶詰に印刷されている文字を一語一語じっくりと読んでいった。「コーンビーフ」とあった。彼女は自分の目が信じられなかった。まだ文字を読んでいる間に、女医がブローチを拾い上げた。その間もずっと外では車がエンジンを吹かしていたが、まだ走り去らずにいた。女医が猫のブローチを手にして外に出て行き、手をからにして帰ってきて言った。コーベリアンがハンドルを握ったまま、くそったれ、とさんざん文句を喚《わめ》きつづけているわよ。

退屈とは不安がじっと我慢している証拠だ。そいつは決して大げさに喚いたりしない。ただときおり、そしてそれが特にそいつにとって大事なのだろうが、僕の調子がどうだか知りたがるだけなんだ。僕としては、隠しておいたパンを枕から取り出して食べたっていいんだ。少し砂糖か塩をかけて。それとも足に巻く布がずぶぬれになっているから、ストーブの脇の椅子の背に掛けて乾かそうか。小さな木のテーブルの影がさっきよりだいぶ伸びた、太陽がだいぶ軌道を進んだんだ。今度の春には、工場のベルトコンベヤーか車庫のタイヤからゴムを二個、失敬すればいい。そしたらそれを靴屋に持って行こう。

収容所《ラーゲリ》で誰よりも早くバレエシューズを履いたのはベア・ツァアーケルだった。去年の夏からそうしていた。僕は彼女の管理する備品倉庫に出かけていった。新しい木靴が必要だった。靴の山をあちこち掘り返していると、ベア・ツァアーケルに言われたのだった。大きすぎるのか小さすぎるのしか、指ぬきみたいのか客船みたいのしか残ってないのよ、中くらいのは全部はけてしまったわ。僕はできるだけ長くここにいたくて、いろいろ靴を試してみる。最初は小さいので我慢しようと思ったけれど、念のために中くらいのが入って来るのはいつ頃かと尋ねることにした。それから僕は大きい靴を一足受け取った。ベア・ツァアーケルが言った。すぐに履いたらいいわ、古いのはここに捨てていけばいい。ねえ、私が何を履いているか見てちょうだい、バレエシューズなのよ。

——どこで手に入れたの。

——靴屋から。見てごらん、素足みたいに曲がるでしょう。

――いくらするんだい。

――それはトゥールに訊いてもらわなくちゃ。

ゴムはコーベリアンがただで分けてくれるかもしれない。少なくともシャベルの板二枚分の大きさがいる。靴屋に支払うためには金も必要だ。寒い間はともかく石炭を売るしかない。退屈の奴、来年の夏には、もしかしたら足に巻く布なんか脱ぎ捨てて、バレエシューズを履くようになるんじゃないか。そうして裸足で駆け回るかもしれないぞ。

身代わりの弟

十一月初めのこと、トゥール・プリクリッチュに執務室に呼び出された。郷里から郵便が届いたとのこと。

喜びのあまり口のあたりがぴくぴくして、もう口を閉じていられなかった。トゥールは戸棚を片側だけ開いて、整理箱のなかを探しはじめた。締め切ったもう片側の扉に貼りついたスターリンの肖像が僕の目に飛び込んできた。二つのボタ山のように高く突き出た灰色の頬骨、鉄橋のようなのが印象深い鼻、ツバメのような口髭。机の横で石炭ストーブがかっかと燃え、上にのせた蓋なしのブリキの小鍋では紅茶がごとごとと沸いていた。すぐ脇のバケツには無煙炭が入れてあった。おまえの郵便が見つかるまで、ちょっと石炭を継ぎ足しておいてくれないか、とトゥールが言った。

僕はバケツのなかから、適当な大きさの塊《かたまり》を三個選びだして継ぎ足すと、白いウサギのような炎が、黄色いウサギのなかを飛び抜けた。すると今度は黄色いウサギが白ウサギのなかを飛び抜け、両方のウサギが溶けあって、二匹で声を合わせて「ああ悲しくてたまらない《ハー・ゾー・ヴェー》」と口笛を鳴らした。火が熱風を顔に、変な待たされ方が不安を心に吹き込んだ。僕がストーブの扉を閉めるのと、トゥールが戸棚を閉めるのが同時だった。彼の手に握られた赤十字のはがきを僕は受け取った。

はがきには白い糸で写真が縫い付けられており、ミシンで丁寧に返し縫いまでされていた。写真に写っているのは見たこともない子供だった。トゥールが僕の顔を見て、僕ははがきを見た。そしてはがきに縫いつけられた子供が僕の顔をじっと見て、戸棚の扉からはスターリンが僕たち二人の顔をじっと見ていた。

写真の下にはこうあった。

――ローベルト、一九四七年四月一七日生。

母の筆跡だった。写真の子供は、ざっくり編んだ毛糸の帽子をかぶり、その紐を顎の下で蝶結びにしていた。もう一度読み直す。ローベルト、一九四七年四月一七日生。それ以上は何も書いていない。母の筆跡に僕は刺すような痛みを覚えた。「生まれ」を「生」と省略して字数を減らそうとするのは、いかにも実用的な母らしい。はがきを持つ手のなかではなく、はがきのなかで僕の血管がどくんどくんと脈打った。トゥールが郵便受付リストと鉛筆を机の上に置いた。そのなかから自分の名前を探して署名しろというのだ。そして、ストーブのそばまで行くと、手をかざして、紅茶の湯がしゅんしゅん沸き、ウサギが火のなかで口笛を吹く音に耳を傾けはじめた。目の前でまずリストの罫線がぼやけはじめ、ついで文字がぼやけていった。それから僕は机にとりすがるようにして膝をつき、両手を机の上に、その手に顔を埋めて、嗚咽を漏らした。

紅茶でも飲むか、とトゥールが尋ねてくる。それともシュナップスの方がいいか。てっきりおまえは大喜びするだろうと思っていたんだがな。

ああ、と僕は答えた。もちろんうれしいに決まっている。実家の古いミシンがまだ健在なようだから。

僕はトゥール・プリクリッチュと一緒にシュナップスを一杯あおり、立てつづけにもう一杯飲んだ。骨と皮しかない人間には多すぎる量だった。シュナップスが胃のなかで燃え上がり、涙が出て顔もかーっと燃えた。僕はずっと泣かずにがんばってきたし、涙もろくなるな、と望郷の念をしつけてもきたのに。それどころか僕という主人まで見限っていいとまで言ってきたのに。トゥールは鉛筆を僕の手に押しつけ、署名すべき空欄を指さした。「レオポルト」と震える手で書いた。フルネームで書いてくれないか、とトゥールが言った。代わりに書いてくれないか、と僕は答えた。僕にはできないよ。

それから、縫いつけられた子供を綿入《フハイカ》れに仕舞って、雪の降りしきるなかに出て行った。外から見ると、執務室の窓辺には、トゥルーディー・ペリカンが話していた隙間風防止用の窓クッションが置いてあった。それは丁寧に縫われ、ぱんぱんになるくらい中身が詰まっていた。コリーナ・マルクの髪の毛だけではとても足りなかっただろうから、きっと別人の髪の毛も混ぜてあるにちがいない。外灯から白い円錐形に光が流れ出て、その向こうに見える監視塔が、宙に浮かぶ振り子のように揺れていた。雪化粧した敷地一面にチター＝ロンマーの白い豆が撒かれているようだった。収容所《ラーゲリ》の壁に当たると、雪はすぐに消えてしまった。でも、僕の歩く収容所中央通りでは、鎌首をもたげた雪が首を狙って襲いかかってきた。風も鋭い鎌を振り回していた。すぐに足の感覚を奪われた僕は、両頬でいざるように進むが、その頬も間もなく奪い取られることだろう。残るのはただ縫い込まれた子供だけ、そいつは僕の身代わりの弟だ。もう僕を当てにできないものだから、両親は新しく子供を作ったのだ。「生まれ」を「生」と省略するのと同様に、母は「死去」を「没」と省略することだろう。きっととっくにそうしているんだ。丁寧に白い糸で返し縫いなどをして、母は恥ずかしくなかったんだろうか。そんなことをすれば、僕は母の言葉の裏に次のようなメッセージを読むほかないじゃないか。どこにいるのか知らんが、死ぬんならとっとと死になさい、そうしたら我が家の口減らしにはなるんだから。

一行の下の空白

母の赤十字はがきは十一月に収容所《ラーゲリ》に届いた。七か月もあちこちをさまよっていた勘定になる。郷里で投函されたのは四月だった。だから縫いつけられた子供はもう生後九か月になるはずだ。

僕の身代わりの弟が写ったはがきはトランクの一番下に白いハンカチに包んで仕舞い込んだ。はがきのメッセージは一行しかなく、僕のことにはひと言も触れていなかった。その一行の下の空白にすら僕の居場所はなかったのだ。

僕はたしかにロシア人村で物乞いすることも学んだ。だけど、母にまで頭を下げて、僕のことにも触れてくれと嘆願するつもりはなかった。その後の二年間、僕は意地でもはがきに返事は出さなかった。物乞いは最初の二年の間に、ひもじさ天使から学んだものだった。次の二年の間にひもじさ天使から学ぶことになったのは、荒っぽい矜持《きょうじ》だった。パンを目の前にしても毅然としたままでいるに等しいくらいに、荒っぽい矜持だった。ひもじさ天使は残酷なまでに僕を苦しめた。なぜなら、僕の人生に見切りをつけて身代わりの弟に食事を与える母の姿を、僕に毎日見せつけたのだから。僕の頭のなかで母は、機嫌よく満腹した子供を白い乳母車にのせて連れ歩いていた。どこからでも母の姿は見えたが、そのどこにも僕の居場所はなかった。一行の下の空白にすら居場所はなかったのだ。

ミンコフスキー＝ワイヤー

ここでは誰もが現在と結びついている。誰もがそのゴムのガロッシュや木靴で地面に触れている。たとえ地下十二メートルの地下室のなかであれ、沈黙の板きれの上であれ。アルベルト・ギオンと僕は、作業をしていないときは、二個の石に一枚の板きれを積んだだけのベンチに腰をおろしている。針金格子のなかで裸電球が燃え、蓋もない鉄の籠のなかではコークスの火が燃えている。二人ともリラックスして、黙り込んでいる。自分にまだ計算する能力が残っているかどうか不安で仕方がない。僕たちが今四年目を迎え、平和になって三年目になるのなら、この地下にもちょうど僕が来る前に「平和以前」があったはずなのと同様に、平和の一年目と平和の二年目もあったはずだ。そして地層と同じくらい多くの日勤と夜勤の当番がこの地下室で積み重ねられてきているにちがいない。アルベルト・ギオンと僕の当番もこれで何回目になるだろう。数えておけばよかった。でもともかくその気になれば、まだ計算することが僕にはできる。

それでは僕は、まだ本を読めるだろうか。クリスマスプレゼントに『きみと物理学』という入門書を父からもらったことがあった。どんな人間にもどんな出来事にもそれ自身の場所と時間がある、とそこには書かれてあった。それが自然法則というものなのだ。だからこそ、この世に存在する固有の権利を持たないものなどないのだ。そして存在するすべてのものには、「ミンコフスキー＝ワイヤー」

と呼ばれるそれ固有のワイヤーがついている。ここに座っている僕の頭からミンコフスキー＝ワイヤーが天に向かって伸びているのだ。そして僕が動くと、ワイヤーも僕と同じように曲がって同じ動きをする。つまり、僕はひとりぼっちじゃない。地下室のどんな片隅にも、収容所《ラーゲリ》のどんな人にも、ワイヤーがついている。ワイヤーが別のワイヤーと接触することはない。みんなの頭上には、厳密に秩序づけられたワイヤーの森があるからだ。そこで割り当てられた場所にいる誰もがワイヤーのおかげで呼吸していられる。冷却塔にいたっては二倍の呼吸ができる。というのは、冷却塔とは別に、そこからたなびく雲にもワイヤーがついているはずだからだ。もっとも、収容所《ラーゲリ》に適用するなら、その入門書は事情にとことん通じているとは言いがたい。ひもじさ天使にもミンコフスキー＝ワイヤーがついているからだ。ただし、ひもじさ天使は自分のミンコフスキー＝ワイヤーをかならず僕らのもとに残しており、だからこそ、立ち去るように見えても決して本当に去っていくわけではないのだ。それについては、この本には何も書いていなかった。もしかするとひもじさ天使なら、その本に敬意を払ったかもしれない。持ってきておけばよかった。

僕は地下室のベンチではほとんど沈黙を守り、明るいドアの隙間からのぞくようにそっと自分の頭のなかをのぞき見ている。誰もがいついかなる場所でも自分自身が主演する映画にさっと目を通すことができるのだとも、本には書いてあった。どの人の頭のなかでもリールが回っていて一秒当たり十六の場面が現れるのだ。「存在確率」というのも、『きみと物理学』で見かけた言葉だった。それによると、僕がここにいるのも何ら確実なことではなくて、ここに存在しないでおくためには、わざわざ脱出するまでもない、というのだ。そうなるのは、僕は体の上ではある場所を占めており、つまり地下室にいる粒子みたいな存在なのだけれど、でもミンコフスキー＝ワイヤーのおかげで、僕は同時に一種の波長でもあるからだ。そして波長であれば、別のところにもいられるわけだし、ここにいない誰かが僕のそばに寄り添ってくれることもありうる。その誰かは自分で探し出せばいいのだ。いや人間より、むしろ物体の方がいい。地下室の地層にぴったりと合うような物体ならなおいい。例えば「ザウルス」はどうだろう。ダークレッドの車体をし、クローム加工した手すりがついていて、ヘルマンシュタットとザルツブルク［オクナ・シビウ］の間を行き来していたエレガントなバスで、こいつの名前が「ザウルス」だった。この「ザウルス」に乗って、母とフィーニー叔母は夏にヘルマンシュタットから十キロほど離れたオクナ＝バイの温泉に出かけたことがあった。二人が戻ってくると、僕は二人の剥《む》き出しの腕を舐めさせてもらって、どんなに温泉がしょっぱいかを知った。二人は草原の草の茎についた小さな塩の板が真珠母の鱗のように光る様子を話してくれた。頭のなかのドアの隙間から光が差し込むのを見ながら、僕は「ザウルス」バスに僕と地下室の間を何度も往復させた。このバスにもドアの隙間から漏れる光とミンコフスキー＝ワイヤーがついていた。ワイヤー同士が接触することはないが、しかし光の漏れるドアの隙間の方は、電球の下、やはりミンコフスキー＝ワイヤーをつけた煤煙が渦巻くあたりで、別の隙間に遭遇することがある。僕と隣り合ってベンチに座るアルベルト・ギオンもやはりミンコフスキー＝ワイヤーをつけて黙りこくっている。そしてベンチは沈黙の板きれになる。というのも、アルベルト・ギオンはいま自分が出演している映画が何か僕に教えられないからだし、僕にしてもクローム加工した手すりをつけたダークレッドの長距離バスをこの地下室に持ち込んだとは言うわけにはいかないからだ。どの当番も芸術作品みたいなものさ。しかしそのミンコフスキー＝ワイヤーと見えていたものは、動いて循環する無数の小さな台車をつけた鉄のレールにすぎないのかもしれない。そしてワイヤーを上に伸ばした台車と見えていたものはどれも、地下十二メートルで石炭殻を積んだただの車にすぎないのかもしれない。

ときどき思うのだけど、実は僕なんか百年も前に死んでいて、足の裏も透き通ってしまっているんじゃないだろうか。頭のなかで光の漏れるドアの隙間からなかをのぞくとき、僕にとって根本的に問題なのは、いつかどこかにきっと僕のことを思ってくれている人がいるはずだ、というおずおずとではあるが、しぶとい希望だけなのだ。いま僕がどこにいるのか、たとえその人が知らなくてもいい。どこにも存在しない婚礼写真の左隅に写る歯の抜けた老人が僕である可能性だってあるだろうし、同時にまた、これまたどこにも存在しない学校の校庭に立つやせ細った子供が僕なのかもしれない。それと同じように考えれば、僕のライバルである身代わりの弟のライバルにして兄が僕であってもおかしくはない。何といっても僕たち二人とも同時に存在しているのだから。とはいえ、僕たちはまだ一度も、つまりいかなるときにも、顔を合わせたことがないから、やはりとても同時に存在していると は言いがたいかもしれない。

そして、同時に僕には分かっていることだけど、ひもじさ天使が僕の死とみなすものは、ただざしあたりまだ僕の身に起こっていないだけのことなのだ。

黒い犬

地下室から朝の雪景色のなかに出て行くと、目がくらみそうになった。監視塔には黒い石炭殻ででき た四体の立像が立っている。立像は兵士ではなく、四匹の黒い犬だ。しかし最初と三番目の立像は頭を動かしているのに、二番目と四番目はじっとしたまま動かない。それから最初の犬が脚を動かし、つづいて四番目が武器を動かすが、今度は二番目と三番目がじっとしたまま動かなくなる。

食堂の屋根の上の雪は白い亜麻布《リネン》の布だ。どうやってフェーニャはパンの布を屋根に敷きつめられたのだろう。

冷却塔からたなびき出す雲も白い乳母車になって、そのままロシア人村の白樺並木へと進んでいった。バチスト織りの僕の白いハンカチがすでに三回目の冬をトランクのなかで過ごしていたある日のこと、僕は物乞いして、またロシア人の老婆のドアをノックした。開けてくれたのは僕と同じ年格好の男だった。君がボリスかい、と僕は尋ねた。彼は「いいや《ニェット》」と答えた。ここには老婆が住んでいるんじゃないのか、と僕は尋ねた。「いいや《ニェット》」というのが答えだった。

食堂では、そろそろ食事の用意が整う頃だ。パンの引き渡しカウンターに他に人が並んでいなければ、思いきってフェーニャに尋ねてみたらどうだろう。いったいいつになったら僕たちは郷里に帰れるんだい。このままじゃ黒い石炭殻のでくの坊になっちまうよ。あんたは地下室にレールもあれば、山もあるじゃない、とフェーニャは答えるだろう。小さな台車はいつだって家に帰っているじゃない、一緒に乗っていっちゃえばいいの。昔のあんたは汽車で山に出かけるのが好きだったでしょう。あのときはまだ郷里にいたからね、と僕は言うだろう。まあ見てなさい、とフェーニャが言うだろう、じきにまたそうなるから。

でも実際の僕は食堂のドアを開けるとカウンターの前の長蛇の列に並ぶだけ。パンは屋根に積もった白い雪で包まれている。その気になれば、いちばん最後に並んで、パンを受け取るときに、カウンターでフェーニャと二人きりになることもできる。でもそんな勇気がない。というのもフェーニャはいつもと同じようにその冷ややかな聖性のうちにあって、顔に三つの鼻をつけているのだから。そのうち二つは秤の嘴なのである。

スプーンのことはさておくとして

またクリスマスが近づいてきた。バラックの小さなテーブルの上に、樅の針葉の代わりに緑の毛糸を着せかけた、僕の小さな針金細工のツリーが置かれているのを見てびっくりした。パウル・ガスト弁護士が自分のトランクにしまっておいたのだ。そのうえ今年は三つのパンの球《クーゲル》まで飾り付けてあった。これが三年目だからね、と彼は言った。彼がパンの球《クーゲル》を寄贈できるのは、奥さんからパンを盗んでいるからだった。それを誰も知らないと彼は思っているようだった。

弁護士の妻ハイドルン・ガストは女子バラックに住んでいた。夫婦でも一緒に生活することは許されなかった。ハイドルン・ガストはすでに死んだ子猿みたいな顔になっており、裂け目のような口が片側の耳から片側の耳までつながって、頬のくぼみには白いウサギが現れ、目は異様に大きく、今にも飛び出さんばかりになっていた。夏から彼女は車庫で働き、トラックのアキュムレーターにガスを充填させられていた。彼女の顔は強い硫酸のせいで、綿入れ《フハイカ》以上に穴だらけになっていた。

ひもじさ天使がこの夫婦関係をどんなものに変えてしまうかが食堂では毎日観察できた。弁護士は監視人のようにしつこく妻を捜した。彼女がすでに他の人たちの間に座って食卓についていると、その腕をつかんで引っ立て、彼女のスープを自分のスープの隣に置いたのだ。そして、彼女が少しでもよそ見をすると、その食器にスプーンをつっこんで横取りした。気づかれると、スプーンのことはさておくとして、と言った。

パンの球《クーゲル》で飾られた小さなクリスマスツリーはまだバラックのテーブルの上に置かれていた。そんな年が明けて間もない一月にハイドルン・ガストは死んだのだった。パンの球《クーゲル》がまだツリーにぶら下がっているなか、パウル・ガストは早くも、いわゆるピーターパンカラーとちびたウサギ皮のポケット覆いの付いた妻のコートを着ていた。そして今まで以上にこまめに髭の手入れをしてもらうようになっていた。

一月半ばになると、そのコートは僕らの歌手イローナ・ミッヒが着るようになった。そして弁護士は彼女のベッドの垂れた毛布の裏に潜《もぐ》り込めるようになった。床屋がこんなふうに尋ねたのはこの頃のことだった。

——家に子供を残してきた人は誰かいるのかい。

うちがそうだ、と弁護士が答えた。

——それで、何人なんだい。

——三人だよ。

髭剃りの泡のなかから、彼の目がじっと凍りついたようにドアの方を見ていた。そこのフックには、耳覆いのついた僕の綿入り帽が、撃ち殺された鴨のように掛かっていた。弁護士が深いため息をつき、そのせいで泡の塊が床屋の手の甲から床に落ちていった。そしてそれが落ちた椅子の脚の間には、ほとんどつま先を下にした弁護士のゴムのガロッシュが見えた。それは、ぴかぴかに光る新品の銅線を靴底に巻き、踝《くるぶし》で結んであった。

かつて僕のひもじさ天使は弁護士だった

絶対にうちの夫には内緒よ、とハイドルン・ガストが言ったことがあった。その日、彼女はトゥルーディー・ペリカンと僕の間の席に座れたのだった。歯が膿んだパウル・ガスト弁護士が食事に来られなかったおかげだった。だからハイドルン・ガストは話をすることもできたのだ。

彼女の話はこうだった。自動車整備工場と空爆を受けた二階の工場ホールの間の天井に、一本の木に突き破られたぐらいの穴があいている。二階の工場ホールでは瓦礫《がれき》の片付けがつづいている。ときどき一階の整備工場の床にジャガイモが落ちていることがあって、それは二階の男がハイドルン・ガストのために投げ落としてくれるのだ。いつも同じ男だ。ハイドルン・ガストがそちらを見上げると、向こうでもこちらを見下ろしてくる。言葉を交わすわけにはいかない。整備工場の彼女と同じように向こうも監視されているからだ。男は横縞の入った綿入れ《フハイカ》を着ている。ドイツ人の戦争捕虜だ。ひどく小さなジャガイモが整備工場の木箱の間に落ちていたのが最後だった。ハイドルン・ガストがすぐに気づかず、一日か二日そこにずっとあったのかもしれない。男がいつもより慌てていたのか、あるいはジャガイモが小さすぎて、いつもより遠くまで転がってしまったのだろう。もしかすると、男は意図的にいつもと違ったところに投げようとしたのかもしれない。ジャガイモが本当にホールの男の贈り物であって、罠にはめようとしたナチャルニクによって置かれたのでないとは、ハイドルン・ガストもなかなか確信できなかった。彼女は靴先でジャガイモをちょっと階段の下に押しやって、あらかじめそこにあると知らなければ、誰にも発見できないようにした。ナチャルニクが自分をつけ狙っているのではないと分かるまで様子を見ておきたかったのだ。間もなく仕事じまいという頃合いになって彼女はジャガイモをつかみ、いざ持ち上げようとして、ぐるぐる糸が巻かれていることにやっと気がついた。ハイドルン・ガストはいつもと同じくその日も、機会があるたびに、穴から上を見上げたけれど、もう男の姿を見ることはなかった。日が暮れてバラックに戻ってくると、彼女は歯で糸を切った。ジャガイモは真っ二つに切られていた。断面の間に布きれが挟まっていた。そこには「エルフリーデ・ロー……」と書いてあった。さらに「……アー通……、……エンスブ……」とあって、一番下に「……イツ連邦共……」と書かれてあった。他の文字はジャガイモのデンプンにやられて消えてしまっていた。弁護士が食堂での食事を終えて自分のバラックに帰っていくと、ハイドルン・ガストは布きれを中央広場の消え残った炎に投げ込み、真っ二つになったジャガイモを焼いた。私は秘密の通信を焼いて食べてしまったのよ、と彼女は言った。あれは六十一日前のことだったわ。彼が家に帰れたはずはないし、死んだはずもない。とても健康そうだったもの。でも地上からかき消えてしまったの、と彼女は言った。ちょうど私の口のなかでジャガイモが消えてしまったようにね。彼がいなくなって寂しくてしかたないわ。

彼女の目の中で薄い氷のような膜がぴくりと動いた。白い産毛を生やした彼女の頬のくぼみには、骨が浮き上がっていた。もう手の施しようもないことは、彼女のひもじさ天使には秘密でも何でもなかった。僕に心を打ち明ければ打ち明けるほど、ますます彼女がひもじさ天使に見捨てられていきそうで、僕は気分が悪くなった。彼女のひもじさ天使は僕に乗り換えるつもりじゃないかって気がしてならなかった。

妻の食事を盗むなとパウル・ガストに命令できるのは、ひもじさ天使だけだろうに。しかしひもじさ天使自身も盗人なのだ。僕たちがお互い顔見知りであるように、ひもじさ天使同士もみな顔見知りなのだ。天使という天使が僕たちと同じ職業についている。パウル・ガストのひもじさ天使は、彼と同じく弁護士だ。そしてハイドルン・ガストのは、その彼にいいように使われる手先でしかない。僕の天使も手先にすぎないが、誰の手先なのかは見当もつかない。

――ねえ、ハイドルン、スープを飲まないの。

――私には無理だわ。

すかさず僕はスープに手を伸ばした。トゥルーディー・ペリカンの視線がつきささった。対面にいるアルベルト・ギオンもにらんできた。僕はスプーンを口に運びはじめた。他人のスプーンだなんて気にもかけなかった。上品にスープを啜る時間も惜しかった。まわりにハイドルン・ガストもトゥルーディー・ペリカンもアルベルト・ギオンもおらず、ただ自分ひとりきりであるかのように貪り飲んだのだ。周囲の物が意識から消え去り、食堂にある何もかもが忘れ去られた。スープが心にしみた。この皿の前では僕のひもじさ天使は手先などではなく、ひとりの弁護士に変わっていた。

僕は空になった皿を、ハイドルン・ガストの方へ、左手の小指に当たるまで、押しやった。彼女は自分が使わなかったスプーンの汚れを舐め、さらに上着でこすって拭き取ったが、その様子だけ見ると、まるで食べたのが僕ではなく彼女であったかのようだった。自分が食べたのか、それともただ眺めていただけなのか、もう彼女には分からなかったのだろう。あるいは自分が食べたかのように振る舞いたかったか、そのどちらかだった。いずれにしても、ひもじさ天使が彼女の裂け目みたいな口——外側はありがたいことにただ蒼白なだけだが、内側はどす黒い青色に変色していた——のなかに手足を伸ばして寝転がっているのが見えた。もしかすると、天使はまさに水平に立つなんて芸当ができるのかもしれなかった。確実に言えるのは、キャベツの切れ端しか浮かばないスープのなかに浸かりながら、天使がいくばくもない彼女の余命を指折り数えていたことだった。しかしまた、天使が早くもハイドルン・ガストの存在は忘れ去り、僕の喉びこに付けた秤の計量をもっと厳格にしはじめた可能性もあった。あるいは、天使は食事の間、どれだけのものがどれだけの時間たてば僕から回収できるかをちゃっかり計算していたのかもしれない。

僕には計画がある

ひもじさ天使が僕の体重を量ろうとするなら、奴の秤を欺いてやればいい。貯め込んだパンとちょうど同じくらいの重さになってやる。そしてちょうど同じくらい歯が立たないものになってやる。

もう分かっているだろう、と僕は自分に言い聞かせる。これはちっぽけな計画だけど、その効果は計りしれないんだ。

ブリキのキス

晩ごはんのあと、僕は夜勤当番で地下室に行った。空は夕映えに赤く染まっていた。ロシア人村から鳥の群れが灰色のネックレスとなってこちらに飛んできた。鳥たちが夕焼け空のなかで鳴くのか、それとも、僕の口蓋にある帆に風が当たってそう聞こえるだけなのか心もとない。鳴き声は嘴を震わせるから出る声なのか、それとも足をすり合わせるからなのか、あるいは翼に軟骨のない古い骨を持っているせいなのだろうか。

ネックレスの紐がぷちんと切れて珠が何個かはじけ飛び、口髭の形に分かれた。うち三個が裏側の監視塔の上に立つ兵隊めがけて飛んで行き、制帽に隠された額のなかに消えていった。そしてしばらくそこから動かなくなった。僕が工場の門まで来てもう一度振り返ると、三つの珠とも制帽の下の後頭部から飛び出してきていた。抱えた武器が揺らぐだけで、歩哨はじっとしたままだ。兵隊はきっとでくの坊で、本物の生きた肉なのは武器だけなんだな、と僕は思った。

塔の上の歩哨とは立場を交換したくはなかったし、鳥の群れと入れ替わるのも嫌だった。毎晩、同じ六十四段を地下まで下りていく石炭殻労働者のままであるのも勘弁してほしかった。ともかく、誰かと代わってもらいたかった。今にして思えば、僕は武器になりたかったのかもしれない。

夜の当番では、僕は例によって台車の中身をどんどん空け、アルベルト・ギオンが押し上げる役をした。やがて僕らは持ち場を交代した。熱い石炭殻の蒸気に僕らは包まれていた。燃える塊からは樅の樹脂のにおいが、僕の汗まみれの首からはハチミツ紅茶のにおいがした。アルベルト・ギオンの白目が二つのむき卵のように揺れ動いたし、歯列はシラミ取りの櫛に変わっていた。地下室の闇のなかでは、真っ黒になった彼の顔など存在しないも同然だった。

沈黙の板きれの上での休憩中に、小さなコークスの火が僕らの靴を膝まで照らし出した。アルベルト・ギオンが上着のボタンを外して尋ねた。ハイドルン・ガストはドイツ人がいなくて寂しかったのか、それともジャガイモが惜しかったのか、いったいどっちだ。どうせあの女は糸をもう何度も噛み切ったことがあるにちがいないんだ。他の布きれに何と書かれていたかなんて誰にも分からないんだからな。彼女から食べ物を横取りしてるんだとしても、弁護士のやっていることは正しいんだ。結婚生活が長いと腹が減ってくるものだし、浮気をすれば満腹するものさ。そう言ってアルベルト・ギオンは僕の膝をつついた。休憩が終わりの合図だと僕は思った。しかし彼はこう言ったのだ。明日スープにありつくのは俺の番だからな。それに対して、おまえのミンコフスキー＝ワイヤーは何て言うんだろうな。僕のミンコフスキー＝ワイヤーは黙り込んだ。僕たちはもうしばらく黙って座りつづけた。ベンチの上に置いた自分の手が黒くて見えなかった。彼の手も見えなかった。

翌日、パウル・ガストは歯に膿みができているのに食堂に出てきて例によって妻の隣の席についた。もう食べられるようになっていて、ハイドルン・ガストもまた黙り込むほかなかった。それに対して、僕のミンコフスキー＝ワイヤーの見立てによれば、僕は例のごとく失望し、アルベルト・ギオンは例になく向かっ腹を立てていたのだった。そしてアルベルト・ギオンは弁護士の食事を台無しにしてやろうとしてケンカをふっかけた。弁護士の耐えがたく大きないびきを非難したのだ。すると僕も腹立ちまぎれに、弁護士よりもアルベルト・ギオンのいびきの方がうるさいと神かけて誓った。アルベルト・ギオンは、僕がケンカを台無しにしてしまったものだから、怒りに我を忘れた。そして僕に手をあげたが、その骨ばかりの顔は馬の頭にそっくりだった。僕たちが言い争っている間に、弁護士はとうに妻の皿にスプーンを入れていた。彼女のスプーンがスープに入れられる回数がへるのに応じて、彼のスプーンがさかんに動くようになっていった。彼がスープを啜りつづける間、妻は唇さびしい口に何かさせるためだけに咳き込みはじめた。そして咳き込みながら口を閉じて、貴婦人のように小指を立てたが、その指は硫酸に蝕《むしば》まれて荒れきっているうえに、潤滑油のせいで、この食堂のなかの誰の指とも変わらないくらい汚れていた。清潔な手をしているのはただ床屋のオズヴァルト・エンイエーターぐらいだった。しかし、その手も汚れまみれの僕らの手に負けないくらいに黒かった。というのも、まるで地犬の手でも借りてきたかのように、全体が黒い体毛に覆われていたからだ。トゥルーディー・ペリカンも、看護婦になってからは清潔な手をしていた。でも確かに清潔ではあったが、その手も病人にイヒチオールを塗り込むせいで黄土色に変色はしていた。

僕がハイドルン・ガストの立てた小指と僕らの手の状態に思いを巡らしている間に、カーリー・ハルメンがやってきて、僕とパンを交換したがった。パンを交換するには頭が別のことに気を取られすぎていたので、僕は断って自分のパンに執着した。彼はその後、アルベルト・ギオンと交換した。そうして初めて残念なことをしたと思った。アルベルト・ギオンが今かじりついているパンは僕のよりも三分の一ほど大きいように見えたのだ。

あちこちのテーブルでブリキの食器ががちゃがちゃと鳴った。スプーン一杯のスープを啜るのはブリキとキスするのと何の違いもないな、と僕は思った。そしてひもじさとは、誰にも思い通りにならない権力にほかならないんだ。今この瞬間にそれが分かっているのは大変よいことだろうが、同じぐらいあっという間に僕はそれを忘れてしまうだろう。

ことの成り行き

　真実はかくまで赤裸々だ。パウル・ガスト弁護士がその妻ハイドルン・ガストの食器からスープを横取りして、ついに彼女は立ち上がることもできなくなって、死んでしまった。でもそれは彼女には他にどうしようもなかったからだし、彼にしても、彼のひもじさが要求するがまま彼女のスープを横取りしたのだし、ピーターパンカラーとちびたウサギ皮のポケット覆いの付いた彼女のコートを着たけれども、それは彼女が死ぬのに対して彼にはどうしようもなかったからだし、彼女にしてももう起き上がれない自分に対してどうしようもなかったからだし、そして、やがて僕らの歌手ローニ・ミッヒがそのコートを着たけれど、彼女も弁護士の妻の死によって一枚のコートが宙に浮くのに対してどうしようもなかったし、弁護士にしても、妻の死によって自分が自由な身になったことに対してどうするわけにもいかなかったし、そのうえ彼女からローニ・ミッヒに乗り換えることに対しても弁護士はどうするわけにもいかなかった。それとまったく同様にローニ・ミッヒにしても、吊るした毛布の裏で男かコートを欲しがることに対して、あるいは男とコートが分かちがたく結びついていることに対してどうすることもできなかったし、この冬にしても、氷のように寒くなってしまうことに対してどうすることもできなかったし、コートにしてもそれがずいぶんあたたかいことに対してどうすることもできなかったのだけど、同様にして日々も、自らが原因と結果の連鎖となることに対してどうすることもできなかったし、原因と結果にしてからが、たった一枚のコートしか問題になっていないにしても、自ら赤裸々な真実になってしまうことに対してなすすべがなかったのだ。

ことの成り行きなんてこんなものだった。何かに対してどうするすべもなかったから、それぞれがそれの起きるに任せた結果にすぎない。

白いウサギ

とうさん、僕らは白いウサギに人生から追い出されそうなんだ。どんどん大きくなっていくウサギを頬のくぼみに飼っている顔が日ごとに増えていくばかりなんだよ。

僕のウサギは、まだまだ小さいけれど、僕の肉を内側からじっとうかがっているんだ。それは奴の肉でもあるからね。ああ悲しくてたまらない《ハー・ゾー・ヴェー》。

ウサギの目は石炭、鼻面はブリキの食器、脚は火っかき棒、腹は地下室の小さな台車、そしてウサギの道は急勾配に山を登っていく一本のレールなんだよ。

まだ今のところ僕のウサギは、皮が剥《む》かれたバラ色の体で僕のなかに潜《ひそ》んでいて、フェーニャのパン切り包丁を自前のナイフみたいに握りチャンスをうかがっているだけですんでいる。

望郷の念――まるでそんなものが僕に必要であるかのように

帰郷して七年経ち、この七年間は望郷の念《ハイムヴェー》を覚えずにいた。しかし大リング広場で本屋のショーウィンドーにヘミングウェーの『フィエスタ』を見かけると、僕はどうしてもハイムヴェーの『フィエスタ』と読んでしまった。だから僕はその本を買ってハイムヴェーに、いや家路《ハイムヴェーク》についた。

僕に対して傍若無人に振る舞う言葉がある。そうした言葉は、僕とはまるで違い、うぶな見かけとは裏腹にこすからい考え方をする。第一義的なものを念頭に置いて、僕はそうした言葉を使おうとするのだけど、言葉の方では、こちらがそんなこと望んでもいないのに、たちまちまるで別の第二のものにつながっていこうとするのだ。「望郷の念《ハイムヴェー》」がまさにそんな言葉だ。まるでそんなものが僕に必要であるかのように。

僕を狙い撃ちにしているとしか思えない言葉がいくつもあって、それらはただ収容所《ラーゲリ》へ後戻りさせようとして、わざわざ作られているようなのだ。ただし「後戻り」という言葉そのものは別だ。この言葉は、たとえ僕に後戻りが起きるときにも、おいそれと使いはしない。そんなふうに安直な使用に堪えない言葉に「記憶」もある。「心身に負った傷」という言葉も後戻りに対しては使えない。「経験」という言葉もそうだ。こうしたおいそれとは使えない言葉を相手にするときには、僕は実際よりも馬鹿な振りをしなければならない。それでも言葉の方では僕と触れ合うたびに、ますます態度を硬化させて使いにくくなるのだ。

頭に、眉毛に、うなじに、腋の下に、陰毛にシラミがわき、寝台には南京虫。そしてひたすらひもじい思いをする。けれども、「シラミと南京虫にたかられ、ひもじい思いをしている」とは誰も言わない。そういうときには、「望郷の念を覚える」と言うものなのだ。まるでそんなものが必要であるかのように。

望郷の念を口にし、歌い、黙り、歩き、座り、眠る。意味もないのに、ひたすら、そんなことをつづける人たちもいる。その一方で、望郷の念だって時間が経つうちにその内実をうしなっていき、もう具体的な故郷とは何の関係もなくなっていき、熾火《おき》のようにくすぶるだけ、それこそ無意味に身を焦がすだけになるんだ、と言う者たちもいる。僕も同じ考えだ。

シラミの領域に限っても、文字通り、三種類の望郷の念、いや痛みがあることは知っている。アタマジラミ、ケジラミ、コロモジラミだ。

アタマジラミは、頭皮や耳の後ろ、眉毛、うなじの生え際を這い回り、かゆくて耐えられない思いをさせる。うなじがむずむずするときには、シャツの襟にコロモジラミまで潜んでいるのかもしれない。コロモジラミは這い回りはしない。下着の縫い目に潜んでいる。名前こそコロモジラミだが、しかし糸を食べて生きているわけではない。

ケジラミは陰毛のなかを這い回り、かゆくてしかたなくさせる。でも陰毛という言葉を口に出すのははばかられた。下がかゆい、と言うのだった。

シラミの大きさはさまざまだが、どれも白くて小さなカニのような外見をしている。親指の爪に挟んで押し潰すと、ぷちっと乾いた音がした。片方の爪には潰れたシラミの体のさらっとしたシミが、もう片方の爪にはべっとりした人間の血のシミが残った。シラミの卵はガラス製のロザリオのように、あるいは莢のなかのエンドウ豆が透き通ったように、色もなく整然と並んでいる。シラミが危険なものになるのは、発疹チフスやチフスを持っているときだけだ。さもなければ、共存することはできる。体中がかゆいことに慣れていけばいいのだ。シラミは床屋の櫛を介して頭から頭へうつっていくんだと思うかもしれない。しかしシラミにそんな必要はなかった。バラックのベッドからベッドへと這い回わればいいだけだったのだ。僕たちは水で満たした空き缶にベッドの脚を入れて、シラミが這い上がるルートを断とうとした。でもシラミだって僕たち並みにひもじい思いをしているから、すぐに別のルートを見つけるのだった。点呼のとき、食堂のカウンターでの行列のとき、食堂の長テーブルについたとき、さらに作業中であれば、積み降ろしのとき、タバコ休憩でしゃがむとき、さらにタンゴを踊るときにも、僕たちはシラミを分配しあっていた。

みんなバリカンで丸坊主にされた。男たちは床屋でオズヴァルト・エンイエーターの手によって。女たちは病棟バラック横の板囲いのなかでロシア人の女医によって。初めて丸刈りにされるとき、女たちはお下げ髪を持ち帰ることが許され、みんな自分自身を偲ぶよすがとして、それをトランクのなかにしまい込んだのだった。

なぜ男たちが助けあってお互いのシラミを取り合おうとしなかったのか、その理由は僕には分からない。女たちは毎日のように頭を突き出しあい、おしゃべりしたり歌ったりしながら、シラミを取り合っていた。

チター＝ロンマーはもう最初の冬に、毛糸のセーターからシラミを駆除する方法を身につけた。摂氏零度を優に下回る極寒の夕暮れに、三十センチメートルの穴を地面に掘り、毛糸のセーターをその穴に入れ、指の長さばかりの端っこだけを突き出させたら、穴に土をかけて軽く蓋をする。夜のうちにシラミがことごとく毛糸のセーターから這い出してくる。朝になって空が白んでくる頃、シラミは白い塊となってセーターの端っこに乗っかっている。そうなったら一匹残らずいちどきに靴で踏み潰してしまえるのだ。

三月になって、大地がもう何メートルも下まで凍ることがなくなると、僕たちはバラックの間に穴を掘った。セーターの端が毎晩、地面から飛び出していて、編み物の庭のようになっていた。朝になって空が白んでくると、畑はカリフラワーのように白い泡を花開かせた。僕たちはシラミを踏み潰して、セーターを地面から引っこ抜いた。セーターはまた僕らを温めてくれたが、チター＝ロンマーに言わせれば、服は生き埋めにされたぐらいじゃ死にやしない、のだった。

帰郷して七年経ち、この七年間はシラミとは無縁の生活を送ることができた。しかし今でもカリフラワーが皿にのっているのを見るたびに、六〇年前の朝の空が白みはじめる頃を思い出し、セーターの端からシラミを食べている気分になる。泡立った生クリームだって、これまでただの一度もホイップクリームに見えたことはない。

収容所《ラーゲリ》二年目からシラミの駆除のために、シャワーのほかに、土曜日ごとの「エトゥーバ」、すなわち摂氏一〇〇度を越える熱風室が使われるようになった。鉄のフックに掛けた服が、ちょうど屠畜場の冷凍室のウィンチ台車のように、滑車で回ってぐるりと循環していくのだった。服のローストにかかる時間は、僕たちがシャワーをあびる浴室でお湯が出ている時間よりもずっと長かった——一時間半ほどだった。シャワーがすむと、僕たちは裸のまま脱衣場で待つほかなかった。疥癬《かいせん》だらけのみっともない姿ばかり、裸のままだと僕たちは役立たずの烙印を押された馬車馬にしか見えなかった。誰も恥じらいを覚えなかった。もはや肉体をもたないというのに、何をいったい恥じらえばいいというんだろう。しかしその肉体のためにこそ僕たちは収容所《ラーゲリ》にいた。肉体労働のためなのだから。肉体を失えばうしなうほど、ますます肉体から復讐を受けた。この僕の皮膚はとっくにロシア人のものだった。人目を恥じらったのではなかった。ネプチューンプールで、ただラベンダーの香りと心をわしづかみにする幸福にメロメロになりながら、すべすべの肌を見せていた自分自身を思い出すと、あまりの面目なさに涙が出そうだった。あのときの僕は決して、役立たずの烙印を押された二本足の馬車馬がこの世にいるだなんて想像もしていなかったんだ。

エトゥーバから出てきた服は熱く塩っぽいにおいがした。生地は焦げて脆くなっていた。しかし二回や三回のシラミ駆除の工程の間に、エトゥーバでは密かに持ち込まれた甜菜も砂糖漬けの果物に変わるのだった。僕はエトゥーバの甜菜とは無縁だった。僕が持っていたのは心臓シャベル、石炭、セメント、砂、石炭殻レンガ、それに地下の石炭殻だけだったのだ。ジャガイモ畑で驚愕の一日を経験したことはあったが、甜菜畑では一日も過ごしたことがなかった。コルホーズで甜菜を積み降ろしている男たちだけが、エトゥーバで砂糖漬けの果物を手に入れることができたのだ。砂糖漬けの果物がどんなものであるかはもちろん知っていた。ガラスのように透き通った緑色、ラズベリーの赤、レモンの黄色。小さな宝石をちりばめたように王冠形のケーキにかならず飾られていたし、口に入れれば、よく歯の隙間に詰まったものだった。砂糖漬けの甜菜は土色になり、皮を剥くとうわぐすりを塗った拳のように見えた。他の人たちが食べているのを見ているうちに、望郷の念がしゃしゃり出てきて王冠の形をしたケーキを食べはじめた。おかげで僕の胃がぎゅうっと鳴った。

四年目を迎える大晦日に、女子バラックで僕も砂糖漬けの大根を食べさせてもらった。それは一種のトルテだった。トゥルーディー・ペリカンが、焼く代わりに組み立てたものだった。砂糖漬けの果物の代わりに——砂糖漬けの大根、ナッツの代わりに——ヒマワリの種、小麦粉の代わりに——トウモロコシの粒を粗挽きにしたもの、トルテの小皿によそう代わりに——病棟バラックの霊安室の壁から剥《は》がしてきたファイアンス磁器製のタイルの一枚一枚にのせて。加えてバザールのタバコ——「ラッキー・ストライク」——が一本ずつ添えてあった。僕は二口吸ってみたが、それでもう酔ったような心地だった。頭が僕の肩からふわふわ浮き上がり、寝台の周囲をくるくる回る他の顔たちと混じり合った。僕たちは、貨車ブルースを歌い、腕を組んで踊り歩いた。

沈丁花が満開の森
堀に残る雪

あなたから届いた手紙
それを読むたび心が痛い

歩哨《プラントン》のカーティは自分の分のトルテがのったタイルを手にして、常夜灯が照らしだす小さなテーブルについたままだった。彼女は、興味もなさそうな顔をして僕たちの様子を見ていた。それでも歌が終わると、椅子の上でゆらゆら体を揺すりながら、「ううう、ううう」とうなった。

彼女のうなったこの低い「ううう」は、四年前の雪の夜、強制連行の汽車が最後に停車するときに上げた鈍い響きそのものだった。僕は身をこわばらせ、何人かは泣き出した。トゥルーディー・ペリカンも、もう支えになるものを見つけられなかった。そして歩哨《プラントン》のカーティはそうやってみんなが泣く様子をじっと見ながら、トルテを口に入れた。いかにもおいしそうな食べ方だった。

僕に対して傍若無人に振る舞う言葉がある。ロシア語の「ヴォッシュ」が南京虫を指すのか、それともシラミを指すのか分からないが、僕が「ヴォッシュ」と言うときには、南京虫もシラミも指すつもりでいる。言葉自体はもしかしたらどちらの虫のこともまるで知らないかもしれない。でも僕はそいつらを嫌になるぐらい知っている。

南京虫は壁をよじのぼり、真っ暗闇のなか、梁から寝台の上にばたばた落ちてくる。明るいときには落ちてこないのか、それともただ見えないだけなのかは知らない。南京虫対策という意味もあって、バラックの常夜灯は一晩中つけてあるのだ。

僕たちの寝台は鉄パイプでできている。さびついたパイプをつなぐ溶接の継ぎ目は雑な仕上がりだ。そんなパイプのなかで南京虫はどんどん増えていくし、藁布団の下の、カンナも当てていない板敷きのなかでも増殖していける。南京虫がはびこりだすと、たいてい週末のことだったが、ベッドを外に運び出させられた。工場で働く男たちがひそかに鋼のブラシを作ってくれていた。寝台の枠と板敷きはブラシを掛けると、押し潰された南京虫の血で赤茶けた色になった。この南京虫駆除は命令されたものなのに、僕たちは功名心にはやるように張り切ってやるのだった。ベッドをきれいにして何とか夜の安眠を確保したいからだ。南京虫の血を見るのは嫌じゃない。というのもそれは僕らの血にほかならないからだ。血がどばっと出ればでるほど、ブラシを掛ける楽しみは大きくなる。こうして僕らのなかから憎悪という増悪が誘い出された。僕たちはブラシをかけて南京虫を殺しては、まるで倒した相手がロシア人であるかのように、功名心が満たされて誇りを覚えていたのだ。

それから、まるで一撃を脳天に受けたように、僕たちは強い徒労感に襲われる。徒労となった誇りくらい心を沈ませるものはない。そんな誇りは、次の機会までには、自分にブラシをかけて小さくしてしまうだろう。徒労であると知りながら、僕たちは南京虫を駆除したベッドをバラックに運び直す。言葉のもっとも狭い意味でのシラミのような奥ゆかしさで、僕たちは言う。これで少なくとも夜が来ても大丈夫だ。

六〇年後の今になって僕はこんな夢をよく見る。二回目、三回目、それどころか時には七回目の強制連行を経験させられる。グラモフォン＝トランクを井戸のそばに置いて、点呼広場をあちこちさまよう。ここには作業班もなければ、ナチャルニクもいない。作業の割当もない。世界からも新しい収容所《ラーゲリ》当局からも忘れ去られている。収容所の古参としての経験を持ち出すしかない。ともかくも、僕は心臓シャベルを持っているわけだし、日勤も夜勤も僕の当番はつねに芸術作品だった、と宣言してはばからない。僕は新米の流れ者ではないんだし、経験を積んでいるんだから。地下室と石炭殻のことなら何でも知っている。というのも、最初の強制連行のときにカブトムシ大の石炭殻でやけどした傷痕が僕の脛に青黒く残っているんだから。そして英雄の勲章のように、その脛の傷痕を見せびらかす。自分がどこに寝ればいいのかも分からない。収容所もすっかり新しくなってしまった。バラックはどこだい、と僕は尋ねる。ベア・ツァーケルはどこに、トゥール・プリクリッチュはどこにいる。びっこのフェーニャは、ざっくり編んだジャケットを夢ごとに新しいのに着替えているが、その上にはいつも白いパン用亜麻布《リネン》でできた同じ飾り帯をかけている。その彼女が言うには、もう収容所当局はないらしい。僕はずいぶんな扱いを受けているとしか思えない。誰もここでは僕を必要としていないのに、立ち去ることも許してもらえないなんて。

いったいこの夢はどこの収容所に入り込んだのだろう。心臓シャベルと石炭殻地下室が本当にあったということに、何の興味もないのだろうか。五年間も囚われれば、もうそれで僕には本当に十分だというのが分からないのか。夢は僕を永遠に強制連行しつづけるつもりで、この七番目の収容所では働くことさえ禁止するのか。僕にとってこんな不愉快なことはない。だけど僕には夢に何と抗議していいのか分からない。夢が僕を強制連行するのが何度目だろうと、僕がいま身を置いているのがどこの収容所であろうとも。

万が一この人生でもう一度強制連行されるようなことがあるとすれば、これだけは覚えておかなくては。いくつか第一義的なものがあるけれど、それらは、こちらがそんなこと望んでもいないのに、たちまち別の第二のものをよびだしてしまうのだ。でもどうしてこの結びつきに僕は引き寄せられてしまうのか。なぜ僕は毎晩自分の悲惨に対する権利を主張したがるのか。なぜ僕は自由でいられないのか。どうして僕は収容所《ラーゲリ》を無理やり僕の一部にしようとするのか。望郷の念、まるでそんなものが僕に必要であるかのように。

頭が冴えわたった瞬間

ある午後、歩哨《プラントン》のカーティは、いったいいつからそうしているのかは誰にも分からなかったが、バラックの木の小さな机に腰かけていた。たぶんカッコウ時計のためだった。僕が入っていくと、ねえここに住んでいるの、と彼女に尋ねられた。

そうだよ、と僕は答えた。

――私もそうよ、教会の裏だけどね。私たちこの春に新しい家に引っ越したの。それから小さな弟が死んでしまって。あの子はおじいさんみたいになっちゃったわ。

――だけど弟くんは君より若かったんだろう。

――あの子は病気だったの、するとすぐ年を取ってしまうのよ。それから私はカモシカ革の靴を履いて、前の家に出かけていたわ。中庭には知らない男の人がいた。どうやってここに来たのか、ってその人に訊かれたわ。だまってカモシカの靴を見せたの。すると、次は頭を持ってくるんだよ、って言われたのよ。

――それからどうしたんだい。

――それから教会に行ったわ。

――君の小さな弟くんは何て名前だったの。

——ラッツィ、あんたと同じよ。

——僕の名前はレオだよ。

——自分ちではそうだったかもしれないけど、ここではあんたはラッツィって名前なのよ。

一瞬、なんて頭が冴えてんだろう、と僕は思った。その名前にはシラミ《ラウス》が一匹隠れている。ラッツィはラーディスラウスを縮めた愛称だから。

歩哨のカーティは立ち上がって背を丸め、ドアの前でもう一度カッコウ時計に目をやった。しかしその右目は、まるで古いシルクの布がねじられたかのようにして、僕の方を盗み見ていた。彼女は人差し指を上げて言った。

——ねえ、教会のなかで私に色目を使うのは止めてくれる。

干し草なみに軽く

夏には外に出て点呼広場でダンスパーティーするのが許された。夜の訪れを前にして、ツバメの群れがひもじい思いを追いかけて飛び去っていき、立ち木は早くも黒いぎざぎざ模様に姿を変え、雲は赤い色を滲ませていた。もっと暮れてくると、食堂の上に指のように細い月がかかった。コヴァッチュ・アントンの太鼓の音が風を切るように流れ、点呼広場では、草むらが風になびくように、ダンスのペアが揺れ動いた。コークス炉のベルが波状的にちりんちりんと鳴った。そのたびに、向こうの工場の敷地にぱっと光がともり、こちらの空まで明るく照らし出した。その明かりがまたぱっと消えるまでの間、歌をうたうローニの甲状腺腫やアコーディオンを弾くコンラート・フォンの重たげな目がよく見えた。その目は決まってあらぬ方向に向けられていた。

コンラート・フォンがアコーディオンのあばら骨を押し込んでは引き出す様子は、どこか獣じみていた。いくら扇情的なものを前にしても、彼の瞼は重く垂れ下がったまま動かなかったろう。そもそも冷ややかすぎる空虚が彼の目には浮かんでいた。音楽も彼の心情に訴えてこなかった。追い払われた歌は僕らのなかに逃げ場を求めるしかなかった。彼のアコーディオン演奏は切れ味が悪くて投げやりだった。チターー＝ロンマーが、噂どおりに、オデッサで故郷への船に乗り込んだのだとすると、それからというもの、このオーケストラからは暖かい明るい響きがすっかり消えてしまったのだ。もしかするとアコーディオンまでが演奏者と同じくらいに機嫌を損ねており、収容所《ラーゲリ》送りにされた連中がペアになって、風になびく草のように点呼広場で揺れ動くのを見て、こんなものダンスと呼べるものかと疑いの眼を向けていたのかもしれなかった。

そんななか歩哨《プラントン》のカーティはベンチに座って、音楽に合わせて足をぶらぶらさせていた。男の誰かに誘われると、彼女は真っ暗な闇のなかに走って逃げ出した。相手が女であれば、ときどき踊りにつきあうこともあって、そのときは首を伸ばして空を見上げた。ステップが変わるときにも彼女は拍子を狂わせなかった。きっと前にダンスをよくやっていたんだろう。今はベンチに座って、ペアが近寄ってくるのを見ると、小石を投げつけていた。冗談でやるのではなく、いたって真剣な顔つきでそうするのだった。アルベルト・ギオンがこんなことを言った。みんな点呼広場の存在をほとんど忘れてしまって、円形広場《ロンデル》で踊っているつもりなんだからな。それにしても、もうツィリ・ヴァントシュナイダーとだけは踊りたくない。あいつはしつこくて、どうしてもおれにまとわりついて離れないんだから。そのくせ、この暗がりのなかで響いている音楽にメロメロなだけで、おれに首ったけというわけじゃないんだからな。冬にやる「ラ・パロマ」のときは、みんな食堂に気をとられたままだったし、アコーディオンのあばら骨のように、みんなの気持ちにも、でこぼこしたばらつきがあった。夏のダンスは、干し草を積み上げるみたいで、憂鬱の上に軽さを振りまいてくれていた。バラックの窓がぼうっとほのかに光っていて、みんなお互いを実際に見ているというよりも、感じあっているのだった。トゥルーディー・ペリカンがこんなことを言った。ロンデルで踊っていると、望郷の思いが頭からお腹のなかにまでぽたぽた垂れ落ちてくるのよ。ペアダンスは一時間おきに組み合わせが変わっていくけれど、それこそ望郷ペアと言うべきだわ。

今にして思えば、ペアが作られるときにはっきりしてくる好意と悪意の取り合わせはたぶん石炭の配合《ブレンド》と同じくらいさまざまで、もしかしたら同じくらい悲惨なものかもしれなかった。ともかく手に入る物を混ぜるしかなかった。でもだからといって、ただめったやたらに混ぜ込めばいいというものでもなかった。だから、僕はどんな組み合わせからも距離を置いて、そうしながらその理由を誰にも気づかれないよう注意しなくてはならなかったんだ。

アコーディオン弾きはたぶんそれを感づいていたのだろう。こちらをはねつけるようなところがあった。好きなタイプじゃなかったけれど、それでも僕は傷ついた。工場の強力な光が空いっぱいに広がる限りは、そして広がるたびに、奴の顔は嫌でも目に入った。十五分おきにアコーディオンの上に犬のような頭をした彼の首と、あらぬ方を向き、気色悪い、石でできたような白い目が浮かぶのを僕は見るはめになった。そしてすぐまた空は真っ黒な夜になった。十五分間待っていると、また犬の頭が光を浴びて無様な姿をさらすのだった。点呼広場で夏の「ラ・パロマ」を踊るときはいつでも同じだった。ただ九月の終わり、屋外で夜のダンスパーティをやるのもそろそろ終わりという頃になると、だんだんそうじゃなくなるのだった。

よくそうするのだけど、僕は木のベンチの上に足をのせて、両膝を顎の下に寄せるように座っていた。ダンスをしていたパウル・ガスト弁護士が休憩をとって、僕の足先近くに黙って座っていた。もしかすると彼は今でもときおり死んだ妻ハイドルン・ガストを思い出すのかもしれなかった。というのも、彼がもたれかかったとき、ロシア人村の上空に流れ星がきらりと光るのを見て、こう言ったからだ。

——レオ、さあ早く何か願い事をしないと。

ロシア人村が流れ星をすぐ飲み込んでしまい、それ以外の星はみな粗塩のように輝いていた。

——何も思いつきやしない。おまえはどうだった。

——僕たちが生きていられるようにって。

干し草なみに軽くついた嘘だった。ほんとうは、僕の身代わりの弟なんか死んでしまえばいいのに、と願をかけたのだった。ともかく母が悲しめばいいと思った。弟には会ったこともないわけだし。

収容所の幸福について

幸福はあっという間にやってきて、あっという間に去っていく。

僕が知っているのは、口の幸福と頭の幸福だ。

口の幸福は、食事の間に訪れるが、口よりも短命、それどころか口という言葉よりも短命だ。その言葉を口に出して、それが頭に届くまでの時間さえもたない。口の幸福は、語られるのをちっとも好まない。口の幸福について語ろうとすると、何と言うにせよ必ず冒頭には「あっという間に」という言葉が来る。そして何を言うにせよ、最後には必ず「このことは誰にも言うな、みんなひもじい思いをしているんだから」がつづくのだ。

でも一度だけは言わせてもらおう。枝をぱっと引っ張って、アカシアの花を摘んで食べる。決して他人には言うな、みんな飢えているのだから。道ばたのスイバを摘んで食べる。配管の隙間に自生したタイムを摘んで食べる。地下室のドアの脇のカモミールを摘んで食べる。柵の際に自生したニンニクを摘んで食べる。枝をぱっと引っ張って、黒い桑の実を摘んで食べる。休耕地の野生のカラスムギを摘んで食べる。食堂の裏にジャガイモの皮は一枚も見つからないが、代わりにキャベツの芯を見つけて食べる。

冬になると、摘むものが何もなくなってしまう。当番からバラックへ戻る道すがら、どこの雪がいちばんうまいかと考える。地下から地上に上がる階段の雪をすぐさま片手いっぱいすくうのがいいか、それとももう少し先の石炭の山に積もったのがいいか、それとももっと先の収容所《ラーゲリ》の門のところがいいか。決めかねぬまま、柵の杭に白いベレー帽が積もっているのを手にとって、口と首から心臓までリフレッシュすることになる。あっという間に疲れがふっとんでいく。決して他人には言うな、みんな疲れてくたくたなのだから。

墜落でもしない限り、どの日も他の日と変わりない。そして、日々変化のないことを望む自分がいる。五番手が九番手のあとにやってくるんだよ、というのが床屋のオズヴァルト・エンイエーターの口癖だ――彼の法則によれば、幸福になるとは少しばかりバラムクなのだそうだ。僕にはきっとそのうち運が向いてくるはずだ。なぜなら「わしには分かっとる。おまえはきっと戻ってくる」と祖母が言ってくれたんだから。これも決して人には言ってはならない。みんな帰りたくてうずうずしているのだから。幸福になるためには、目標がいる。たとえそれが柵の杭に積もったわずかな雪でしかなくとも、ともかく目標を探さなくてはならないんだ。

口の幸福よりも頭の幸福について語るほうがいい。

口の幸福はひとりでいたがり、寡黙で、内面にしっかり根ざしている。でも頭の幸福は、社交的で、他の人たちとのつながりを求めてやまない。それはあちこちさまよい歩く幸福であり、あとからぴっこをひきながらでもついてきてくれるのだ。この幸福は、もうそれに堪えられなくなるくらいずっとつづく。頭の幸福は、てんでばらばらで、区分けするのも難しく、好き勝手に混ざりあい、見る見る

うちに姿を変えていく、
明るい幸福から
暗い
ぼやけた
盲いた
妬ましげな
隠された
移り気な
煮え切らない
気性の荒い
押しつけがましい
ぐらぐらした
転落した
放棄された
店《たな》ざらしにされた
仕組まれた
裏切られた

みすぼらしい
粉々に砕けた
支離滅裂の
下心まるだしの
悪意のこもった
腐り果てた
再発した
厚かましい
盗まれた
投げ捨てられた
余り物の
あやうく失敗に帰しかけた幸福まで次々に。

頭の幸福は、目を泣きはらせ、首をねじ曲げ、指の震えを止められないかもしれない。でもどの頭の幸福も頭の奥で、ブリキ缶のなかのカエルみたいに、がたがた騒ぐのを止めようとはしない。

人生の最後に味わえる幸福は、一滴だけ多すぎて溢れてしまう幸福だ。それは死ぬ瞬間に訪れる。まだ覚えているけれど、イルマ・プファイファーがモルタル槽で死んだとき、トゥルーディー・ペリカンは大きなゼロでも作るように口をまるめて舌打ちして、ひと言だけ付け加えた。

――幸福が一滴だけ多すぎたのね。

僕は彼女の言う通りだと思った。というのも、後片付けのときにはいつも、死者たちがほっとしたような安らぎを覚えているのが見て取れたからだ。頭のなかのかんじがらめの巣が、息のなかの目のくらむようなブランコが、胸のなかの憑かれたように鼓動を打つポンプが、腹のなかの空っぽの待合室がとうとうおとなしくなってくれたのだから。もっとも、純然たる頭の幸福を目にしたことは一度もなかった。というのも、誰の口にもひもじさが住みついていたのだから。

収容所《ラーゲリ》から解放されて六〇年が経過しても、僕は食事にはいつも大いに興奮させられている。食べているときには、全身の毛穴が開いたようになる。だから、他の人たちと一緒に食事をすると、いつも不愉快な思いをさせられるのだ。僕は独善的に食べるのに、他の人たちは口の幸福を知らないものだから、社交的に礼儀正しく食べる。まさに食事中には、一滴だけ多すぎる幸福が僕の頭をよぎり、この幸福は、ここに僕らがいま座っているのが間違いない事実であるように、確実に誰のところにもいつかやってくるのだ。そうなると、僕らは頭のなかで巣を、息のなかでブランコを、胸ではポンプ、腹では待合室を明け渡すほかなくなる。僕は食べるのがとても好きなものだから、死んだらもう食べられなくなる以上、どうしても死にたくない。六〇年前からもう分かっていたことだが、帰郷しても収容所の幸福を押さえつけることはできなかった。今日でもその幸福はひもじさと手を組み、それ以外のあらゆる感情を束ねている心の中心をあっさり噛みきってしまう。だから僕の場合、中心には空虚しかない。

帰郷できて以来、あらゆる感情が毎日欠かさずひもじい思いをしていて、とても与えられそうもない答えを出すよう僕に要求してやまないのだ。僕はもう誰にもしがみつかれたくはないというのに。ひもじさには、ずいぶんいろいろ教わったと思う。矜持を保っているからではなく、まさに卑屈だからこそ、僕は何とか攻撃されずにすんでいるのだ。

こっちは生きてるんだよ、人生は一度しかないんだ

骨と皮だけの時代は、昼も夜も同じ話を繰り返しては永遠にぶーんと鳴りつづける手回しオルガンしか僕の頭のなかにはなかった。それはこんな節回しだ。「ああ寒くて寒くて身を切られそう、ひもじさのペテンに騙された、疲れが重くのしかかってくる、望郷の念に身も心もやられそう、全身に南京虫とシラミの噛み跡ができている」。僕は、生きてないから死ぬこともない事物と体を取り替えてしまいたかった。空に浮いたように見える地平線でも地上の埃だらけの道でもいいから、急場しのぎにこの肉体を事物と交換したかった。何にも動じない彼らの根性を身につけ、この肉体なしに存在するようになりたかった。そしてこんなひどい乱暴狼藉が終わる頃を見はからって、自分の体にするりと戻り、綿入れを着て姿を見せればいいと思ったのだった。これは死ぬってことじゃなかった。むしろその反対だった。

ゼロ点は言葉にならない。ゼロ点については語れず、せいぜいそのまわりをぐるぐる巡ることしかできない。これに関して僕たちは、つまりゼロ点と僕は、意見が一致している。精いっぱい開いたゼロの口は食べるにはよくても、話すことはできない。ゼロの情愛に抱きしめられてしまえば、息もできなくなる。急場しのぎの身代わりを探そうにも、比較できるものがない。ゼロ点は、「シャベル一すくい分はパン一グラムに等しい」という等式と同様に有無を言わさず、まったく直接的なものだか

らだ。

　急場しのぎの身代わりを見つけることは、骨と皮の時代には本当にうまくできていたにちがいない。地平線や埃だらけの道の、何にも動じない根性を身につけられたこともあったはずだ。綿入れを着た骨と皮でしかなければ、僕は決して生きていられなかったはずだから。

　肉体の生命力は、僕には今日にいたるまで神秘に満ちみちている。肉体のなかは、まるで建築現場のように取り壊されては建て直されていく。毎日欠かさず自分や他の人たちの様子を見ているのに、自分のなかでどれだけのものが壊れていくのか、そしてまたどれだけが立ち直っていくのか、それに気づくことはない。カロリーがどんなふうにあれこれを奪っては与えるものなのか、どこまでも謎のままだ。奪うときには体のなかのあらゆる痕跡を消してしまい、与えるときには痕跡を回復させていくのはどういう仕組みによるんだろう。いったいいつから回復をはじめたのか、自分でもよく分からないまま、いつの間にか元気になっているのだ。

　収容所《ラーゲリ》で過ごした最後の年に、僕たちは労働の対価として現金をこの手に受け取った。おかげでバザールに出かけて買い物をすることができた。僕たちはドライプラム、魚、それに甘いチーズや塩辛いチーズ、ベーコンとラードをつけたロシア風パンケーキ、どろどろに溶かした甜菜をかけ、てかてか光るヒマワリの種のシロップ漬け《ハルヴァ》をのせたトウモロコシケーキを食べた。二、三週間もしないうちに、まるっきり人並みの栄養状態に戻っていた。ぶよぶよに太って、床屋のいう「バムスティ」になった。まるで第二の思春期を迎えたように、僕たちはまた男と女になったのだ。

いまだに男たちが何の疑いもなく、ボロ綿入れを着込んで、新しい一日のなかにとぼとぼ足を踏み入れていた頃、早くも女たちは、新しい見栄の張り合いをはじめていた。まだ自分は十分に見栄えがすると思い込んでいる男たちは、女たちが見栄を張るために使う材料をひたすら黙々と手に入れてきた。ひもじさ天使は、服のこと、収容所《ラーゲリ》の最新モードのことにはよく鼻がきいた。男たちは、撚り合わせて腕の太さぐらいの綱にした純白の木綿を一メートルくらい工場から持ち出してきた。女たちは綱を解くと、糸をつなぎあわせ、鉄の鉤《かぎ》を使って鉤編みにし、ブラジャー、パンティ、ブラウス、胴着を作っていった。うまく内側に引き込むように編んだから、糸の結び目は完成品のどこにも見当たらなかった。女たちはヘアバンドやブローチまで編んだ。トゥルーディー・ペリカンは鉤編みにした大きな睡蓮ブローチをまるでコーヒーカップのように胸元に飾りつけていた。ツィリの片割れは針金に白い指ぬきをたくさんつけたスズランブローチ、ローニ・ミッヒは赤いレンガの粉で色をつけたダリアのブローチだった。

ただ木綿がいろんなものに加工されるばかりのこの初期段階では、僕も自分が今のままのかっこうでじゅうぶんに通用すると思っていた。でもやがて新しいファッションでめかし込みたくなった。ビロードの襟飾りのついたコートが擦り切れていたので、それを材料にずいぶん手をかけてハンチング帽を作ることにした。作り方は頭では分かっていたが、実際作ってみると、とてつもなく細かい作業をともなう面倒なものだった。タイヤのゴムに布地をかぶせたものを丸い輪っかにしたのだが、帽子を斜めにすると片耳がすっぽり隠れてしまうほど大きかった。つばには屋根に敷くための厚紙シートを使い、帽子本体の楕円形の部分にはセメント袋の紙で補強を入れ、擦り切れた下着のまだ使える部分で内側全体に裏打ちまでしたのだ。この裏地は重要だった。他人に見えないところで、おしゃれしたいというのが昔からの僕のこだわりだったのだ。このハンチング帽には、これからはよくなる一方だとの期待が表現されていた。

女たちの鉤編み収容所モードに、ロシア人村の店で購入してきた化粧石けん、パウダーと口紅が加わった。どれにも同じトレードマークの「クラスニイ・マク」、つまり赤い罌粟《けし》がついていた。化粧品はバラ色で、強烈に甘いにおいがした。ひもじさ天使がびっくりするくらいだった。

モードの第一波となったのはよそ行きの靴、「バレエシューズ」だった。僕はゴムタイヤ半本分を靴職人に持っていったし、他の人たちは工場からベルトコンベヤーのゴムをかき集めてきた。靴職人は、とても薄いしなやかな靴底をして、どの足にもぴったりと合う軽量のサマーシューズを作ってくれた。靴型を使って作られ、とてもいかしていた。男も女もこぞってそれを履いた。ひもじさ天使の足取りまで軽くなった。「ラ・パロマ」も興奮に我を忘れた。みんながロンデルに駆けつけ、真夜中の合図の国歌が流れるまでずっと踊りつづけた。

しかし女たちは、自分や仲間内で満足するばかりではなく、男たちの気も引きたがった。男たちも、毛布の垂れ幕の裏側で鉤縫いの下着に手を出すのを許してもらうためには、身だしなみに気を遣わぬわけにはいかなかった。こうしてバレエシューズの次に、靴より上の部分でも紳士モードがはじまった。新しいモードと新しい情交、まぐわい、妊娠、町の病院での掻爬《そうは》。それでも病棟バラックの木の柵のなかで赤ん坊たちの数が増えていくのはとどめようもなかった。

僕はバナートのグッテンブルン出身のロイシュさんのところに行った。点呼で見かけたことしかなかった。彼は、日中こそ爆弾にやられた工場の瓦礫《がれき》の片付けに動員されていたが、日が暮れると、タバコを駄賃に、破けた綿入れ《フハイカ》を繕う内職をしていた。本職の仕立屋で、ひもじさ天使までが足取り軽く歩き回るようになってからは、ひっぱりだこになっていたのだ。ロイシュさんは、布の切れ端を細いひもにして、センチメートルごとの目盛りを入れて作ったメジャーを広げて、僕の首から踝まであちこちの寸法を測ってくれた。それから、ズボンには一メートル半、上着には三メートル二〇の布地がいる、と言った。加えて、大きなボタン三個と小さなボタン六個だ。上着の裏地は用意してくれるとのことだった。上着用にバックルつきのベルトも欲しい、と僕は言った。それなら、二つの金属のリングを使ったはめ込み式バックル《シュリンプフシュナレ》にしてはどうか、そして背中には、縫い込みをつけることで切り込みが二つあるように見せられるベンツをつけてはどうか、というのが彼の提案だった。ケラーベンツっていうんだがね、今アメリカではやっている、と言うのだ。

僕はコヴァッチュ・アントンに金属リングを二個注文して、手持ちの現金を握りしめると、ロシア人村の店に出かけた。ズボンの生地はくすんだ青色で、明るい灰色の星糸があしらってあった。上着の生地は砂のようなベージュの地にセメント袋みたいな茶色の格子が入っており、格子縞のひとつひとつが浮き彫りみたいな効果をあげていた。僕はつづけてネクタイの完成品も買ったが、これはモスグリーンで、菱形を傾けた形の柄がついていた。さらに畝織りの生地を三メートル、明るい灰緑色で、シャツにおあつらえ向きだった。それからズボンと上着用のボタンに加えて、シャツ用にもっと小さなボタンを十二個買い求めた。それが一九四九年四月のことだった。

三週間後に僕はシャツとケラーベンツと鉄のバックルのついた背広を受け取った。光沢《つや》を出したり消したりした市松模様で、深紅の色をしたシルクのショールが今こそ僕にぴったり似合うはずだったのに。トゥール・プリクリッチュはもうずいぶん前からこのショールを身につけなくなっていて、どうやら捨ててしまったようだった。ひもじさ天使はもう頭のなかにはいなかったものの、まだうなじのあたりに取り憑いて離れてくれなかった。そして抜群の記憶力をもっていたがその使い道がなかった。収容所モード《ラーゲリ》もまた一種のひもじさ、目のひもじさの表現でしかなかった。ひもじさ天使はこんなふうに言うのだった。持ち金を使い果たしてはだめだ。まだ何が起きるか分かったもんじゃないぞ。でも僕は、何もかも体験したんだから、今さらまるで新しいことなど起こるものか、と思った。僕は収容所中央通りを歩くため、ロンデルで踊るため、それどころか雑草とさびと瓦礫《がれき》を通り抜けて地下室まで行く小道のためにも、外出着が欲しくてならなかった。そのうち地下室で着替えをしてから当番につくようになった。驕れる者も久しからずだぞ、とひもじさ天使が警告してきた。しかし僕は、こっちは生きてるんだよ、人生は一度しかないんだ、と言い返してやった。メルデクラウトもここから逃げ出せもしないのに、真っ赤なアクセサリーを身につけ、親指がひとつ余分についた手袋を一枚いちまいの葉にはめてやっているじゃないか。

グラモフォンの小箱を流用したトランクには新しい鍵がつくようになっていたが、だんだん物が入らなくなってきていた。そこで僕は、新しい服のために頑丈な木製のトランクを家具職人に作らせた。そして錠前屋のパウル・ガストに注文して、ネジ付きの丈夫なトランク錠を作ってもらった。

新しい服をロンデルで初めてお披露目したときにも、何もかも体験したんだから、これからまるで新しいことなど起こるものか、と僕は思っていた。いつまでもすべてが今あるままであるはずなんだから。

いつかいかした舗道をぶらつきたい

メルデクラウトは平和の四年目にも、うるさいくらいの緑に育った。でも僕たちがそれを摘むことはなかった。ひもじいとはいえ、もう畜生みたいなまねはしなくともよかった。僕たちが信じて疑わなかったのは、四年の間とことん飢えさせられた後で、やっと食べ物をもらえるようになったけれど、それはやはり帰郷のためではなく、ここに残って働かされるためだということだった。ロシア人たちは年が改まる度に、来るべきものを期待して待ち受けたが、僕たちには来るべきものほど怖いものはなかった。僕たちの場合は、古い時代が自分で自分の足を引っ張って前に進めずにいるというのに、彼らにとっては新しい時代が広大な国へと流れ込んでいるのだった。

こんな噂があった。この四年間ずっとトゥール・プリクリッチュとベア・ツァーケルが備品倉庫の衣類をため込んで、バザールで売り飛ばし、あがりをシシュトヴァニョーノフと山分けしていたというのだ。そのせいでたくさんの人たちが凍え死にしたが、収容所《ラーゲリ》の規則に従えば、下着と綿入れ《フハイカ》と靴を支給される当然の権利が彼らにはあったのだ。凍死者たちの数はもういちいち数えていられなかった。しかし平和の年数を数えれば分かることだけど、トゥルーディー・ペリカンの管理する病棟バラックの記録簿には、——一年目、二年目、三年目そして四年目と合わせて——三三四人の死者が永遠の平安についていているとあるのだった。何週間も彼らのことを考えずにすませていると、やがて死者たちが頭のなかに侵入してきて、うるさく呼び子のように喚《わめ》きつづけながら、一日ずっと僕につきまとうのだった。

コークス炉の小さなベルは、今年と同じく来年も、そのまた先も鳴りつづけるんだ。僕はいったい何度そう思ったことだろう。でもいつの日か、こんな収容所《ラーゲリ》中央通りのベンチなどではなく、自由に歩き回れ、収容所《ラーゲリ》に行ったこともない人間が腰を下ろす普通の公園のベンチに座れればいいのに。ある晩のロンデルで「クレープゴム靴底」という言葉が口から口に囁かれた。クレープゴムって何、と歌姫ローニ・ミッヒが尋ねた。カーリー・ハルメンがパウル・ガスト弁護士を横目でうかがいながら、「クレープ」は「くたばる《クレピーレン》」から来ていて、荒れ野《ステップ》で雲上の人になるときにはみなクレープゴム靴底をはくことになるんだ、と言った。ローニ・ミッヒはちっとも納得した様子ではなかった。クレープゴム靴底の次には今アメリカでモダンとされているらしい「フェイバリット」のことが話題になった。ローニ・ミッヒがまた、フェイバリットって何のこと、と尋ねた。フェイバリットとは両耳にかかる鳥の尻尾みたいな髪型のことさ、とアコーディオン弾きのコンラート・フォンが答えた。

二週間ごとにロシア人村の映画館では、僕たち収容所の住人向けに、劇場映画と週間ニュース映画が流された。原則としてロシア映画だったが、しかしときにはアメリカのものや、ベルリンで徴発されたウーファ映画も流れた。アメリカからの週間ニュース映画では、摩天楼の間を飛び交う紙吹雪と、クレープ靴底を履き、ほお髭を顎まで伸ばして歌をうたう男たちが映っていた。映画の後で、床屋のオズヴァルト・エンイエーターが、このほお髭こそフェイバリットというんだ、と言った。いまや僕たちは完全にロシア化されているがね、それでも、なろうと思えばアメリカみたいにモダンになれるんだ、と彼は言った。

フェイバリットが何を意味するのか僕にも分からなかった。映画館にはあまり行かなかった。当番のために僕は、いつも上映時間には地下室にいるか、まだ地下室の疲れが取れずにくたばっていた。それでも、この夏は「バレエシューズ」が手に入った。コーベリアンが車のタイヤを半分に切ったものをプレゼントしてくれたのだ。グラモフォン＝トランクには鍵がかかるようになった。パウル・ガストがネズミの歯のような小さな突起が三つついた鍵を作ってくれたのだ。家具職人からは、ネジ式錠のついた新しい木のトランクを受け取った。僕は新しい服でめかしこんでもいた。クレープ靴底が手に入ったとしてもこの地下室で履くわけにはいかなかった。フェイバリットは自然に伸びてきたが、でも、これはむしろトゥール・プリクリッチュ向きだった。僕ではそれこそ猿にしか見えなかった。

にもかかわらず、ベア・ツァーケルかトゥール・プリクリッチュにそろそろどこか別の場所で、しかも対等な立場で、巡り会うことがあってもいい頃合いじゃないか、と僕は思った。例えば鉄柱が並び、温泉地のように、あちこちにペチュニアがぶら下げてある駅ならどうだろう。僕が列車に乗り込むと、トゥール・プリクリッチュが先客としてコンパートメントに座っている。僕は短く挨拶して彼の斜め前に座るだろう。それだけの話だ。僕はそれだけの話であるかのように振る舞うだろう、というのも、結婚指輪が見えても、僕はベア・ツァーケルと結婚したの、とは尋ねはしないだろうから。僕はサンドイッチの包みを開いて、折りたたみ式のテーブルの上にのせる。たっぷりとバターを塗り、バラ色のハムをのせた白パンだ。サンドイッチはのどを通らないが、それでも、のどを通らないことを彼に気づかれまいとするだろう。あるいは、チター＝ロンマーに会うかもしれない。彼は歌姫ローニ・ミッヒと連れだってやってくるだろう。彼女の甲状腺腫は前より大きくなっている。二人は僕をアテネウムホールのコンサートに連れて行こうとするだろう。でも僕はかぜ声を装って詫びをいい、二人をやりすごす。というのも、アテネウムで僕はもぎりをやりながら、座席案内の係もやっているからだ。そして、二人を入り口で迎え入れ、人差し指を伸ばして言う。チケットを見せてください。ここの座席は偶数と奇数の順に並んでいます。一一三番と一一四番ですね、それだと、別々に座ってもらわなければなりませんよ。僕が声を出して笑うと、ようやく彼らも僕の正体が誰だか分かるだろう。でもやっぱり、僕はちっとも笑い声などあげないかもしれない。

　こんな想像もしてみた。僕が次にトゥール・プリクリッチュに会うのはアメリカの大都市だ。結婚指輪は指からなくなり、ツィリの片割れと腕を組んで階段を上ってくる。ツィリは僕に気づきもしないが、彼の方は、「おれはまた睫毛を危うい目にあわせているんだ」と言ったときのエドヴィン叔父のように、目配せを送ってくるだろう。そして僕も何ごともなかったように歩いていく、それだけの話だ。

　収容所《ラーゲリ》の外に出られるとき、もしかすると僕はまだまあまあ若いといえる年頃、よく言われるように、人生最良の時かもしれない。ローニ・ミッヒが甲状腺腫をふるわせながら歌うアリアの歌詞によれば、「まもなく僕は三〇歳だった」。もしかすると、トゥール・プリクリッチュにはさらに三回目、四回目と出会うかもしれず、三番目、四番目、六番目、どころか八番目の未来には、もっと頻繁に会うようになるかもしれない。なかには、僕がホテルの三階の窓から道路を見下ろし、外は雨というケースもあるだろう。下では男がちょうど傘を差そうとしているところだ。傘が絡まって開かないので、男はもたもたしてずぶ濡れになっていく。その手がトゥールの手だと僕は気づくけれど、しかし彼はちっとも気づかない。もしそれを知っていれば、と僕は考えるだろう。傘を差すのにこんなに時間をかけたりしないはずだ。さもなければ、あらかじめ手袋をはめておくか、あるいはそもそもこんな通りに姿を見せやしないだろうに。もし下の男がトゥール・プリクリッチュではなくて、ただ彼の手を持っているだけならば、窓から僕は呼びかけてやるだろうに。おい、道路を渡って向かい側に行けよ、日よけの下なら濡れないぞ。すると、男は頭をあげて、どうして友達みたいになれなれしく話しかけてくるんですか、と言うかもしれない。そうしたらこう答えてやる。あなたの顔は見えませんでした。僕がなれなれしく話しかけた相手はあなたの手だけだったんです。

　こんな想像もしてみた。いつかいかした舗道を歩くだろう、そこは僕の生まれた田舎町とはまた別の意味で故郷となるのだ。いかした舗道は黒海に面したプロムナードだ。海は白く泡立ちながら、僕が今まで見たことのないくらい揺れ動く《シャウケルン》ことだろう。プロムナードではネオンの灯りが輝き、サクソフォンが演奏されている。そこで僕はベア・ツァーケルを見かけ、彼女だとすぐに分かる。彼女の目はあいかわらずためらいがちに回転して、視線をそっぽに向けるだろう。彼女が僕に気づかないところを見ると、僕には顔がないのかもしれない。彼女はあいかわらず重量感たっぷりの髪の毛をしているが、編んでまとめず、こめかみにばっさりとかかるままにしていて、カモメの翼のように、色も真っ白に変わっていた。ほお骨が突き出ているのも昔通りで、その周りにはちょうど真昼に二軒の建物の角を取り巻いてできるような、くっきりとした影ができている。おかげで僕は収容所《ラーゲリ》の裏に新しく造成された住宅地の角ばった造りを思い出すだろう。

収容所《ラーゲリ》の裏に新しいロシア人の住宅地が作られたのは去年の秋のことだった。フィンランドから輸入された建材を組み立てた同じ作りのフィンランドハウスがずらっと並んでいた。カーリー・ハルメンが教えてくれたところでは、建材はわずかの狂いもなく寸法通りに切られているし、正確な組み立てプランがあるはずだった。しかし荷降ろしのときに何もかもごちゃごちゃになり、ついには誰も何がどこに収まるのか、分からなくなった。組み立ては災厄としか言いようがなかった。ある時は建材が少なすぎ、ある時は多すぎたし、またある時は本来あるべきではない建材だった。ここで過ごした数年で、ただひとりこの時の建築士だけが、強制労働させられる僕たちのことを、直角が九〇度という常識をもつ文明化した国々の出身者だとみなしてくれた。彼は考える人間として抑留者をあつかってくれた。だから僕はそのことを覚えておきたいのだ。タバコ休憩のときに、彼は社会主義の明るい展望と限界について「建築現場演説」をした。彼のスピーチは、ロシア人は直角とは何かを知ってこそいるが、それを作り出せない、という結論にいたった。

いつの日か、と僕は思った、何回目の平和か何回目の未来か知らないが、山の頂が櫛の歯のように切りたつ国へ行こう。夢のなかで、白い豚の背に乗り、風を切って飛んでいこうとした国だ。人によれば、それこそ僕の故郷なのだから。

この収容所《ラーゲリ》でさかんに口にされる帰郷物語には何種類かあって、その一つは、これから郷里に戻ることができても、僕たちの最良の時は過ぎてしまっている、というものだった。第一次世界大戦後の戦争捕虜たちと同じ目に僕たちも遭い――故郷にたどりつくまで何十年もかかるだろう。シシュトヴァニョーノフは最後のいちばん短い点呼でこう命令を言い渡すだろう。

――今を限りに収容所は解散する。とっとと失せてくれ。

そして誰もが自力でどんどん東へ、反対の方向へと移動するのだ。というのも、西への道はすべて閉ざされているからだ。ウラル山脈を越えて、シベリアを横断して、アラスカ、アメリカ、そしてジブラルタル海峡と地中海を越えていく。二十五年後に僕たちは東から西を越えて、もしその時にも故郷が残っており、とうにロシアの属領になっていたりしなければ、故郷に戻れるはずだ、と言うのだった。別の人に言わせれば、僕たちはそもそもここから逃れられない。というのも、僕たちがここに居つづけすぎたものだから、収容所《ラーゲリ》は監視塔のない村になり、僕たちもここで確かにあいかわらずロシア人やウクライナ人にはなっていないにせよ、慣例により住民扱いされるようになるのだ。また別の人によれば、僕たちはここにずっととどまらなければならず、そのうちもう立ち去る気さえおきなくなる。というのも、僕たちを待ち受ける者などもう郷里にいるはずがないと信じ込むようになるからだ。そして我が家にはとっくに別人たちが住んでいて、家族はみな追放の憂き目に遭い、それもどこだか知らないところへ追い払われて、自分たち自身も故郷を喪失してしまっているのだから。さらに別の帰郷物語では、僕たちは結局はここから動こうとはしない。というのも僕たちは郷里に対してどう振る舞っていいか分からないし、郷里の方も僕たちに対してどう振る舞っていいのか分からなくなっているからだ、というのだった。

郷里の様子についてずっと何ひとつ聞かされていないと、自分がそもそも故郷に帰りたいのか、そしてそこで何を望めばいいのか、分からなくなってくる。収容所にいるうちに、何かを望むという能力が奪われてしまった。何か自分で決定する必要はないし、そうする気も失せていったのだ。もちろんみな故郷に帰りたいという気持ちに変わりはなかったが、しかしそれは後ろ向きの思い出にとどまるばかりで、方向を前に転じて憧れへと突き進む勇気は誰にもなかった。むしろ、思い出こそがすでに憧れなのだと思い込もうとしていた。しかし、頭は堂々巡りを繰り返しているうえに、外の世界がまるで姿を見せないので、世界がなくとも何とも思わなくなっているというのに、いったい思い出と憧れにどれほどの違いがあるというのだろうか。

郷里に帰れば、僕はどうなるだろう。引き揚げ者として、そびえ立つ頂が櫛のように並ぶ山脈の谷底をさまよい歩きながら、「シュポ、シュポ、シュッシュッ」という鉄道の音を追いかける自分の姿が目に浮かんだ。僕は自分で仕掛けた罠にはまり、他人《ひと》に心を許すという極めて恐ろしい事態を招くだろう。これが僕の家族だ、と僕は言いはじめるだろう。でもそう言いながら、つねに収容所《ラーゲリ》の仲間のことを思い浮かべるのだ。母なら、図書館員になればいい、外で寒い目に遭わないですむんだから、と言うだろう。前からずっと本を読みたがっていたじゃないか、と言うだろう。祖父なら、まあよく考えてみて、行商人にでもなればいいじゃないか、と言うだろう。なぜっておまえは前からずっと旅行をしたがっていたじゃないか、と言うだろう。母はそう言うかもしれないし、祖父はそう言うかもしれない。でも僕たちはこの収容所で新しい四年目の平和のなかに取り残されて、ただ新しい身代わりの弟ができたと知るばかりで、家族のみんながまだ生きているのかどうかも知らないのだった。収容所では行商人のような職業は頭の幸福にもってこいだった。何か話すネタができたからだ。

いちど地下室の沈黙の板切れの上でアルベルト・ギオンとその話をして、彼を沈黙からおびき出すことに成功さえした。もしかしたら将来は行商人になるかもしれない、と僕は言ったのだ。トランクに詰め込んだありとあらゆるガラクタ、シルクのハンカチや鉛筆、カラーのチョーク、軟膏や染み抜き液を商売道具にすればいい。うちのおじいさんがハワイの貝をおばあさんへの土産に持ち帰ってきたことがあった。グラモフォンのラッパぐらいの大きさで、内側は青っぽく真珠色に光っていたんだ。もしかしたら僕は建築家、青写真を描く建築家、オザリッド式の青写真の建築家になるかもしれない、と地下室の沈黙の板切れの上で僕は言った。そうしたら自分の仕事部屋をもつよ。金持ちのために家を建てるのさ。例えばこの鉄の籠みたいに、まんまるい家も建てる。設計図はとりあえずバターパンの包み紙に書く。中央には大黒柱、下は地下室から上はドームまでつなげる。どの部屋も、切り分けたトルテのように、円を四分の一、六分の一、八分の一に分割した形なのさ。バターパンの紙は、オザリッド感光紙の上にのせて枠にはめられ、感光させるために、それから五分から一〇分ほど日に当てられる。それからオザリッド感光紙をまるめて、塩化アンモニウムの蒸気が吹き出す管のなかに入れるんだ。しばらくして設計図がきれいにできあがってくる。オザリッドの青写真ができあがる。バラ色と紫色、それにシナモンみたいな茶色が浮き上がってくるんだよ。

アルベルト・ギオンはその話に耳を傾けると言った。へえ、青写真ね、おまえさんどうかしてるんじゃないか、どうも力つきて頭がおかしくなってんじゃないのか。どうしておれたちはこんな地下室にいるんだい、おれたちには職なんてものがないからじゃないか。ここで職として通用するのは、床屋、靴屋、それに仕立屋だけだろう。どれもいい職だよ、どのみち収容所《ラーゲリ》ではそれ以上は望みようもないんだ。だけど郷里にいた時分からやってないとな、でなきゃそんな職にありつけるわけもない。運命で決まった天職なんだ。いつの日か収容所送りになると知っていたなら、きっとおれも床屋か靴屋か仕立屋になっていただろうがね。でも、行商人だとか、建築家や青写真のプロなんかには絶対ならなかったろうな。

アルベルト・ギオンの言う通りだった。モルタル運びが職業だろうか。何年もずっとモルタルを運んだり、石炭殻レンガや石炭をシャベルですくったり、ジャガイモを素手で地面から掘り出したり、地下室の掃除をしたりさせられていると、いやでもやり方のコツは分かってくる。でもこんなもの職業とはとうてい呼べない。重労働だけど、職業じゃない。僕らに要求されるのは労働だけであって、職業では決してないんだ。僕らはあくまでも下働きでしかなく、下働きなどという職業はないんだ。

僕たちはもうひどくひもじい思いはしなくなっていた。だからメルデクラウトはあいかわらず銀がかった緑色の葉を伸ばし、やがて枝のように固くなり揺らめくように赤く燃えた。ひもじい思いを知るからこそ、僕たちはもうその葉を摘み取ることなく、バザールで脂っこい食事を買い込んでは、後先考えずにがつがつ腹いっぱい食べた。いまや古い望郷の念は、新しく性急な肉を身につけ、ぶくぶくと太り出していた。僕は新しい肉のついた自分に対しても古いものの価値を信じ込ませなければならなかった。そうだ、いつか僕だっていかした舗道を歩きたい。こんな僕だって。

沈黙のように徹底した

僕が骨と皮の時代と急場しのぎの身代わりを終えたとき——僕がバレエシューズ、現金、食べるための現金、体についた新しい肉と新しいトランクのなかの新しい服を前にしたとき、思いもよらなかった解放が訪れた。あえて収容所《ラーゲリ》での五年の歳月を簡単にまとめれば、今日の僕なら次の五つの文章にしてしまうだろう。

——一すくい分のシャベルは一グラムのパンに等しい。

——ゼロ点は言葉にならない。

——急場しのぎの身代わりは、向こうからきてくれる客人なのだ。

——「収容所《ラーゲリ》の私たち」には単数形しかない。

——横の広がりは深い奥行きに変わっていく。

しかしこの五つのいずれにも、同じことが当てはまる。

すなわち、それらは沈黙のように徹底していた。ただし沈黙と言っても、証人を前にしての沈黙ではなく、仲間内での沈黙なのだ。

動かざる者

一九五〇年一月初め、僕は収容所《ラーゲリ》からの帰還を果たした。雪原のような白い化粧漆喰に天井を覆われたリビングの奥行きある四角い部屋にふたたび落ち着くことができた。父はカルパチア山脈の絵を描いていた。二、三日ごとに出来あがる水彩画には、灰色の歯を見せる山と、雪にかすむ樅の木が並んでいたが、どの絵の構成もほとんど同じだった。山麓には整然と並んだ樅の森、山腹にはあちこちに群生する樅の林、山頂にはせいぜい二本か一本だけで立つ樅の木。間に時おり混じる鹿の白い角のような白樺。どうやら描くのがいちばん難しいのはむら雲らしく、どれをとっても、寝椅子に置かれた灰色のクッションにしか見えなかった。どの絵のなかでもカルパチア山脈は眠り惚《ほう》けているかのようだった。

祖父の死に目には会えなかった。祖母は祖父が愛用していた毛足の長いソファーに腰かけて、クロスワードパズルを解いていた。そして、時おりぽつりぽつりと問いを投げかけてきた。オリエントのカナッぺって？　ゼットではじまる靴の部位は？　馬の種類は？　帆布でできた屋根は？

母は、身代わりの子ローベルトのために、毛糸の靴下を編んでいた。最初の靴下は緑、次のは白だった。それから茶色、紅白のぶち模様、青、灰色とつづいた。白い靴下では騒動が持ち上がった——母がシラミのかたまりを編み込んでしまったのだ。それからというもの僕は靴下を見るたびに、バラックに挟まれた僕たちの編み物の庭、朝の薄明のなかに顔を出すセーターの先端を思い出すことになった。僕は寝椅子に横になっていたが、母の椅子の横に置かれたブリキのボウルのなかにある毛糸だまの方が僕よりも生き物めいていていた。糸がするすると昇っていき、しばらく宙にかかったかと思うと、やがて落ちていった。握りこぶしぐらいの毛糸だまが仲よく並んで靴下を作っていて、毛糸の全長がどのくらいになるか想像もつかなかった。靴下の分まで加えると、もしかすると、この寝椅子から駅までぐらいの距離になるかもしれなかった。駅のあたりに僕は寄りつかないようにしていた。もう足が冷たくてかなわないということはなかった。ただ靴下代わりの布が凍って足の甲が凍傷になった跡だけはかゆくてしかたなかった。冬は夕方四時頃にはもう薄暗くなった。祖母が部屋の電気をつけた。ランプの笠は周囲に黒ずんだ青い総《ふさ》を残しながら、明るい青の漏斗となった。天井はあまり明るくならず、漆喰は灰色のまま、まわりに溶け込んでいくようだったが、翌朝になると元の白さを取り戻した。僕たちが他の部屋で寝ている夜の間にリビングの天井漆喰は、ちょうどツェッペリンの裏の休耕地に氷の刺繍ができたように、凍りついてしまうんじゃないか、と僕は妄想してみた。戸棚の横では大時計がちくたく鳴っていた。振り子は勢いよく動き、僕たちの時をシャベルのように振り動かし、家具の間を戸棚から窓へ、テーブルから寝椅子へ、ストーブからソファーへ、昼から晩へと運んでいくのだった。壁に当たるとチクタクは、僕の息のブランコになり、僕の胸のなかでは心臓シャベルになった。あのシャベルがいま手元にないのが寂しくてならない。

一月の終わりにエドヴィン叔父が、木箱工場の親方に僕を紹介しようと、朝早く迎えにきてくれた。外に出て学校通りを行くと、一軒先のカルプさんの窓に、誰かの顔が見えた。その顔は首から下が、窓についた氷の結晶で切り取られていた。おでこのまわりには氷の白いほつれ髪が、鼻の付け根の横にはそっぽを向いた緑色の日玉が見えた——白髪になったお下げ髪を重そうに垂らして、白い花柄のガウンを着たベア・ツァーケルに僕には見えた。実際に窓辺にいたのは、毎日そうであるように、カルプさんの飼い猫でしかなかったというのに、いっぺんに老け込んでしまったベアが僕はかわいそうでならなかった。猫は猫でしかないし、電信柱は歩哨ではない、積もった雪を白く反射させているのは収容所《ラーゲリ》中央通りではなく、学校通りにすぎない。この故郷では何もかもが、ずっとそのままだったのだから、これからも別のものにはなりえないんだ。何もかもが変わらず、ただ僕だけが違う。故郷に満ち足りた人々に囲まれて、僕は自由のあまりめまいを起こしそうだった。僕の心は落ち着きなく、転落にも、犬のように卑屈な不安にも対応するよう仕込まれていたし、僕の頭は屈服に慣れっこになっていた。ベア・ツァーケルが窓辺で待ち受けているのを僕は見たし、きっと彼女も僕が通り過ぎるのを見たはずだった。挨拶ぐらいするべきだった。せめて頭でうなずくとか、手を振るとかすべきだった。でもそう思いつくのが遅すぎて、叔父と僕はもう二軒ほど先まで来ていた。学校通りの突き当りで道を折れるとき、叔父が腕をしっかり組んできた。彼のすぐ隣を歩きながら僕の心はここにあらずであることに叔父は感づいたに違いなかった。たぶん彼がしっかりとつかんだのは僕ではなく、僕が着ていた彼のお下がりのコートだったのだろう。彼の肺がひゅーひゅー鳴った。長い沈黙の後で口にした言葉は彼自身もちっとも言いたくないようだった。肺に強いられて無理にしぼり出しただけであって、だからこそ声がどこか裏返っていた。工場に雇ってもらえればいいんだがなあ。どうもお前んちではみんな文句ばかり言う癖がついているようだ。口ばかりで動かざる者はだめだぞ。

毛皮の帽子が当たる叔父の左耳は、ちょうど僕の耳と同じように、襞《ひだ》がすっかり平らになって消えていた。右の耳も見ないわけにはいかなかった。僕はさっと動いて、叔父の右手に回った。左耳以上に右耳は、僕の耳にそっくりだった。平べったい耳たぶは、左よりずっと下からはじまっていたし、アイロンでも当てたみたいに、ずっと長く広がっていた。

木箱工場は僕を雇い入れてくれた。毎日のように動かざる者から抜け出して、終業時間になるとまた動かざる者に戻っていった。帰宅するたびに、祖母が声をかけてくれた。

——帰ったのかい。

——帰ったよ。

僕が家を出るときには、そのつど祖母が尋ねた。

——行くのかい。

——行ってくるよ。

こう尋ねるとき、祖母はいつも一歩僕の方に踏み出してきて、信じられないというように自分の額に手を伸ばすのだった。その両手は透けて見え、血管の走る皮膚が骨に張られているばかりだった。それこそシルクの扇が二つ並んだようだった。そんなふうに尋ねられると、僕は祖母の首に抱きつきたくなった。でも動かざる者がそうするのをかならず妨げるのだった。

ローベルト坊やがこの毎日のやりとりを聞いていた。そして気が向くと、祖母の真似をして、僕の方に一歩近づいてきて、自分の額に手をやり、言葉をごったにして尋ねてくるのだった。

——帰ったのかい行くのかい。

彼が額に手をやるたびに、手の付け根にぷっくりした皺が寄るのが見えた。そんなふうに尋ねられるたびに、僕はこの身代わりの弟の首を絞めてやりたいと思った。でも動かざる者がそうするのをかならず妨げるのだった。

ある日、仕事から帰ってくると、ミシンカバーの下から白いレースの先っぽが顔をのぞかせていた。次の日には、台所のドアノブに雨傘が掛けられていて、テーブルの上には割れた皿がのっていた。ちょうど真んなかでまっぷたつに割れていた。そして母が親指にハンカチで包帯をしていた。また別の日には、父のズボン吊りがラジオの上に置かれ、祖母の眼鏡が僕の靴の中に入っていた。その翌日には、ローベルトのぬいぐるみの犬モピーが僕の靴紐でティーポットの持ち手に結びつけてあった。そして僕の帽子にはパンの皮が入れてあった。もしかすると僕がいなくなると、みんな動かざる者を体から振り払っているのかもしれない。そうやって生気を取り戻しているんだ。この家では収容所《ラーゲリ》のひもじさ天使と同じことが起こっているのかもしれなかった。家族みんなで動かざる者を共有しているのか、それともそれぞれが固有の動かざる者を持っているのか、それは分からないままだけど。

僕がいないときには、たぶんみんなで声を上げて笑っているんだ。たぶん僕のことを気の毒がったり、悪態をついたりしてるんだ。たぶんローベルト坊やにみんなでキスをしてるんだ。たぶん、みんな僕のことが好きなんだから、多少のことには目をつぶって気長につきあってあげなきゃいけないと言い合っているんだ。あるいはそう口には出さずとも考えて、自分の手仕事に精を出しているんだ。たぶんそうだ。もしかすると、帰宅するたびに、僕はみんなに微笑みかけるべきだったのかもしれない。もしかすると、彼らを気の毒がったり、悪態をついたりするべきだったかもしれない。もしかすると、ローベルト坊やにキスをすべきだったかもしれない。もしかすると、彼らのことが好きなんだから、彼らとつきあうには忍耐力がいるんだ、とはっきり言っておけばよかったかもしれない。だけど、そんなこと心のなかで考えることもままならないというのに、どうやって言葉にすればよかったのだろう。

帰国して最初のひと月はひと晩中部屋の電気をつけっぱなしにしておいた。というのも常夜灯がないと、怖くてしょうがなかったのだ。昼間疲れ果てておかないと、夜は夢見ることもできないのかもしれない。木箱工場で働けるようになってようやく久しぶりにこんな夢が僕の眠りのなかに現れたのだった。

僕は祖母と一緒にソファーに座っていて、ローベルトは隣の椅子にいる。僕はローベルトと同じぐらい小さく、ローベルトは僕ぐらい大きくなっている。ローベルトは椅子の上にすくっと立ち上がると、大時計の上に手を伸ばして天井から漆喰を引っぺがしていく。そして僕と祖母の首回りに漆喰をのせていくので、まるで白いショールを巻いたようになる。父がライカのカメラを手にして僕たちの前のじゅうたんの上に膝をつくと、母が声をかけてくる。さあみんな微笑んで、これがおばあさんの生前最後の写真になるのよ。小さくなった僕の脚は、なんとか座席の縁からはみ出すぐらい。この姿勢だと父は僕の靴を下からしか撮ることができない。靴底が前に向けられドアの方を指している。父はこの短い脚が相手では、たとえそうしたくなくても、このアングルで撮るしかない。僕は肩から漆喰を振り落とす。すると、祖母に抱きしめられ、漆喰をまた首回りに押しつけられた。祖母は透けて見える手でしっかりつかんだまま離してくれない。編み棒を指揮棒みたいに振る母が父に指図し、ついに父がカウントダウンをはじめる――三、二、そして一のところでシャッターを押す。それから編み棒を自分の髷《まげ》に斜めに突き刺した母が、肩の漆喰を取り外してくれる。そしてローベルトがそれを持って椅子に上り、天井にはめ戻すのだ。

ウィーンに子供がいるのか

家に戻って数か月がたって、僕もようやく地に足をつけた生活を送れるようになっていたが、家族は僕が見てきたものなど知るよしもなかった。誰も尋ねようともしなかった。他人に物語を聞かせることができるためには、自分が物語っている存在にまたなりきらなくてはならない。誰も何か尋ねたりしないので、僕はうれしい反面、ひそかに傷ついてもいた。祖父ならきっと何か尋ねてくれただろう。でも二年も前に亡くなっていた。僕が三度目の平和を迎えた後の夏に、祖父は腎臓を悪くして死んでしまい、僕とはまた違った形だけど、死者たちのもとに行ってしまったのだ。

ある晩、隣に住むカルプさんが、借りていた水準器を返しにやってきた。僕の姿を見るなり、彼は言葉に詰まってしまった。僕は彼の黄色い革のゲートルの礼を言って、おかげで収容所《ラーゲリ》でも寒い思いをしないですみました、と嘘をついた。ずいぶん縁起のいい品で、バザールで一〇ルーブルを稼がせてもらうこともできたんです、と付け加えもした。カルプさんは少し興奮の面持ちで、サクランボの種のような瞳が滑るように目の中をきょろきょろした。そして腕を組み、親指で両腕をさすりながら貧乏揺すりをして、こんな話をはじめたのだった。おじいさんはいつもあんたのことを待っておられたよ。亡くなられた日には、山の上がすっかり雲のなかに隠れてしまった。見たこともない雲がたくさん、見たこともないトランクのように、四方八方からこの町に集まってきたんだ。おじいさんがはるか遠くまで旅する人だと雲たちには分かっていたんだね。雲の一つは、あんたは自覚しておらんかったかもしれんが、きっとあんたのものだった。葬儀は五時には終わり、その後すぐ半時間ほど静かに雨が降った。たしか水曜日のことだった。わしはまだ町に出かけねばならなかった。ニカワを買うためだ。帰り道にあんたんちの門前で裸の大きなネズミを見かけた。鰍くちゃで、震えておって、門にもたれかかっておった。不思議なことに、もともとないのか、それとも踏んづけられているかして、尻尾が見えなかった。すぐそばに寄ってみると、ネズミと思ったのは、いぼだらけの大きなカエルだった。こちらをじっとにらんで、頬を膨らませて大きな白い袋を二つ作っては、ぞっとするような音を出していた。最初はそいつを傘でつついて追っ払えばいいと思ったんだが、その勇気が出なかった。やっぱりやめておこう、と考え直したんだ。こいつはヒキガエルで、その白い袋で何かの合図をしてくれてるんだ。きっとレオに何かあったんだろう。そうさ、あんたが死んだんじゃないかって思ったんだ。おじいさんはほんとにあんたの帰ってくるのをずっと待っておった。特に最初のうちはそうだったさ。さすがに最後の方はだんだんそれほどでもなくなっていったがね。みんながみんなもう死んだものと諦めておったんだ。はがき一枚よこさなかったんだろう。だからあんたはいま生きてられるんだ。

そんなこと何の関係もないさ、と僕は答えた。

僕の呼吸は乱れた。というのは、カルプさんが乱れた口髭を噛んで、僕の言葉を信用していない素振りを露骨に見せたからだ。母はベランダの窓から中庭の様子を眺めるふりをしていた。少しばかりの空と納屋の上のタールの人形しか見るものはないというのに。カルプさん、いいかげんなこと言わないでくださいよ、と祖母が言った。あの時はまるで違う話だったじゃないですか。カエルの白い袋は私の死んだ夫に関係しているってことだったでしょう。これは死んだ夫からの挨拶なんだ、そうあなたはおっしゃったじゃないの。カルプさんはむしろ自分に言い聞かせるような口ぶりで言った。いや、いまわしが言ったことが本当なのさ。ご主人がなくなられた直後に、あなたに向かってレオが死んだなんて話できるわけがないだろう。ローベルト坊やが床の水準器を引っ張って、「シュポ、シュポ、シュッシュッ」と声を上げた。そして彼の列車の屋根にモピーをのせると、母の服を引いて、「ねえ乗ってよ、ヴェンヒ高原行きだよ」と言うのだった。水準器のなかではそっぽを向いた緑の目玉がゆっくりと動いていた。列車の屋根の上にはモピーが座っていたが、水準器のなかにはベア・ツァーケルがいて、水準器の窓からカルプさんの足の指を眺めていた。カルプさんは何ら目新しいことを言ったわけではなかった。ただこの場にふさわしくないことを口に出しただけだった。みんながびっくりする以上に、ぞっとしているのが分かっていた。僕が家に戻ってきたとき、出迎えてくれたのは、喜びとは無縁の、肩の荷が下りてほっとした様子だった。生きていることが判明した以上、僕はそれまでずっとみんなが服していた喪の期間を騙していたというわけだった。

家に戻ってきてから、身のまわりのものすべてが目を持つようになった。主を失った僕の望郷の念が立ち去ろうとしないのを、すべてが目撃していた。いちばん大きな窓の手前には、木製のカバーに隠れるように、忌々しいシャトルと白い撚り糸のついたミシンが置いてあった。グラモフォンは僕のぼろぼろになったトランクのなかに再び据えつけられて、前と同じように部屋の隅のテーブルの上に置かれた。前と同じ緑と青のカーテンが掛けられ、前と同じ花柄模様がじゅうたんの上をのたうち回っていたし、もつれた総《ふさ》が前と同じようにじゅうたんを取り囲んでいて、戸棚やドアも前と同じように、開け閉めするたびにぎいーっと鳴った。床も前と同じところがみしみし鳴ったし、ベランダの階段の手すりには前と同じ場所にひびが入っていて、階段の段はどれも踏まれてすり減ったままだったし、手すりのところでは前と同じ植木鉢が針金で編んだ籠に入れられて揺れていた。こんなものはどれも僕には何の関係もなかった。僕は自分のなかに閉じこめられながら、自分から締め出されてもいた。僕は彼らの一員ではなかったし、自分が自分でないようだった。

収容所《ラーゲリ》に行くまで、僕たちは十七年間を一緒に過ごして、ドアや戸棚、テーブルやじゅうたんなど大きな物を共有していた。皿やカップ、卓上塩、石けん、鍵など小物の類もそうだった。それに、窓から差し込む光やランプの光もそうだった。でも今の僕は取り違えられたよその子だった。僕たちがもう元のままではないことに、そしてもう元に戻れないことにお互い気づいていた。見ず知らずのところにいるというのは確かにつらいことだけど、でもありえないくらいそばにいて、距離を感じるというのはつらいどころの話じゃなかった。僕の頭はまだトランクのなかにあって、呼吸するにもロシア語で呼吸していた。立ち去りたくはなかったが、知らず知らずのうちに隔たりのにおいをぷんぷんさせていた。一日ずっと家で過ごすのは耐えられなかった。沈黙から離れるためには、どうしても仕事が必要だった。僕は二十二歳だったけど、でも手に職があるわけじゃなかった。木箱に釘を打つのが職業だろうか。僕はまたもやただの下働きにすぎなかった。

八月のこと、午後遅くに木箱工場から戻ってくると、ベランダのテーブルの上に僕宛ての手紙が置いてあった。床屋のオズヴァルト・エンイエーターからだった。僕が手紙を読むようすを、食事をする人の口元を見るみたいに、じっと父が見ていた。手紙にはこう記してあった。

やあレオ！　ちゃんと故郷に帰れたかい。僕の田舎には身寄りの者はもう誰も残っていなかった。それで先に進んでオーストリアまでやってきた。今はウィーン五区マルガレーテンに落ち着いている

——ここにはたくさん同郷の仲間が暮らしているんだ。そのうちおまえがウィーンに来るようなことがあったら、また髭をそってやるからな。同郷の人間の床屋で雇ってもらえたんだ。トゥール・プリクリッチュの野郎は、収容所《ラーゲリ》ではあいつが床屋で、おれがカポだったなんて嘘っぱちを広めやがった。ベア・ツァーケルは、あいつとは別れたくせに、まだつきあってると言い張ってる。彼女、子供にはレアという名前をつけた。レオポルトと関係あるのかね？　二週間前に建設作業員たちがトゥール・プリクリッチュをドナウ川の橋の下で見つけた。口にはネクタイがつっこまれ、額は斧でまっぷたつに割られていた。斧は腹の上に投げ捨てられていて、犯人の手がかりはどこにも残ってなかった。俺がぶち殺してやりたかったのに残念だよ。まあ、あいつは殺されて当然の男だったんだからな。

手紙をたたむと、父が尋ねてきた。

——おまえ、ウィーンに子供がいるのか。

——勝手に手紙を読んだな。そんなことひと言も書いてなかったじゃないか。

——おまえたちが収容所《ラーゲリ》で何をやらかしていたのか、分かったもんじゃないからな。

——あんたらに分かるわけないさ。

母が身代わりの弟ローベルトの手を取った。そのローベルトはおがくずの詰まったぬいぐるみの犬モピーを腕に抱えた。それから母はローベルトと一緒に台所に行ってしまった。こちらに戻ってきたとき、母は片手にはローベルト、もう片手にはスープ皿を持っていた。ローベルトはモピーを胸にぎゅっと抱きしめて、手にはスープのスプーンを握っていた。どうぞ飲んでください、というわけだった。

木箱工場に勤めはじめてから、仕事じまいになると町をうろつくようになった。冬の午後はすぐに暗くなって僕を守ってくれた。商店のショーウィンドーが停留所のように黄色く照らし出されていた。新品で飾り立てられたマネキンたちが二、三体そのなかで僕を待ち構えていた。彼らは体を寄せ合って立ち、その足の先には値段の書いたプレートが置いてあるので、どこに足を踏み出したものか迷っているようだった。足先のプレートは警察の標識のようにも見え、僕がやってくる直前に死体が運び出されたのだとしてもおかしくなかった。それより小さな陳列ケースは普通の窓の高さにあった。そして陶器やブリキの食器が所せましと並べてあった。前を通りかかった僕は、ちょうど引出しのように、それらを肩に担ぐ形になった。それを買う人々の人生よりも長く持ちこたえるような物ばかりが、悲しげな光を浴びながら、客の訪れを待ち構えていた。もしかすると、山脈が崩れ落ちるまで長持ちするかもしれない。お店の並ぶ大リング広場から、何となく僕は住宅街の方に折れていった。窓には灯りに照らされたカーテンが掛かっていた。レースのローズ模様や撚り糸で編まれた迷宮がとりどりに並んでいて、すっかり葉の落ちた街路樹の黒い影がどれにも同じように落ちていた。部屋の住人たちは、自分のカーテンには命が宿り、その白い織物を風に揺さぶられる外の黒い街路樹と組み合わせては、次から次に新しい図柄を作り上げていることに気づいてもいなかった。道路が尽きたところでやっと空がひらけてきて、宵の明星がぼんやり消えそうになっているのが見えてきたので、僕はフックにでも掛けるように自分の顔をそれに掛けようとした。そうやってたっぷり時間がつぶせたので、家に帰りつく頃には、きっとみんなもう食事を終えているはずだった。

僕はナイフとフォークで食べるやり方が分からなくなっていた。手が震えるばかりじゃない。飲み込む喉までがたがた震えて止まらなかった。ひもじい思いとはどんなことか、わずかな食事を長持ちさせたり、やっと手に入れた食べ物をがつがつ食べたりするのがどんなことなのか、それは骨身にしみて分かっていた。でも、行儀よく食べるには、どれだけ噛まなくてはいけないか、そしてどのタイミングで飲み込めばいいのか、そんなことはとうに忘れていた。父は僕の目の前に座っていたが、食卓の表面が世界の半分を占めるかと思えるくらい遠く隔たって見えた。父は僕を見るにもほとんど目を閉じていて、同情を表に出さないようにしていた。彼が目をしばたたかせるときだけ、口を動かす人の唇からバラ色の裏側がちらりと見えるときのように、その驚愕ぶりがちらりと輝くのが見えた。四の五の言わずに、僕をいちばんいたわってくれたのは祖母だった。彼女は具だくさんのスープをいつも作ってくれたが、それもたぶん僕がナイフとフォークで苦しまずにすむようにという配慮からだった。

手紙が届いたあの八月の日には、骨付きあばら肉の入った緑豆スープだった。手紙を読んだとたん僕は、食欲がすっかり失せてしまった。パンを一枚厚めに切り、まず食卓に落ちたパン屑を食べ、それからスプーンでスープをすくいはじめた。僕の身代わりの弟は床に膝をついて、ぬいぐるみの犬の頭に帽子代わりの茶こしをのせ、その犬をベランダにある低い戸棚の引出しの角に馬乗りになるように置いた。ローベルトがやることなすことといちいち僕には気味が悪かった。彼は継ぎはぎでできた子供だった——年寄り臭くて、暮れなずんだ空のように青くて丸い眼は母から受け継いでいた。この眼はずっとこうだろうなと僕は思った。レースの襟飾りを鼻の下に置いたような上唇は祖母からのもの。この上唇もずっとこうだろうなと僕は思った。丸く膨らんだ指の爪は祖父からのもの。これもずっとこうだろうな。耳は僕とエドヴィン叔父からのもの。渦巻き状の襞が耳たぶの上の方で平らになっているのだ。まるっきり同じ形の耳が六つ並ぶのに、肌合いは違って三種類あるわけだ。というのも、この子の耳もずっとこのままだろうから。鼻はこのままじゃないだろうな。鼻は大きくなると形がすぐに変わってしまうものだから、と僕は思った。もしかしたらいずれ、鼻の付け根が高く突き出た骨張った父の鼻を受け継ぐのかもしれない。さもなければ、ローベルトは父からは何も受け継がないことになる。もしそうなら、父は身代わりの子に何も付け加えさせてもらえなかったというわけだ。

ローベルトがテーブルについた僕に近づいてきて、左手には茶こしをのせたモピーを握りながら、右手で僕の膝をつかんだ。まるでこの膝が椅子の角でもあるみたいに。帰郷のときに抱き合って以来、つまり八か月前から、家族の誰ももう僕には触れなかった。彼らにとって僕は近づきがたい存在だったのだ。でもローベルトにとっては家に運ばれてきた新しい品物でしかなかった。彼は家具にしがみつくように僕につかまって、体を支えようとしたのか、あるいは何かを僕の懐に置こうとしたのだった。そして、まるで僕が彼の引出しだと言わんばかりに、僕の上着のポケットにモピーを入れようとした。僕もまるで引出しであるかのようにじっとしていた。本当は突き飛ばしてやりたかったが、動かざる者に邪魔されたのだ。父は僕のポケットから、ぬいぐるみと茶こしを取り出すと、言った。

——おい坊主、宝物は大切にするもんだぞ。

父はローベルトを連れて階段を降り中庭に出て行った。母は僕の真向かいの席に座って、パン切りナイフに止まった蠅をじっと見つめた。僕は豆スープをかき混ぜながら、オズヴァルト・エンイエーターの床屋で鏡の前に座る自分の姿を思い出していた。トゥール・プリクリッチュがドアから入ってきた。とたんに彼の声が聞こえた。

——「僕はここだよ」って書いてあるようなものは小さな宝物さ。

——それより大きな宝物には、「ねえまだ覚えてくれてる」って書いてあるものさ。

——だけどいちばんいい宝物に何て書いてあるか知ってるか。それには、「僕はここにいたのに」って書いてあるんだ。

「僕はここにいたのに《ダー・ヴァール・イッヒ》」は彼の口から発せられると「同志《トヴァーリシュッチュ》」と言っているように聞こえた。これでもう四日もずっと髭をそっていなかった。ベランダの窓が鏡になって、オズヴァルト・エンイエーターの毛むくじゃらの手が白い泡だらけの顔にカミソリを走らせるのが映った。そしてカミソリの後からは、僕の口から耳にかけてゴムバンドのような肌が帯状に露出していった。それともそう見えたのは、ひもじさのあまりみんなと同じく口が裂けて横に延びてしまったせいかもしれない。父もトゥール・プリクリッチュも、何も知らないくせに宝物について話ができた。二人はまだひもじい口になったことがなかったからだ。パン切りナイフに止まっている蝿は、僕が収容所《ラーゲリ》の床屋を知っているのと同じくらいベランダに詳しかった。蝿はパン切りナイフからベランダの戸棚へ、戸棚から僕のスライスしたパンへ、それから皿の縁へ、そこからまたパン切りナイフへと戻って行った。そのつど急角度で飛び立つと、ぶんぶん唸りながら旋回して、やがて静かに着陸した。卓上塩の小さな穴のあいた真鍮の蓋にだけは決して止まらなかった。どうして僕が帰郷してからいちども卓上塩を使わなかったのか、そのわけがとたんに納得できた。蓋のなかには、トゥール・プリクリッチュの真鍮のような眼が光っていたからなんだ。僕がスープを啜るたびに、まるで僕がウィーンからの手紙をもう一度読み直しているかのように、母の耳がそばだった。パン切りナイフの上では蝿の腹が、露の滴《しずく》のように、そして蝿が体を回転させるときには、タールの滴のように輝いた。露とタール、そして鼻面の上で額が斜めにかち割られるとき、一瞬がどんなに引き延ばされることか。ハーゾーヴェー、それにしても、どうやってトゥールのあんなに小さな口のなかにネクタイを突っ込めたのだろう。

杖

仕事が終わると、行きとは逆向きに住宅街の突き当たりから大リング広場を抜けて帰っていった。途中、聖三位一体教会で、首回りに羊を担いだ聖人像が白い壁龕にまだはめ込まれたままかどうか確かめてみようと思いついた。

大リング広場には、白いハイソックスを履き、千鳥格子の半ズボン、襞飾り《ルーシュ》のついた白シャツを着た太った若者が立っていた。まるでお祭りから引き上げてきたばかりのようだった。彼は白いダリアの花束をむしっては、鳩にやっていた。八羽の鳩が敷石の上にパンが落ちていると思って、白いダリアをついばんでは吐き捨てていた。何秒かするとすべて忘れて、また頭をこくんこくんと動かしてついばみはじめるのだった。それもまた同じ花びらだ。彼らのひもじさは、ダリアからパンが生まれるなんていつまで信じ込んでるつもりだろう。そして若者も何を思ってこんなことをしているのだろう。ただ意地悪な奴なのか、それとも鳩のひもじさみたいに頭が足りない奴なのか。ひもじさによる勘違いのことはもう思い出すのも嫌だった。もし若者がむしったダリアの代わりにパン屑を撒いていただけなら、僕だって立ち止まりはしなかった。教会の時計は六時十分前を指していた。教会が六時に閉まるかもしれないので、僕は急ぎ足で広場を横切っていくことにした。

そのとき前方からトゥルーディー・ペリカンがやってきた。収容所《ラーゲリ》以来のことだ。お互い相手に気づくのが遅すぎた。彼女は杖をついていた。今さら僕を避けようもなかったので、彼女は杖を敷石の上に置くと、靴の上に屈み込んだ。靴紐がほどけているわけでもなかったのに。

僕たち二人はこれで半年以上も前から同じ町に腰を落ち着けていたわけだった。相手を知っている素振りを見せないのがお互い身のためだった。二人とも考えることは同じだった。僕もあわてて顔をそらした。だけどほんとを言えば、どんなに彼女をこの腕に抱きしめ、僕だって同じ思いなんだよ、と伝えてあげたかったことだろう。さらにこう言ってやりたくてたまらなかった。悪いね、君が屈まなきゃならなかったなんて。僕は杖を使わなくてもいいんだ。だから次に偶然会ったときには、君さえ許してくれるなら、僕が二人のために屈むことにするからね。彼女の杖は磨き上げられており、先端にはさびついた爪がつき、持ち手には白い玉がついていた。

教会に行く代わりに、僕は左に急カーブを切り、さっき出てきたばかりの狭い通りに戻ることにした。太陽が背中にじりじりと照りつけ、まるで剥き出しのブリキになったかと思えるほど頭が髪の根元まで焼かれて熱かった。風は土埃のじゅうたんを繰り広げ、街路樹の梢からはぴゅうぴゅうと歌が聞こえた。それから埃を巻き上げたつむじ風が、路上を危なっかしげに近づいてきて、僕に当たったかと思うと、たちまち壊れてしまった。つむじ風が地面に倒れたとたんに、敷石がぽつりぽつりと黒く水玉模様になっていった。風がうなって、雨粒を投げつけはじめた。雷雨だった。透明なガラスを総にしたような雨がざあっと降ってきて、やがていっぺんに太綱のような雨がばしゃばしゃと鞭を振るいだした。僕は文房具店に駆け込むしかなかった。

店内に入りながら、僕はびしょ濡れの顔を袖で拭った。店員の女がカーテンの掛かった奥の扉から出てきた。ふさふさしたフェルトの靴を履いていたが、だいぶくたびれていて、足の甲から刷毛が飛び出しているように見えた。彼女はカウンターの後ろに立った。僕は陳列ケースのそばに立ち止まって、しばらく片目で彼女を、もう片目で外を眺めた。気がつくと彼女の右の頬が大きく膨れ上がっていた。両手ともカウンターの上に出してあり、印章つきの指輪が目についた。痩せて骨ばった手にはどう見ても重すぎる紳士用の指輪だった。彼女の右の頬は平らどころか、へこんできて、代わりに今度は左の頬が膨れた。彼女の歯に何かがかちんと当たる音が聞こえた。飴をなめているのだった。つづけざまに何度か彼女は眼を閉じた。紙でできているような瞼だった。お茶が沸いたわ、と彼女は言った。そして奥に消えて行った。それと同時に、猫がカーテンの下からするりと出てきた。僕のところまで駆けてくると、まるで顔見知りであるかのように、ズボンにしがみついてきた。猫を腕に抱えてみた。ちっとも重くなかった。こいつはきっと猫じゃないんだ、灰色の縞のある退屈が毛皮を着ているだけ、細い路地のなかの不安に耐えているだけなんだ、と僕は思った。猫は僕の濡れた上着のにおいを嗅いだ。猫の鼻は革でもくくりつけたみたいで、踵《かかと》のように丸く膨れていた。前足を僕の肩にのせ、僕の耳をじっと見つめていたが、そうしながら猫はすっかり呼吸を止めていた。頭をよそに向けてやろうとすると、猫はぱっと床に飛び降りた。飛び降りるときも静かで、布が落ちるようにそっと床に着地した。猫の体のなかはどうやら何もないがらんどうだったらしい。店員が何も持たずに奥から戻ってきた。お茶はどこにあるんだ、こんなに早く飲めるはずはないのに。そのうえ右の頬がまた膨らんでいた。印章つきの指輪がカウンターに当たってかちかちと鳴った。

――ノートが一冊欲しいんだけど。

――計算ノート、それとも口述筆記用がご入用なの。

――口述筆記用を頼むよ。

細かいの持ってないの。おつりが出せないんだけど、と女は言って啜るような音を立てた。両頬ともへこんだ。飴が滑り出てカウンターに落ちた。何の模様もない透明なもので、女があわてて口のなかに放り込んだ。でもそれは飴なんかじゃなかった。女はシャンデリアを飾る磨きあげたガラスの滴《しずく》を舐めていたのだ。

口述筆記用ノート

その翌日は日曜日だった。僕は口述筆記用ノートに書きはじめた。最初の章は「まえがき」と名づけた。こんな文章ではじまった。君は僕のことを理解してくれるだろうか。その後に疑問符をつけた。「君」と呼びかけた相手はノートそのものだった。そして七頁にわたって話題の中心になったのはT・Pという名の男。それにA・Gという名の男。それからK・HとO・Eだった。さらにB・Zという女も。トゥルーディー・ペリカンには「スワン」という偽名を与えた。コクソーチム・ザヴォードという工場名と石炭搬出駅ヤジノヴァタヤは省略しないで綴った。コーベリアンと歩哨《プラントン》のカーティの名前もそうした。彼女の弟ラッツィにも触れたし、彼女の頭が冴えわたった瞬間にも言及した。そしてその章はこんな長い一文で閉じられた。

——朝早く顔を洗うと、水滴が髪の毛から垂れ落ちて、時の滴のように鼻に沿って口にまで落ちていったものだから、僕は台形の髭を生やすのがいちばんいいと思ったのだけれど、それはそうすれば町に帰ってももう誰も僕だと分からないだろうからだった。

つづく数週間はこの「まえがき」を長くしていくことに費やした。ノート三冊分になった。

故郷へ運ばれるときに、トゥルーディー・ペリカンと僕が約束したわけでもないのに別々の貨車に乗り込んだことは書かないでおいた。古いグラモフォン＝トランクのことも省略した。新しい木のトランクと新しい服（バレエシューズ、ハンチング帽、シャツ、ネクタイ、背広）については正確に書き記した。帰国の途につくときに号泣したこと、ルーマニアに入って最初の駅シゲット・マルマツィエイの受け入れ収容施設に到着したときにも号泣したことにも触れずにおいた。駅の線路の突きあたりにある貨物倉庫での一週間の検疫隔離についてもひと言も触れなかった。自由に送り込まれることが、そしてその自由に踵《きびす》を接する深淵が怖いばかりに、僕の心は折れそうになっていた。その深淵のことばかり考えているうちに、故郷への道はどんどん短くなっていった。僕は新しい肉と新しい服を身に着け、少し膨らみを増した手をして、グラモフォン＝トランクと新しい木製トランクの間に、巣ごもりするように腰を下ろしていた。貨車は封印されていなかった。貨車のドアは勢いよく開けられ、列車はがたんごとんとシゲット・マルマツィエイ駅に入っていったのだ。駅のホームにはうっすらと雪が積もっていて、僕は一面の砂糖と塩の上を踏みしめるように歩いていった。水たまりは灰色に凍りつき、その氷は、縫いつけられた写真の弟の顔のように、あちこちに引っ掻き傷ができていた。

ルーマニアの警察官が故郷までの通行許可証を僕たちに手渡してくれたとき、僕はこれで収容所《ラーゲリ》から永久に別れられると思って号泣したのだった。家まで、二度、バイア・マーレとクラウゼンベルク［クルジュ・ナポカ］で乗り換えて、せいぜい十時間の旅だった。僕らの歌手ローニ・ミッヒはパウル・ガスト弁護士にしっかりしがみついて、目を僕の方に向けながら、聞こえないように小声で囁いているつもりだった。でも僕はひと言も聞きもらさなかった。彼女はこう言ったのだった。

――見てよ、あの泣き喚きようったらないわ。涙まで溢れ出ているわよ。

この言葉の意味を僕はそれから考えてみることがしばしばだった。やがてそれを何も書いてない頁に書いてみた。そして翌日には線を引いて消した。そのまた翌日には消した線の下に新しく書き直した。また消して、また書き込むということを繰り返した。その頁がいっぱいになって書き込むところがなくなると、僕は頁を破り取った。記憶とはそういうことだった。

「わしにはわかっとる。おまえはきっと戻ってくる」という祖母の言葉、バチスト織りの白いハンカチ、新鮮な牛乳について言及する代わりに、僕は何頁もずっと、勝利を記すように、自分のパンとほっぺパンのことを書き込んだ。それから、急場しのぎに地平線や埃だらけの道と体を交換しようとした自分の粘り強さについて書いた。ひもじさ天使に触れるときには、彼には助けられるばかりで、苦しめられた覚えがないかのように、夢中になって書いた。だから僕は「まえがき」という字を消した後に、「あとがき」と書き加えた。今や解放されたというのに、僕はどうしようもなく孤独で、自分自身に対してさえろくに証言をできないでいる。そのことに対しては内心忸怩《じくじ》たる思いだった。

僕の三冊の口述筆記用ノートは新しい木のトランクにしまい込んだ。家に戻りついてからは、トランクはベッドの下にあって、僕の下着入れになっていたのだ。

僕はあいかわらずピアノさ

まる一年ずっと僕は木箱の釘打ち職人だった。いちどきに十二本の釘を唇の間にさし、同時に十二本を指で動かすことができた。呼吸するのと同じくらい素早く釘を打つことができた。平たい手をしているから、お前には才能があるんだよ、と親方にも言われたのだった。

だけど、それは僕の手のおかげではなく、ロシアで課せられたノルマの浅い呼吸のせいだった。「一すくい分のシャベルは一グラムのパンに等しい」が変化して、「一本の釘の頭は一グラムのパンに等しい」に変わっただけの話だ。僕は、裸で土に埋められているおしのミッチィ、ペーター・シール、イルマ・プファイフファー、ハイドルン・ガスト、コリーナ・マルクらのことで頭がいっぱいだった。親方にとってはバターやナスの木箱でしかなかった。でも僕にとっては、これはトウヒの生木でできた小さな棺にほかならなかった。うまくいくためには、釘が僕の指を滑るように流れていかなくてはならなかった。一時間に八〇〇本までは打てたし、それは誰にも真似できなかった。どの釘にも固い頭がついていて、釘を打ち込むたびに、ひもじさ天使に監視されている気分だった。

二年目に僕は夜学に通ってコンクリート打ちの勉強をはじめた。昼間はウチャ川沿いの工事現場で、コンクリートを作った。そこで初めて丸い建物の設計プランを吸い取り紙の上にスケッチしたのだった。それどころか窓まで丸くした。というのも、角ばったものはどれも貨車にそっくりだったから。

そうやって線を引くたびに、僕は現場監督の息子ティティを思い出さずにはいられなかった。

夏の終わり頃、ティティがハンノキ公園につきあってくれたことがあった。公園の入り口には、老いた農婦が籠いっぱいの野イチゴを持ってたたずんでいた。舌先のように、真っ赤で小さなイチゴだった。どのイチゴもとてもか細い針金のような軸が緑の襟に残っていた。なかには三本指のようにギザギザした葉っぱを残しているのもあった。老婆は一つ味見させてくれた。僕はティティと自分のために大きな袋二つ分を買うことにした。それから僕たちは装飾細工をした園亭《パビリオン》のまわりを散歩した。それから彼を誘い小川の流れにそってどんどん草むらを抜けて、芝生の生えた丘の裏まで出かけて行った。一緒にイチゴを食べ終わると、ティティは自分の袋をくしゃくしゃに丸めて投げ捨てようとした。「それくれないか」と僕は言った。彼が差し伸ばした手を僕はぎゅっと握るともう手放そうとしなかった。おい、こんなことをして、どう釈明しようと、もう笑い事ではすまされないぞ、と冷ややかな目つきで彼は言い放った。

秋は短く、あっという間に木の葉を色づけていった。僕はハンノキ公園を避けるようになった。

二年目の冬には、もう十一月には雪が積もった。小さな町は綿入れに包み込まれたようだった。男にはみな女がいて、女にはみな子供がいて、子供にはみな橇《そり》があった。みんながみんなまるまると太って故郷に満ち足りていた。はち切れそうな黒っぽいコートを着て、彼らは白銀の世界を駆け回っていた。明るい色の僕のコートは薄汚れており、僕の体には大きすぎ、だぶついていた。それにそいつは故郷に満ち足りてもいて、あいかわらずエドヴィン叔父の着古したコートでしかなかったのだ。白い息の切れ端が行き交う人たちの口からふーっとブランコのように出ていた。そうやって、故郷に満ち足りた人たちはみんなここでの生活《レーベン》を満喫しているように見えて、その実、命《レーベン》はどの人からも飛び去っていくばかりなんだ、ということが暴露されていた。みんなその逃げていく命を目で追うことしかできない。そのみんなの目は、瑪瑙《めのう》やエメラルドや琥珀《こはく》でできたブローチのように刻々と色を変えていた。そんな彼らも、早いか、あっという間か、遅いかは分からないが、いつの日か、ひと滴《しずく》多すぎる幸福に見舞われることだろう。

僕はがりがりに痩せた冬への望郷の念に駆られた。そんな僕と一緒にひもじさ天使も駆け回っていたが、天使は特に何も考えていなかった。天使はくねくね曲がる道に僕を連れて行った。反対方向から男がやってきた。コートではなく、総のついた格子縞毛布を肩にかけていた。妻ではなく、小さな手押し車を連れ歩いていた。その手押し車には子供ではなく、白い頭の黒い犬が乗っていた。犬の頭は拍子を取るようにゆっくりと上下に揺れていた。格子縞の毛布が近づいてくると、男の右胸に心臓シャベルの輪郭が見えた。手押し車がすれ違ったとき、心臓シャベルと見えたものはアイロンの焼けこげであることが、犬と見えたものも首にエナメルの漏斗のついたブリキの缶であるのが分かった。すれ違った男を振り返って見送ると、漏斗のついた缶はまた犬に戻っていた。そうこうするうちに僕はネプチューンプールに到着していた。

門の上のエンブレムの白鳥には、氷柱《つらら》でできたガラスの足が三本ついていた。風に白鳥が揺すぶられ、ガラスの足が一本折れた。地面で砕けた氷柱は、収容所《ラーゲリ》でたたいて潰さなければならなかった目の粗い塩の固まりになった。僕は靴の踵でそいつを踏みつぶした。それがぱらぱらと振りかけられるぐらいに細かい粒になってから、僕はあいた鉄の門扉から中に入って、入り口のドアの前に立った。後先考えずに、僕はドアからホールに入っていった。黒い石を敷き詰めた床は、静かな水面のように物を映し出していた。明るい色のコートが僕の足下を切符売り場まで泳いでいくのが見えた。僕は入場券を一枚求めることにした。

それなのに切符売りの女は、一枚それとも二枚、と問い返してくるのだった。

彼女の口を通じて話しているのが目の錯覚にすぎませんように。変な嫌疑を抱かれたのでなければいいけれど。僕の二重写しのコートを見ただけのことで、僕がまた古い生活に戻ろうとしているとバレませんように。切符売りの女は新人だった。それでもホールは僕のことを知っていたし、ぴかぴかの床も、中央の柱も、券売所の鉛ガラスも、睡蓮の模様のついたタイルの壁もみんな僕を知っているのだった。冷たい飾りもそれ自身の記憶を持っていたし、壁の装飾も僕が誰だか忘れてなかった。財布は上着の方に入れてあった。だから僕はコートのポケットに手を突っ込むと言った。

——財布を家に忘れてきちゃった。手持ちがないや。

——いいですよ。もう入場券はもいでしまったから、次回払ってください。ツケときますから。

——だめだめ、ぜったいダメだよ。

彼女は窓口から腕を伸ばして、僕のコートをつかもうとした。僕はさっと避《よ》けると、頬をぷーっと膨らませ、頭を引っ込めて、足を引きずるように後ずさりし、中央の柱を避けながらドアの方に向かっていった。

あなたなら信用できます。ツケておきますから、と彼女はまだ叫んでいた。

今ようやく緑の鉛筆が彼女の耳の後ろにかけてあるのが見えた。背中でドアの把っ手を下ろすと、そのままドアを押しあけた。僕は力を込めて体を引かなきゃならなかった。ドアについた鉄のバネが固くて扱いにくかったのだ。やっとできた隙間から滑り出たとたんに、ドアが僕の後ろでぎいっときしんだ。それから僕はあわてふためいて鉄の門扉から道路に逃げ出した。

外はもうすっかり暗くなっていた。エンブレムのスワンは白々と眠っており、大気は黒々と眠っていた。街灯に照らされた雪は、さながら灰色の羽毛のように舞い散っていた。僕はその場から一歩も動いていないのに、自分の足音が頭のなかに響きわたった。そのくせ歩き出すと、もう聞こえなくなった。口のなかには塩素とラベンダーオイルの香りがぷんと匂いたった。僕はエトゥーバを思い出して、家までずっと街灯から街灯へと、目が回るほど激しく吹きすさぶ雪を相手に会話を交わしつづけた。ただし、話し相手になってくれたのは、今歩いている僕に吹きつける吹雪ではなく、行商をしていた頃の僕を知る遠く彼方の飢えきった雪だった。

この晩も祖母は一歩僕の方に近づいてきて、両手を額に当て、そしてこう尋ねてきた。

――ずいぶん帰りが遅かったじゃないか。好きな女の子でもできたのかい。

翌日、僕は夜学のコンクリート技士養成コースに編入学した。そして校庭でエンマと知り合った。彼女は簿記のコースを受けていた。明るい色の目をした女の子で、トゥール・プリクリッチュと違って真鍮のような黄色ではなく、マルメロの皮みたいに鮮やかな黄色だった。そして町のみんなと同じように、故郷に飽食した黒っぽいコートを着ていた。四か月後、僕はエンマと結婚した。その頃エンマの父親はもう死の床についていて、僕たちは結婚式を挙げることはなかった。僕がエンマの両親の家に引っ越した。僕の持ち物はどれも携えていった。三冊の口述筆記用ノートと衣服はぜんぶ、収容所《ラーゲリ》から持ち帰った木のトランクに収まった。四日後には、エンマの父親が亡くなった。母親が居間に移り、夫婦の寝室を譲ってくれた。

半年ほど僕たちはエンマの母の家に厄介になった。それからヘルマンシュタットを去って、首都ブカレストに引っ越した。僕たちの番地はバラックのベッドと同数の六十八だった。うちは五階にあって、小さな炊事コーナーのついた一部屋きりのもので、トイレは廊下にあって共同だった。だけど二〇分も歩けば公園があった。この大都市に夏が訪れると、僕は埃っぽい近道を抜けていった。それならたった十五分の道のりだった。階段の吹き抜けでエレベーターを待っていると、鉄の網に囲まれた檻のなかで、明るい色の綱を何本か撚り合わせた太綱が二本、上がったり下がったりしたが、それはまるでベア・ツァーケルのお下げ髪が上がり下がりしているようだった。

ある晩、僕はエンマと一緒にレストラン金瓶亭に行き、オーケストラから二番目のテーブルに座っていた。ウエイターは酒を注ぐときに耳を押さえて言った。聞いてお分かりでしょう、ずっと店長に絶対そうだと言ってるんですがね、ピアノの調律がおかしいんですよ。でも店長がやったのは、ピアニストを首にすることだけでした。

エンマが僕をじっと見つめた。彼女の目のなかでは黄色い歯車がくるくる回転していた。その歯車がさびついているのか、彼女が瞬きするたびに、瞼がそれに引っかかってしまうのだった。彼女が鼻をひくつかせると、歯車がまた動きだした。そうやってすっかり澄んだ目になったエンマが言うのだった。

——ねえ、ごらんなさい。いつもやられるのは演奏者で、ピアノじゃないのよ。

どうして彼女はそう言ってから、ウエイターがいなくなるまで間を作ったのだろう。彼女には自分が何を言っているか分かっているはずはない、と思いたかった。というのも、当時の僕の公園での暗号名が「演奏者」だったから。

不安は容赦を知らない。僕は近くの公園に出かけるのはやめた。それに暗号名も変えた。自宅から遠く離れた駅の近くの新しい公園では「ピアノ」という暗号名にした。

ある雨の日、エンマは麦わら帽をかぶって家路についていた。バスから降りると、小さなホテル「ディプロマット」前のバス停脇で男が雨宿りしていた。エンマが通りかかると、交差点にある次のバス停までちょっと傘に入れてもらえないかと頼まれた。彼も麦わら帽をかぶっていた。エンマより頭一つ背が高くて、そのうえ麦わら帽までかぶっていたので、エンマは傘を高く掲げなくてはならなかった。男は傘を持つそぶりも見せず、エンマを雨のなかに半分押し出し、ポケットに手を突っ込んでいた。こんなに地面が泡立つようだと、雨は何日も降りつづくぞ、と男は言った。男の妻が永久の眠りについたときも、こんなふうにどしゃ降りだった。葬式の日取りを二日延ばしたけれど、雨は止みはしなかった。そうすれば水を吸うだろうと思って、花輪は夜の間ずっと外に出しておいたが、そんなことをしても何の役にも立たなかった。花は水浸しになって、腐ってしまった、と話をつづけた。それから彼の声は滑らかになって、何ごとかぶつぶつ言いはじめた。かろうじて最後の言葉だけが聞き取れた。女房のやつは棺と結婚したんだよ。

でも、結婚は死ぬこととはちがうでしょ、とエンマが応じると、どちらも不安で仕方ないのは同じじゃないか、と彼は答えたのだった。どうして不安なの、とエンマが尋ねると、彼は急に財布を出せ、と言い出した。さもないとバスの乗客の財布を盗らなきゃならなくなる。戦前は上流の淑女だったよぼよぼのばあさんからな、と言うのだった。そんな財布には死んだ旦那の写真以外には何にも入ってないんだ。男が走って逃げ出したとき、麦わら帽が水たまりに落ちた。エンマが男に財布をやったのだ。叫び声を上げるなよ、さもないとこいつが飛びかかるぞ、と男は言った。その手にはナイフが握られていた。

この話を語り終えると、エンマはさらに一言付け加えた。不安は容赦を知らないもんね。僕はうなずくしかなかった。

そんな偶然の一致がエンマとの間にはよく起きた。それ以上のことは語っても無駄だ。というのも、いくら語ったところで、僕は形を変えて沈黙に身を隠すだけだから、あらゆる公園の秘密に、エンマとの偶然の一致といった秘密に身を隠して終わるだけだから。僕たちの結婚生活は十一年もった。おそらくエンマはそのままずっと僕のそばにいてくれただろう。それは僕にも分かっている。でも彼女がどうしてそばにいるつもりだったか、その理由は分からない。

この頃、公園で「カッコウ」と「ナイトテーブル」が逮捕された。警察の取り調べで白状しないでがんばれる奴なんかいないし、あの二人がそろって「ピアノ」に言及したなら、もうどんな言い逃れをしても無駄なのは分かっていた。僕はオーストリアの親戚を訪ねる申請を出した。ことがさっさと進むように、フィーニー叔母の招待状は自分で書いた。この次はおまえが出ればいいよ、と僕はエンマに言った。夫婦が西側に一緒に出ることは許されていなかったので、彼女も了解してくれた。フィーニー叔母は、僕が収容所《ラーゲリ》にいた間に、結婚してオーストリアに出ていたのだった。彼女は「ザウルス」バスでオクナ＝バイの塩水浴場に向かう旅行中に、グラーツの菓子職人アロイスに出会ったのだった。フィーニー叔母のヘアアイロン、パーマ、オーガンツァ織りの服の下に潜り込んだバッタについては、エンマに話して聞かせたことがあったので、僕が本当に叔母に再会して、彼女の菓子職人アロイスと知り合いたいのだとエンマに思い込ませることができた。

今にいたるまで僕はこれほど重い罪を犯したことはない。短期旅行の旅装で、軽いトランクだけを持って列車に乗り込み、グラーツまで行った。そこから手のひら大のはがきを書き送った。

愛するエンマ、
不安は容赦を知らない。
僕はもう戻ってこれない。

エンマは僕の祖母の言葉を知らなかった。僕たちは一度も収容所《ラーゲリ》については話したことがなかった。僕は祖母の言葉を思い出して、はがきには「ない」という否定の言葉を付け加えることにした。そうすれば、まったく反対の言い回しでも、何かの役には立つかもしれないと思ったのだ。

それが三〇年以上前のことだ。

エンマは再婚した。

僕はそれからはもう誰かに縛られたりしなかった。ただひたすらまぐあうばかりだった。いかんともしがたい欲望や卑劣な幸福などは、たとえ僕の頭がまだいくらでも誘惑に負けるのだとしても、もうとうに過ぎ去った別世界の話でしかない。それはたまたま道で触れ合う体であることもあれば、店で差し出される手であることもあった。路面電車でいえば、ある種の席の探し方がそうだった。列車のコンパートメントで「その席まだあいてますか」と尋ねられて、ひどくためらってしまうのもそうだし、その後すぐに、手荷物を網棚に手際よく詰め込むある種のやり方を見て、僕の直感は正しいことが証明されるのだ。レストランでいえば、声の質にかかわらず、「かしこまりました」と言うウエイターのある種のやり方がそう。今でもいちばん僕が誘惑されてしまうのはカフェだ。僕はテーブルについて、客の様子をひとりひとり観察していく。一、二の男たちの場合には、カップを啜る独特なやり方がそうだ。そしてカップを戻すときに、そんな彼らの下唇の内側がバラ色の石英のようにきらりと光るのだ。ただ一、二の客だけがそうで、他の客ではそんなことはない。

この一、二の客のために、僕の頭のなかに興奮の心象がよみがえる。陳列ケースに並んだ陶器の置物のように、もう凝り固まっていて動けないはずなのに、どの心象も若々しいふりをしている。彼らだって、僕が寄る年波にやられて、彼らの相手はもうできないと分かっているだろうに。かつての僕はひもじさにさんざんやられて、シルクのショールも似合わない貧相な体になってしまった。でも、予期に反して、新しい肉がついていった。だけど、寄る年波の暴力に対抗できるような新しい肉を発明した者はまだない。六番目、七番目、それどころか八番目の収容所《ラーゲリ》まで強制連行されることがあるとして、そんな目に遭う夜がまったく無駄とまでは言えないかもしれない。そうやって老化の速度を遅めてもらえるなら、奪い取られた五年の歳月もいつか取り戻せるかもしれない。そんなふうに考えたこともあった。しかしそうは問屋が卸さなかった。落ちた肉はまるで違った計算式を立てるのだ。内部はすっかり荒れているのに、目にひもじさを宿した外面《そとづら》だけは、きらきらと輝くのだから。そして、そんなひもじさが言うのだ。

——お前はあいかわらず「ピアノ」なんだよ。

——その通りさ。それも、もう音が鳴らなくなったピアノだよ。

宝物について

──「僕はここだよ」って書いてあるようなものは小さな宝物さ。
──それより大きな宝物には、「ねえまだ覚えてくれてる」って書いてあるものさ。
──だけどいちばんいい宝物に何て書いてあるか知っているか。それには、「僕はここにいたのに」って書いてあるんだ。

「僕はここにいたのに」と宝物には書いてあるはずだ、とトゥール・プリクリッチュは言ったのだった。僕の喉頭《こうとう》は顎の下で上下に動いて、まるで肘でも飲み込んでしまっているかのようだった。僕たちはまだここにいる、五番手は九番手の後にやってくるものだよ、と床屋は言っていた。

あのときの床屋ではまだ、ここで死ななければ、いずれ「その後」があるんだ、と僕は思っていた。収容所《ラーゲリ》から出られて、自由になって、もしかしたら帰郷もできるかもしれない。そうしたら「僕はここにいた」と言えるだろうに。でも、五番手が九番手の後になってしまい、少しばかりバラムク、つまり混乱した幸福しか手に入らなかった。どこでどう間違えてそうなったかも言えなくてはならないはずなのに。それにしても、トゥール・プリクリッチュみたいな奴が、帰郷した後になって、別に幸福なんて必要なかったんだ、と自分の方からうそぶくようになるなんてことがどうしてあるんだろう。

もしかすると、もうあの頃から収容所《ラーゲリ》の誰かが、収容所が終わったらトゥール・プリクリッチュを殺してやろうと企てていたのかもしれない。トゥール・プリクリッチュが、エナメルバッグのようにぴかぴかに輝く靴を履いて、収容所中央通りを闊歩《かっぽ》しているというのに、我が身はひもじさ天使に引き回されていたような誰かの仕業だろう。もしかすると骨と皮だけの時代に誰かが、点呼のときか懲戒房に入れられたときに、頭のなかで何回となく、どうやればトゥール・プリクリッチュの額のど真ん中を斧でかち割れるか、練習を繰り返していたのかもしれない。あるいは、その男は、線路脇で吹雪に肩まで、あるいは「坑《ヤーマ》」で石炭に首まで、あるいはカリエールやセメント塔で砂に埋もれるようなひどい目に遭わされていたのかもしれない。あるいは、彼が復讐を誓ったときには、バラックの黄色い常夜灯の光を浴びながら、眠れずに寝台に横たわっていたのかもしれない。あるいはその誰かは、トゥールが床屋でねちっこい目つきをして宝物について語ったその日に、殺人を計画したのかもしれない。あるいは、彼が鏡のなかの僕に向かって、「地下のぐあいはどうだい」と尋ねた瞬間に。あるいは、それどころか、「快適だよ、どの当番も芸術作品みたいなものさ」と僕が答えた瞬間に。おそらくはネクタイを口に詰め込み、斧を腹の上に放置するような殺人であっても、遅まきながらの芸術作品なんだろう。

僕の宝物には、「ここに残ってるよ」と書かれているのがだんだんと分かってきた。それに、収容所《ラーゲリ》が僕を家に帰してくれたのも、ただ必要な距離を手に入れて、僕の頭のなかで勢力を拡大していこうとするためにすぎなかった。故郷に帰ってからというもの、僕の宝物にはもう「ぼくはここにいるよ」とも、「ぼくはここにいたのに」とも書いてはいない。僕の宝物には、「ぼくは逃げないよ」

と書いてあるばかりだ。どんどん収容所は勢力を伸ばして、僕の左のこめかみあたりから右のこめかみあたりにまで広がっている。だから僕は自分の頭について語るにも、収容所の広い敷地のように語るほかないのだ。沈黙しようが物語ろうが、どちらにしても身を守ることはできない。沈黙にせよ物語にせよ、どちらも誇張は避けられない。でも、「ぼくはここにいたのに」は、そのどちらにも存在しない。そして正しい基準もどこにもないのだ。

ただし、宝物が存在しているのは確かだ。その点で、トゥール・プリクリッチュは間違ってはいなかった。僕の帰郷は、たえず頭を下げては感謝ばかりする不具の幸福でしかない。生き延びるためなら、およそどんなゴミ屑をもらっても、くるくる回転してみせるコマでしかないのだ。そんなコマみたいな奴が、僕ばかりか、僕には耐えることも振り払うこともできない宝物まですべて手中に収めていた。僕は六〇年以上の長きにわたってそんな宝物を使ってきた。それらは弱々しいのに押しつけがましく、親しいのに嫌悪を覚えさせ、忘れっぽくて執念深く、使い古されているくせに新しい。どれもアルトゥール・プリクリッチュに持たせられた持参金であって、いつの間にか区別できないくらい僕に癒着して離れなくなってしまった。だから数え上げようにも、どうしてもうまくいかない。

――僕の、誇り高いのに劣った性質。

――僕の、ずっと嫌がられている不安な願望。

――僕の、やる気満々でもないのに気ぜわしい性質。僕は徒手空拳ですぐに全体に跳び込むくせがある。

――僕の、反抗的なのに従順な性質。みんなの言うことは正しいと認めてしまうけれど、それはみんなを後で批判するためなんだ。

――僕の、つまずきやすいのに楽観的な心根。

――僕の、腰は低いのに貪欲な性格。

――僕の、人生に何を要求すればいいか分かっている他人たちを見て、そんな分かりやすい夢を半分はバカらしいと思いながらも、妬んでしまう性格。冷たくくしゃくしゃの、黴《か》びたウールみたいに冴えない気分。

――僕の、もうひもじい思いをしないようになってからというもの、外からは攻め立てられるし、内部はがらんどうになっているという、ものすごい空虚感。

――僕の、傍からも中身が筒抜けの体たらく。前進すればするほど体の各部分がてんでばらばらになっていく。

――僕のぶざまな午後。時間は僕とともにゆっくりと家具の間をすべっていくばかり。

――僕の、とことん見放された惨状。誰かにそばにいてもらうことがどうしても必要だけど、でも自分を断念できない。相手から逃げつつも、絹のような微笑みをいつでも浮かべてしまう。ひもじさ天使以来、もう誰かに所有されるなんてまっぴらごめんだと思っている。

だけど、僕の宝物のなかでいちばん重いものは、「労働強制」、働くことへの強迫だ。それこそ、強制労働を裏返したもので、命を守るために順番を入れ替えたものだ。僕のなかには恩寵あふれる強制者が隠れていて、こいつには、ひもじさ天使と同じ血が流れている。他のすべての宝物を調教して、意のままに操るやり方を知っているのだ。僕の頭の奥深くにまで潜り込み、強制の魔力のなかに僕を押し込めようという魂胆だ。というのも、僕が自由を怖がっていると知っているからだ。

僕の部屋からはグラーツの城山の時計台が見える。窓辺には大きな製図板が立ててある。机には最後の設計図が、銃弾を浴びたテーブルクロスのようにのせてある。それには、外の道路の夏のようにすっかり埃だらけだ。いくらじっと見つめても、設計図は僕のことなど思い出してはくれない。家の前を春からずっと毎日一人の男が、毛の短い白い犬と極端に細い黒い杖を持って散歩していく。その杖は、ちょうどバニラアイスの棒が大きくなったみたいで、ただかすかに湾曲したところが持ち手になっている。もしその気になりさえすれば、男に挨拶して、そのむかし望郷の念が天翔《あまがけ》るための乗り物にした白い豚がいて、それがあなたの犬に似てるんだ、と言うこともできただろう。実のところ僕はその犬と話をしてみたい。犬がいちど独りで、あるいはバニラアイスの棒と一緒に、男抜きで歩いてきてくれればいいのに。もしかするといつかそういう日がくるかもしれない。僕はどのみちここに住みつづけるわけだし、道路も今あるところから動かないし、夏ももうしばらくはこのままだ。時間はあるのだから、待っていればいいだけだ。

白い合成樹脂の天板のついた僕の小さな机に向かうのがいちばん気に入っている。一メートル四方の正方形だ。時計台が二時半を打つと、太陽の光が部屋に差し込んでくる。机の影が床に落ちて、グラモフォン＝トランクになる。そいつが沈丁花の歌やドレスアップして踊る「ラ・パロマ」を演奏して、僕だけに聞かせてくれる。僕はソファーのクッションを抱きかかえて、踊りながら僕の手持ちぶさたな午後のなかに滑り込んでいく。

ダンスパートナーは他にもいる。

紅茶ポットと踊ったこともある。

砂糖壺と。

ケーキの箱とも。

電話機とも。

目覚まし時計とも。

灰皿とも。

家の鍵とも。

いちばん小さなパートナーはちぎれたコートのボタンだった。

いや違った。

いちど白い机の下に、埃まみれの干し葡萄が落ちていた。僕はそれとも踊ったんだ。踊り終わったとたん、そいつを食べちゃった。そしたら、僕のなかに彼方のようなものが生まれ落ちたのだった。

あとがき

一九四四年の夏に赤軍がルーマニアの奥深くまで進攻した後、ファシスト独裁者アントネスクは逮捕され処刑された。ルーマニアは降伏し、それまで同盟を結んでいたナチスドイツに一転して宣戦を布告した。一九四五年一月、ソビエトのヴィノグラードフ将軍がスターリンの名において、戦火に破壊されたソ連邦の「再建設」のために、ルーマニア在住の全ドイツ人を徴集するようルーマニア政府に要求を出した。十七歳から四十五歳までの男女は強制労働のために、ソ連の収容所《ラーゲリ》に移送された。

私の母も五年間を収容所《ラーゲリ》で過ごした。

強制連行というテーマは、それがルーマニアのファシスト的過去を思い出させるがために、タブーだった。収容所《ラーゲリ》での歳月が語られることがあったとしても、それは家族うちで、そしてみずからも連行された経験を持つ親しい友人たちを相手にこっそり語られるばかりだった。しかも、その場合も奥歯に物が挟まったような言い方でしかなかった。この人目を忍ぶ言葉のやり取りが私の子供時代にもつきまとっていた。内容こそ理解できなかったが、それでも不安のにおいだけはいやでも嗅ぎとれた。

二〇〇一年に私は、生まれ故郷の村で、かつて強制連行された人たちの聞き取り調査をはじめた。詩人オスカー・パスティオールも強制連行の憂き目にあったと知っていたので、それについて書いてみたいのだ、と話をしてみた。すると、快く彼は自分の思い出を語って手助けをしたいと申し出てくれた。定期的に会って、彼が昔語りをし、私がそれを書き留めた。しかしやがて、二人で一緒に本を書ければいいのに、という希望が芽生えはじめた。

二〇〇六年に、オスカー・パスティオールのあまりにも急な訃報に接したとき、手書きのメモで埋め尽くされた四冊のノート、それに何章分かの草稿が私の手元には残されていた。彼が死んでから、私はすっかり立ちすくんで身動きできなくなってしまった。メモを読み直すたびに彷彿としてくる個人的な近しさが喪失感をいや増すものにしたのだった。

一年たってようやく私は迷いを振り切り、「私たち」に別れを告げ、一人で小説を書く覚悟をつけた。しかし収容所《ラーゲリ》の日常についてオスカー・パスティオールがディテールを描写していてくれなければ、決して本書は書き上げられなかったことは間違いない。

ヘルタ・ミュラー

二〇〇九年三月

訳者あとがき

ヘルタ・ミュラーの待望の新作小説『息のブランコ』は、ノーベル賞受賞決定前の二〇〇九年夏の終わりに発表された。長編小説としては前作から数えて十二年ぶり、構想から九年を費やした渾身の作品である。これまでの長編小説——『狙われたキツネ』『心獣』『今日は自分に会いたくなかったのに』——は、チャウシェスク独裁政権下で秘密警察の追跡におびえる日常を描いており、多かれ少なかれ作家の実体験が踏まえられていたが、この第四作目では、彼女の生まれる前の父母たちの世代の戦争体験がテーマに選ばれていて、作家にとって新しい試みであった。

苦悩の場——収容所

二〇世紀は戦争の世紀であるとともに、収容所の世紀であったことは誰もが認めるところだろう。ナチスドイツの強制収容所、スターリンのグラーグはまさに「近代の産物」だった。登録、分類、マーキングという近代科学や近代の官僚機構の方法を取り込んでいたし、その目的は、人間をコントロール可能で取り替え可能な「反応の束」(アーレント)に変えることで、人間からアイデンティティを組織的に奪い去ることにあった。ある意味では、収容所は個性を剥奪して人間を統計の係数に変える近代社会の縮図にほかならないとさえ言える。

そして文学はこの収容所というテーマに果敢に挑んできた。第一次世界大戦のおりにスパイ容疑でフランスの収容所に入れられたアメリカの詩人カミングス『巨大な部屋』に始まり、ナチスの強制収容所はエリ・ヴィーゼル、ホルヘ・センプルン、ケルテース・イムレら、そしてソルジェニーツィン『イワン・デニーソヴィッチの一日』、シャラーモフ『コルィマ物語』を筆頭に、ソ連のラーゲリを描いた小説も枚挙にいとまがない。日本でも、石原吉郎、長谷川四郎、内村剛介、高杉一郎らがシベリア抑留という言語を絶した経験を何とか表現しようと格闘してきた。

本書のヘルタ・ミュラーも、これまで忘却に付されていたルーマニアのドイツ人たちのソ連への強制連行を取り上げている。ただし彼女は、巨大な牢獄のような様相を呈していたチャウシェスク独裁政権下のルーマニアで生きることを余儀なくされたにせよ、上記の作家たちとは違って、収容所そのものを虜囚として体験したわけではない。その意味で、本書は戦後六〇年以上が経過して、戦争の記憶が風化していくなかで、それをどのように継承していくのか、という難しい課題に挑んでいるとも言えそうだ。ドイツ文学の世界に限ってみても、戦争体験世代が少しずつ表舞台から退場していくなかで記憶の継承は喫緊の課題となっている。最近では、豊かな社会で育った若手たちも家族史という形で歴史に向かい合うようになっているが、実体験の裏づけを持たない以上は、物語に奥行きを与えるために歴史のテイストを加味しただけとの疑惑は捨てきれない。これに対してヘルタ・ミュラーは、入念な聞き取り調査を重ね、彼女自身が監視社会で味わった経験の裏づけを与えることでリアリティを担保している。その上で、フィクションの暴走を回避しながら、独特の文体の積み重ねによって、単純なリアリズムを乗り越えた新しい語り方の可能性を示しているように思われる。

ここで本題に入る前に、戦争末期にルーマニアのドイツ人が置かれた状況を理解するために、現代史を簡単におさらいしておきたい。第一次世界大戦後のルーマニアは、ブコヴィーナ、トランシルヴァニア（ジーベンビュルゲン）、マラムレシュ、バナートの各地方を併合し宿願の統一を果たす。もっとも、これによりジーベンビュルゲンやバナートに古くから住んでいた民族ドイツ人やハンガリー人など多数の少数民族を国内に抱え込み、紛争の火種を作った。世界恐慌以降の危機には国王独裁制で対処するが、一九四〇年にはソ連にベッサラビアと北ブコヴィーナを、ハンガリーにトランシルヴァニア北部を奪われる。アントネスク将軍の軍事独裁政権は、第二次世界大戦では枢軸国側についてソ連に宣戦布告する。しかし一九四四年八月ルーマニアは、ソ連の反攻を前に降伏し、国王ミハイ一世の命令でアントネスクを逮捕、ドイツとの軍事同盟を破棄し連合国側に寝返った。

民族ドイツ人が強制連行されるとの噂は降伏直後から流れており、実際にソ連軍は名簿作成を着実にすすめていた。そして一九四五年一月に、戦争で被害を受けた生産設備の再建という名目で、前年九月の休戦協定に違反して、一七歳から四五歳までの男子と一八歳から三〇歳までの女子を強制連行しはじめたのだ。多くは従軍経験のない一般市民であった。農村では警察と軍が出入り口を封鎖して一網打尽にし、都市部ではルーマニアとソ連の混成パトロール隊が一軒一軒巡った。集結場所から駅に連れて行かれ、ソ連兵の監視のもと家畜を運ぶ檻付き貨車に積み込まれた。そこからロシアへの移送には数週間もかかったという。全部で七万五〇〇〇から八万人もがソ連、多くはウクライナの炭田で強制労働につかされた。一九三〇年の時点でルーマニアのドイツ人人口は七四万五〇〇〇人とあるから、人口の一割にあたる働き手を失ったドイツ人社会の惨状は想像にあまりある。しかも人数の確保が優先され、政治的信念のいかんなど二の次だった。反ファシズム運動家も労働運動家も、ユダヤ人までが連行された。抑留者は平均五年も留め置かれ、たいがいは一九四八〜一九四九年にルーマニアかドイツへの帰郷を許された。強制連行されたうち約一五パーセント、一万人以上が生きて再び故郷を見ることはなかった。

この問題は、親ソを国是とする社会主義国家ルーマニアではタブー視されて語られなかった。政府が政治的駆け引きをしてドイツ人住民を売ったとの疑惑も残っている。一方、西ドイツではもともと国境の外に住んでいた民族ドイツ人の運命に対する関心は低く、言わば国家の罪を代表して償わされたというのに、彼らの被害体験は忘却の彼方に置き去りにされていたのである。

従って、本書は、大きく見れば、戦後ドイツの知的風土のなかでタブー視されてきた、ドイツ人の被害体験という主題を取り上げているとも言える。その点では、ドイツ難民船のソ連潜水艦による撃沈事件を取り扱ったグラスの『蟹の横歩き』(集英社)やドイツの都市が受けた空襲への取り組みを促したゼーバルト『空襲と文学』(白水社)などと同様に、冷戦構造が歴史の闇に葬ってきた人々に光を当てようとする最近の一連の動きに連なるものだ。ドイツでは旧領土から追放された人々が戦後保守派の牙城となる政治圧力団体を作るなど、不用意にこうしたテーマを取り上げると、政治利用されかねないのだが、本書は、お読みになれば分かるように、さまざまな理由から国民共同体からもつま弾きにされる主人公を設定しているので、失地回復を主張するような勇ましい発想とは明確に一線を画していることにも注意しておきたい。

盟友オスカー・パスティオール

ヘルタ・ミュラーにはさらに切実な個人的動機もあった。二〇歳で連行され帰国した彼女の母親は暗い過去を封印し、ただ言葉の端々に得体の知れない闇を予感させるばかりだった。幼年時代を覆いつくしていたどんよりした影を晴らし、真実を知りたいという思いが本書の執筆を促したのだ。

ところが聞き取り調査をしようにも、著者あとがきにもあるように、ドイツ人村の抑留体験者はおおむね寡黙で、自分たちの体験を語るべき言葉を持たなかった。彼らの記憶は不正確で、場所や時間を混同しているうえに、事後的な理屈やイデオロギー的な評価がやたらとまぶされていたのだ。しかしヘルタ・ミュラーにとって重要なのはイデオロギー的な白黒ではなくて、具体的な細部だった。そうした証言の不足を補ってくれたのが、やはり抑留体験をもつ詩人のオスカー・パスティオールだった。本書の主人公で語り手であるレオポルト・アウベルクのモデルである（ちなみに、庭に隠れていたのに、雪が積もったせいで見つかったという主人公の女ともだちトゥルーディーの経験はミュラーの母親のものを踏まえている）。この詩人は権威あるビューヒナー賞を受賞するなど、二〇世紀後半のドイツを代表する詩人であると言ってもいいはずだが、日本ではまず知られていないだろうから、少しその経歴を紹介しておく。

一九二七年ルーマニアのヘルマンシュタット（シビウ）生まれ。一二世紀にハンガリー王がトランシルヴァニア地方を蛮族から守るために呼び寄せたドイツ人の末裔、いわゆるジーベンビュルゲン＝ザクセン人の家系である。一九四五年一月に連行され、まずクリボイ・ログに一年半、その後は本書の舞台となるドンバスの収容所で過ごした。一九四九年にヘルマンシュタットに帰郷。木箱工場などで働きながら夜学に通って高卒資格を得る。一九五五年からブカレスト大学でドイツ語とルーマニア語を専攻。卒業後はラジオ・ブカレストの国内向けドイツ語放送部門に勤務しながらドイツ語詩集を二冊出した。一九六八年にオーストリア文学協会の招きでウィーンに出国、そのままルーマニアには帰ることなく、アウスジードラー［ドイツ人の血統が認められた外国人］の資格で西ドイツ国籍を取得した。それ以降二〇冊ほどの詩集を出したパスティオールは、二〇〇六年ビューヒナー賞授賞式の直前にフランクフルトで亡くなった。七八歳だった。

「響きの魔術師」や「音の軽業師」と呼ばれる彼の詩は、翻訳になじまない言葉遊びに満ちみちている。例えば、詩集『ゲンコツ《コプフヌス》とヤヌスの頭《ヤヌスヘコプフ》』（一九九〇年）には、「しんぶんし」や「とまと」のように、前から読んでも後ろから読んでも（ほぼ）同じ語を並べた詩が集められている。多言語に通じた強みもいかして語呂合わせやアナグラムと作品ごとに新しい手法を試みもした。翻訳にも力を入れ、トリスタン・ツァラ、ガートルード・スタイン、フレーブニコフのほか、ルーマニア詩人たちを積極的に紹介した。ドイツでは数少ない言語実験派の詩人だと言ってもいいだろう。もっとも、現実離れした言葉遊びのように見えて、ヘルタ・ミュラーによれば、パスティオールのユーモアには「傷つきやすさ」があり、「面白いがやがて悲しい後味が残る」。収容所で受けた心の傷は彼のすべてのテキストに、詩的に屈折した形で、「分からないまでにはっきりと根を下ろしている」というのだ。

詩人が自分の人生を語ることは珍しく、「自伝的テキスト」と題する小文でも、抑留体験はわずかに、「しかも、僕はちょうど蒸気ボイラーの下で夜勤をしたことで、原因と結果に対して少しばかり歴史的になり、そして少しばかり免疫ができるようになった」という謎の一文を紛れ込ませるばかりで、背景を知らない読者には何のことか分からないままだ。それほど自分を語ることに禁欲的なパスティオールがミュラーの要請を受けて二〇〇二年からこの忌まわしい過去の発掘作業に協力することになる。二〇〇四年の夏には、パスティオールは約六〇年ぶりに、ミュラーは植生や空気、光の具合を知るために生まれて初めて、クリボイ・ログ、ドニエプロペトロフスク、ドネツク、ゴルロフカなどのウクライナ・ドンバス地方を訪れ、当時の面影を残す工場の廃墟も間近で見ている。ミュラーは二人で共同執筆する可能性を真剣に模索したものの、パスティオールの思いがけぬ死がそれを永遠に不可能にしてしまった。

誤解のないように言っておけば、二人の共同作業は古老の昔語りを口述筆記するようなものではない。事実の再現にとどまらず、二人で、あるいはミュラー単独で、イメージを膨らませていったからだ。ただし糸の切れた凧のように現実からかけ離れるわけではなく、収容所の現実が要請する言葉を起点とした。それが本書のなかで出てくる言葉遊びや造語である。例えば、人名の「ルート」(Ruth)

と動詞「冥る」(ruht)、点呼（Apel）とホテル（Hotel)、「婚約者」(Freier)と「上等兵」(Gefreite)、「ヘミングウェイ」(Hemingway)と「郷愁の念」(Heimweh)と「家路」(Heimweg)が音声的、視覚的類似性で並べられ、暴力装置や死と恋愛のように相容れぬものが等価のものにされている。本文に挿入されたヘッセの詩も、歌詞の「沈丁花」(Seidelbast)が聖人のセバスチアン(Sebastian)のアナグラムとして読めるのでいたくパスティオールの関心を惹いたとのことだ。さらにアカザを意味する「メルデクラウト」は「報告」と「草」に分割されて、独自の意味を持つ。あるいは口蓋にあって帆の形をした器官（専門用語で「口蓋帆」）は、天を泳ぐ帆船と（形状から）秤としてイメージされる。その他、「ひもじさ天使」「地犬」「心臓シャベル」など、名詞を掛け合わせて作ったいくつかの造語も、収容所体験に根ざしたパスティオールによるものだという。例えば、「ハート形シャベル」は意味の力点を変えられ、「心臓シャベル」として生々しい具象性が与えられる。作品におけるこうした言葉遊びの意味は後でもういちど考えるが、パスティオールとの共同作業によって、作品に奥行きが出たことは確かだろう。

もっとも、やりきれないことに、このパスティオールが、ルーマニアの秘密警察の情報提供者であったという事実が、二〇一〇年になって明らかになった。一九五〇年代に、強制収容所体験を題材とした詩を書いたことが漏れ、反ソビエト的だとしてマークされたのがきっかけで、取り込まれたのだった。最初は大きなショックを受けたミュラーだったが、彼には同性愛者という秘密もあり、身の危険を避けるためにはやむを得なかったし、調書によるとごく一時期に限られているとのことで、パスティオールを擁護する立場を鮮明にしている。

断章という形式

単調な収容所生活を描くにはいくつか方法があるだろう。ある特定の一日を選んでそこにすべてを集約する方法もあれば、多少の脚色を加えて異常な事件を際立たせ読者の好奇心をあおるような物語を紡ぐという手もあるかもしれない。しかし本書が五年の歳月の経過を描くのに選んだ形式は、長短さまざまな六十四の場面を連ねる断章形式だった。連行前夜の第一章、帰郷後の最後の六章のほかは、すべてゴルロフカの同じ収容所を舞台としている。一人称の語り手の視点から原則として時系列に従って語られているので統一感はあるが、切り取られてくる場面は前後との連続性を特に考慮して配列されているわけではない。ロシアの広大な荒れ野を背景に、雪や土埃に閉ざされ、煤やさびに覆われた収容所と付属のコークス工場施設が主たる舞台なので、普通の意味での起伏にとんだ事件にはとぼしいし、人物のあいだで丁々発止のやりとりがあるわけでもない。ただし、この殺風景な現実を、白から黒にいたる灰色の無限の色調変化に目を凝らしながら描く丁寧な描写を読んでいると、ちょうど石庭に差すかすかな日の移ろいにも似て、ほんのささいな出来事が劇的な事件となることにも注意はしておきたい。特に力を入れて描写されるのは、風景、雲の流れ、身の回り品の形状や素材、色や意匠であり、それをきっかけとして働き出す連想や過去の思い出である。そして、例えば頭蓋が、教会の円蓋や空の天蓋、あるいは口蓋と形状から姻戚関係に置かれ、やがては置換可能にされるように、あるいは棺とパンの覆いに使われる白い亜麻布《リネン》が、生と死の両方を包摂するように、一見すると遠く関係なさそうなものが、形態や色の相似によって結びついていく。本書は同じようでありながら微妙に違う絵柄があちこちにあって響き合っているタペストリーのような作りなのだ。

だから本書でテキスタイル——服やハンカチから袋や布まで——の柄や素材が、公園の園亭の木彫り模様や木々の形や葉の形状などと並んで、詳細に描き出されているのも偶然ではない。特に、格子縞の深紅のシルクのショールは（ちなみに翻訳で生まれた「深紅」と「シルク」という音の連関は偶然である）、持参する荷物をすべて間に合わせですませざるをえなかった主人公がほとんど唯一、お下がりではなく自分のものだと主張できる物で、かつ実用的価値よりも美的価値が強調されている。いわば詩人である主人公の分身だと言ってもいい。このショールはまず出発前に立ち寄る故郷のカトリック教会の「首回りに羊を担ぐ」聖人と呼応する一方で、ひもじさ天使の首にかける装身具としての赤いアカザ、メルデクラウトとも響きあう。この首にまくイメージは、罰として切り落とされたお下げ髪を頭の弱い少女が首飾りにする場面、やがて帰郷後の夢の中では、天井漆喰を外して首に載せてくる弟の悪意の形で再来しており、さまざまな解釈の余地を残している。シルクという点では、ロシア人の老婆からもらう白いハンカチと呼応するし、深紅という点では、雪原に飛び散った流血ともつながっている。

小道具の意匠や身振り《フィギュア》が断章間の連絡に大きな役割を果たすとはいえ、収容所の日常生活を描く現実的な次元も決しておろそかにはされていない。慢性的な飢餓、凍え死にそうな冬の寒さ、ぎらつく夏の太陽、劣悪な環境で強制される重労働、命令の怒号とひたすら続く点呼、そしてとりわけ望郷の念が、手を替え品を替えて描かれていく。石炭を精錬するコークス工場の労働のこまかい作業はそれぞれに一章が割かれているし、パンの配給を巡る悲喜劇や人目を避けた逢い引きなども丁寧に描写されている。こうして読者は過酷な労働と飢えに苦しむ収容所の日常生活を少しずつ了解していくのだ。とはいえ本書が、いわゆるルポとは違い、ただの情報伝達に尽きるものではないことには注意しておく必要がある。注目すべきは、強制労働のそれぞれの作業が「芸術作品」と言われているように、まるでダンスの振り付けを描写するようにこと細かく書き込まれていく点だ。普通なら触れずに省略してしまうか、せいぜい一行や二行で済ませてしまうような作業工程が、スローモーションの連続写真のように一コマ一コマ切り取られるうちに、まるで芸術点を競い合う体操の実技のようになっていくのだ。

さらに、収容所の人間関係も丁寧に書き込まれている。四年間で三〇〇〇人以上が死んだとあるから、相当数の囚人が収容されていたはずだが、一人称の視点で語られる本書では、パノラマ的な展望はあらかじめ断念され、第五章「いかがわしい社会」で出身地と名前が一気に紹介されるように、主人公が接触する一〇人ほどの交友に限定されている。ただし、少ないながらも言わば収容所の縮図のように描かれているので、その権力構造をとらえることには成功していると言えるだろう。

一方に、理不尽な命令のもとで重労働を強いられる囚人たち、さらには事故や飢えで死ぬとたちまち身ぐるみはがされる死者たちがおり、他方の支配者の側には、ロシア人の司令官、それに同じ囚人の立場にありながら当局の管理システムの末端を担うカポのトゥールがいる。彼は名簿で囚人たちを管理し、作業の配置を命じる立場であり、職と住の支配者だ。その愛人ベア・ツァーケルも備品倉庫担当として特権を享受し、食堂のパンを管理して食を司る正義の女神フェーニャとともに、衣食住の衣食について全権を握っている。しかもトゥールとベアはピンハネして私腹を肥やしてもいる。こうした支配者たちと一般囚人との緊張をはらんだ関係は本書の焦点のひとつになっている。

こうしたなか、そんな権力のヒエラルキーから自由な存在が一人だけいる。「歩哨のカーティ」と綽名される白痴だ。彼女は自分がどこにいるかも分かっておらず、見ること聞くことを完全に勘違いすることによって、収容所社会の秩序の外側に身を置くことに成功している。彼女は管理統制の手段である「アペル」（点呼）を食べ物「アプフェル」（リンゴ）と取り違え、手の甲を這うアリの群れを手編みの手袋と間違える。そのような聞き違え、誤読、言い換えれば別の読み方による、収容所の現実からの脱出は、主人公が、さらには作家ミュラーが目指している方向性でもあるだろう。

文に支えられ　文に生きる

収容所という極限状態を読み違え、みんなとは別様のものを見ている白痴のカーティの物の見方とは、一言で言えば、目の前の現実よりも頭のなかの文を信じるということだ。五年間の収容所生活をレオに耐え忍ばせるのは別れのときに祖母が口にしたたった一行の文である。「わしには分かっとる。おまえはかならず帰ってくる」。この言葉はことあるごとに想起され、これに支えられて何とか諦めずに生きのびることができた。もしかしたら話者の意図さえ越えて、この文はいわば言霊として独自の生命を得ていると言えそうだ。

文への信頼と表裏一体に文への恐怖もある。十七歳のレオポルトは男色という禁断の愛を経験し、家族に秘密を作ってしまった。いつ後ろ指を指されて、家庭からも社会からもつま弾きにされるか、という不安におびえつつ、肉の喜びを忘れることはできずにいる。戦時下の小さな町で、人目を忍んで公園の薮のなかやプールで男とまぐあう青年がつねに発覚を恐れるのは当然であり、この不安というフィルターを通すと、プールの床やガラスや壁が彼の隠れた行いを記憶にとどめて今にも告げ口するかに見える。これはちょうどヘルタ・ミュラーのこれまでの秘密警察を扱った小説で、立ち木や風が密告者となるのと同じだ。しかしここでは言葉がナイフになる。家族が口にする何気ない文、それこそ語(「肉」)が、やはり話者の意図とは別に、後ろぐらい思いをしている主人公の研ぎすまされた(言語的)神経の先端に当たって激痛を走らせるのだ。

この繊細な言語感覚は、収容所の悲惨な現実のなかで、既存の言葉からあるいは合成語から新しい現実を作り出すことになっていく。この発想自体は、強制労働を「再建設」という美辞麗句でごまかす権力機構のやり方を批判的に継承したものだ。なかでも、慢性化する飢餓のなかで「ひもじさ言葉」と「食べ物言葉」が編み出される。記憶から掘り出したレシピを語ることで飢えが紛らわされる。その一方で、現にそれを食べることを強いられる薄いスープに浮かぶキャベツは、国境の入り交じる東欧という場ゆえの多言語的な才能によって解体される。ロシア語のキャベツ「カプスタ」がルーマニア語の「頭」とハンガリー語の「平地」に分割され無意味化されるのだ。過酷な労働の現場でも、「逃亡言葉」によって、化学物質のにおいを読み換え、殺風景な作業場から芳香にあふれた楽園が生まれてくるし、本来は退屈で苦しい石炭運びや砂運びは、すでに述べたように、芸術活動へと意味合いを変えられる。

ただし、注意しておきたいのは現実の変容とは言っても、本書にいくつか挿入される流行歌のキッチュとは違う。そのあたりには、ミュラーも意識的でキッチュの功罪について別のところで触れている。それによれば、収容所生活では、キッチュは日常生活の最後の痕跡であり、みんな仲間だという意識の支えになる。キッチュが「思いを受け入れる出来合いの容器」を用意してくれるので、おかげで個人は自分の内面を深く覗き込んで絶望せずにすむ。こうした利点がある反面、キッチュはカポたち権力者にも便利に利用される恐れがある。政治に関わりのない私的なもの、道徳的にもたわいのないものとされているので、キッチュは非情な権力者が人間らしいふりをするのにもってこいだ。職務を果たすという義務のせいで残念ながら表に出せなかったけれど、俺だって優しい面もあったんだとキッチュを根拠に後で弁明することもできるからだ。

従って、ヘルタ・ミュラーは感情を表すのにまるで新しい器を独自に用意しなければならない。誰か故郷をおもわざる、といった普遍的な望郷の物語によりかかり、それに回収されてしまうのではなく、その場その場で文や語をきっかけにして連想を働かせていき、こうでしかありえないと思われている現実に風穴を開けて別の次元を開くという試みだ。そのときパスティオールの言葉遊びはただの言葉遊びではなくなる。語を分割したり傷つけたり、いくつかの語成分を寄せ集めたり、語のなかの音節の位置を置き換えたりすることによって、実用の論理や管理統制の網の目をかいくぐり、意味の一義性や直線性、目的指向性をかき乱す手段となるだろう。

一例をあげれば、「ハーゾーヴェー」という略号で呼ばれるガス炭は、ドイツ語として聞き取られ「ああ悲しくてたまらない」という意味になるとともに、響きから「痛がるウサギ」も連想させる。そのウサギは二重の狩猟、一方で父のウサギ狩り、他方で干したウサギ皮を引き取りにきていたユダヤ人商人が突然来なくなったのを誰もが見て見ぬ振りしているユダヤ人狩りを想起させ、他方で、「白いウサギ」は衰弱した囚人仲間の頬に現れた形状から死の表徴となる。そのようなコノテーションをはらむ「ガス炭」はもはや退屈な作業の相手であるばかりではなく、同時に、痛みに共感できる事物として、人間と事物との境界を揺るがしもする。

その延長線上に、この作品で重要な役回りを演じる「ひもじさ天使」もいる。これはひもじさが、人間にはもう手に負えないくらい大きくなっていき、別人格となったものだろう。ヘルタ・ミュラーによれば、自分で作り出したはずの言葉が、文章化するうちに、作者の意図を離れて勝手に動き出すことがあるが、そうやって出来上がっていくシュールレアルな世界に巻き込まれていくのが書くことの醍醐味だという。実際に、本書の中でも「僕」と「事物」との主客関係が反転して、事物が僕を覚えているとか、シャベルが僕の主人と言った表現が出てくる。

天使という名前がついた以上、ひもじさ天使は天と地の仲介者となり、周囲にさまざまなイメージを引き寄せる。相対性理論の先駆けミンコフスキーの名前を冠したワイヤーで地上の存在は天に操作されているという、レオが子ども向け物理学入門書で聞きかじった操り人形の世界観、子供のときに坂を転げ落ちて天と地がひっくり返った経験、そのときに母から聞いた、死者は天使になって空のフックにコートを掛けるという話、雨が天と地をつなぐひもに見えてくるなどだ。点呼を受けながら空にフックを探す習慣とともに、袖が翼になるというイメージと相まって、収容所に身を置く人間が行動も視界も限定されたなかで、にもかかわらず宇宙的な広がりを経験していくのだ。ひもじさ天使は、弱った体を乗っ取ってしまう恐るべき死の天使であるが、同時に白い豚の背に乗って故郷に帰ろうとする僕を見守ってもいる。どうやら一義的な意味付けをするりとかいくぐるような存在だといってよさそうだ。

もう一つ注目すべきは、「天が動かしたまう時」という文とそれに表現された時間意識である。旅立ちの貨車による移送は、トラックでの運搬作業で再び取り上げられているように、動いているかぎりは安心だというモチーフにつながる。望郷の念が帰郷という目的《ゴール》を求めるのに対して、たとえ汽車の音が、やがてロシア人の収容所所長の名前や命令の響き（「シュッシュッ」）として否定的に回帰してくるとしても、レオは出発と移動を肯定的にとらえている。そもそも時間の厳守は収容所の秩序にとって欠くべからざるもので、国歌を鳴らすことによって一元管理をしている。ところがバラックにかけられた柱時計がめちゃくちゃに狂った時を示すことによって、管理の網の目をかいくぐる可能性が示される。地上のここではない場所の時刻を指す狂った時計は、本書に一貫して流れている望郷の念につながりながら、同時に物理学入門書で学んだ「存在確率」をよりどころにして、同時に複数の場所に存在できる可能性をも指し示している。

　そして現実を文によって読みかえようという習慣は、主人公レオの習い性になってしまう。パスティオールにとって、ラーゲリ生活はまさに「社会化」そのものだったそうだが、待望の帰郷がレオにとって失望に終わるのは、たんに家族が新しい子供を中心に回っていて、自分が疎外されたと思ったからだけではない。故郷と故郷の言葉に安住した人々が見るのと同じようには、もう世界をとらえられなくなったからなのだ。レオには、解放された日常のなかにことあるごとに収容所の幻影が見えてしまう。四角いものは何もかも収容所のバラックや棺を想起させるので、彼は円形の建物――これは若い彼が肉の喜びを覚えた公園の園亭の形でもある――を設計しようとせずにはいられない。食事はいつまでも収容所のときと同様に焦って食べる癖が抜けない。彼はもうここにいてここにいない。結婚生活を送ろうが、職業につこうが、もうまっとうな市民生活は送れない。現実よりも記憶に、文に生きる運命だからだ。

　このように見てくれれば、本書の意義は、たんにルーマニアのドイツ人の運命を歴史の闇から引き出してきたということにつきるばかりではない。むしろ自由な柔らかい外観のもとに一元管理と統制を強める現代社会で息苦しい思いをしている私たちにとっても他人事ではない切実な問題として読まれるべきものだろう。

最後になったが、作中に出てくるロシア語については早稲田大学文学部の坂庭淳史先生にご教示いただいた。ドイツ人が耳で聞いたロシア語をローマ字表記してあるので、必ずしも日本で一般的な表記になっているとは限らないことをお断りしておく。ドイツ語の不明箇所については同エーバーハルト・シャイフェレ先生を煩わせた。また同大学院博士後期課程の北村優太さんには、『澱み』にひきつづき今回も原著との照合を含めて訳稿のチェックをお願いし、ずいぶん助けられた。辛抱づよく訳の仕上がりを待ってくれた三修社編集部の斎藤俊樹さんも含めて、みなさんに心から感謝したい。

二〇一一年九月

山本 浩司

ヘルタ・ミュラー Herta Müller

©Annette Pohnert / Carl Hanser Verlag

1953年ルーマニア・ニツキードルフ生まれ。ドイツ系少数民族の出。母語はドイツ語。1987年にドイツに出国、現在はベルリン在住。
クライスト賞（1994）、ヴュルト＝ヨーロッパ文学賞（2006）など多数の文学賞のほか、2009年にはノーベル文学賞を受賞。
長編小説としては、『狙われたキツネ』（Der Fuchs war damals schon der Jäger, 1992, 三修社刊 , 1997）、『心獣』（Herztier, 1994）、『今日は自分に会いたくなかったのに』（Heute wär ich mir lieber nicht begegnet, 1997）、『息のブランコ』（Atemschaukel, 2009）を発表。ほかに、短編集『澱み』（Niederungen, 1984, 三修社刊 , 2010）、散文『裸足の二月』（Barfüßiger Februar,1987）、エッセイ集『飢えとシルク』（Hunger und Seide,1995）、『いつも同じ雪といつも同じ叔父』（Immer derselbe Schnee und immer derselbe Onkel, 2011）、コラージュ詩集『髪の結び目に住む婦人』（Im Haarknoten wohnt eine Dame, 2000）、『コーヒーカップをもつ青ざめた紳士たち』（Die blassen Herren mit den Mokkatassen, 2005）などがある。

山本浩司（やまもと ひろし）

1965年大阪生まれ。早稲田大学大学院修士課程修了。現代ドイツ文学専攻。広島大学総合科学部講師を経て、現在早稲田大学文学部准教授。
訳書に『ベルリン終戦日記』『14歳のアウシュヴィッツ』（共に白水社）、『古典絵画の巨匠たち』（論創社）、『狙われたキツネ』『澱み』（共に三修社）。

息のブランコ

2011年 11 月 30 日　第 1 刷発行

著　者　ヘルタ・ミュラー
訳　者　山本浩司
発行者　前田俊秀
発行所　株式会社　三修社
〒150-0001　東京都渋谷区神宮前2-2-22
TEL 03-3405-4511　FAX 03-3405-4522
http://www.sanshusha.co.jp/
振替口座　00190-9-72758
編集担当　斎藤俊樹
印刷所　萩原印刷株式会社
製本所　牧製本印刷株式会社

ISBN978-4-384-04350-1 C0097

編集協力：岡村達盛　北村優太

狙われたキツネ

Der Fuchs war damals schon der Jäger

ヘルタ・ミュラー著　山本浩司訳

チャウシェスク独裁政権下のルーマニアを舞台に家宅侵入、尾行、盗聴、つきまとう秘密警察の影に怯える日々。そうしたなかで、ひとりの女が愛にすべてを賭ける。しかしそれは、親友との友情を引き裂くものだった……。

澱み

Niederungen

ヘルタ・ミュラー著　山本浩司訳

一九八二年にブカレストで発表された本書だが、チャウシェスク独裁政権下の抑圧された人々の生活をユーモアある筆致で表現している。『弔辞』『シュワーベン風呂』『家族の肖像』など、表題含む十九編の短編集。